ANTES DE SEPTIEMBRE

Antes de septiembre

Mario Escobar

Papel certificado por el Forest Stewardship Council®

Primera edición: septiembre de 2018

Printed in Spain – Impreso en España

ISBN: 978-84-666-6391-5
Depósito legal: B-10.872-2018

Compuesto en gama, s. l.

Impreso en Rodesa
Villatuerta (Navarra)

BS 6 3 9 1 5

Penguin
Random House
Grupo Editorial

Las heridas más profundas tardan en sanar y siempre duelen. El frío las reaviva y nos ayudan a identificar los cambios. El Muro de Berlín fue una de las más grandes y duraderas de Europa. Los Países Aliados querían infringir un castigo ejemplar a los alemanes, dividieron su país, y la capital en cuatro sectores. Aquella división artificial se mantuvo, al menos en dos sectores, durante treinta y cuatro años.

Me acerqué a la historia del Muro de Berlín con recelo, no quería hablar de los grandes conflictos políticos o la tensión política, necesitaba reflejar la vida y sufrimiento de los millones de berlineses corrientes, que sufrieron las políticas de sus respectivos gobiernos.

Antes de septiembre es un homenaje a las personas comunes, cuyos nombres no suelen salir en los libros de historia, pero que se rebelaron a un sistema injusto y cruel. Albañiles, amas de casa, mecánicos o estudiantes, se enfrentaron al sistema y, en cierto sentido, lo derrotaron, aunque su victoria tardó varias décadas en hacerse efectiva.

Europa logró estrechar lazos gracias a la Unión Europea, que convirtió a enemigos irreconciliables en socios y países amigos. Hoy esa construcción se encuentra en peligro, de nuevo los ciudadanos tendrán que unirse para frenar las olas de capitalismo extremo, populismo y neofascismo que amenazan el continente.

La historia de los protagonistas, un albañil y un contrabandista, nos mostrará que más allá de los obstáculos y los impedimentos, la verdadera fuerza que mueve al ser humano es el amor. Esta es la historia de uno de aquellos túneles, pero sobre todo es la historia de nuestro pasado colectivo y de cómo las decisiones de los políticos nos afectan en nuestra vida cotidiana.

El destino de los hombres es la historia de Stefan, Derek, Johann, Volker, Zelinda, Ilse y Giselle, los protagonistas de esta novela, que se convertirán en héroes a pesar suyo, por el simple hecho de no renunciar a las personas que amaban y a enfrentarse a un sistema injusto.

Nota a los lectores

Algunos nombres y situaciones han sido cambiados, pero la historia está inspirada en la dramática vida y en los acontecimientos protagonizados por Siegfried Noffke, un albañil de veintidós años, ciudadano de la zona soviética en Berlín, pero que a finales de 1950 decidió emprender una nueva vida en la zona occidental y se trasladó al barrio berlinés de Kreuzberg. Se casó con Hannelore en mayo de 1961, con la que tuvo un hijo, mientras ella seguía viviendo en el Berlín Oriental. Siegfried esperaba la autorización para trasladar a su familia al Berlín Occidental cuando comenzó la construcción del muro, pero las autoridades denegaron la salida de su esposa y su hijo. Su amigo Dieter Hoetger, que se encontraba en una situación similar, decidió ayudarle a construir un túnel para rescatar a sus familias y llevarlas al otro lado del muro. Los dos hombres arriesgarán sus vidas para tratar de reunirse con sus esposas e hijos y llevarlos a la zona libre. Este libro es un homenaje a las más de seiscientas personas que murieron al intentar cruzar aquella terrible barrera y a los millones que sufrieron durante más de veintisiete años aquella división humana de Europa.

Juntos estuvimos frente al Muro, nos sentamos a orillas del río Spree y observamos las heridas más viejas de Europa. Lloramos escuchando las historias de los supervivientes y decidimos ser felices. Gracias por compartir toda una vida conmigo.

A las generaciones que no conocieron la Guerra Fría y el Telón de Acero, para que sean más sabias que la nuestra.

Hace dos mil años el alarde más orgulloso era *civis romanus sum.* Hoy, en el mundo libre, el mayor orgullo es decir: *Ich bin ein Berliner.* ¡Agradezco a mi intérprete la traducción de mi alemán! Hay mucha gente en el mundo que realmente no comprende, o dice que no comprende, cuál es la gran diferencia entre el mundo libre y el mundo comunista. Decidles que vengan a Berlín. Hay algunos que dicen que el comunismo es el movimiento del futuro. Decidles que vengan a Berlín. Y hay algunos pocos que dicen que es verdad que el comunismo es un sistema diabólico, pero que permite nuestro progreso económico. *Lasst sie nach Berlin kommen* (Decidles que vengan a Berlín).

Discurso en Berlín de JOHN F. KENNEDY,
25 de julio de 1961

Nosotros somos el pueblo (*Wir sind das Volk*).

Mensaje de casi un millón de personas
que se manifestaron en 1989 en Leipzig,
para que Alemania Oriental abriera
las puertas del Muro de Berlín

No olvides la tiranía de este muro... ni el amor a la libertad que lo hizo caer...

Autor desconocido de un grafiti
en el Muro de Berlín

¡Berlín espera algo más que palabras! ¡Espera acciones políticas!

WILLY BRANDT, alcalde de Berlín en 1961

No es una solución bonita, pero un muro es muchísimo mejor que una guerra.

Declaraciones de JOHN F. KENNEDY
a sus colaboradores el 14 de agosto de 1961

El Muro seguirá existiendo dentro de cincuenta y de cien años si las condiciones que se dieron para que se erigiera no se combaten.

ERICH HONECKER, *19 de enero de 1989*

Prólogo

«Cuando el odio crea muros, el amor construye túneles.» Al menos eso fue lo que me dijo Hanna Reber la primera vez que nos conocimos. Yo era un joven periodista de *Der Spiegel* interesado en historias del Muro de Berlín y ella una señora de algo más de sesenta años, con una belleza marmórea y melancólica que me recordaba a las estatuas clásicas sumergidas en el fondo del océano. Sus ojos grises parecían sufrir un eterno invierno, petrificados en los muros que dividieron el mundo en dos durante algo más de veintiocho años; sus cabellos grises con tonos dorados se asemejaban a los campos secos del verano, cuando comienzan a cubrirse con las primeras heladas otoñales. Sus modales eran delicados; pero sus manos delataban una existencia difícil, una vida ajena, extraña, impuesta por el destino.

—¿Por qué dice eso? —me atreví a preguntar como si estuviera profanando el lugar más sagrado de la memoria.

Hanna me miró con indiferencia, como lo hacen los sabios ante las palabras inoportunas de los indoctos, pero, antes de que sus ojos me escrutaran de nuevo, su sonrisa infantil le dulcificó el gesto.

—Éramos muy jóvenes, creíamos que teníamos derecho a cambiar el futuro. Nos sentíamos libres a pesar de la realidad. Berlín se asemejaba a un patio de recreo repleto de descampados cubiertos de musgo que apenas disimulaban las cicatrices de la guerra. Nuestro país no nos pertenecía, parecíamos ermitaños, huérfanos en búsqueda constante de un pasado triste y deshonroso, como las familias que ocultan una afrenta o un hecho vergonzoso, pero no cambiaría mi juventud por nada del mundo. La juventud significa el asombroso descubrimiento de uno mismo, el espejo de la consciencia que nos permite convertirnos en adultos. Por eso un túnel escondido bajo el Muro de Berlín en el fondo es como el Bifröst, el puente del arcoíris ardiente que une Midgard y Asgard, el reino de los hombres y el reino de los dioses. Nosotros, querido Roland, nacimos y vivimos al Este del paraíso, pero soñábamos con regresar de nuevo al Edén.

Al oírla pronunciar mi nombre sentí un escalofrío, el mismo que siento hoy cada vez que intuyo una buena historia. Saqué mi lapicero y el bloc de notas y me quedé observándola durante horas, mientras su voz suave, afinada por las lágrimas y las risas de la vida, fue transportándome al verano de 1961, cuando el Telón de Acero se transformó en un tosco muro de ladrillos y mortero, convirtiendo a Berlín en la cárcel más grande del mundo.

PRIMERA PARTE

EL PARAÍSO SOVIÉTICO

1

El paraíso soviético

Stefan Neisser era el hombre más apuesto de Berlín. Había heredado la profesión de su padre, la albañilería, pero, a pesar de sus manos trabajadas y la piel reseca por el yeso y el cemento, siempre vestía trajes cruzados, corbatas de nudo pequeño y lustrosos zapatos de color negro. Con treinta y tres años aún conservaba el inocente rostro de un niño, con el pelo rizado, los rasgos suavizados y unos ojos verdes aceitunados que a veces parecían marrones. Su familia había sobrevivido al nazismo con la misma naturalidad como en la actualidad se enfrentaba al comunismo; los Neisser no suponían una amenaza, eran gente humilde que llevaban algo más de doscientos años levantando paredes, alicatando baños y solando salones de las vetustas mansiones de la zona noble de Pankow; para ellos el paso del tiempo y la política apenas significaban nada. Los edificios de Pankow habían sobrevivido sin sufrir apenas los bombardeos aliados y se encontraban ocupados por los llamados «moscovitas», comunistas alemanes que habían regresado de la Unión Soviética. También las mansiones de la lujosa zona de Karlshorst daban cobijo a los oficiales rusos de alta graduación.

Stefan había abandonado en 1950 la parte este de la ciudad, para irse a vivir a Kreuzberg y convertirse en conductor de tranvía. Ahora Stefan era padre de familia y acababa de casarse con Giselle, reconociendo a su hija en común Frida, por lo que esperaba que unas semanas más tarde las dos pudieran trasladarse a su apartamento en Berlín Occidental.

Desde el final de la guerra la vida había sido muy difícil. Sobrevivir a las bombas había supuesto casi un milagro, pero la llegada de los rusos había empeorado aún más las cosas. Violaciones, hambre, miseria y terror se habían constituido en parte de la cotidianidad en los primeros meses de ocupación. Por eso todos deseaban la llegada de los norteamericanos y a pesar de la división de la ciudad y la llegada de alimentos, las cosas cambiaron muy poco a poco. El padre de Stefan siempre comparaba el saqueo soviético con el saqueo de Roma de 1527, al parecer lo había leído en un periódico clandestino que se repartía por Berlín. Nunca habían sido conscientes de lo ricos y afortunados que eran hasta que les habían quitado hasta la más pequeña pertenencia. Bicicletas, gramófonos, radios y todo tipo de comida caía en manos de los soldados soviéticos, que recorrían las calles cargados de las pertenencias de los berlineses.

El hombre aún recordaba una canción que se popularizó al final de la guerra y que hablaba de los precios altos, las tiendas cerradas y el hambre desfilando por las calles. Los berlineses se hartaron de comer nabos, brezas, grelos y algunas alubias estofadas. Ya no había hambre, pero la tristeza parecía la segunda piel de los alemanes y todos deseaban marcharse al Oeste.

Mientras se aproximaba al edificio del registro no podía dejar de observar las profundas heridas que aún se veían en la parte Este de la ciudad. En el lado occidental muchos de los solares vacíos habían sido edificados y la prosperidad parecía invadirlo todo; en la parte soviética aún crecían las hierbas y los matorrales sobre los escombros de la guerra, intentando tapizar de vida aquel escenario de muerte y sufrimiento.

Stefan caminaba como hipnotizado mientras se dirigía al registro para comprobar cómo marchaba su solicitud de traslado; aquel mundo congelado en el tiempo pronto pasaría a formar parte de la historia. Miró la entrada del edificio y sintió un breve escalofrío. La burocracia de la RDA era casi tan retorcida y compleja como la de la Unión Soviética, pero con la rigurosidad alemana.

En la entrada Stefan enseñó su documentación y subió las escaleras del desvencijado edificio de dos en dos. Aún se veían en algunas paredes las marcas de los antiguos símbolos nazis, como unas heridas abiertas que no terminaban de curar por completo, pero la hoz y el martillo ocupaban ahora cada rincón de Alemania Oriental, recordándoles a cada momento que eran esclavos y pertenecían al Imperio soviético. En unos pocos días todo aquello quedaría atrás, cuando su esposa estuviera en Berlín Occidental ya no tendría que regresar más a aquella parte oscura de la ciudad. Echaría de menos a sus padres, que eran demasiado ancianos para ir a vivir con ellos y pertenecían al mundo que estaba desapareciendo; él formaba parte del futuro de una Alemania nueva y fuerte.

Al llegar a la primera planta observó la larguísima fila, pero aquello no le afectó lo más mínimo, la Alemania del Este era una interminable estancia en una sala de espera. Las personas que le precedían en la fila parecían tan aburridas y resignadas como él. Podía ver reflejado en sus caras la desidia de los que se sentían vigilados las veinticuatro horas del día. El régimen tenía dos confidentes por cada cien habitantes, muchos más de los que el nazismo había desplegado en toda su historia. Cuando le tocó el turno apenas quedaba media hora para que cerraran la oficina, los funcionarios parecían ansiosos por terminar su corta jornada y eran aún menos agradables de lo que solían ser el resto del día.

Stefan se aproximó con una sonrisa en los labios, lo que para muchos empleados públicos era un verdadero insulto, dejó los papeles en el mostrador de madera astillada y miró a los pequeños ojos azules del hombre. Sus lentes aumentaban ridículamente sus pupilas frías e inexpresivas. El funcionario miró el documento de mala gana, esperando encontrar alguna anomalía que le permitiera rechazar la solicitud y no tener que moverse de la silla. En la sala hacía un calor horrible a pesar de que a mediados de agosto el verano comenzaba a desfallecer. El hombre pasó los papeles con los dedos entumecidos, enfundados en unos guantes de lana a pesar de estar en plena canícula, y después caminó lentamente hasta el archivador.

—Su solicitud ha sido denegada —dijo el funcionario con un tono tan indiferente que Stefan no logró entenderle del todo.

—¿Denegada? —preguntó entre incrédulo y preocupado. Sus grandes ojos color aceituna parecían desprender chispas, pero intentó tranquilizarse.

—¡Denegada! No puede apelar; si quiere vivir con su esposa y su hija tendrá que ser en nuestra amada República Democrática de Alemania —comentó el hombre con una sonrisa maliciosa. Para muchos berlineses del Este el compartir la maldición del Gobierno comunista era el único consuelo que les quedaba. En los últimos meses miles de ciudadanos se habían escapado a Occidente y Alemania del Este había perdido en su corta historia a dos millones ochocientos mil habitantes, la mayoría profesionales y trabajadores cualificados.

—No puede ser, tengo todos los papeles en regla —reclamó Stefan, apretando los puños y mirando por primera vez de manera desafiante al burócrata. Siempre intentaba aplacar sus sentimientos y no perder el control, cualquier acción violenta o queja era respondida de manera contundente por la Stasi, la policía secreta del Estado.

—El problema no está en sus papeles, todas las solicitudes han sido denegadas —dijo el funcionario lacónicamente, como si esperase que el mal común fuera suficiente para consolar al hombre, pero no lo era. Él tenía un proyecto de vida en el Berlín Occidental. Llevaba más de un año como conductor de tranvías y, aunque no era el trabajo de su vida, la paga era mucho mejor que la de albañil en un estado comunista.

Respiró hondo, después tomó los documentos y salió cabizbajo de la sala, bajó los escalones lentamente, como si tuviera plomo en los zapatos, y se dirigió a las calurosas calles del centro.

No sabía qué hacer. ¿Cómo le explicaría a su esposa lo sucedido? Deseaba que la niña y ella tuvieran una vida mejor, no le importaba tanto la libertad. No era un idealista, los obreros no podían permitirse ese lujo. La libertad a la que aspiraba era la de no tener que buscar desesperado algo que llevar a la mesa, comprar un coche humilde y pasar los veranos en el campo, al lado de algún lago o río cercano a la ciudad. Sus padres habían tenido una vida difícil; dos guerras mundiales, la crisis económica más grave de la historia y la ocupación rusa. Stefan quería algo mejor para su familia, pero no había excepciones en el paraíso soviético, donde el Estado te aseguraba techo, trabajo y seguridad a cambio de que le entregases tu alma.

Stefan pensó de inmediato en un chiste de mal gusto que circulaba por la ciudad: «¿Sabía que Adán y Eva en realidad eran de Alemania del Este? No tenían ropa, debían compartir una sola manzana, y encima les hacían creer que estaban en el paraíso.»

No cogió el tranvía, como acostumbraba, caminó hasta la casa de su esposa, tenía que aclarar sus pensamientos y pensar en una solución alternativa. Entonces reparó en la alambrada que unos hombres extendían por la calle y se los quedó mirando un rato, como si no comprendiera qué hacían. Después comenzó a seguir las alambradas para buscar una salida como si fuera el ovillo de hilo de Ariadna, aunque no le sirvió de nada; unos cientos de metros más adelante, la alambrada estaba siendo sustituida por un muro de ladrillos viejos, seguramente reciclados de los descampados de algunos edificios en ruina. Los soldados del Ejército Popular Nacional protegían con sus armas a los obreros que sudaban bajo el imponente sol del verano.

«¿Qué es esto?» Se preguntó angustiado, aunque en cierta manera conocía la respuesta. La cárcel en la que se había convertido Alemania del Este simplemente se materializaba de una vez por todas. El famoso *Berliner Blockade* del verano de 1948, en el que los soviéticos cortaron todos los accesos a la parte occidental de la ciudad y casi había asfixiado a sus habitantes, se repetía trece años después, pero en forma de muro y alambrada de púas.

Stefan aceleró el paso y se acercó a la Puerta de Brandeburgo; mientras se aproximaba constató cómo el muro la rodeaba por fuera y en algunas zonas los ladrillos habían sido sustituidos por grandes bloques grises de hormigón armado; se quedó de frente, mirando incrédulo aquella larguísima serpiente que dividía la ciudad en dos. Notó cómo el corazón se le aceleraba, la angustia le invadía por momentos. Su amada ciudad, que tanto había sufrido, ahora tenía una cicatriz abierta en medio de su corazón, una herida que les recordaba sus pecados pasados. A su lado, los berlineses del Este permanecían hipnotizados ante el muro, como si sus mentes no pudieran asimilar lo que estaba sucediendo. Los obreros trabajaban con rapidez, casi con entusiasmo, los soldados, policías y guardias de fronteras los animaban, como si se tratara de un partido de futbol. Parecían un grupo de niños construyendo la endeble muralla de un castillo en la arena. Al otro lado quedaba el inmenso y descomunal Occidente, el mundo que había conocido algo más de diez años atrás. En ese lado del muro la vida se detenía de nuevo, paralizada por el terror y el fanatismo más extremo.

El hombre tragó saliva para soportar la mezcla de impotencia y furia que le invadían. Pensó que la Historia siempre se vengaba de los perdedores y todos los alemanes eran un atajo de malditos perdedores. El dolor que habían llevado hasta las partes más recónditas de Europa les golpeaba de nuevo, humillándoles hasta convertirles en poco más que despojos humanos. ¿Cómo se podía dividir una ciudad en dos? Las calles se convirtieron de la noche a la mañana en fronteras inexpugnables, algunos edificios partidos por la mitad tenían las ventanas abiertas a Occidente y las terrazas a la parte oriental, el río y algunos parques, hasta el cementerio, se transformaron en los límites de dos formas irreconciliables de entender el mundo.

Por un momento pensó que estaba soñando y aquella era una de esas pesadillas repetitivas que le recordaban la violación de su madre y de su hermana a manos de los soviéticos, los interminables días de bombardeos y el frío glacial sin leña ni un trozo de pan que llevarse a la boca. No se podía amputar un miembro sin cortar las coyunturas, huesos y tuétanos que lo mantenían unido al resto del cuerpo. Las líneas de tren, metro y tranvía unían los dos sectores de la ciudad, por no hablar de las alcantarillas, el sistema de alumbrado o el de agua potable. Era imposible partir Berlín en dos, se dijo para tranquilizarse. Aunque sus ojos le mostrasen lo contrario.

La parte occidental de la ciudad era una espina en el mismo corazón del mundo comunista. Los alemanes del Este veían la prosperidad del Oeste como un verdadero insulto a su utopía socialista. Las luces brillantes del capitalismo no permitían que la oscuridad austera del socialismo pudiera conquistar el corazón de los hombres. La amnesia del pasado nazi no era suficiente, los berlineses tenían que vivir sin esperanza en el futuro, como robots en los que se hubiera programado una infinita cascada de consignas políticas, que debían repetir como un mantra hasta olvidarse de quiénes eran y cuál era su lugar en el mundo.

Los alemanes de la República Democrática habían cercado la pequeña isla occidental en medio de su territorio, pero ellos eran los verdaderos prisioneros dentro de su propio país.

Stefan vio a dos niños encaramados a la pared, uno sobre los hombros del otro. El más pequeño tenía que estirar el cuello para ver por encima del muro, en un último esfuerzo por despedirse de algún amigo atrapado en la parte occidental. A su lado una mujer con la mano en la cara gritaba desesperada, pero la mayoría de los berlineses miraban en silencio, mientras el telón se cerraba lentamente anunciando el final del último acto de aquella patética tragedia wagneriana.

Algún instinto de la infancia le llevó hasta la casa de sus padres. Tocó el timbre varias veces sin obtener respuesta, sus manos estaban temblando, sudaba y el corazón le latía con fuerza, como si hubiera ido corriendo. Giselle y él se habían conocido dos años antes casi por casualidad. Stefan ya no pasaba mucho a la parte oriental, pero muy de vez en cuando visitaba a su madre, que se había quedado viuda hacía poco tiempo. Los dos habían coincidido en el tranvía. A ella se le había caído el cuaderno que llevaba a su academia de ruso y él lo había recogido gentilmente. Se habían pasado todo el trayecto charlando y después Stefan la había acompañado a la puerta de la academia y había hecho tiempo en un café cercano, para esperarla a la salida. Dos años más tarde estaban casados y con una hija.

La puerta se abrió muy lentamente. Su madre, Berta, parecía totalmente ajena a la realidad, había perdido la cabeza a la llegada de los rusos a Berlín. Él aún recordaba aquel día, apenas tenía diecisiete años cuando los soviéticos destruyeron los últimos bastiones e invadieron la capital. Todos habían rezado para que llegaran antes los norteamericanos, pero ni los dioses paganos del Tercer Reich, ni el viejo Dios de los luteranos habían atendido sus súplicas.

La mayoría de los berlineses habían oído acerca de las violaciones en el Este, a medida que las tropas rusas avanzaban. En algunas localidades se habían producido suicidios colectivos, incluso algunos padres habían asesinado a sus hijos en un último acto de amor incomprensible. El caso más asombroso se había dado en la localidad de Demmin, donde un gran número de sus vecinos se habían suicidado ante la llegada inminente de los invasores. Mientras los soviéticos ocupaban los últimos barrios de Berlín, decenas de berlinesas se arrojaron al río con sus hijos para ahogarse en las heladas aguas del Spree. Stefan fue testigo de aquellas madres desesperadas arrojando a sus bebés al agua entre lágrimas. Gritando sus nombres mientras los niños se hundían lentamente bajo las aguas, agitando sus brazos pequeños y pálidos.

Cuando finalmente llegaron los soviéticos al apartamento, su madre preparaba la comida, aunque no podía disimular su nerviosismo. Toda la ciudad aguantaba la respiración, intentando no pensar en ello, pero el miedo se respiraba por las calles y, tras las últimas escaramuzas y bombardeos, Berlín se envolvió en un inquietante silencio, que muy poco tiempo después se vería roto por el desgarrador sonido de las gargantas de las mujeres, suplicando que las dejaran en paz, y los gemidos de placer de los soldados rusos.

Al filo de la medianoche escucharon ruidos en la escalera, llevaban algo más de dos horas intentando conciliar el sueño, pero los nervios no los dejaban descansar. Las voces comenzaron a ascender, los golpes en las puertas, los pies descalzos que corrían de un lado al otro intentando retrasar por unos segundos lo inevitable. Entonces las botas militares se detuvieron frente a la entrada, alguien gritó en un alemán casi inteligible que abriesen. Madre e hijo se miraron, contuvieron la respiración, como los niños cuando oyen ruidos entre las sombras de su habitación y cierran los ojos para no gritar aterrorizados. Después Berta se puso las zapatillas y caminó despacio hasta la puerta, la hoja de madera vibraba como el tronco de un árbol sacudido por el viento; quitó los cerrojos y apenas había abierto cuando alguien la empujó con fuerza, derrumbándola al suelo.

Stefan corrió por el pasillo hasta la entrada, cuatro soldados rusos le apuntaron con las armas, pero un cabo les ordenó que bajaran los fusiles.

—¡Registro! —gritó estridente el suboficial. Después levantaron en volandas a la mujer y le pidieron con urgencia que les diera todas las joyas, comida o cualquier cosa que tuviera un mínimo de valor.

Los Neisser eran una sencilla familia de clase obrera. Sus únicos lujos consistían en una radio Volksempfänger, algunas cucharas de plata de la abuela y el anillo de casada de su madre. Los rusos le sacaron la alianza del dedo con violencia, se metieron en los bolsillos las cucharas y tenedores de plata y el oficial se puso el receptor de radio bajo el brazo.

Uno de los soldados comenzó a vaciar los estantes y armarios de la pequeña cocina, aunque lo único que encontró fue un poco de harina mohosa, un sucedáneo de café y un par de patatas minúsculas medio podridas.

—¿No tiene más comida? —le gritó el suboficial. Berta le miró con los ojos muy abiertos, su rostro reflejaba verdadero terror, paralizándola por completo.

—No hay nada más —dijo Stefan dando un paso al frente e intentando interponerse entre los soldados y su madre.

Uno de los hombres le golpeó con la culata del fusil en el estómago, y le patearon en el suelo, mientras su madre, que pareció volver en sí, les suplicaba que le dejasen en paz.

El suboficial hizo un gesto y los soldados se detuvieron; entonces se aproximó a ella y le tocó sus pechos por debajo de la bata. La mujer se quedó quieta, aguantando la respiración. Sintió que el hombre la empujaba hasta la cama y antes de que pudiera entender lo que estaba a punto de suceder se subió sobre ella, besándola en el cuello y sacando sus pechos pálidos a la luz mortecina de la bombilla. Tras violarla, dejó que sus hombres se divirtieran con ella. Stefan no pudo hacer nada, estaba tirado en el suelo sangrando por la boca. Intentó levantarse, pero le volvieron a golpear salvajemente hasta que perdió el conocimiento.

Su madre nunca volvió a ser la misma, parecía un vegetal, sin poder recibir ni dar amor, totalmente ajena a la realidad. A veces se sentía mal por haberla dejado en Berlín Este, pero necesitaba alejarse de sus recuerdos y tratar de comenzar su vida de nuevo. Ahora que la felicidad parecía regresar tímidamente a su vida, el destino parecía empeñado en destruir todas sus esperanzas. Su hermana corrió la misma suerte en la residencia en la que estudiaba, aunque ella sí había logrado rehacer su vida y casarse. Ahora vivía con su marido y dos hijos en el Berlín Oeste.

Aquel caluroso día de agosto Stefan besó a la madre en su rostro arrugado y frío, la mujer le miró indiferente, como si apenas le reconociese. No entendía que su hijo se estaba despidiendo de ella; si lograba pasar al otro lado del muro, no regresaría jamás.

—¿Qué sucede, hijo? —preguntó la mujer preocupada al ver las lágrimas que recorrían el rostro de Stefan. Había sido un niño muy llorón, pero desde que se hiciera un hombre apenas le había visto los ojos húmedos el día del entierro de su padre.

—Lo siento, madre, lo siento —dijo sin poder contestar a aquella pregunta que parecía partirle el pecho en dos. A pesar de la alambrada y la negativa de la administración a que pudiera llevarse a su familia al otro lado, tenía una ciega confianza en que lograrían ir a Berlín Oeste.

—No tienes nada que sentir. La guerra ya terminó. ¿Verdad?

—Sí, madre, ya terminó.

—Gracias a Dios estamos vivos y sanos. ¿Qué importa lo demás? ¿Has visto a tu hermana?

—Ya sabe que está en el otro lado. Yo llevo varias semanas arreglando papeles, hasta que no termine no regresaré y no podré ir a visitarla.

Su madre no comprendía nada. No era consciente de que Alemania estaba dividida en dos países y que su ciudad era la primera línea de una Guerra Fría que dividía al mundo entre capitalistas y comunistas.

—Muy bien, hijo. Yo ya he cenado. ¿Tú has cenado?

—No, madre. Todavía es muy pronto. Quería verla —contestó mientras volvía a acariciarle el rostro, desesperado porque sus labios y sus dedos recordaran la piel arrugada que tanto le había besado de niño. Ya no tenía a su padre para abrazarle y discutir con él. La muerte dejaba siempre un vacío tan profundo, como si robara definitivamente del alma la inocente idea de la eternidad que todos los hombres sentían al nacer.

Stefan salió de la casa con un fuerte dolor en el pecho. Sentía que le habían arrancado de raíz y que ya no pertenecía a ninguna parte. Caminó como un sonámbulo hacia la casa de su mujer, arrastrando los pies y con los hombros caídos, mientras la noche parecía llegar perezosa aquel 13 de agosto de 1961, cuando el mundo contuvo la respiración. Aquel domingo decenas de miles de personas habían visto cómo sus vidas quedaban partidas en dos. Muchos habían perdido sus trabajos en Occidente o la posibilidad de completar sus estudios, aunque lo más doloroso era no poder visitar a sus seres queridos, familiares y parejas. El paisaje de la memoria, el lugar donde dos amantes se habían dado el primer beso, la cama en la que había nacido un hermoso niño o el colegio en el que habían aprendido a leer y comprender el mundo, se habían convertido en una tierra ajena, donde las fronteras levantadas por los hombres transformaban a los vecinos en extraños y a los hermanos en enemigos.

Giselle vio a su marido sentado a la puerta de la casa, parecía sin fuerzas, casi exhausto. Stefan tenía aquellas crisis emocionales cuando se sentía superado por las circunstancias, aunque siempre lograba sobreponerse y encontrar una salida.

La niña comenzó a gritar al ver a su padre y Giselle se puso en cuclillas y dejó que se le lanzara a los brazos. Stefan levantó la mirada y su expresión cambió por completo. Le brillaban los ojos y una sonrisa ligera le suavizó los rasgos, como si el simple contacto con su hija le transformara por completo. Después de abrazarla durante un rato se puso en pie y besó a Giselle.

—¿Qué te pasa, Stefan? —preguntó la mujer confundida. Aquella mañana había dejado a su marido contento. La oficina del registro abría algunas horas por la mañana y esperaba obtener el permiso que les permitiría vivir en Berlín Oeste.

—Han denegado la solicitud —contestó encogiendo los hombros.

—¿Por qué? Todos los papeles estaban en regla —dijo la mujer, entendiendo al fin el estado de ánimo de su marido.

—Han rechazado todas las solicitudes, me han comentado que, si quiero reagrupar a la familia, tengo que regresar a Berlín Este. Tendremos que vivir aquí —dijo el hombre encogiéndose de hombros, como si por primera vez barajase aquella opción.

—De eso ni hablar. Aquí no hay futuro —dijo Giselle tomando a su hija de nuevo. La apretó entre sus brazos de manera instintiva. Intentando exorcizar la maldición de permanecer en la República Democrática como esclavos del sistema, excluidos para siempre del mundo del otro lado.

—Pero... Al menos el Gobierno nos facilita una casa, un trabajo y las cosas básicas que necesitamos —comentó Stefan, intentando convencerse a sí mismo de que era mejor hacerse a la idea.

—Vámonos ahora mismo —comentó la mujer tomando las chaquetas. Por la tarde refrescaba en la ciudad y no quería que la niña cogiese frío.

—¿No has visto el muro? —le preguntó el hombre. Le extrañaba que algo como aquello le hubiera pasado desapercibido.

—No lo he visto, pero he oído a la gente comentar que están dividiendo la ciudad —contestó mientras abría la puerta del departamento.

—No podemos saltar el muro con la niña —dijo incrédulo, como si no entendiera a qué se refería su esposa con «ir al otro lado».

—Simplemente nos colaremos, tal vez con tus papeles será suficiente, hay uno de los pasos que está saturado, dicen que los policías hacen la vista gorda, pero no sé cuánto tiempo seguirán así —contestó la mujer mientras intentaba atinar con la llave en la cerradura.

Entraron en la casa. Estaba empapelada con un estampado de flores renegrido y arrancado en muchas partes.

Giselle tomó un bolso grande y guardó algunas cosas a toda prisa, después se cambió de chaqueta, se arregló el pelo y vistió a la niña de domingo.

—¿Qué estás haciendo? —preguntó Stefan.

—Les diremos que vamos a una boda en el otro lado y que regresaremos antes de la noche —dijo nerviosa, intentando creerse su pobre fantasía.

—No funcionará.

—Bueno, al menos lo habremos intentado —comentó Giselle mientras cerraba la puerta de la casa y tomaba a la niña en brazos. Caminaron al paso, con la mirada baja y el corazón acelerado. Debían al menos intentarlo, aunque fuera imposible y tuvieran que quedarse para siempre en la RDA.

2

Los dioses

Los árboles del jardín aliviaban un poco el bochorno del día. Aquella era la casa más calurosa del complejo gubernamental, aunque en invierno también era la más cálida. El viejo Walter Ulbricht nunca pensó en que se convertiría en el presidente de la República Democrática de Alemania y en el primer secretario del comité central del partido. Había sobrevivido a la guerra de 1914, las purgas nazis de 1933, la guerra y las luchas políticas en la Unión Soviética, y ahora cubría la primera línea de defensa contra el fascismo. Había sido de los primeros en regresar a un Berlín todavía humeante y convertirse unos años más tarde en el hombre más poderoso del país; aunque aquel poder fuera limitado, cada paso que daba debía recibir la aprobación del Kremlin. Ulbricht era un superviviente y sabía que la única forma de salvar a la república era crear un cordón sanitario que parase la sangría de refugiados que estaba a punto de colapsar el país.

Las palabras del senador J. William Fulbright unos días antes le habían inspirado para construir una frontera que dividiera, por fin, Berlín y terminase con el bochornoso espectáculo de miles de ciudadanos escapando al lado capitalista que ponía en peligro a todo el bloque soviético. Él ya no creía en el paraíso socialista, ni siquiera pensaba en que el «cielo prometido» tras la dictadura del proletariado sería un mundo de igualdad y libertad; simplemente el azar le había llevado a ese puesto y sus decisiones parecían más un salto hacia delante que un plan meditado.

Alemania del Este era la primera pieza del dominó; si caía, no tardarían mucho en hacerlo Polonia, Checoslovaquia y toda Europa del Este. Sus malditos conciudadanos no eran en realidad comunistas, como tampoco habían sido nazis bajo el régimen de Hitler, simplemente querían vivir bien y no preocuparse mucho del porvenir.

Jruschov le había dicho unos días antes que si cerraba la frontera los americanos y alemanes occidentales serían los más felices del mundo. Era fácil comentar algo así a miles de kilómetros de Berlín, pero otra cosa era construir un muro en medio de la antigua capital de Alemania y dividir la ciudad en dos.

Habían elegido un domingo a propósito, la gente no iba a trabajar y cuando se levantaran por la mañana, la alambrada ya habría dividido Berlín en dos.

Aquella mañana, el viejo Ulbricht miró los memorándums, los informes de la policía y la Stasi, y después apoyó la espalda en el sillón de cuero del despacho. Puso las manos en la nuca y respiró hondo. Nadie entendía su soledad, no podía confiar en ningún miembro del Gobierno, el comité central estaba compuesto por una camarilla de conspiradores y envidiosos que esperaban que cometiera cualquier error para lanzarse sobre él y desplazarle del poder. Lo único que le ponía en pie cada mañana, que le animaba y permitía continuar era esa sensación embelesadora de que todos estaban a su servicio, le temían y le respetaban. Estaba casi completamente solo. Su hija Rosa nunca había vivido con él y su hija adoptiva Beate era una fuente de conflictos constantes. Su esposa Lotte siempre se mantenía fría y distante, pero era en la única que podía confiar.

Ulbricht se levantó y se aproximó a un pequeño mueble al lado de las estanterías, se sirvió una copa de licor y se sentó en el sofá. A veces le costaba imaginar la realidad, todo parecía un simple escenario en el que los actores se movían, pero no se les llegaba a entender, como si hablasen en un idioma desconocido. Amor, odio, pasión, miedo o felicidad le parecían palabras huecas, casi sacadas de un libro manido de Máximo Gorki; no entendía las pasiones humanas, para él todo debía estar al servicio de los principios del Estado. El bien común debía prevalecer sobre los intereses individuales. No estaba en su puesto para contentar al pueblo, debía dirigirlo, llevarlo hasta el próximo estadio, mientras esperaba que en el camino aquella masa ingente de desagradecidos y desclasados al menos se comportara de manera razonable y dócil, cooperara en su educación.

El viejo presidente sintió cómo el alcohol comenzaba a nublar su mente, una sensación placentera que lograba alejar todos sus fantasmas, las dudas y los pocos escrúpulos que le quedaban. Los supervivientes siempre buscaban su propia salida, algo que en el fondo no lograba comprender. Él, que pedía el sacrificio máximo de su pueblo, que renunciase a sus deseos egoístas, confundía los deseos del Estado con los suyos propios. La suerte estaba echada, ahora únicamente quedaba esperar la reacción de Occidente, en especial de Estados Unidos; aquella eterna guerra de palabras podía pasar a un grado más peligroso, pero al menos convertiría su monótona existencia en algo interesante, casi emocionante, ya que el comunismo siempre se sentía más a gusto en el caos y en la lucha que en la construcción del mundo nuevo, el cielo comunista, que prometía a todos sus fieles.

El béisbol era capaz de unir a enemigos irreconciliables, tenía esa capacidad de disolver las disputas y convertirlas en lejanas charlas de salón. El Gobierno y la Cámara de Representantes se encontraban a medio gas en pleno verano y la celebración del partido de béisbol de los Senators de Washington era uno de los pocos acontecimientos políticos en los que Dean Rusk lograba relajarse por completo. El secretario de Estado había dado la orden a todo el departamento de que no hiciera declaraciones sobre la construcción del muro en Berlín, pero siempre había un bocazas en cada casa y Foy Kohler era el mayor «hijo de puta» de la administración Kennedy. El presidente quería enviarlo de embajador a Moscú, pero Rusk pensaba que era capaz de provocar una Tercera Guerra Mundial si se lo proponía. Kohler había declarado a la prensa que los alemanes orientales habían hecho un favor a Estados Unidos construyendo un muro.

Rusk pensaba lo mismo, pero esas cosas nunca se reconocían en público, el pueblo americano no estaba preparado para según qué cosas. Las relaciones internacionales eran muy complejas, y en aquella partida de ajedrez interminable a veces había que sacrificar un alfil para salvar a tu reina.

Apenas había terminado el partido cuando el presidente lo llamó para que se presentara en su despacho. Aquel joven aristócrata católico y sobre todo su hermano Robert, le parecían demasiado blandos para el momento histórico que les había tocado vivir, pero en ocasiones John lograba impresionarle. Detrás de su cara aniñada y su bella sonrisa había un hombre de Estado, aunque aún le quedara mucho para convertirse en el Roosevelt que muchos querían ver en el joven Kennedy.

—Buenos días, Dean, ¿qué coño está pasando en Berlín? —le soltó el presidente en cuanto entró en el despacho.

—Señor presidente, lo cierto es que no nos esperábamos algo así. Todo ha sido muy rápido...

—Dean, no me vengas con gilipolleces. Necesito respuestas. Esos cabrones de la CIA y los militares me cuentan historias, pero de ti espero que digas la verdad.

—Al parecer Jruschov dio el visto bueno a Ulbricht; pensaron que era la mejor forma de frenar la crisis. El corresponsal de la CBS, Daniel Schorr, está diciendo en directo que se necesitarán tropas para frenar a la población resentida. Lo cierto es que hay mucha confusión.

—Mi hermano ha recibido un cable desde Berlín del presentador Edward R. Murrow comparando el Muro de Berlín con la invasión de Renania por Hitler. Nos piden que actuemos —dijo el presidente mientras jugueteaba con un lapicero; después se puso en pie y comenzó a caminar por el despacho oval y al final se sentó al filo del escritorio.

Dean lo miró por unos segundos antes de abrir la boca, no quería cabrear al presidente y mucho menos darle un mal consejo que precipitase una escalada militar.

—Los rusos quieren provocarnos; este paso en el fondo es el reconocimiento de una derrota, pero lo peor de todo es que nadie nos ha informado de lo que iba a pasar hasta que los comunistas han colocado el primer ladrillo. Mierda, nadie parecía saber lo que estaba a punto de suceder —comentó el secretario de Estado, furioso.

Kennedy lo miró sorprendido. Dean podía ser un patán en ocasiones, pero tenía buen olfato con los rusos, se dijo mientras tomaba un puro de una cajita de madera y se lo ofrecía a su colaborador.

—Son cubanos, al menos hacen algo bien esos cabrones —dijo un poco más relajado.

—Berlín es para ellos lo que Cuba para nosotros. Estamos jugando en su patio trasero, señor presidente. Es normal que intenten frenar la sangría de fugitivos que corren al otro lado.

—No es una solución bonita, pero un muro es muchísimo mejor que una guerra. La política es el arte de lo posible, no de lo ideal. Creo que este es el fin de la crisis de Berlín.

—A los del otro lado les ha entrado miedo y están reculando —comentó John; después encendió el puro del secretario de Estado y con la misma cerilla prendió el suyo hasta quemarse la punta de los dedos.

Aquello le hizo gracia, era una pequeña metáfora de lo que estaba sucediendo en Europa, el último que tuviera la cerilla en la mano terminaría por quemarse. Ahora la tenían los rusos y él no pensaba hacer nada al respecto.

—Lo que tenemos que asegurarnos es que todo el mundo esté con la boca cerrada —afirmó Dean tras echar una bocanada de humo—, unas declaraciones demasiado críticas podrían romper el débil equilibrio.

—Transmita la orden a todos los departamentos. La CIA nos ha informado de que todo está tranquilo en Berlín —dijo John; después cruzó los brazos y permitió que el humo del puro le nublase la mente.

—Mis datos no son tan optimistas. Ya han escapado diez guardas de frontera a Occidente y en algunas zonas de la ciudad hay protestas —dijo Dean, que no quería que el presidente se confiara. Aquella decisión de los rusos podía acarrearles muchos problemas. Los ciudadanos no soportarían ver cada día en la televisión de sus hogares cadáveres de niños o muchachos de pelo rubio.

—Para hacer una tortilla hay que romper algunos huevos. Asegúrese de que no son los nuestros —contestó el presidente mientras apretaba el botón de su secretaria.

Dean salió del despacho con la sensación de que Kennedy parecía demasiado relajado y optimista. La tensión comenzaría a crecer en cuanto hubiera algún muerto; la opinión pública norteamericana no reaccionaba muy bien ante civiles acribillados a balazos y no entendía que, para salvar a miles o decenas de miles, en algunas ocasiones era necesario que murieran unos pocos.

Willy Brandt miró la alambrada y torció el gesto, nadie parecía estar interesado en lo que les sucediera a los berlineses. Para buena parte del mundo los alemanes seguían siendo los culpables de dos guerras mundiales y de la muerte de millones de personas. Que les oprimieran o aplastaran como a cucarachas era lo mínimo que se merecían. La ciudad continuaba ocupada después de dieciséis años. Era cierto que Estados Unidos había invertido decenas de millones en la reconstrucción del país, pero la frágil República Federal no podía seguir soportando tanta presión. Eran el muro de contención del comunismo, y ahora tenían que soportar que sus padres, hijos y hermanos se convirtieran en prisioneros en su propio país.

El alcalde de Berlín revisó de nuevo el cable que estaba a punto de enviar al presidente de Estados Unidos y chasqueó la lengua.

—¡Qué diablos! —gritó mientras le entregaba el texto a su secretaria.

Casi se sabía de memoria el telegrama. Estaba harto de los bellos discursos y las bonitas intenciones. Kennedy era un experto en manipular los sentimientos, elevar al pueblo con sus palabras y después no hacer nada. Por eso el cable concluía de manera abrupta:

«¡Berlín espera algo más que palabras! ¡Berlín espera acción política!».

La vida de Brandt no había sido fácil. Sin padre reconocido, huido tras la llegada al poder de los nazis, viviendo siempre en la clandestinidad. Después de ser diputado y presidente del Parlamento, estaba desempeñando el cargo más complejo de su vida, la alcaldía del Berlín Occidental. No era sencillo gobernar media ciudad y tener que llegar a acuerdos con todas las fuerzas de ocupación, en especial la rusa, pero un muro era como una bofetada en plena cara. La poca normalidad de la que gozaban los berlineses había sido truncada por los burócratas y traidores de la República Democrática.

Los centros de acogida de refugiados estaban saturados, era muy complicado encontrar un apartamento en Berlín Oeste, pero como alcalde se sentía responsable de los vecinos de ambos lados del muro, aunque los rusos no le permitieran ejercer su autoridad en aquella parte de la ciudad. El presidente Adenauer no movería un dedo por Berlín, estaban en plena campaña electoral y lo único que buscaba era su tercer mandato. La mayor parte de los alemanes preferían pasar página, aunque eso supusiera que algo más de un tercio del país quedaba aislado del resto. Los berlineses eran los únicos dispuestos a enfrentarse a los rusos y a sus perros fieles al otro lado de la alambrada.

Tras enviar su cable a Kennedy, el alcalde tomó la chaqueta y decidió pasear discretamente por la orilla del muro. Mientras recorría las calles divididas por aquella inmensa cicatriz, no podía dejar de pensar en los cientos de miles de conciudadanos que se encontraban al otro lado. Eran los rehenes de una guerra de palabras, en la que los hombres y las mujeres corrientes eran meras comparsas, condenados a observar desde sus ventanas la libertad que el mundo les negaba.

3

El palacio de las lágrimas

Stefan y Giselle salieron del apartamento con el cochecito de la niña y caminaron durante más de una hora hasta llegar a la Friedrichstrasse. Las calles estaban desiertas, aunque, a medida que se aproximaban al muro, la gente parecía concentrarse para ver con sus propios ojos lo que otros les habían contado a lo largo del día. Era domingo y a pesar de que la noche estaba a punto de oscurecer el cielo blanquecino de Berlín, los habitantes se negaban a acostarse. Cruzaron el río que parecía transportar un agua negra y espesa, y vieron el puente de trenes y la estación negra, que parecía suspendida en medio del cielo. Aquel antiguo puente ferroviario se había convertido en un paso fronterizo. Permitía el tránsito de vehículos por debajo, y por la parte alta circulaban los trenes a uno y al otro lado del río.

Encontraron una larga fila que rodeaba la mole de hierro y hormigón; no había orden, la gente se acumulaba en grupos, algunos llevaban maletas; otros, mochilas, y la mayoría simplemente tenía las manos en los bolsillos y la cabeza gacha. A muchos les había sorprendido la construcción del muro mientras pasaban el fin de semana con la familia; otros simplemente querían asegurarse de que podrían pasar para trabajar al día siguiente. La confusión era máxima, la policía vigilaba la larga fila con cierta irritación, pero nadie se quejaba ni hacía preguntas. El silencio era incómodo, la tensión parecía haber enmudecido a los alegres berlineses. El río Spree refrescaba el ambiente bochornoso a pesar de que durante el día había hecho mucho calor.

Tuvieron que esperar más de dos horas a que les llegara su turno. La pareja se aproximó al control de policía muy despacio, la prisa siempre era sospechosa en Berlín Este, el mundo debía discurrir muy lentamente, como si todo se hubiera detenido tras la ocupación rusa. Cuanto más cerca estaban de la caseta de la policía de Aduanas, más sentían el corazón acelerado, pero sus rostros no reflejaban ningún tipo de nerviosismo. Los berlineses se habían convertido con los años en excelentes actores, siempre representando un papel, sin poder mostrarse al mundo tal y como eran en realidad.

La pareja observó cómo la mayor parte de las personas que deseaban subir a los trenes era devuelta a la escalera principal. Sus caras de decepción y angustia por primera vez mostraban sus verdaderos sentimientos. No había caras efectivas que disimularan la desesperación.

Tragaron saliva cuando vieron que les hacían una señal para que se adelantasen. Un guarda muy joven los detuvo con la palma de la mano, frunció el ceño para aparentar más autoridad y después extendió la mano para que le facilitasen sus papeles. Stefan intentó explicarle porqué se dirigían al otro lado, pero el guarda levantó a regañadientes su mirada de los documentos y le lanzó una mirada amenazante. Stefan se quedó callado, con el sombrero en la mano y mirándose los zapatos.

—Sus papeles están en regla, pero su mujer e hija no pueden pasar —dijo el policía devolviéndole los documentos.

—Vamos a la boda de unos familiares, regresaremos antes de que anochezca mañana —dijo Stefan con la voz temblorosa. Intentó que su mirada suplicante conmoviera al guarda, pero este se limitó a dirigir sus ojos al carrito y después a la mujer.

—¿Podemos pasar? —añadió Giselle, con una sonrisa seductora, intentando ejercer algún tipo de efecto sobre el joven e impasible policía.

El joven policía frunció el ceño, como si estuviera demasiado acostumbrado a cualquier tipo de mentira y subterfugio que los fugitivos intentaran con él. Les habían enseñado en la academia que no podían confiar en nadie, que todo el mundo era sospechoso hasta que no se demostrara lo contrario.

—¿No han visto el muro? Se terminó la tolerancia con los traidores, ya han desertado demasiados desgraciados que nos dejan por los cantos de sirena occidentales. ¿Piensan que la vida es más sencilla al otro lado? No sean ingenuos. Aquí el Estado se preocupa por los ciudadanos, allí —dijo señalando con el dedo el otro lado del andén— el mundo es hostil, uno vale lo que tiene. Yo nací en aquel lado, pero hace unos años mis padres se trasladaron, Alemania necesita unificarse de nuevo y construir un Estado socialista que nos devuelva el orgullo de sentirnos alemanes.

Los dos le miraban atónitos, sus palabras no eran propaganda, aquel hombre creía lo que decía. Les parecía increíble que alguien pudiera estar tan ciego, pero sabían por experiencia que el fanatismo siempre había sido el mayor catalizador del odio y lo que realmente sustentaba los regímenes totalitarios por todo el mundo. La República Democrática Alemana no era una excepción. La mayor parte de la población se sometía sin rechistar, pero millones estaban completamente convencidos de que el Estado comunista era la esperanza que necesitaba el mundo.

—Simplemente vamos a una boda —insistió Giselle. Apretó con las manos el manillar del carro hasta que los nudillos se amorataron.

—Márchense antes de que los detenga. Den gracias a su hija, si no fuera por ella avisaría a mi sargento, gente como ustedes son despreciables. El Estado les ha dado todo lo que tienen y se lo pagan mintiendo y engañando. ¿Qué clase de alemanes son ustedes? —dijo el hombre subiendo el tono de voz. Era mejor que se marcharan cuanto antes, un policía de frontera furioso podía llegar a ser peligroso.

Se dieron la vuelta y, apenas habían recorrido un par de metros, cuando oyeron una voz ronca y fuerte. Stefan se giró y vio la cara rojiza del sargento que se había acercado para preguntar al policía.

—¡Vengan! —les gritó con voz firme.

La pareja se acercó dubitativa, Giselle aferró con una de las manos la chaqueta de su esposo. Ella había cruzado muy pocas veces por los controles, apenas conocía la parte occidental. Stefan, en cambio, era un verdadero experto, por eso sabía el peligro que corrían. Terminar en una de las cárceles de la Stasi no era nada agradable. El sargento, completamente calvo, con unas lentes redondas, les pidió de nuevo la documentación, la examinó unos segundos y dijo:

—Usted, señor, regrese al otro lado.

—Pero, señor...

—No queremos a traidores entre nosotros —insistió el sargento mientras aferraba al hombre del brazo. Giselle agarró el otro para resistirse a la separación, pero su marido intentó tranquilizarla. Posó su mano en el hombro de la mujer e intentó guardar la calma.

—Tengo aquí a mi familia —le explicó Stefan, mientras abrazaba a su esposa—. Prefiero quedarme.

El sargento los separó bruscamente y ordenó a dos de sus hombres que se lo llevaran al otro lado. Él se resistió, pero lo zarandearon con fuerza y terminaron por arrastrarle entre gritos. Nadie hizo nada, la gente agachaba la cabeza con la esperanza de que no les sucediera lo mismo.

—¡Por favor, señor! —le suplicó Giselle con los ojos hinchados. Stefan se convirtió en un borrón mientras las lágrimas le robaban aquella última visión de su marido.

Giselle soltó el carrito en su desesperación. No le importó la niña que lloraba sin parar, lo que pudiera sucederle o si los guardas sacaban sus armas y la abatían allí mismo, no podían llevarse a su hombre. Sabía que encontrar el amor en la vida tiene mucho de azar y no podía perderlo sin al menos luchar. El sargento no le hizo el menor caso, y cuando la mujer corrió hacia su marido, la detuvieron a pesar de sus protestas. La niña, asustada, comenzó a gritar. En un momento los tres estaban llorando, mientras el resto de los berlineses los miraban atemorizados, demasiado acostumbrados a agachar la cabeza y a obedecer órdenes.

Los gritos se fueron espaciando, como las ondas que produce una piedra en mitad de un lago, hasta que el silencio de las lágrimas terminó por arrancarles el último sueño que aún les quedaba: convertirse en una familia normal, intentando que aquel pasado terrible que los aplastaba como una losa fuera aligerándose gracias a la fuerza del amor y el poder de la esperanza. Cuando Stefan cruzó la línea amarilla pintada en el suelo y entró a empujones en uno de los trenes, Giselle perdió toda esperanza. Aquella estación de tren donde la gente se despedía o reencontraba, el lugar en el que los sueños y los proyectos se hacían realidad, se había transformado en el palacio de las lágrimas y los suspiros de los berlineses, que una vez más tenían que enfrentarse a su terrible destino.

Stefan miró por la ventanilla del tren, los tejados de los edificios y las ventanas estaban apagados hasta que pasó al lado occidental. En la parte de la RFA las luces de las tiendas, las terrazas repletas de gente y la música contrastaban con el silencio y la oscuridad del otro lado. Llevaba más de dos semanas en el Berlín Este arreglando papeles y apenas se había percatado de la paulatina tristeza y desesperación que iba invadiendo a los que habitaban al otro lado de la frontera. La ropa era monocolor, apenas había gente con tejanos o deportivas, las mujeres no se arreglaban tanto y los coches eran viejos o de formas cuadradas al estilo soviético. Dos mundos que se daban la espalda en muchos sentidos, aunque continuaban observándose de reojo por si el otro atacaba primero.

Una de las pocas cosas que unía a ambas partes de las dos ciudades, ya que Berlín en muchos sentidos estaba desapareciendo, transformándose en dos ciudades contrapuestas, era el gran número de militares. Los soldados soviéticos y alemanes en la República Democrática vigilaban gran parte de la ciudad, podían verse por todos lados, sobre todo en los pasos oficiales de transeúntes. En el lado occidental la presencia norteamericana era notable. Todo el mundo se había acostumbrado a los soldados pelirrojos de caras pecosas y que masticaban chicle obsesivamente y a los reclutas negros, que parecían algo exótico en Alemania, aunque cada vez era más común ver a turcos, italianos o griegos por las calles de cualquier gran ciudad del país.

Stefan se bajó en la primera parada al otro lado, le parecía increíble que a una simple estación de distancia estuviera la libertad. El tren parecía viajar en el tiempo, desde un mundo gris, caduco y en guerra hasta un lugar brillante, alegre y despreocupado. Su familia se encontraba al otro lado, por eso no le importaron los quioscos de comida, las cafeterías repletas de gente que cantaba intentando prolongar el domingo o la música que salía de los pubs. Su único pensamiento era la forma de sacar a Giselle y a su hija del otro lado.

Imaginó que Giselle había regresado a su casa entre lágrimas. No tenía mucha relación con su familia, únicamente con una hermana mayor que ella, soltera y miembro del Partido Comunista. Sus padres la habían repudiado al casarse con él. Para ellos era un don nadie, un renegado, un simple conductor de tranvía que nunca haría nada importante en la vida. Ellos eran profesores de bachillerato, militantes comunistas, animadores del partido en su barrio. Organizaban a los niños en el FDJ, el sustituto comunista de las Juventudes Hitlerianas. Siempre habían soñado que su hija pequeña se casaría con algún líder del partido, pero estaban equivocados. Giselle odiaba la RDA, sus fiestas políticas, sus desfiles y el culto al dios Estado. Desde muy pequeña había seguido a los grupos de música de Occidente, adoraba vestirse como ellos y quería convertirse en una sucia capitalista.

El hombre caminó con las manos en los bolsillos y comenzó a recorrer la alambrada y el muro de norte a sur. Estuvo varias horas caminando hasta que se hizo de noche. Buscaba una fisura, algún lugar por el que entrar, al menos los tres estarían juntos. Prefería vivir al otro lado, que sentirse angustiado y perdido en la parte occidental. Al final se sentó en un banco frente al río. Hacía frío y una neblina se extendía por todas partes. La temperatura había bajado mucho y entonces observó algo que le estremeció. La larga y sinuosa línea del muro se iluminó de repente, como una serpiente de luz brillante. Por unos segundos apartó la mirada, pero cuando sus ojos se acostumbraron no pudo dejar de observar el resplandor. Los guardas de la RDA no querían que los refugiados se escabulleran entre las sombras, aquellos potentes focos pretendían impedir que la gente utilizara la oscuridad nocturna para atravesar la todavía estrecha franja que les separaba de la libertad. Curiosamente, el lado comunista que siempre parecía encontrarse en la penumbra, iluminaba la enorme cicatriz que separaba a dos mundos que parecían irreconciliables.

Stefan se llevó las manos a la cabeza.

—¡Dios mío! —exclamó mientras se agarraba del pelo y comenzaba a llorar de nuevo. Después se aproximó a la barandilla al lado del río y miró a todo lo largo del cauce; aquella interminable línea de luz se perdía en la lejanía.

El hombre se puso a caminar de nuevo. Se sentía exhausto, pero no podía irse a dormir como si no pasara nada. Entonces, al acercarse a Kiefholz Strasse, se fijó en el Treptower, el parque más extenso de la ciudad. Allí la oscuridad era casi plena. Al parecer los guardas no habían podido instalar sus focos en medio de los árboles.

Se adentró entre los arbustos y logró llegar hasta el alambre. En esa zona no había muro, únicamente les había dado tiempo a levantar una rudimentaria alambrada.

La única luz de la zona provenía de un par de farolas cercanas, tomó unas piedras y reventó los focos. Entonces la oscuridad se hizo completa. En ese momento escuchó unas voces en la oscuridad.

—Klaus, ten cuidado —dijo una voz femenina.

El hombre intentó escrutar entre las sombras y logró ver la figura de una mujer con una pequeña maleta y un niño que caminaba a su lado. Parecían buscar a lo largo de la alambrada algún lugar por el que escapar. Stefan comenzó a palpar los alambres hasta que vio una pequeña abertura. La amplió con sus manos, sin importarle que las púas le atravesaran las palmas.

—Por aquí —dijo en algo más que un susurro.

Los pasos de los dos desconocidos se detuvieron, como si desconfiaran de que alguien quisiera ayudarles justo en mitad de la noche, en medio de la espesura del parque.

—Vengan por aquí —insistió, intentando no alzar mucho la voz.

Los pasos comenzaron a moverse sobre las hojas y el césped del suelo, los oyó a poco más de diez metros, pero antes de que pudieran llegar a donde se encontraba, unos ladridos les alertaron.

La mujer caminó más rápido, pero el niño tropezó y comenzó a llorar.

—No, Klaus —dijo la mujer tapando la boca de su hijo.

Los perros ladraron con más fuerza y se aproximaron corriendo hacia ellos. Unas botas les seguían a pocos pasos, los guardas se acercaban.

—¡Corran! —gritó Stefan, intentando que se apresuraran a escapar.

El niño y la madre corrieron en medio de la oscuridad, arañándose con las ramas y tropezando con las raíces de los árboles. Entonces logró ver sus caras angustiadas en medio de la oscuridad y estiró los brazos para hacer más grande la abertura.

Los pastores alemanes ladraban muy cerca, dos linternas alumbraban a pocos metros de la mujer y el niño.

—¡Alto! —Se oyó en mitad del silencio de la noche. Stefan sintió un escalofrío que le recorría toda la espalda y pensó en el terror que debían de experimentar esa pobre mujer y su hijo.

Los perros comenzaron a dar dentelladas en la falda de la mujer; esta intentó zafarse y proteger al niño, y uno de los pastores alemanes le mordió el brazo y dio un gemido de dolor, mientras los guardas casi llegaban a alcanzarles.

—¡Dios mío! —bramó el hombre—. ¡Es una mujer y un niño, déjenlos, hijos de puta!

El niño llegó a la alambrada y sacó la cabeza, pero antes de continuar miró atrás. Los perros tiraban con fuerza de su madre. Comenzó a llorar y extendió sus bracitos sin temer a los perros. No podía cruzar sin ella. La mujer en un último esfuerzo logró aferrarse a la alambrada, pegó una patada en el hocico de uno de los animales, que dio un gemido y mordió con fuerza la pierna de la mujer. La sangre comenzó a recorrerle el muslo, el dolor era insoportable, pero tenía que conseguirlo.

—¡Sáquelo! —gritó a Stefan.

El hombre la miró incrédulo. Estaba paralizado, angustiado y confuso, pero logró tirar del niño y ponerle al otro lado de la alambrada. El pequeño pataleaba y gritaba el nombre de su madre.

—¡Venga señora! —gritó Stefan sacando los brazos por el alambre. Los ojos de los perros brillaron en la oscuridad y las linternas le enfocaron en el rostro.

—¡Suéltela! —gritó un guarda muy joven, casi un niño. El soldado le apuntaba con un fusil, mientras el otro comenzó a tirar de la otra pierna de la mujer.

Stefan miró al rostro del soldado. No sentía miedo, la adrenalina le mantenía embriagado y en un último intento tiró de la mujer, pero no pudo sacarla. El otro guarda le aferró el cuello. Uno de los perros soltó a la señora y dio una dentellada a un centímetro del hombre, que instintivamente soltó las manos suaves y frías que hasta un segundo antes aferraba con fuerza.

Oyó un disparo que pasó rozando su cara, y se dio la vuelta, cogió al niño en brazos y comenzó a correr. Las lágrimas le recorrían la cara y caían por sus hombros, su pecho se hinchaba por el esfuerzo, pero apenas sentía el peso del niño que pataleaba y gritaba llamando a su madre. No quiso mirar atrás, pero se imaginó el rostro desesperado de aquella mujer que veía cómo su hijo se alejaba en la oscuridad en los brazos de un desconocido. Sintió todo aquel dolor, que se confundió con el suyo. Los ladridos de los perros y los gritos de los guardas comenzaron a oírse a lo lejos, y cuando quiso darse cuenta ya estaba en las calles iluminadas.

La gente los miraba horrorizados. Stefan no se había dado cuenta, pero sus manos sangraban tiñendo las ropas del niño. El pequeño tenía el rostro ennegrecido por la tierra y las lágrimas, y no paraba de gritar. El hombre comenzó a ir más despacio y terminó por dejar al niño sobre un banco.

—Tranquilo —acertó a decirle, aunque él mismo se encontraba tan alterado, que le sonó algo estúpido, pero el niño comenzó a calmarse. Respiraba muy rápido y gemía, lo miraba asustado, casi en estado de shock.

—Mi mamá —dijo señalando la oscuridad. Stefan sintió un nudo en la garganta y lo abrazó. Pensó en su hija pequeña, en su esposa y en aquella madre herida y asustada en medio de la oscuridad. Se preguntó el porqué de todo aquel sufrimiento. ¿Qué sentido tenía levantar aquel muro terrible en mitad de Berlín?

—No te preocupes.

Le secó las lágrimas de la cara y lo bajó al suelo. Comenzaron a caminar por las calles aún llenas de gente en el centro. Todos los miraban, pero nadie hacía ni decía nada. Para ellos eran fantasmas de un pasado que querían olvidar. Cuando llegaron al centro de refugiados, Stefan abrió la puerta y el niño levantó la mirada algo asustado.

—Todo está bien —dijo el hombre sin soltarle de la mano. Entraron despacio en el inmenso salón repleto de gente que se disponía a dormir. Parecían náufragos en medio de una tempestad que comenzaba a calmarse, todos ellos habían dejado a alguien atrás, mientras que sus vidas rotas flotaban a la deriva.

Una mujer vestida de enfermera se les acercó. No hizo falta hablar. Tomó al niño en brazos, dedicó una breve sonrisa a Stefan y se lo llevó entre la marea humana que se acostaba en colchonetas en el suelo. El hombre se giró y salió de la sala sin mirar atrás. El frescor de la noche apenas le hizo reaccionar, se metió las manos en los bolsillos y caminó sin rumbo hasta que la luz de la mañana comenzó a despuntar entre los tejados de Berlín.

4

El salto

El joven soldado Conrad Schumann se acercó hasta la bobina de alambre que había en la esquina de Ruppiner Strasse y Bernauer Strasse. A sus veintiún años había vivido la mayor parte del tiempo en Zschochau, en el estado de Sajonia. Se dedicaba al pastoreo, pero un amigo le comentó que en la *Bereitschaftspolizei* podía ganar un buen sueldo y decidió probar fortuna. Conrad era un chico sano y despierto, de tez clara y ojos expresivos. En la academia destacó enseguida del resto de sus compañeros y tres meses más tarde le destinaron a la Universidad de Potsdam. La ciudad imperial lo deslumbró, pero enseguida pidió el traslado a Berlín, tenía mejor paga y podría gozar de las comodidades de una gran ciudad. Ahorraba la mayor parte de su sueldo y se lo mandaba a sus padres, pero en los últimos días apenas había podido dormir. La construcción del muro tenía a todos los guardas desquiciados. Para la mayoría aquel puesto era una manera fácil y segura de ganarse la vida. Alguien tenía que hacerlo, pero lo que no imaginaban era que se debían convertir en verdugos del resto de sus compatriotas.

El mando central les había ordenado que disparasen a matar a cualquiera que intentase huir al otro lado. Conrad no se sentía capaz de asesinar a sangre fría a un civil que lo único que quería era buscar una vida mejor en la Alemania Occidental. Varios de sus amigos vivían al otro lado, parte de su familia y millones de personas que eran tan alemanes como él. Nunca se había metido en política, pero aquel muro le hacía sentir incómodo. Siempre comentaba a sus compañeros que todos los seres humanos tenían un precio, pero que también tenían un límite y que cuando lo traspasaban sus reacciones eran del todo imprevisibles.

El día de la colocación de la alambrada no había dormido nada, aquel era el tercer día de la construcción y llevaba casi doce horas vigilando la labor de los obreros y controlando una de las zonas más conflictivas de la frontera.

Uno de sus compañeros se le acercó y le ofreció un pitillo. Antes de enrolarse como soldado no fumaba, pero aquel trabajo le ponía enfermo y el tabaco conseguía relajar sus nervios.

—Gracias —dijo mientras encendía el pitillo. Estaba sudando, tenía la parte trasera del uniforme empapada y la cuerda del fusil parecía traspasarle el hombro y clavársele en la clavícula.

Un grupo de mujeres se acercó al oficial al mando y comenzó a discutir con él. Al parecer tenían que ir al entierro de un hermano, pero el oficial les indicó que no tenían permiso para cruzar y que era mejor que regresaran a sus casas.

Conrad miró de reojo al oficial. Esos tipos arrogantes siempre estaban gritando a todo el mundo. Trataban mal a sus subordinados y parecían disfrutar haciendo daño a la gente.

—El teniente es un capullo —le dijo su compañero, como si le estuviera leyendo el pensamiento. Él asintió con la cabeza, prefería no dar su opinión, algunos soldados hablaban mal de los superiores, pero nunca podías estar seguro de si era una queja o simplemente querían probar tu fidelidad al régimen.

El joven miró de reojo al resto de los soldados, parecían entretenidos controlando el paso de los pasajeros. Se acercó a una de las paredes y se apoyó un momento, dando las últimas caladas a su cigarrillo. Miró el reloj, eran las cuatro de la tarde. Recordó el incidente del día anterior, cuando una niña que estaba de vacaciones con su abuela en el Berlín Oriental intentó regresar con sus padres. El oficial insultó a la anciana y después de malas maneras les obligó a regresar a su casa. Conrad no entendía por qué no dejaban que la niña se reuniese con sus padres.

Unas personas más allá de la alambrada lo miraron y una mujer le gritó:

—¡Ven a este lado!

Al principio pensó que se dirigía a otra persona, miró a su espalda y a los lados, pero estaba completamente solo. Respiró hondo, en su cabeza aquellas palabras no dejaban de resonar.

—¡No! —dijo en voz alta, como si intentase convencerse de que aquello era una locura. No conocía a nadie en Occidente, su familia estaba en Alemania Oriental y era arriesgado desertar. Si le capturaban podían condenarle a muerte en un consejo de guerra.

Conrad se aproximó a la barrera e hizo una comprobación rutinaria, a unos cien metros a su derecha dos soldados hacían la guardia. Al otro lado observó un furgón de la policía con el portalón abierto y cerró los ojos por unos segundos. Sintió la luz del sol atravesando sus párpados, y un hormigueo le recorrió todo el cuerpo.

Un hombre con una cámara le observaba atentamente, era un famoso fotógrafo llamado Peter Leibing, parecía interesado en cada uno de sus gestos y eso le hizo sospechar.

¿No estarían intentando engañarle? ¿Tal vez sus superiores querían dar una lección a todos los reclutas y matar a un traidor justo en el momento de la huida?

Al final, en un acto casi reflejo, tensó los músculos y se puso a correr. La alambrada estaba apenas a unos diez metros, no era muy alta, pero el peso de su fusil, el uniforme y la rigidez de sus músculos entumecidos no se lo iban a poner fácil. Si quedaba enredado no tendría tiempo de liberarse y pasar al lado occidental. Únicamente tenía una oportunidad.

Justo cuando estaba a punto de llegar a la alambrada saltó con todas sus fuerzas, sus botas se despegaron del suelo y su cuerpo flotó durante unos segundos ante la mirada atónita de sus compañeros, algunos transeúntes y el objetivo de la cámara del fotógrafo. Todos contuvieron la respiración, pero Conrad logró pasar por encima de la alambrada y arrojar el rifle al suelo, que sonó metálico y pesado al chocar con el empedrado.

Escuchó varios gritos a su espalda, el oficial corría detrás de él mientras ordenaba a sus hombres que abriesen fuego. Cuando Conrad cayó al suelo no lo dudó, continuó su carrera hasta entrar en la parte trasera del furgón de policía. Sus compañeros le apuntaron, pero ninguno disparó, para desesperación del oficial. El joven miró por la ventanilla, sus ojos reflejaban una mezcla de satisfacción y temor. Mientras el vehículo arrancaba pensó en sus padres, esperaba que el Gobierno no les hiciera nada por su improvisada huida, aunque ya era demasiado tarde para arrepentirse.

La furgoneta se alejó de la zona a toda prisa, mientras el oficial de frontera aún gritaba a sus soldados y sacudía las manos sin poder creer lo que había sucedido.

Conrad se apoyó en el furgón, no se había dado ni cuenta del policía que había a su lado.

—Bien hecho —le dijo el hombre de aspecto bonachón, con un gran mostacho gris. El joven le sonrió, aunque sabía que nunca estaría seguro. En algunas ocasiones agentes secretos de la RDA cruzaban la frontera y secuestraban a disidentes para llevarlos de nuevo al otro lado.

Conrad forzó una sonrisa, no estaba seguro de haber hecho lo correcto. Él no buscaba nada en la RFA, no le importaba la política, no soñaba con hacerse rico o conseguir los productos que escaseaban en el lado socialista, pero algo en su interior le había impulsado a saltar aquella barrera que dividía el mundo en dos partes y convertía millones de personas en condenados de por vida, alejándolos de sus seres queridos y truncando sus vidas para siempre.

Stefan parecía un hombre desquiciado. Hacía dos días que llevaba la misma ropa, no se había aseado ni peinado, apenas había dormido ni comido nada. Su única obsesión era reencontrarse con su esposa y su niña pequeña. Durante aquellas horas había intentado pasar al lado oriental por casi todos los pasos del centro, pero en cada ocasión había sido rechazado, en alguno de ellos con malos modos. La mayoría de los guardias de frontera no entendían por qué quería regresar cuando había miles de personas que darían todo lo que tuvieran por estar en su lugar; para Stefan la vida no tenía sentido sin su familia.

Al final logró contactar con Giselle por teléfono. No había sido sencillo, la mayoría de las líneas estaban cortadas, pero al menos había logrado escuchar su voz. Aguantó las lágrimas e intentó tranquilizarla. La mujer estaba muy nerviosa, no quería hacer nada. La niña estaba desatendida y ella no había ido a su trabajo.

—Tienes que intentar recuperar la normalidad. Buscaré la manera de reunirme con vosotras —dijo el hombre, de una manera tan convincente que hasta creyó que encontraría la forma de cumplir su promesa.

—No puedo, tengo que verte —dijo la mujer con un hilo de voz—. Tu madre me ha estado ayudando, la pobre parece que ha recuperado en parte su cabeza al verme tan desesperada.

—Eso me alegra. Ella os cuidará mientras estemos separados. En una zona de Bernauer Strasse hay una parte baja de la alambrada donde podemos vernos. Necesito que lleves a la niña. Estoy empezando a olvidarme de su rostro.

—No quiero salir. Si te veo, aunque sea a través de la alambrada, no podré soportar dejarte de nuevo.

—Esta tarde estaré cerca del puesto de guardia a las seis. Por favor, no faltes.

Stefan colgó el teléfono sin la seguridad de que su esposa acudiera a la cita. Parecía muy deprimida y desanimada, pero imaginó que al final triunfaría su deseo de verle y llevaría a la niña hasta la alambrada.

Mientras el hombre se dirigía hacia el muro, su mente estaba en otro lado. De alguna manera buscaba una solución. Siempre había sido un hombre práctico. Sus padres no habían podido darle mucha formación, ni siquiera mucho cariño, pero le habían enseñado la importancia de la tenacidad y que cada problema lleva implícito una solución. No se rendiría con facilidad, no mientras le quedara algo de aliento.

En cuanto se aproximó a la calle se dio cuenta de que los guardas del otro lado parecían muy alterados. Algunos transeúntes estaban reunidos en corrillo y hablaban animadamente. Al final se aproximó a uno de los grupos y se puso a curiosear.

—El soldado saltó por allí —decía un anciano señalando con el dedo la alambrada.

—Por eso han puesto más espinos —comentó un joven cargado de periódicos.

Stefan miró hacia el paso. El número de centinelas era mucho mayor que en los días anteriores.

—¿Un soldado ha desertado? —preguntó al grupo.

—Sí, se puso a correr por allí, soltó el fusil y se metió en una furgoneta de la policía tras saltar la alambrada. Ha sido algo increíble —comentó el anciano gesticulando con las manos.

—¿Y los soldados no le dispararon? —le preguntó, despertando por primera vez de su letargo.

—Fue todo muy rápido y no les dio tiempo. Ha tenido mucha suerte, y si llega a tropezar o enredarse seguro que le habrían acribillado. A este paso todos los ciudadanos de la RDA escaparán. La gente está muy harta de los comunistas —comentó una señora con la bolsa de la compra en la mano.

Una mujer levantó la mano al otro lado de la alambrada. Al principio Stefan no lo advirtió, pero notó una figura que se movía a lo lejos. Aguzó la vista y vio que llevaba a una niña en un carrito. El hombre le devolvió el gesto y se aproximó a la tapia baja. Esperó a que la mujer se acercase un poco.

—¡Stefan! —gritó la mujer.

—¡Cariño! —contestó el hombre con un nudo en la garganta. Tragó saliva e intentó mostrar entereza. Giselle necesitaba recuperar la seguridad.

—¿Puedes ver a la niña? —preguntó la mujer tomándola en brazos.

—Levántala —le pidió el hombre, que apenas podía ver de su mujer el pelo y parte de los ojos.

Giselle la levantó en alto y la niña sonrió divertida, después la sentó sobre sus hombros.

—¿Estáis bien? —preguntó impaciente.

—No. ¿Cómo vamos a estar bien? Nos falta lo más importante —dijo la mujer enfadada, como si la duda le ofendiese.

Stefan miró la cara regordeta de su hija, nunca imaginó que se amase tanto a un ser tan pequeño e indefenso. La niña pareció reconocerle y comenzó a llamarle.

—¡Papá!

Stefan sonrió y levantó los brazos, como si abrazase el aire caluroso de aquella tarde de verano.

—Tienes que sacarnos de aquí —dijo la mujer. Parecía más un reproche que una súplica, pero él afirmó con la cabeza.

—Intentaré reunirme con vosotras —contestó Stefan, mientras intentaba guardar en su mente la imagen de su familia. Sabía que en momentos difíciles le ayudaría a no rendirse.

—No quiero que vuelvas aquí. No pienso vivir en este país. Odio todo lo que significa, nuestra hija no puede criarse en un lugar como la RDA. ¡Prométeme que nos sacarás de aquí!

Stefan dudó por unos instantes, no le gustaba prometer cosas que no estaba seguro de poder cumplir. Observó el rostro regordete de su hija, después se puso de puntillas para ver el rostro completo de su mujer. Pensó en ese momento que el amor nos convierte en prisioneros de las personas que queremos, ya no le importaba lo que pudiera sucederle. Su único objetivo era salvarlas a ellas.

—Te lo prometo —dijo por fin, mientras notaba cómo se le humedecían los ojos. Intentó acercarse más a la alambrada y su mujer le imitó.

—¡Alto! —Oyeron a su derecha. Miraron instintivamente. La mujer bajó a la niña y la estrechó entre sus brazos. Un soldado se acercó a las dos apuntándolas con su fusil. Giselle comenzó a temblar, mientras la niña se aferraba a ella y lloraba con todas sus fuerzas.

—No estamos haciendo nada. Mi marido...

El soldado no dejó que terminase la frase, la empujó hacia un lado y la alejó de la alambrada.

—¡Deje en paz a mi esposa! —gritó al otro lado Stefan.

El soldado frunció el ceño ensombrecido por el casco y apuntó al hombre.

—¡Cállese! Será mejor que se marchen de aquí, ahora mismo.

Los dos sabían que aquella amenaza no era en balde. Los soldados parecían tener el gatillo fácil y muy pocos escrúpulos.

—Deje que al menos me despida de ellas —le suplicó.

—¿No me ha oído? ¡Márchese de inmediato! —gritó el soldado sacudiendo el fusil muy cerca de su rostro.

Stefan sintió cómo la rabia le invadía por dentro y apretó los puños. Le hubiera gustado poder cruzar el muro y lanzarse sobre aquel individuo que estaba asustando a su mujer y a su hija pequeña.

—Márchate, Stefan. Nos veremos pronto. No te olvidamos —dijo Giselle para que el soldado dejara de apuntar a su marido.

Stefan levantó la mano y comenzó a despedirse, pero apenas había dado un paso cuando oyeron un gran alboroto al fondo de la calle. El soldado se giró y corrió hacia uno de los edificios. La mujer se encogió de hombros.

—¿Qué sucede? —preguntó a su marido. Desde su lado no podía ver nada.

Stefan vio barullo al final de la calle. Un pequeño grupo se arremolinaba delante de una de las fachadas que daba a la parte occidental, miraban hacia arriba y algunos señalaban con el dedo.

El hombre se aproximó hasta la multitud y se puso a observar la fachada. Varias personas corrían por un tejado cercano y después se lanzaron a una de las terrazas de la fachada.

Stefan logró distinguir a dos mujeres y tres hombres.

El hombre más joven ayudó a los otros a llegar a la terraza. Los soldados les pisaban los talones. Escucharon unos tiros y se agacharon.

—Tenemos que bajar —dijo una de las chicas mirando al vacío.

Los del grupo era miembros de una familia llamada Gerber que vivía en un edificio cercano. Aquella misma tarde habían visto saltar por las ventanas a algunos vecinos y habían decidido recorrer los tejados, llegar al edificio que colindaba con el muro y lanzarse al vacío. El mayor del grupo era su padre, Abelard, los otros tres eran las dos hijas, el hijo, y el novio de la mayor.

—Está muy alto —dijo Bluma, la más pequeña. Tenía verdadero pánico a las alturas, pero aun así había logrado llegar hasta allí corriendo por los tejados de los edificios. Miró el abismo que les separaba del suelo y comenzó a temblar.

—No tengas miedo —comentó la mayor.

Uno de los transeúntes que les observaba gritó de repente y todos miraron a un lado, dos policías corrían por el tejado hacia ellos.

—¡Colchones, rápido! —comentó un viandante con una gorra negra de obrero. La gente empezó a llamar a las ventanas de los pisos cercanos y en unos segundos tenía tres colchones no demasiado gruesos desparramados por la acera.

—¡Salten! — gritaron a coro.

Los Gerber se miraron unos a otros. Estaban demasiado altos para lanzarse al vacío, pero no parecía quedarles muchas más opciones.

—Por allí —señaló el padre. Una cornisa unía el balcón a un gran ventanal, desde allí una bajante de plomo descendía hasta el suelo—. Bajaremos un poco antes de lanzarnos al vacío.

Primero caminó por el fino borde el hijo pequeño, le siguió el novio de la chica y la pequeña sacó las piernas de la terraza y echó a andar.

—No puedo hacerlo —dijo agarrada a la barandilla.

—Tenemos que conseguirlo —le dijo su hermana mientras le soltaba las manos.

—Me caeré. Tengo mucho vértigo —dijo la joven con una expresión de espanto, que preocupó a su hermana.

—Ve tú primero —le pidió el padre, mientras intentaba tranquilizar a la pequeña.

La mayor comenzó a seguir al resto, mientras el hombre intentaba convencer a su otra hija.

—Tienes que hacerlo. Si te atrapan te llevarán a la cárcel. No volveremos a verte —comentó el hombre con la voz entrecortada.

—Pero, me caeré —dijo la hija aterrorizada, apretando de nuevo la baranda.

—Yo te ayudaré —dijo el hombre, saliendo de la terraza.

Oyeron ruido un poco más arriba. Los soldados habían saltado al tejado del edificio y mientras uno descendía el otro comenzó a apuntarles con su fusil.

—¡Deténganse! —gritó el soldado con su cara de niño asustado, que no debía de tener mucho más de diecinueve años.

El hombre miró hacia arriba, pero en lugar de detenerse sacó a su hija del balcón y la puso sobre la cornisa. Los otros tres componentes de la familia ya habían alcanzado la tubería y fueron bajando de uno en uno por ella.

La chica comenzó a caminar aferrada a la pared, tenía los ojos cerrados y se movía muy lentamente. El padre empezó a seguirla justo cuando el soldado saltó al balcón. Sintió cómo tiraban de la manga de su camisa, pero logró zafarse y seguir a su hija.

Los viandantes iban moviendo los colchones a medida que avanzaba la familia. La hermana mayor escurrió el pie izquierdo y estuvo a punto de caer al vacío, pero su hermano logró sujetarla. Cuando estuvieron a poco más de diez metros saltaron sobre los colchones.

El soldado los persiguió por la estrecha cornisa, la hija pequeña temblaba y se detenía constantemente, pero lograron llegar hasta la bajada y la chica comenzó a descender con torpeza por el tubo.

—¡Deténganse o nos obligarán a disparar! —gritó de nuevo el guarda que no dejaba de apuntarles.

La chica se sobresaltó y el tubo de plomo empezó a moverse, los tornillos que lo sujetaban a la pared estaban aflojándose poco a poco.

—¡Papá! —gritó la chica. Su padre la miró desesperado, estaba convencido de que si comenzaba a descender su paso terminaría por romper la bajada y ambos caerían al vacío.

—¡Baja, rápido!

El soldado llegó de nuevo al lado del hombre y los dos forcejearon. La chica logró llegar a poco más de ocho metros. Sus hermanos le pedían que saltase, pero ella continuaba aferrada al tubo, que cada vez se movía más.

Al final la joven cerró los ojos y se dejó caer. En unos segundos su cuerpo estaba sobre los colchones, algo magullado y dolorido, pero a salvo. Miraron todos hacia el padre que continuaba forcejeando con el soldado.

—¡Ernst, aparta! —vociferó el soldado que apuntaba al hombre.

El padre levantó la vista y vio el arma, entonces decidió saltar al vacío.

Se produjo un grito de horror generalizado entre la gente que observaba desde abajo y, corriendo a mover los colchones, se apartaron; cuando el hombre llegó al suelo tuvo la mala fortuna de que su cabeza se doblara y fuera a dar contra el bordillo de la acera. Su familia corrió hacia él. Stefan se acercó, pero en cuanto vio el charco de sangre detrás de la nuca supo que no había esperanza.

Los hijos del hombre le rodearon y se pusieron a llorar angustiados. Unos segundos antes su padre se encontraba lleno de vida, pero ahora se encontraba postrado e inerte. Las hijas comenzaron a gritar desesperadas su nombre, como si aquello pudiera levantarle y devolverle a la vida. Habían logrado alcanzar su ansiada libertad, aunque el precio a pagar había sido muy alto. Quedarse huérfanos en el mundo.

—¡Asesinos! —gritó la multitud a los guardas, mientras estos se introducían en el edificio y desaparecían de la vista.

Unos minutos más tarde comenzó a salir gente de varios edificios. Algunos, de las ventanas más bajas, otros bajando por las fachadas o saltando desde varios metros. Familias enteras que lo arriesgaban todo por recuperar su libertad. Sonó la sirena de los camiones de bomberos y los agentes extendieron sus lonas para intentar ayudar al mayor número de personas.

Stefan colaboró con el resto en la ayuda y el socorro de los refugiados que ocupaban gran parte de la calle. Tras unos minutos miró de nuevo al otro lado. Giselle había desaparecido. Aquella avalancha de esperanza le había embriagado, ahora estaba seguro de que tenía que sacar a su familia de aquella gigantesca cárcel en la que se había convertido la República Democrática de Alemania.

Mientras abandonaba Bernauer Strasse comenzaban a llegar las primeras ambulancias, se dirigió a su apartamento, se duchó y se afeitó, preparó un té y después se sentó a la mesa solitaria del pequeño salón comedor y sacó un mapa de Berlín. Debía encontrar la forma de traer a su amada esposa. No descansaría hasta conseguirlo, se dijo mientras saboreaba el té casi hirviendo, cerró los ojos y comenzó a sentir cómo la esperanza comenzaba de nuevo a fortalecerle. A veces, la distancia que separa la felicidad de la desdicha es el tiempo que tardamos en decidirnos a cambiar nuestras circunstancias.

5

Un mal menor

Kennedy aún recordaba aquel maldito encuentro con Nikita Jruschov unos pocos meses antes. Durante los días previos a junio de 1961, su hermano y él habían intentado prepararse para aquel primer diálogo bilateral con la Unión Soviética. John había visionado decenas de intervenciones del presidente soviético, pero si algo caracterizaba a Jruschov era que su temperamento incendiario le convertía en prácticamente impredecible. Dependía de lo que hubiera comido ese día, el vodka ingerido o su estado de ánimo. Aquel campesino burdo y campechano podía ser encantador en algunas ocasiones, pero también violento y agresivo cuando las cosas no sucedían como esperaba.

John sabía que en noviembre de 1958 el presidente soviético había propuesto desmilitarizar Berlín y que mucho antes los rusos habían apoyado la reunificación, en un intento de asimilar a los alemanes y poner las fronteras comunistas en la frontera francesa. Las naciones aliadas habían desestimado la propuesta y desde entonces la tensión no había hecho sino crecer.

Los dos mandatarios se habían encontrado en Viena.

Una ciudad bella y apacible que parecía recuperarse de los destrozos de la guerra y cicatrizar sus viejas heridas. Al principio el presidente ruso se mostró cortés, casi encantador, intentando engatusar al joven presidente estadounidense, pero en cuanto percibió que los Kennedy no se plegarían a sus deseos, pegó un golpe en la mesa y les dijo: «Berlín es el lugar más peligroso del mundo.»

John estaba bañándose en la piscina de su residencia de verano aquella mañana. El joven presidente sufría terribles dolores de espalda, que únicamente la natación parecía aliviar en parte. Cuando salió del agua y se secó los hombros morenos, sintió cómo la columna crujía furiosa.

Su hermano Robert entró en el recinto de la piscina con un traje de color blanco, fresco y veraniego, unas grandes gafas de sol cubrían por completo sus expresivos ojos claros.

—¡Joder, John! ¡Ese maldito cabrón lo está haciendo! —gritó Robert mientras arrojaba sobre la mesa redonda un dosier con fotos tomadas por aviones espías y un informe detallado del muro.

El presidente le echó una ojeada antes de levantar la vista y entornar los ojos por la intensa luz de la mañana.

—Ya hablé con Rusk hace unas horas —contestó lacónico el presidente. Sabía que su hermano era más vehemente que él. Siempre creía que John era demasiado flojo y comprensivo.

—Están aislando Berlín como en el 48, aunque esta vez es de forma permanente. ¿Cómo van a confiar los aliados de la OTAN en nosotros si no hacemos nada cuando la Unión Soviética nos agrede? —dijo Robert sin dejar de gesticular. John puso los ojos en blanco, se secó con la toalla y se sentó a una de las mesas bajo el sol. El camarero les sirvió un té helado y los dos hermanos parecieron relajarse de repente.

—Jruschov está perdiendo Alemania del Este, y no puede dejar que ocurra semejante cosa. Si cae Alemania, también caerá toda Europa del Este. Tendrá que hacer algo para evitar el flujo de refugiados. Están llegando al centro de refugiados de Berlín Oeste una media de 19.000 personas al mes. A este ritmo se quedará sin alemanes —comentó John con una tranquilidad que sorprendió a su hermano.

—El secretario de Estado, Dean Rusk, ha ordenado que nadie del Gobierno haga declaraciones. ¿Realmente has dado esa puta orden? ¿Qué pensará el mundo libre si nos quedamos con los brazos cruzados y sin abrir la boca?

—Tranquilo Robert, en el fondo esto es lo mejor que nos podría pasar. Es preferible perder Berlín que provocar una guerra. ¿Qué piensas que deberíamos hacer? No estoy dispuesto a ordenar una Tercera Guerra Mundial para salvar a los alemanes. Esos malditos cabrones empezaron las dos últimas guerras, por ellos estamos en esta situación. El Telón de Acero está cerrándose, pero antes de una década colapsará y nosotros estaremos esperando para salvar el mundo y de paso convertir a Estados Unidos en la única e indiscutible potencia global.

—A veces me sorprendes. Te lo juro, no sé si eres un cínico o un estratega, pero si tuviera tu sangre fría creo que sería capaz de congelar esa maldita piscina —dijo mientras sudaba a la sombra del gran nogal.

—En el mundo hay dos tipos de personas, Robert: aquellos que quieren cambiar el mundo y terminan jodiéndolo, y los que esperan que el mundo cambie y hacen suyo ese éxito. ¿De qué parte de la historia quieres estar? —le preguntó John mientras se ponía las gafas de espejo y se tumbaba bajo aquel sol tejano tan intenso que parecía fundir sus músculos y calentar sus huesos destrozados. Sabía que el comunismo era una alimaña capaz de esconderse en el más minúsculo escondrijo para atacar inesperadamente. Aquella era una partida de póquer y tenía que ir de farol hasta que tocara descubrir todas las cartas.

6

Antes de septiembre

Derek Haider llevaba toda la vida sobreviviendo. Para muchos no era más que un contrabandista de la peor calaña, un tipo poco recomendable del que era mejor alejarse si no querías meterte en problemas. Unas semanas antes había construido un paso subterráneo, en la fachada de un edificio, con dos amigos, para pasar de contrabando mercancías a Berlín Este, pero sus socios habían sido demasiado impacientes o ambiciosos, dejándose atrapar por los policías de frontera y tirando por la borda varios meses de trabajo.

Derek caminaba con las manos en los bolsillos y un pitillo colgando de su labio inferior; parecía un transeúnte más que perdía sus horas del almuerzo bordeando el muro, una práctica que durante los últimos meses se había convertido en una atracción más de la ciudad.

El hombre observaba con detalle la altura de la valla, las casas que se habían quedado en tierra de nadie, los edificios más próximos y cualquier cosa que le permitiera encontrar la entrada para construir un túnel. Aunque en el bando occidental no había problema, ningún policía iba a detenerle por excavar un túnel, debía ser discreto. Los ojos y oídos de la Stasi, la policía de seguridad del Estado, se encontraba en todas partes. Los alemanes del Este y los rusos habían sembrado Berlín de espías; aquel era el verdadero punto caliente de la guerra fría y no podía fiarse de nadie. Por eso le estaba costando tanto encontrar algún socio, una persona en la que pudiera confiar plenamente.

A Derek, en aquella ocasión, no le movía un interés meramente económico. Aquel túnel significaba mucho más. Por primera vez en su vida el truhán, delincuente, pícaro y ladronzuelo de poca monta había sido cazado, no por la policía o los soldados rusos, sino por una mujer de ojos azules y pelo castaño que había conocido en una de sus incursiones a Berlín Este y que le había robado el corazón con su dulce mirada. Dicen que el que roba a un ladrón tiene cien años de perdón; Zelinda, su amante, una joven de origen mitad española y mitad alemana, había logrado el perdón absoluto de sus pecados.

El hombre se paró frente a un edificio abandonado y después se volvió hacia el muro. A pesar de no estar totalmente pegado a la pared, no había mucha distancia. No deseaba hacer el túnel más largo de Berlín, tampoco una construcción duradera que le permitiera entrar y salir a su antojo. Aquel túnel sería utilizado una sola vez. La única misión que tendría era devolverle a su amor. Después intentaría reformarse y llevar una vida decente. Alemania Occidental era una tierra de oportunidades incluso para gente como él. Había logrado sobrevivir, a pesar de ser huérfano, a la Gran Depresión, al intento revolucionario comunista de finales de la Gran Guerra y a los nazis. Era un superviviente, ¿por qué no iba a conseguir adaptarse a una república liberal de corte norteamericano? Lo único que no terminaba de convencerle era la monotonía que implicaba sentar la cabeza y transformarse en una persona honrada. Para él la delincuencia no era una forma de vida sin dar palo al agua; en contra de lo que la mayoría de la gente pensaba, robar era muy costoso y difícil. Lo que realmente no soportaba era la monotonía. Los horarios interminables, el convertirse en un engranaje más del mecanismo que convertía a los ricos más ricos y a los obreros en estúpidas máquinas sin alma, dispuestas a todo por un salario, un pequeño apartamento en un barrio de la periferia y unas modestas vacaciones en Baviera.

Se aproximó al pub y se aseguró una vez más de que nadie lo seguía, después entró y se dejó envolver por la bruma de cigarrillos y el humo de las salchichas recién fritas. El sitio era elegante para su gusto, con las paredes repletas de espejos con marcos dorados, columnas de hierro forjado terminadas en voluptuosos capiteles corintios y mesas de mármol con patas metálicas pintadas de negro. Miró a la barra y después echó un vistazo a la docena larga de parroquianos que se encontraban en el local a las cinco de la tarde, cuando la mayoría de los trabajadores aún continuaban en sus oficinas. No encontró nada sospechoso, a aquel lado del muro había muchos agentes de la Stasi, pero menos que en el lado oriental.

Se apoyó en la barra y pidió una jarra de cerveza a la camarera de voluminosos pechos; después de servirle la bebida, la chica salió a recoger las mesas y comprobó que estaba embarazada de por lo menos ocho meses.

Un hombre moreno entró en el local, llevaba una gorra negra calada hasta casi las cejas, un abrigo barato de paño y unos zapatos ajados que habían perdido casi todo su lustre. Se acercó hasta él y le dijo en un alemán horrible:

—Señor Haider. Me alegro de volver a verle.

Los dos se dirigieron a una de las mesas, se sentaron y el hombre pidió una copa de vino tinto. Derek frunció el ceño, se preguntaba cómo alguien podía pedir vino en Alemania.

—No quiero que perdamos mucho tiempo —dijo el hombre después de dar un largo sorbo al vaso de vino.

—Aquí tomamos eso caliente y con especias en Navidad —le explicó Derek.

—Ya lo sé, llevo en Alemania quince años. En cuanto terminó la guerra, algunos camaradas dejamos Rusia y regresamos aquí. Durante casi seis años estuvimos huyendo, primero de Franco en España y después de Vichy en Francia, para luego pasar a Rusia antes de que los nazis nos enviaran a alguno de sus campos de concentración —le explicó el hombre en un tono molesto, como si le estuvieran obligando a recordar todo aquello.

—Algo me contó Zelinda —contestó sin querer ahondar más en el tema.

—Su padre era un alemán que había luchado por la República en las Brigadas Internacionales, después se encoñó con una sobrina mía y la dejó embarazada. Se la llevó a Alemania y murió en un campo de concentración, mi sobrina se quedó toda la guerra, yo la reencontré hace unos quince años. Es una comunista convencida, bueno, muchos de los españoles que quedan al otro lado lo son, algunos simplemente se aprovechan del sistema.

—¿Usted ya no es comunista?

El hombre se quedó pensativo, más que por lo complicado de la respuesta, por lo que implicaba decir la verdad a un desconocido. Al final, el peso de la edad y la experiencia pudieron menos que el deseo de contar a otros su vida. A medida que uno se agota y ve la muerte más cerca, quiere que al menos alguien sepa por las penalidades que ha pasado y cómo ha sido su existencia.

—Me uní al Partido Comunista muy joven, vivía en Gijón, mi familia trabajaba en los astilleros y allí la lucha obrera era tremenda. Muchos de mis camaradas acabaron aquí, bueno, en la Alemania Democrática. Leandro Carro, diputado y ministro del Gobierno vasco, que había ayudado a fundar el PCE; Ángel Álvarez, que era uno de nuestros líderes en la Revolución de Asturias; o Celestino Uriarte, que tuvo los cojones de escapar de las cárceles de Franco y llegar aquí en los años cincuenta. Muchos de ellos continúan en el partido, pero yo me considero un socialdemócrata, la revolución no lleva a ninguna parte. Mi sobrina nieta quiere pasarse a este lado, pero la cosa está francamente difícil. El muro lo dificulta todo, no se dan visados y ella está considerada refugiada política, como mi sobrina. No me importa qué relación mantenga con ella, ya es mayorcita para saber con quién se junta.

—Entiendo, pero necesito que le pase unos mensajes —dijo Derek, que se estaba arrepintiendo de haber contactado con el hombre. No parecía un tipo de fiar.

—Sí, claro, tengo muchos amigos allí. Antiguos camaradas del partido que prefieren vivir de la sopa boba.

—Tiene que ser discreto. Simplemente, quiero poder charlar con ella. No es fácil hacerlo por teléfono, después de los incidentes del otro día están ampliando los perímetros del muro y no permiten a los del otro lado aproximarse mucho.

—Ya lo he visto. Anda todo muy revuelto —dijo el hombre sin mucha emoción. Lo que les sucediera a los alemanes no le importaba mucho.

—¿Usted puede entrar y salir libremente?

—Por ahora sí, pero no sé cuánto durará mi permiso. Tengo un trabajo aquí en la embajada checa, por eso me dejan salir y entrar.

—Entiendo, bueno, tendrá que memorizar el mensaje. Es muy sencillo: dígale que estoy preparando todo para la boda, que ya he elegido el restaurante para el banquete, he enviado las invitaciones y pronto nos casará el cura.

—¿Qué? No sabía nada —dijo el hombre sorprendido.

Derek frunció el ceño, aquel tipo era estúpido o se lo hacía. No lo usaría más de enlace, pero su novia debía saber que él estaba haciendo todo lo posible para sacarla de la RDA.

El hombre extendió la mano y él le dejó un par de billetes, después se puso en pie y salió por la puerta. Derek se reclinó un poco en la silla y sacó un cigarrillo, lo encendió e intentó recordar el rostro de Zelinda; llevaba casi dos semanas sin verla, pero no quería olvidar sus hermosos ojos azules y su expresión aniñada. Algunos amigos le habían dicho que aquella medio española no merecía la pena. Había muchas mujeres solas en Alemania, algunas de ellas más hermosas y dóciles que la españolita. Aún no lo entendía del todo, pero el amor era un arma poderosa, capaz de superar los obstáculos más difíciles y romper las barreras inexpugnables. Él amaba a Zelinda, por primera vez había dejado de lado las casas de prostitutas que se extendían por el centro de la ciudad. Putas aficionadas de risas apagadas, que antes de la guerra habían sido hijas de alguna buena familia burguesa o hermanas de un oficial de las SS, pero que la guerra y la ocupación las había arrojado a la calle, y que aún tenían la esperanza de casarse con algún soldado u oficial yanqui que las sacara de aquella pesadilla. En aquel mundo embrutecido, trastocado por la guerra y el miedo, gente como él podía medrar y convertirse en una persona decente. A veces el destino de los hombres es caprichoso y convierte a los villanos en héroes y a los héroes en operarios encadenados a una vieja máquina de embotellar cerveza barata de Bremen, pero no se puede jugar con los dioses, siempre se vengan de los hombres audaces que quieren cambiar su destino.

Zelinda se miró en el espejo después de peinar su pelo castaño, casi negro, y echó un vistazo a la foto de su novio. Siempre que su madre entraba en el cuarto la escondía rápidamente, no quería escuchar sus interminables monsergas. Alicia era una mujer chapada a la antigua, por muy comunista que se sintiera. Viuda desde muy joven, quería que su única hija se casara con un miembro destacado del partido, alguien que asegurara su futuro y les diera una buena vida a las dos. Su estatus de refugiadas políticas apenas les permitía sobrevivir en Berlín. Una paga mísera de viuda, una casa de protección oficial en uno de los peores barrios de la ciudad, una beca para que su hija estudiara en la universidad.

La joven se puso una chaqueta fina y salió de su cuarto, la puerta se encajaba y tardó un rato en poder abrirla, pero no pudo evitar que su madre la oyera.

—¿Dónde vas a estas horas?

Todavía estaba de vacaciones y su madre controlaba cada paso que daba, tenía que inventar cualquier excusa para salir de casa, pero necesitaba ver a sus amigas y olvidarse de Derek, las horas en su cuarto se le hacían eternas.

—Tengo veinte años, no soy una niña —refunfuñó la joven.

—En España hasta que una se casa es una niña. No puedes salir sola y...

—Esto no es España, mamá. Vivimos en Alemania, soy alemana.

—Bueno, eso a medias. Las mujeres aquí son unas golfas y los alemanes piensan que todo el monte es orégano. Si te mancillan no podrás encontrar un buen partido.

Zelinda abrió la puerta y salió de la casa dando un gran portazo, bajó a toda prisa las escaleras a pesar de los tacones y salió a la calle de aceras destrozadas, adoquines rotos y hierba creciendo al borde de las alcantarillas. Aquella calle parecía un campo de batalla, pero en otra época había sido un barrio lujoso de la ciudad.

Amaba Berlín, aunque era consciente de que lo que quedaba de la ciudad eran apenas los rescoldos de una de las metrópolis más excitantes de Europa. La tierra de la transgresión, el culto al placer y el cabaret, era ahora poco más que un monasterio comunista en el que la uniformidad y la mediocridad se reflejaban en los pocos edificios nuevos de corte estalinista.

Zelinda había quedado con su amiga Ilse; se conocían desde la preparatoria y solían pasear juntas al lado del río o tomar algo en uno de los pequeños pubs que el Gobierno no había cerrado. En aquel lado del muro todo era subversivo: la música, la ropa, la comida y hasta algunas palabras. El enemigo capitalista siempre acechaba y una joven comunista no podía hacer ciertas cosas. Pertenecía al partido desde niña, primero en los grupos infantiles y desde hacía dos años era miembro numerario. La política no le interesaba lo más mínimo, pero su madre le había comentado que era imprescindible para recibir becas, conseguir un buen puesto y casarse. En eso no le faltaba razón, la vida era mucho más sencilla para los que se inscribían en el partido, aunque su única ideología fuera sobrevivir dentro del sistema.

Pasó por la plaza y se aproximó al distrito de Mitte, donde había quedado con su compañera Ilse. Miró al fondo de la amplia avenida y vio apoyada a su amiga en una valla que daba a la calle principal.

—Hola, Ilse —dijo a su amiga, después de darle un breve abrazo.

—Hola, Zelinda. Llevo casi diez minutos esperando. Se nota que eres española.

—Ya está bien con la broma, no soy española.

—¿Te has mirado bien? —preguntó su amiga.

La belleza de Zelinda era, sin duda, latina. Pelo castaño oscuro y rizado, piel algo morena y los profundos y azules ojos de su padre, que contrastaban más sus rasgos cobrizos.

—El color de pelo no significa nada —contestó la joven, y comenzaron a caminar por la avenida. Llegaron al local en el que solían pasar las horas muertas algunas tardes y se sentaron a una de las mesas del fondo con una limonada. No era habitual que dos chicas solas bebieran alcohol.

—¿Sabes algo de Derek?

—No sé nada —dijo poniéndose muy seria, como si aquel comentario le hubiera fastidiado las ganas de diversión que tenía aquella noche.

—Seguro que lo está arreglando todo.

—Eso espero, aquí me siento ahogada. Necesito salir de Berlín Oriental lo antes posible.

—Te entiendo, tengo la sensación de que todo lo realmente interesante pasa al otro lado, que estamos malgastando nuestra juventud en este país absurdo y aburrido —dijo Ilse resignada, después de dar un largo suspiro.

—Lo peor no es eso. Le quiero, no sé por qué, pero no puedo evitarlo. Pienso en él y se me eriza el pelo de la nuca cada vez que le veo o escucho su voz.

—Siempre te gustaron un poco rebeldes. ¿No te importa que sea algo mayor que tú?

Zelinda no se molestó en contestar. Estaba harta de los convencionalismos y sobre todo odiaba los estereotipos. Sabía que los había en todas las sociedades, pero le sorprendía que los supuestos revolucionarios, y la esperanza del mundo, fueran más conservadores que el bloque capitalista.

Era consciente de que Derek era un hombre con mucho mundo, sabía que en el pasado se había dedicado al contrabando, pero que se hubiera fijado precisamente en ella, una estudiante de Derecho, una cría, le hacía pensar que estaba enamorada de verdad. Al otro lado había miles de mujeres. ¿Por qué iba a arriesgar su vida por ella?

—Tengo que contarte algo —dijo Ilse, y por primera vez su sonrisa perpetua abandonó su cara pálida y mejillas sonrosadas.

—¿Por qué te has puesto tan seria? —bromeó Zelinda.

—Bueno, es algo serio. No sé qué hacer. Quería que me aconsejases.

La chica se puso rígida en la silla y Zelinda percibió que sus ojos verdes comenzaban a humedecerse.

—Dímelo, me tienes en ascuas.

—Bueno, estoy embarazada de tres meses. Me enteré ayer. Ya te había comentado que llevaba semanas encontrándome mal y...

—¡Dios mío! —exclamó sin pensar. Después se volvió, algo preocupada, no era muy inteligente mentar a Dios en la RDA.

—No sé cómo ha sucedido, bueno sí lo sé, pero aún no me lo explico.

—¿Quién es el padre?

—El amigo de Derek, el chico que nos presentaste. Después de aquel día en el restaurante le vi dos veces más y le subí a mi casa, ya sabes que mis padres no están en todo el día. He tenido mala suerte, creo que iré a la clínica esta semana.

—¿Estás segura?

—Roth está al otro lado del muro. Me gusta mucho, pero apenas nos conocemos y...

—No es cierto. Conozco tu cara —contestó Zelinda.

—No puedo presentarme en casa con un bebé, Roth no regresará. Si no hubieran construido ese maldito muro, entonces las cosas hubieran sido diferentes.

Zelinda pasó la mano por la espalda de su amiga. Ilse tembló al sentir la mano fría de su amiga e intentó frenar un puchero que le ahogaba la garganta.

—Alguien me va a traer un mensaje de Derek, ¿quieres que se lo digamos a Roth antes de que tomes una decisión?

La chica pareció tranquilizarse por unos segundos. Le gustaba mucho ese chico, creía que estaba enamorada. Nunca había conectado tan rápidamente con nadie, pero no sabía dónde buscarle, cómo llegar hasta él. Además, no parecía que el amigo del novio de Zelinda quisiera cargar con el niño de casi una perfecta desconocida.

—No estoy segura.

—No lo pienses más, después de hablar podrás tomar la decisión que te parezca mejor. Puedes criarlo tú sola, darlo en adopción o...

—Bueno, esperaré —dijo forzando una sonrisa. Prefería retrasar su decisión que enfrentarse a aquel problema, aunque era consciente de que no podía hacerlo durante mucho tiempo.

—Vamos a brindar por eso —dijo Zelinda, señalando su barriga, y se dirigió a la barra. Pidió dos cervezas ante el asombro del camarero; no estaba bien visto que las mujeres tomaran alcohol en público, después se acercó a la mesa y su amiga se tocó la barriga con un gesto de resignación.

—¡Mierda! Tendré que beberme las dos —dijo Zelinda sonriente. Después de la primera jarra comenzó a relajarse, pero se puso algo tristona. Recordaba aquellos meses con Derek, mientras se veían a hurtadillas a la salida de la facultad, comían en un lugar cuco del centro o paseaban cogidos de la mano por la orilla del río. La había respetado, incluso más de lo que ella hubiera deseado, pero le había dicho que ella era diferente, que no quería empezar mal las cosas. Ahora cada uno estaba a un lado de aquel estúpido muro, pero estaba convencida de que él vendría para rescatarla, como un caballero andante que salva a la dama y se escapa con ella.

Salieron del local y caminaron por las calles poco iluminadas, pero aún no era noche cerrada. Podían distinguirse las últimas luces de aquel caluroso verano de 1961. Esperaba que su prometido lograra sacarla de Berlín Este antes de que llegase el invierno. No había nada más triste que la ciudad vestida de blanco, con sus monótonos tonos grises, sus calles apagadas y las avenidas solitarias con montañas de nieve junto a las aceras.

Llegaron hasta una zona muy próxima a la frontera. La alambrada y el muro estaban alumbrados por focos y farolas, los guardias caminaban apresurados de un lado al otro, apenas se distinguía lo que había al otro lado.

—Te traje un libro —dijo su amiga mientras se paraban en una de las calles.

—¿Cuál? —preguntó intrigada.

En cuanto observó la portada lo guardó rápidamente en su bolso.

—¿Estás loca?

Ilse sonrió. Le encantaba poner nerviosa a su amiga.

—Cuando lo leas te vas a quedar muy sorprendida. Nuestra vida se parece demasiado a lo que cuenta el autor.

Se dieron un beso y se separaron, Zelinda tomó el tranvía y regresó a casa. En la parte del fondo del vagón no había nadie, sacó el libro y lo ojeó brevemente:

> Era un día luminoso y frío de abril y los relojes daban las trece. Winston Smith, con la barbilla clavada en el pecho en su esfuerzo por burlar el molestísimo viento, se deslizó rápidamente por entre las puertas de cristal de las Casas de la Victoria, aunque no con la suficiente rapidez para evitar que una ráfaga polvorienta se colara con él.
>
> El vestíbulo olía a legumbres cocidas y a esteras viejas. Al fondo, un cartel de colores, demasiado grande para hallarse en un interior, estaba pegado a la pared. Representaba solo un enorme rostro de más de un metro de anchura: la cara de un hombre de unos cuarenta y cinco años con un gran bigote negro y facciones hermosas y endurecidas.
>
> Winston se dirigió hacia las escaleras. Era inútil intentar subir en el ascensor. No funcionaba con frecuencia y en esta época la corriente se cortaba durante las horas de día. Esto era parte de las restricciones con que se preparaba la Semana del Odio.
>
> Winston tenía que subir a un séptimo piso. Con sus treinta y nueve años y una úlcera varicosa por encima del tobillo derecho, subió lentamente, descan-

sando varias veces. En cada descansillo, frente a la puerta del ascensor, el cartelón del enorme rostro miraba desde el muro. Era uno de esos dibujos realizados de tal manera que los ojos le siguen a uno adondequiera que esté. EL GRAN HERMANO TE VIGILA, decían las palabras al pie.

7

El desconocido

Stefan llevaba días dándole vueltas a varios planes para traer a su familia a Berlín Occidental, pero ninguno de ellos le parecía factible. No quería ponerles en peligro, en los últimos días se habían producido las primeras víctimas. Los policías de la RDA parecían dispuestos a todo para impedir que sus compatriotas escapasen y, de paso, ganarse una gratificación económica o una medalla por su servicio a la patria.

En uno de sus paseos vio a un viejo amigo llamado Imre y este le invitó, al día siguiente, a tomar una cerveza en un viejo local en el que se reunían algunos refugiados que acababan de escapar del otro lado del muro. En el local compartían experiencias y traían noticias de familiares y amigos del Berlín Este.

Stefan se lo pensó mucho antes de presentarse en el local, pero no quería perder ninguna oportunidad, necesitaba descubrir las diferentes formas de traspasar la frontera sin peligro. Se presentó puntual a la cita y unos minutos más tarde vio entrar a su amigo con otros dos tipos.

—Hola, Stefan. ¿Qué tal el día? —preguntó Imre sonriente.

El hombre le devolvió la sonrisa, pero no pudo evitar mirar con desconfianza a sus acompañantes. Su viejo amigo no le había hablado de que vendría con otras personas.

—Son dos compañeros de trabajo. Estamos construyendo un edificio cerca de aquí, querían relajarse un poco y tomar unas cervezas.

—Pero, quería hablar contigo de lo que te comenté ayer —dijo Stefan a su amigo en voz baja.

—Son personas de confianza, llevamos mucho tiempo trabajando juntos. Puedes hablar sin miedo delante de ellos.

—Amigo, no te pongas nervioso, somos trabajadores como tú. Estamos intentando salir adelante en la Alemania capitalista —comentó el de más edad, un hombre de piel casi transparente, ojos muy claros y expresión fría.

—Tengo que irme —insistió Stefan. Algo le decía que era mejor que se alejara de allí.

—No tengas prisa, toma una cerveza con nosotros —insistió su amigo.

—Está bien, pero solo una cerveza. Tengo que irme temprano —contestó incómodo. Después miró a su espalda y les preguntó—: ¿Dónde está el servicio?

Le señalaron una puerta justo en el fondo, el local era muy oscuro, con el suelo pegajoso y los muebles desportillados. Empujó la puerta, que chirrió al traspasarla, y después entró en el urinario.

Un hombre de pelo castaño y rizado estaba lavándose las manos.

—Lo siento.

—Puede entrar, ya me iba.

—Gracias —comentó Stefan mientras comenzaba a orinar.

—¿Sabe con quién se junta? —le preguntó el desconocido mientras se secaba las manos con una toalla.

—¿Perdón?

—Esos tipos que le han invitado son agentes de la Stasi. Por lo menos dos de ellos, el otro es un confidente famoso.

Stefan frunció el ceño. No le extrañaba que aquellos tipos fueran agentes de la RDA, lo que no entendía era por qué aquel perfecto desconocido se lo advertía.

—A veces la desesperación es mala consejera. No se fíe de nadie, al menos hasta que logre corroborar que no le están tendiendo una trampa.

—No sé a qué se refiere —contestó a la defensiva. Quién le aseguraba que aquel tipo no era un agente y que con aquella argucia quería confundirle.

—Mire, amigo. No me importa en qué está metido. Debe de llevar tiempo en este lado del muro, pero sigue teniendo la misma cara de pardillo de refugiado de Alemania del Este. Yo nací y me crie a este lado, pero he viajado muchas veces al otro, como para saber distinguir a un agente de la Stasi, a un chivato, a un pardillo y a un tipo de fiar.

—¿Qué puedo hacer? —preguntó Stefan algo nervioso. Los argumentos del desconocido habían logrado convencerle de que se encontraba en peligro.

—Salga, diríjase a la puerta que encontrará a la derecha, le llevará a un callejón, salte la pequeña valla y volverá a la calle principal. No mire atrás, no los escuche y corra lo más rápido que le den las piernas.

—Gracias —dijo Stefan confuso, como si estuviera asimilando lo que aquel desconocido acababa de contarle.

Se quedó a solas unos segundos, después entornó la puerta y observó a sus acompañantes. Bebían y hablaban animadamente, no parecían sospechosos, su aspecto era corriente, casi vulgar. Dudó por unos momentos. No sabía qué hacer. Todo aquello le parecía ridículo.

—Bueno, será mejor que sea precavido —se dijo en voz alta antes de abrir la puerta; después se dirigió directamente a la puerta y salió al callejón. Corrió hasta la valla, pero antes de que pudiera saltar escuchó una voz a su espalda.

—¿Qué demonios estás haciendo?

Se giró y vio a su amigo. Se quedó frente a la puerta, mientras este se aproximaba.

—Nada, me lo he pensado mejor —dijo excusándose, pero sin lograr ser muy convincente.

—¿Por qué te vas corriendo por la puerta de atrás? Es ridículo, ven con nosotros. Lo único que queremos es ayudarte.

Stefan sintió un escalofrío que le recorrió todo el cuerpo. Entonces vio a los dos hombres tras su amigo, uno metía la mano dentro del abrigo, el otro se adelantó unos pasos.

—Vamos —insistió el amigo con una sonrisa forzada.

Stefan dio un salto y cruzó la puerta, pero justo en ese momento oyó los pasos de los tres hombres que comenzaron a perseguirle. El hombre corrió por una de las calles laterales. No había mucha gente por aquella zona, aún era temprano, pero por el vecindario apenas había tiendas o viviendas, la mayor parte eran grandes edificios abandonados, viejas fábricas que llevaban cerradas desde la guerra y la zona estaba poco poblada.

—¡Por aquí!

Pudo oír a lo lejos; la voz salía de uno de los callejones. Sin pensárselo llegó hasta la callejuela y vio de nuevo al hombre del servicio, que en cuanto le dio alcance comenzó a correr, subió unas escaleras metálicas y se introdujo en un edificio. Stefan lo siguió, dentro estaba muy oscuro, pero se veía una pequeña luz al final del pasillo. Llegaron hasta unas puertas de madera y entraron en lo que parecía la inmensa platea de un viejo teatro.

—No se preocupe. Aquí no nos encontrarán.

Apenas podía distinguir el rostro del hombre en aquella oscuridad, el silencio era total y podía oír el latido de su corazón acelerado. Intentó calmarse y pasados un par de minutos se sentó en una de las polvorientas butacas.

—Esto era un viejo cine, pero lleva mucho tiempo cerrado. Durante años los berlineses no hemos tenido tiempo para estas cosas. Ya me entiende.

—¿Por qué me ha ayudado?

—Me enfurece que esos tipos se muevan a sus anchas por este lado de la ciudad. No entiendo por qué las autoridades se quedan con los brazos cruzados. Hace poco más de un año secuestraron a un tío mío, un viejo comunista arrepentido, se lo llevaron a la otra parte, lo juzgaron y lo asesinaron. Actúan con total impunidad delante de los norteamericanos y de la policía de la RFA.

—Bueno, las dictaduras siempre actúan impunemente —le contestó Stefan.

—¿Qué hacía en un local como ese? Es un nido de espías y agentes de la Stasi.

—Me llevó un viejo amigo, pero ya veo que no debí fiarme de él.

—¿Qué buscaba allí? —preguntó el hombre poniéndose delante de uno de los pocos lugares luminosos del salón. Entonces pudo verle con claridad. Era mucho más joven de lo que pensaba, apenas debía de superar la veintena. Calculó que tendría como mucho unos veinticinco años, aunque aparentase muchos menos. Su rostro infantil, repleto de pecas y pelirrojo le hacía parecer aún más joven.

—Nada, no buscaba nada.

—No me lo creo. Mucha gente utiliza el local para intercambiar información, por eso hay tantos agentes encubiertos.

Stefan se puso en pie y se dirigió a la salida. No quería darle explicaciones a aquel tipo, aunque le hubiera salvado la vida.

—¿Quiere sacar a alguien? ¿Verdad? Lo lleva escrito en la frente. ¿Quién es? ¿Se trata de una mujer, una hija, a sus padres ancianos?

Continuó caminando hacia la puerta, ya no se fiaba de nadie.

—No sabe cómo hacerlo. Yo puedo ayudarle, por un precio razonable...

Stefan se dio la vuelta y se colocó con los brazos en jarras, después chasqueó los labios y señaló con el dedo al hombre.

—Piensa que soy un pobre diablo al que timar. No lo soy, puede que esté desesperado, pero por eso mismo no puedo cometer más errores, otros dependen de mí. Si la Stasi me captura ya no podré ayudarles.

Después se giró de nuevo y comenzó a andar hacia la salida.

—Un amigo está construyendo un túnel para sacar gente del otro lado, será corto y para poca gente. Tiene una novia, al parecer está enamorado. Necesita algo de ayuda, usted parece fuerte y...

—¿Por qué me cuenta eso? Podía ser un confidente —le contestó Stefan mientras abría la puerta.

—Parece fuerte, un hombre honrado. Las únicas personas en las que se puede confiar son aquellos que tienen algo que perder. ¿Quién es la persona? ¿Su mujer, un hijo que se quedó al otro lado? —preguntó el hombre.

Stefan se quedó paralizado, con la mano en el pomo de la puerta y una sensación de impotencia tan grande, que estuvo a punto de echarse a llorar. Nunca se había sentido tan frágil, pero no podía evitarlo.

—Me llamo Volker. Creo que hemos empezado con mal pie, si me deja que le explique, tendrá una opción real de sacar a su familia de Berlín Oriental.

Aquella tarde había concertado una cita con un tipo gris y anodino llamado Stefan, el prototipo de estúpido y leal ciudadano amante de las reglas, conformista hasta la médula, pero dispuesto a jugársela por su esposa y su hija pequeña. Aquel tipo de personas era el que buscaba, gente corriente, poco ambiciosa, pero que mataría por reunirse con su familia. Su amigo Volker lo había encontrado en un local de mala muerte y había logrado librarle de la Stasi, lo que demostraba que aquel tipo era tan estúpido como para dejarse atrapar. Tendría que verlo con sus propios ojos e intentar espabilarlo. Su intención era ponerlo a cavar, mientras estuviera bajo tierra al menos no haría ninguna tontería.

Unas horas antes había recibido un telegrama de su novia. Zelinda había entendido el mensaje y le hablaba de una nueva invitada, su amiga del alma. No le gustaba que hubiera más gente implicada, cuantos más fueran, sería más sencillo que a alguno se le escapara algo.

Derek entró discretamente en el viejo cine, se dirigió al salón principal y después caminó con pasos cortos por el pasillo central. Al fondo, sobre el escenario, se encontraba su amigo con aquel tipo del que le había hablado. Volker había encendido algunas luces y desde la distancia pudo distinguir a los dos y observar la cara de inocentón del tipo que su amigo había conocido en el bar.

—Hola —dijo mientras daba un salto y subía al escenario con agilidad.

—Buenas tardes —contestó Stefan. En cuanto vio al tal Derek se arrepintió de haberse metido en aquel embrollo. No era mala idea construir un túnel, pero aquel tipo parecía un mafioso italiano de una mala película norteamericana.

—Soy Derek. Es mejor que no sepamos mucho más el uno del otro. Con mi nombre le basta. Volker me ha hablado de usted. ¿Ha sido albañil?

—Sí, aunque llevo muchos años conduciendo tranvías.

—¿Sabe apuntalar un túnel, excavar y asegurar las paredes?

—No creo que sea muy complicado —contestó Stefan.

—Tomaré eso como un sí. Quiere sacar de la RDA a su mujer y a su hija. Espero que su esposa sepa guardar un secreto y ser discreta. Al otro lado hay dos mujeres a las que conocemos que quieren venir aquí. No le diré sus nombres por seguridad. En la actualidad hay varios túneles en marcha, algunos muy largos y costosos, hasta he oído rumores de que algunas televisiones norteamericanas están subvencionando un par de ellos. Nosotros tenemos que ser discretos. Tengo algunas ideas sobre cuál puede ser la mejor ubicación, pero hay que ir a verlo, intentar alquilar la casa y procurar no levantar sospechas en el vecindario. Lo más importante es discreción y prudencia. ¿Entiende?

Stefan frunció el ceño. Aquel tipo le hablaba como si

fuera obtuso. No estaba dispuesto a aguantarle ni un minuto más.

—Lo siento, pero creo que no voy a colaborar en el túnel —dijo mientras se bajaba del escenario.

—Pero ¿qué mosca le ha picado? ¿Le acabo de explicar mi plan y ahora se marcha? —dijo Derek con el rostro encendido y los puños cerrados.

—¡Maldita sea, me está tratando como un estúpido! Quiere que haga el trabajo duro, que organice la construcción del túnel, pero me habla como a un maldito tonto. Estoy desesperado, pero no tanto como usted cree.

Stefan caminó hasta la salida a toda prisa, prefería olvidarse de aquel asunto y buscar un nuevo plan.

—¡Espere! —gritó Volker. Sabía que necesitaban a un tipo como Stefan, ya no tenían a sus antiguos socios, ellos no sabían construir un túnel. Eran contrabandistas, no mineros.

Stefan se paró y miró a los dos hombres, se cruzó de brazos y esperó antes de salir a la calle y olvidarse del tema.

—Perdone a mi compañero, le trataremos con respeto. Nosotros nos encargaremos de conseguir el material, el sitio y todo lo necesario, pero necesitamos que usted lo construya.

—Alguien tendrá que ayudarme —dijo Stefan muy serio.

—Le ayudaremos nosotros, si nos explica qué hay que hacer.

—Está bien. Mañana mismo comenzaremos a buscar el lugar, lo elegiré yo. No solo tiene que ser un sitio cercano al muro, tenemos que asegurarnos de que no sea una zona inundable y saber qué tipo de terreno estamos horadando.

—Hecho, pero la seguridad la dejará de nuestra mano —contestó Derek con el ceño fruncido. No le hacía mucha gracia que aquel hombre pareciese tomar las riendas.

Stefan afirmó con la cabeza y salió a la calle. El aire fresco de finales de agosto le despejó un poco. Por fin tenía un plan, quedaban muchos flecos sueltos, pero al menos sentía que las cosas avanzaban y que estaba un poco más cerca el reencuentro con su familia.

La niña no había dejado de llorar en toda la noche, Giselle se encontraba agotada, llevaba días sin ir a trabajar, su suegra le estaba echando una mano, pero cada día le costaba más levantarse e intentar aparentar una normalidad que sabía que había perdido. Apenas sabía nada de Stefan desde aquel día frente al muro. Su encuentro se había cortado bruscamente por la llegada de un soldado y después por la gente que escapaba por las fachadas de las casas cercanas a la frontera. Aquello le había esperanzado y al mismo tiempo entristecido. Era posible salir del infierno cotidiano en el que vivía, siempre con la sensación de que alguien te controlaba o hablaba de ti a otros, sin poder confiar en nadie ni bajar la guardia en ningún momento, pero el coste podría ser enorme. La otra sensación que había experimentado aquel día era que se encontraba en un grave peligro y, lo que era aún peor, su hija lo correría si estaba dispuesta a saltarse las leyes y desertar.

Al final se vistió, necesitaba salir de aquella casa para despejarse, le pidió a su suegra que diera de comer a la niña y se dirigió al mercado. Antes de dejar el portal vio algo en el buzón. Lo abrió y sacó un sobre alargado color café con leche, miró el remitente y observó el escudo de la parte delantera. Un rifle con bayoneta, del que colgaba una bandera roja. El escudo era del Ministerio de Seguridad del Estado. Comenzó a ponerse muy nerviosa, con los dedos temblorosos abrió el sobre y leyó el escueto mensaje que había en su interior. Tenía que personarse ese mismo día en las oficinas cercanas. Miró la dirección y decidió acudir en ese mismo momento. No podría tranquilizarse hasta que supiera qué querían de ella.

Caminó con paso acelerado y en unos quince minutos se encontraba enfrente de un edificio de ladrillo, con una escalinata de hormigón y ventanas con rejas de hierro. Un letrero anunciaba que era una comisaría del Estado.

Giselle subió los escalones despacio, como si se dirigiera al patíbulo, atravesó la puerta de hierro con un gesto de temor que no podía pasar a nadie desapercibido. Nunca había estado en un lugar como ese, hasta aquel momento siempre había sido una ciudadana modelo. Justo delante había un mostrador de madera y detrás un hombre casi anciano, de pelo blanco y un rostro amigable. Eso la tranquilizó un poco, se había imaginado a agentes abyectos, con cara de violadores y asesinos.

—Soy Giselle Neisser —dijo la mujer al hombre.

El guarda le sonrió y miró una breve lista escrita a mano en un cuaderno.

—Sí, tiene una citación rudimentaria, la verá el agente Lubig. Espere un momento en aquella sala.

La mujer entró en una habitación de paredes blancas, pero ensuciadas con el tiempo y el roce de miles de abrigos, manos y piernas. Unos asientos de madera pegados a la pared eran su único mobiliario y en las paredes había carteles en los que se advertía de los peligros de espías e informadores del lado capitalista. No había nadie más en la sala, pero aquello no la tranquilizó, más bien la puso más nerviosa. Estuvo esperando al menos media hora, sintiendo cómo la inquietud y el nerviosismo la dominaban casi por completo.

—Señora Neisser, puede pasar al despacho treinta y tres —dijo el hombre desde la entrada.

Giselle se dirigió al pasillo, pero se sentía tan aturdida, que se saltó el despacho.

—Es ese, señora, justo el anterior —comentó de nuevo el hombre.

La mujer se paró frente a la puerta y se colocó la ropa antes de llamar. Después golpeó con los nudillos y esperó a que la invitasen a pasar.

—¡Adelante! —oyó desde el otro lado.

Abrió con la mano temblorosa y entró en un despacho lleno de humo, mal iluminado, con varios pósteres de mujeres con poca ropa en las paredes. Aquello la puso aún más nerviosa.

—Siéntese un momento, es una entrevista rutinaria. Tiene que ver con un altercado hace unos días en la estación de tren de Friedrichstrasse. ¿Estuvo allí con su esposo y su hija hace un par de domingos? —preguntó el hombre, del que solo había visto los labios rojos y carnosos, ya que únicamente era la parte que iluminaba la lámpara de mesa.

—Sí, señor.

—Llámeme agente Lubig.

—Sí, agente Lubig.

—Muy bien. ¿Ve como todo es fácil? No tiene nada que temer, si colabora con nosotros.

Giselle no contestó, pero cuanto más intentaba tranquilizarla aquel hombre, más inquieta se sentía.

—Al parecer dijeron al guarda que querían cruzar por una boda. ¿Es eso cierto? —dijo el hombre inclinándose y dejando que la mujer viera por primera vez sus ojos color plomo.

—Sí, agente Lubig.

—Pero no era cierto. ¿Verdad? Quería escapar junto a su esposo al lado occidental, a pesar de que les habían denegado la salida de la RDA pocas horas antes.

La mujer se quedó en silencio, cualquier respuesta que diera la pondría en evidencia, pero tampoco quería mentir.

—Estábamos confusos, todo el mundo parecía nervioso ese día. Mi marido trabaja en el otro lado y únicamente queríamos vivir juntos.

—Entiendo, y eso no es ningún delito, señora Neisser, pero engañar a un policía de frontera sí lo es. ¿Lo entiende?

—Sí, pero al final no salí con mi hija.

—Es cierto, pero fue por la eficacia de la policía. Usted quería abandonar nuestra patria. ¿Se siente incómoda aquí?

—No, agente Lubig, pero le comenté que mi esposo...

—Su esposo es un traidor, nos abandonó hace tiempo. Piensa que de esta forma podemos construir la utopía socialista. Todos tenemos que ceder un poco, para que nadie se quede atrás, para que la igualdad y la verdadera fraternidad puedan cumplirse al fin. Nuestros deseos egoístas no ayudan mucho a nuestra causa —dijo el hombre subiendo poco a poco el tono de voz.

Giselle se recostó en la silla, le temblaban las manos, pero intentó calmarse un poco, no podía mostrar a aquel hombre temor, en la RDA el miedo era considerado alta traición. Los buenos patriotas no tenían nada que temer.

—Lo siento, agente. No volverá a suceder.

—Sigue en contacto con su esposo.

—Hace días que no sé nada de él. Le echaron del país y ya no puede regresar a la RDA.

—Comprenderá que no podemos cobijar a traidores, los espías occidentales se encuentran por todos lados —dijo incisivo el hombre, recalcando cada palabra para que la mujer no se llevara a asombro.

—Sí, señor agente.

El hombre tomó una libreta y comenzó a anotar con un bolígrafo mordido, después encendió un cigarrillo y quitó su rostro del foco de luz.

—No ha acudido al trabajo desde hace días. En nuestro país no mantenemos a vagos, si no se presenta mañana, comenzará a ser tratada como persona antisocial, podría perder su casa, a su hija y sus privilegios. ¿Lo ha entendido?

—Sí, señor —volvió a responder lacónicamente la mujer, que parecía totalmente aterrorizada.

—Su hija nos pertenece. Si intentan cualquier tontería no volverá a verla jamás. Los niños de la RDA son propiedad del Estado, nosotros garantizamos su libertad, su felicidad y su bienestar. Muchas familias desean adoptar un hijo. Su hija es preciosa, sería una candidata perfecta —dijo el hombre, dejando sobre la mesa una foto de la niña.

Giselle comenzó a llorar en cuanto reconoció a su hija, esa gente la vigilaba en todo momento.

—Sí, señor agente.

—Está bien. Si su marido se pone en contacto con usted nos informará, si no lo hace podremos llevarnos a su pequeña. Si intenta cualquier locura, perderá a su hija. Ándese con cuidado, no admitimos a traidores en nuestras filas. Puede marcharse.

La mujer se puso en pie, pero antes de que saliera, un hombre con un impecable traje azul entró en la habitación. Al ver a la mujer llorando le dio un pañuelo de seda.

—Tranquilícese señora, aquí únicamente tienen que temer los criminales y los traidores. Señora Neisser, supongo, soy el teniente Mielke, espero que el agente Lubig la haya tratado bien. No quería asustarla, pero sí advertirle de los peligros que corre. Tiene que rehacer su vida, su hija la necesita. Permítame que la acompañe hasta la salida.

El hombre fue con ella hasta la puerta, allí pudo ver sus ojos azules, sus pómulos salientes y su perfecta barbilla cuadrada, el pelo rubio parecía casi blanco y no tenía ni una mancha en la piel clara y brillante.

—No la molestaremos más, se lo aseguro. Olvide a ese hombre, no le conviene. Ahora las cosas están cambiando, ya no habrá medias tintas. Los que no son nuestros amigos son nuestros enemigos. Tiene que saber en qué lado se sitúa. Es una mujer muy inteligente, seguro que hará lo correcto. Si necesita cualquier cosa pregunte directamente por mí. Teniente Mielke.

—Gracias —dijo Giselle algo más sosegada. Salió a la calle y caminó con la cabeza gacha hasta que estuvo a un par de manzanas. Se sentía muy confusa, no podía arriesgarse ni perder a su hija, pero amaba a Stefan. Debían ser muy prudentes e intentar que se enfriaran las cosas y se olvidaran de ellos. Al fin y al cabo, eran dos peces pequeños en un inmenso océano. Enseguida la policía del Estado buscaría a alguien más importante que vigilar y encerrar. Lo que Giselle no entendía era que cada ciudadano de la RDA era de vital importancia para el Estado. Sus pequeñas e insignificantes vidas fluían por una corriente continua dirigida hacia un ideal, nadie podía intentar ir contracorriente sin ser aplastado y apartado del resto.

8

Dulces de los cielos

Derek apenas recordaba el bloqueo de 1948, cuando los rusos decidieron aislar Berlín para conseguir la unificación del país bajo su influencia comunista. La crisis en la República de Checoslovaquia unos meses antes empujó a los soviéticos a precipitar su política represiva en el Este y los Aliados occidentales respondieron creando la República Federal Alemana y una nueva moneda, el marco. Los rusos aumentaron sus controles a las personas que entraban y salían del sector soviético, terminando por bloquear las vías de suministros del Berlín Oeste, impidiendo el acceso por carretera y por tren de alimentos y bienes básicos. Todo el mundo pensó que la ciudad estaba perdida, pero lograron resistir. Apenas unos años antes había sido una de las ciudades más castigadas por las bombas, la represión y el hambre. Los berlineses, en muchos sentidos, se habían convertido en la vanguardia de una sociedad doliente que debía enfrentarse a retos que jamás imaginó. El puente aéreo norteamericano fue imprescindible, las mercancías básicas llegaban a la ciudad sitiada y, lo que era más importante, para muchos Aliados occidentales los alemanes dejaron de ser los enemigos a batir y se convirtieron en los Aliados necesarios para frenar el avance ruso.

Lo que sí recordaba bien Derek fue el día en el que cayeron caramelos del cielo. Todo había comenzado poco tiempo antes, cuando Gail Halvorsen, uno de los aviadores que llevaba medicinas y alimentos a Berlín, un día vio a un pequeño grupo de niños alemanes jugando al otro lado de la verja. Estaban delgados y cubiertos de harapos, pero aún mantenían la inocencia y la ilusión de la infancia. Halvorsen se emocionó al verlos, se acercó a ellos y, para su sorpresa, no le pidieron nada. Normalmente, los niños en otras partes les pedían chucherías, chocolate o chicles, pero aquellos niños de la guerra que únicamente habían conocido las privaciones, el horror y la muerte parecían desconocer hasta los manjares que suponían una tableta de chocolate o unos simples dulces. El aviador les dio dos paquetes de chicles, los muchachos los pasaron a los compañeros y los mascaron con los ojos brillantes por la emoción, unos pocos tuvieron que conformarse con oler los envoltorios y sentir el aroma a menta o fresa que había quedado impregnado.

Al día siguiente preparó pequeños paracaídas con caramelos y chicles, a los pocos días todos sus compañeros le dieron sus dulces y chocolates, para que se los lanzara a los niños de Berlín. Cuando los aviones sobrevolaban la ciudad los niños gritaban «Onkel Wackelflügel» (El tío que revolotea). Unos días después, un comandante le habló del proyecto al general Tunner y el ejército comenzó a lanzar cientos de caramelos, chocolatinas y chicles a los niños. Aquellos mismos aviones que habían sembrado la muerte unos años antes, ahora lograban despertar la esperanza y la sonrisa de miles de niños. Para Derek fue la primera vez que se sintió feliz, se pasaba los días mirando al cielo, esperando que el dulce regalo cayera como maná.

Desde entonces la vida no había resultado fácil, no había podido estudiar, los trabajos que encontraba apenas le daban para subsistir y se había dedicado al estraperlo, el contrabando y el transporte de personas. Aquel trabajo que tenía entre manos era distinto. Por primera vez su interés no era comercial, egoísta e interesado. A veces la vida lleva a la gente a pensar en sus propios intereses, pero no hay nada más gratificante que el dar sin esperar nada a cambio, la simple generosidad que devuelve lo poco o lo mucho que la vida te ha regalado a ti primero.

Mientras se dirigía a su apartamento advirtió que un chico de poco más de doce años rebuscaba algo de comida en la basura, no era algo especialmente anormal en Berlín, algunos vagabundos del Este se buscaban la vida como podían, pero sí en un chico tan joven. Se aproximó hasta él y el jovencito se asustó e intentó huir, pero en el callejón no había ninguna salida y tenía que pasar junto a él para escapar.

—No tengas miedo, me llamo Derek. Únicamente quería preguntarte si necesitas ayuda —dijo levantando las manos, en un gesto de paz.

El chico lo miró con su cara renegrida y sus grandes ojos azules. No parecía creer ni una palabra de lo que decía. Seguramente ya se había encontrado con algunas experiencias desagradables, pensó Derek al observar su desconfianza.

—Tranquilo. ¿Necesitas algo? No puedo darte dinero, pero si tienes hambre te llevaré a un café que hay a la vuelta, hacen unos dulces deliciosos.

El chico comenzó a relamerse por dentro, llevaba semanas comiendo de sobras de restaurantes y del comedor de una parroquia cercana.

—No te pediré nada, simplemente me recordaste a mí hace unos años.

Derek había pasado por varios reformatorios, nunca había conocido a sus padres, que habían muerto durante la guerra. No sabía ni siquiera su apellido, siempre había tenido la sensación de sentirse perdido, sin raíces ni pasado, una especie de desecho de la sociedad al que nadie importaba demasiado. Su novia lo había ayudado a sentir por primera vez algo parecido al amor y ahora sabía que le importaba a alguien.

El muchacho esbozó una pequeña sonrisa, que Derek interpretó como un sí. Caminaron el uno junto al otro, pero el chico siempre guardaba una pequeña distancia para asegurarse una vía de fuga si era necesario. Llegaron a la cafetería y el crío se quedó embelesado con los dulces de la vitrina. Pegó la nariz al cristal y una pequeña nube de humo cubrió su cara.

—Es mucho mejor saborearlo que observarlo —dijo Derek abriendo la puerta.

La dueña del local frunció el ceño al ver el aspecto del chico, pero al comprobar que iba acompañado por un señor bien vestido se limitó a preguntar qué deseaban.

El chico señaló con el dedo un enorme dulce de chocolate, la mujer se lo sirvió en un plato, pero antes de que lo cogiera con la mano Derek le indicó que se sentara a la mesa y pidió un vaso de leche. Lo dejó sobre la mesa y observó cómo lo devoraba todo con ansia. Sonrió pensando en sí mismo unos años antes, la vida no le había llevado demasiado lejos, pero se las apañaba bien.

—¿Te ha gustado?

—Sí, señor. Hacía mucho tiempo que no probaba algo tan delicioso.

—¿Cómo te llamas? —preguntó con curiosidad el hombre. A pesar de lo sucio y harapiento que estaba el chico, no parecía alguien criado en la calle.

El muchacho se puso rígido, como si el efecto del chocolate se le estuviera pasando y se sintiera incómodo.

—No soy policía, tampoco de inmigración. Simplemente quiero ser agradable.

—No creo que importe mucho mi nombre. Nadie me conoce aquí, soy invisible para la mayoría de la gente y, para los que no lo soy, es mucho peor. Todo el mundo quiere sacarte algo, ya sabe a lo que me refiero.

—Seguro que te sorprenderá, pero hace unos años me encontraba en tu misma situación. No era fácil. La soledad, la sensación de que no le importabas a nadie, el miedo...

—Yo no tengo miedo, sé muy bien cómo cuidar de mí mismo.

—Tranquilo. No quería ofenderte —dijo Derek, pensando que ya había hecho suficiente por el muchacho; al menos ese día había comido algo agradable.

—Lo siento —dijo el chico bajando la guardia por primera vez. De repente se echó a llorar y Derek no supo qué hacer. A las únicas personas que había abrazado era a las mujeres, pero por razones muy distintas al afecto o a la simpatía. Al final le puso una mano en el hombro y el chico se revolvió hasta quitársela.

—¿Qué te ha pasado? —preguntó por fin, sin mucho convencimiento. Implicarse en la vida de los demás siempre traía problemas o al menos eso le habían enseñado a él.

El muchacho lo miró con los ojos empapados en lágrimas, parecía desahogarse después de mucho tiempo.

—Todo fue por una tontería, una confusión, un juego. Este verano fui de campamento con la Juventud Libre Alemana. Mi familia me solía mandar todo el verano para tener una boca menos que alimentar y mantenerme entretenido. Cuando uno se pasa todo el día vagabundeando por la calle suele meterse en problemas.

—Entiendo —dijo Derek, mientras jugaba nervioso con su sombrero.

—Al llegar a Berlín el monitor me preguntó si vendrían a recogerme mis padres, le comenté que eran de Berlín Occidental, me dejaron cruzar y unas horas después pusieron la barrera y el muro. Simplemente, quería pasar unas horas por aquí, curiosear un poco. En esta zona hay libros, música y cómics que no se encuentran en el otro lado. Cuando regresé a la frontera me dijeron que sin documentación y sin la supervisión de un adulto no podía regresar a Berlín Oriental. Quisieron llevarme a un centro de menores, pero logré escabullirme. Ahora estoy aquí, sin familia, sin casa... —dijo el chico echándose a llorar de nuevo.

Derek le miró sorprendido, aquella historia era un ejemplo más de lo disparatado de aquel muro absurdo, millones de personas habían visto rotas sus vidas para siempre. Familias divididas, amores desdichados, sueños rotos para siempre.

—Puedo llevarte a un centro. Al menos tendrás comida y una cama caliente —dijo el hombre.

—No quiero ir a un centro, prefiero dormir en la calle. En esos sitios suceden cosas terribles.

—En invierno te morirás de frío —le comentó, para intentar persuadirle, aunque él conocía bien ese tipo de lugares. El acoso de los compañeros, el abuso de los cuidadores, los golpes, la disciplina y las humillaciones. No era el mejor sitio para que un crío se desarrollara. Pero en la calle las cosas podían ser aún peor. Había bandas de proxenetas, ladrones, asesinos y violadores, que estarían encantados de hacerse con carne fresca.

—¿Querrías volver al otro lado? ¿Te gustaría reunirte con tu familia?

El rostro del chico se iluminó por unos momentos.

—Está bien, puedo llevarte al otro lado, pero tendrás que trabajar duro, ser discreto y obedecer sin rechistar. Si no cumples tu parte regresarás a la calle —dijo Derek muy serio.

—Me llamo Johann —dijo el chico, sonriente.

—¿Regalo de Dios? ¿En serio ese es tu nombre?

—Sí, me lo puso mi madre.

—Espero que realmente el significado de tu nombre sea profético —bromeó Derek.

Salieron de la cafetería camino de su apartamento. Hacían una extraña pareja. Alguien podría haberles confundido en un primer momento como a un padre caminando junto a su hijo, pero además de las diferencias físicas, el aspecto impecable de Derek y las ropas sucias y viejas del chico parecían mostrar todo lo contrario. Lo que la gente que los observaba intrigada no sabía era que aquel hombre bien parecido había sido también un niño harapiento y que en muchos sentidos seguía siéndolo, algunas heridas tardan en sanar y otras no lo hacen nunca.

Ilse nunca había tenido secretos con sus padres, lo que hacía que se sintiera aún peor. Hablar con su amiga Zelinda le había ayudado mucho, pero aún no sabía qué hacer. Sus padres eran muy conservadores, de los pocos berlineses que se arriesgaban a asistir a la iglesia y confesar sus creencias abiertamente. ¿Qué pensarían de ella cuando se enterasen de que estaba embarazada? Una de las cosas que más le dolía en el mundo era decepcionarles, aunque muchas veces era inevitable; debía vivir su vida, tomar sus propias decisiones y equivocarse, como todo el mundo. También había tenido mala suerte. Su novio era el primer chico con el que se acostaba y únicamente lo habían hecho una vez tranquilos, aprovechando que sus padres no estaban en casa.

Se paró delante de la clínica abortiva. En la RDA el aborto era libre y gratuito, no tenía que informar a nadie y en poco más de una hora se podría olvidar de lo sucedido, para empezar de nuevo. Abrió la puerta y entró en el edificio; como la mayoría de los centros médicos estaba algo descuidado, pero al menos la persona de la recepción era amable y le dio un folleto informativo y le pidió que esperara un rato. Ilse leyó el folleto, pero no se enteró de nada, se sentía como en una nube, observando su cuerpo desde fuera, como si aquello no le estuviera sucediendo a ella. Entonces sintió una profunda pena, comenzó a llorar y se levantó. Apenas había llegado a la puerta, cuando una doctora la alcanzó.

—Hola. ¿Cómo te encuentras?

La chica la miró sin saber qué responder.

—¿Estás bien? —insistió la doctora.

—No, no me encuentro bien.

La mujer la miró con ojos bondadosos, después apoyó su mano derecha en el hombro de la chica y le dijo en un tono de voz muy suave:

—¿De cuánto estás?

—Tres meses, más o menos.

—¿Te has hecho alguna prueba?

—Lo sé.

—¿Qué has pensado? ¿Hablaste con tu familia o con el padre?

—No —dijo cada vez más nerviosa.

—Eso no importa, pero es una decisión importante y a lo mejor quieres meditarla —dijo la doctora abrazando a la chica.

Ilse comenzó a llorar y se escondió entre los brazos de la doctora, necesitaba sacar todos esos sentimientos contrapuestos de su corazón. No estaba segura de lo que quería. Todas las soluciones le parecían terribles, pero debía elegir. Esa era una de las cargas de convertirse en adulto, ya no podías esperar que otros tomaran las decisiones por ti, debías llevar las riendas de tu destino y no era sencillo. A veces te encontrabas en encrucijadas, sin saber cuál era el camino correcto, lo único que podía ayudarte era lo que habías aprendido de tus padres y profesores, pero en muchas ocasiones lo que pensabas de la vida y lo que te habían enseñado que era, parecía radicalmente opuesto.

—Creo que lo voy a pensar un poco más —dijo Ilse. Al fin y al cabo, le había dicho a Zelinda que no tomaría una decisión hasta sopesar la idea de irse con ella a Berlín Occidental.

—Está bien. Seguro que tomarás la decisión correcta, si necesitas cualquier cosa estamos aquí para ayudarte —dijo la mujer mientras le abría la puerta.

Ilse sintió una especie de alivio al salir de nuevo a la calle, los colores parecían más brillantes, los olores más puros y escuchó el canto de los pájaros del parque justo enfrente. Aún no había tomado una decisión definitiva, pero lo que no quería era luego tener que arrepentirse; amaba a aquel hombre, deseaba cruzar el muro e intentar construir una nueva vida al otro lado. Zelinda y ella serían amigas para siempre y podrían empezar de cero. Aunque, en realidad, nunca se empieza de cero, siempre llevamos el equipaje de nuestra experiencia, nuestra personalidad y lo que hemos aprendido. Unas pocas herramientas para realizar el largo y complejo viaje de la vida.

Zelinda tenía un profesor en la universidad al que respetaba y apreciaba por encima de cualquier otro. El doctor Reber era casi un anciano, siempre risueño y afable, aunque en su mirada reflejaba el peso del tiempo y la desazón de vivir en un mundo que no había elegido. En cierto sentido nadie elige el mundo en el que le ha tocado vivir, pero muy pocos son conscientes de ello. A veces la ignorancia es un elemento liberador o la muestra más clara de que las cadenas de la insensatez parecen más ligeras que las alas de la libertad.

En las clases era más discreto, pero en cuanto charlabas con él se mostraba sarcástico y casi despiadado con los pocos logros del comunismo en el mundo. Sus modos aristocráticos contrastaban con el gris uniforme del resto de los profesores, cortados por el mismo patrón dogmático.

Zelinda fue a verle después de clase, tenía algunas dudas sobre el próximo examen, pero sobre todo le gustaba charlar unos momentos con él, ya que sentía como una especie de brisa fresca en su presencia, después de un largo y caluroso verano.

—Señorita Zelinda, no sé qué hace en este país atrasado y retrógrado. Vale mucho más que sus compañeros.

—Profesor, creo que me tiene en muy alta estima, pero soy una estudiante normal, del montón. De hecho, por eso tengo que hacer un examen dentro de unos días.

—No me refiero a su expediente académico. Usted tiene un don del que muchos carecen, se llama pensamiento crítico. Si fuera más joven saltaría ese maldito muro y no pararía de correr al menos hasta París.

El hombre comenzó a reírse, tenía las manos en los bolsillos de su perenne chaqueta de pana marrón y sus pantalones a juego.

—Algunos de mis compañeros son gente interesante y muy inteligente —le contestó la joven, intentando suavizar los comentarios del profesor.

En un mundo como aquel, no era normal que la gente dijera lo que pensaba. Incluso parecía peligroso escuchar cualquier tipo de crítica, aunque fuera sarcástica y en un ambiente de confianza.

—Aquí seguimos enseñando las teorías del siglo pasado. El marxismo y el leninismo son recetas viejas y caducas, si es que alguna vez sirvieron para algo. Occidente nos saca una ventaja abrumadora y no hace sino aumentar la distancia cada día.

—Bueno, al menos dicen que el comunismo es un sistema más igualitario —le contestó la joven. Temía que el despacho del profesor pudiera tener micrófonos y no quería que, estando tan cerca su huida, una detención lo echara todo por la borda.

—Nuestros dirigentes son sastres, albañiles o carpinteros. Gente sin formación, que simplemente se escondió en Rusia hasta que los nazis perdieron la guerra. Su mayor virtud es el oportunismo y su gran talento lamerles el culo a los rusos, perdone la ordinariez, pero no sé expresarlo de otra forma.

—Bueno, en eso consiste la igualdad, que cualquiera puede llegar al poder —le contestó la joven, intentando rebatir su idea.

—No piense que soy clasista, pero no hay ninguna virtud en la ignorancia ni en la pobreza; el hombre virtuoso es el que se esfuerza por formarse. No importa su procedencia u origen, pero esta gente es oportunista, ignorante y por tanto arrogante. Este país no tiene futuro, por eso ha construido un muro, no se engañe, no es una barrera de protección antifascista, la gente no quiere entrar a la RDA, lo que quiere es salir corriendo. Primero nos sometieron esos malditos nazis, comunistas nacionalistas y ahora estos internacionalistas, dos caras de una misma moneda.

A Zelinda le hubiera gustado comentarle que pensaba escapar de Berlín Oriental, que muy pronto estaría al otro lado, pero no se atrevió a decirle nada. Era demasiado peligroso.

—Lo que busca está al otro lado, querida. La cultura nació en Occidente, en la Gran Rusia nunca se ha creado nada ni se ha descubierto nada que merezca la pena. Son un imperio de bárbaros, cuya única fuerza es la violencia. Salga de aquí cuanto antes, la vida es muy corta para desperdiciarla entre mediocres. Ya lo dijo Goethe: *Grau ist jede Theorie* (Gris es toda teoría).

—Lo tendré en cuenta —le contestó. Sabía que era la última vez que vería a aquel hombre, pero había aprendido muchas cosas de él. En cierto sentido lo llevaba en el corazón. Para los maestros, la medida de su éxito siempre se encuentra en los logros que han conseguido sus alumnos. No hay un gran profesor que no tenga brillantes discípulos, la mediocridad siempre comienza al otro lado de los pupitres y convierte a una nación en presa de sus propios miedos y frustraciones.

9

Treinta metros

La búsqueda no fue sencilla. Volker, Derek y Stefan estuvieron casi una semana recorriendo las calles que daban a la frontera con Berlín Oriental, también el resto del muro que circundaba a la parte libre. En algunos sitios los edificios estaban lo suficientemente cerca, pero la dificultad se encontraba al otro lado del muro; en otros la distancia era considerable y Stefan les había dicho que hacer un túnel mayor con un grupo tan reducido era una verdadera locura, además tardarían muchos meses y no podrían evitar levantar sospechas. La idea era ejecutar el túnel completo en un máximo de tres meses. En invierno se podía filtrar mucha agua, pero no les quedaba más remedio que empezar cuanto antes, no querían estar más tiempo separados de sus familias.

Cada tarde se reunían en una pequeña cafetería cerca de Mariannenplatz, estaban juntos un par de horas comentando lo que habían descubierto, tomaban algo de té o café y continuaban con sus vidas, aunque eso era solo parcialmente cierto. Todo estaba supeditado al túnel y a la fuga de sus mujeres. El trabajo, los amigos, la familia o incluso sus propias ilusiones y esperanzas se centraban en aquel pequeño agujero que les devolvería la felicidad.

Stefan muchas veces se sentía paralizado por la tensión y la angustia por comenzar. Su vida se reducía a la frase mil veces repetida de «Si tan solo». Un insalvable río que le separaba de la felicidad. Si tan solo encontraran el lugar en el que construir el túnel, si tan solo pudiera traer a su mujer y a su hija y ponerlas a salvo, si tan solo lograra formar una familia en paz. Tenía prisa por cruzar ese maldito río que le separaba del futuro, de la vida que anhelaba. Se había olvidado de sentirse agradecido con la vida por lo que ya había conseguido, lo mejor siempre estaba por venir y el presente era una desagradable realidad que el futuro terminaría por redimir. Un corazón agradecido es el mejor remedio contra la infelicidad, no le importa lo que aún queda por suceder, disfruta el presente y se apercibe para lo que tenga que venir. La virtud de disfrutar el presente era un secreto que muy poca gente lograba descubrir, aunque le sorprendió que el hombre que les abriría las puertas hacia su felicidad fuera precisamente de ese tipo de individuos que parecen siempre felices a pesar de sus terribles circunstancias.

Volker regresó aquella tarde al café con una sonrisa en los labios. Enseguida le preguntaron si había descubierto el lugar. El hombre se sentó a la mesa de siempre, pidió un café cargado, no dijo nada hasta que se lo sirvieron y le echó tres cucharadas de azúcar.

—¿Y bien? —preguntó impaciente Derek.

—He encontrado el lugar perfecto —dijo con una sonrisa de satisfacción.

—¿Estás seguro? Ya hemos visto muchos lugares que en el último momento no nos han servido para nada —comentó Stefan escéptico. Ya no quería ilusionarse por nada, como si fuera incapaz de sufrir una decepción más.

—Esta misma noche podéis verlo con vuestros ojos. No estamos muy lejos del lugar.

Aquello excitó aún más al pequeño grupo, después de semanas de búsqueda al fin las cosas comenzaban a avanzar.

—¿Dónde está? —preguntó Derek, mientras tomaba un dulce de la mesa.

—Es una calle corriente, no llama para nada la atención. No hay mucho paso de gente y el edificio está medio abandonado. Podremos hacer ruido y nadie se dará cuenta. Los sitios solitarios también tienen sus peligros, tenemos que ser muy discretos. La calle se encuentra cerca de un parque, allí podremos deshacernos de la tierra —les explicó Volker.

—¿Y cuál es la dirección?

—La dirección es Sebastian Strasse número 82. El edificio es de cinco plantas, tiene una puerta enmarcada en un arco sencillo, antiguamente era un barrio burgués, pero ahora sus habitantes son obreros especializados. Desde la guerra faltan algunos edificios, pero justo enfrente hay unos pisos construidos por el Estado de la RDA, podríamos salir por Heinrich Heine Strasse número 49. En ese edificio hay unas bodegas que nadie usa, la casa de arriba está vacía. Ya os he comentado que es el lugar perfecto —dijo complaciente Volker. Después tomó con una cuchara los restos de azúcar que habían quedado en el fondo de la taza y la chupeteó con gracia.

—Tenemos que ir a verlo ahora mismo —comentó impaciente Stefan.

—Espera que terminemos esto. El edificio no se va a ir a ninguna parte —dijo Derek, devorando otro pastelito.

—¿Cómo puedes comer en un momento así? —le miró enfadado Stefan.

—¿Qué mejor momento que este para celebrar que al fin hemos encontrado el sitio?

—No cantemos victoria. Tendremos que hablar con el dueño y después construir el túnel. Aún no hemos comenzado a hacer nada —dijo Stefan con los brazos cruzados.

—Como dijo Winston Churchill, querido amigo: «Esto no es el final, pero es el final del principio» —comentó Derek con los labios cubiertos de azúcar.

Salieron del local a toda prisa, Stefan parecía impaciente por llegar. Aún era de día, pero las nubes tapaban el sol y la luz parecía mortecina, anunciando el próximo invierno. El otoño había llegado deprisa y con él los días más cortos y grises. Tardaron poco más de media hora en llegar a pie. Caminaron por la calle semidesierta y se pararon frente al edificio. Llamaron al timbre y esperaron unos minutos antes de oír la voz al otro lado del telefonillo. Subieron a la primera planta y esperaron enfrente de una puerta de madera barnizada, después oyeron cómo chirriaba al abrirse, pero la oscuridad dentro del apartamento era tan grande que apenas distinguieron al hombre que estaba delante de ellos. El hombre se limitó a saludarles y se adentró por un pasillo, como si estuviera hecho a aquella oscuridad casi total. Le siguieron a tientas hasta un salón algo más iluminado, recargado de muebles, con visillos en los sillones, cortinas de hilo y una mesa camilla en un lado con un brasero.

—Mi esposa está indispuesta —se disculpó el hombre, que debía de rondar los ochenta años.

—Lo sentimos. No queremos importunarle —dijo Stefan.

—No se preocupen. Hace un rato estábamos jugando a las cartas, lleva muchos años enferma de párkinson, pero cada vez se encuentra peor. Bueno, ya no somos unos muchachos. ¿Quieren un té?

—No, gracias —respondieron casi a coro.

—Están interesados en alquilar la planta baja —comentó el hombre.

—Sí, sería ideal para nosotros —comentó Volker.

—Sin duda. Es una buena finca, aunque desde que terminó la guerra se ha ido deteriorando, y sobre todo en los últimos meses con ese maldito muro. No sé qué pueden hacernos más esos rusos —dijo el hombre manifestando cierto desasosiego. Aunque enseguida cambió el semblante y pareció rejuvenecer de repente.

—¿Podríamos alquilarla hoy mismo? —preguntó Stefan impaciente. Derek le miró enfadado, no quería que levantasen sospechas. No era buena idea precipitarse, menos en aquel momento que habían logrado dar con el lugar perfecto.

—Sí, claro. Lleva años cerrada. Antes vivíamos abajo, pero hay demasiada humedad, cuesta un poco subir las escaleras, pero mi esposa ya no sale, y a mí me viene bien mover las piernas. Antes de jubilarme era abogado. Ya casi ni me acuerdo. Han pasado tantas cosas. He vivido dos guerras terribles, la Depresión del 29 y la ocupación extranjera.

—Una vida interesante —bromeó Volker, que había escuchado aquello miles de veces. Todos los alemanes se quejaban de lo mismo y se sentían héroes por el simple hecho de sobrevivir.

—Podemos llamarlo así. Cuando comenzó la Gran Guerra era un adolescente, fue terrible y devastadora. Mi padre quedó lisiado y logré estudiar a duras penas, él había sido notario, pero su invalidez le llevó al juego y a la bebida, arruinando a toda la familia. Después de mis estudios conocí a Greta, una mujer extraordinaria. Fuerte, amable, inagotable y llena de vida. Su familia era de jueces, vivían en la mejor zona de Berlín, no vieron bien nuestra relación. Yo era un pobre abogado de oficio y mi padre, la vergüenza de su profesión. Nos casamos justo en plena inflación, tuvimos dos hijos, pero cuando estaban empezando a irnos bien las cosas llegó la Depresión. Lo perdimos todo, nos quedamos casi en la calle, pero logramos aguantar, y entonces llegó Adolf Hitler al poder, yo ya era un hombre maduro, con casi cincuenta años, pero ese maldito cabo austriaco me convenció. Nos prometía seguridad, estábamos tan cansados de sentirnos siempre angustiados y temerosos. El peligro comunista, una nueva crisis, otra guerra eran los miedos que todos acumulábamos en nuestra mente, como muebles viejos en un gran trastero. Parecía que los nazis sabían lo que querían, que podrían renovar la República que no avanzaba hacia ninguna parte. Los primeros años nos parecieron positivos, muchos presos políticos y algo de represión, pero para los que no nos metíamos en política las cosas no estaban tan mal. Luego vino la persecución brutal a los judíos, la guerra y después la destrucción de todo. Por no hablar de la llegada de los rusos y estos años de humillación. Perdimos a nuestros dos hijos en la guerra, mi mujer se puso enferma hace diez años y ya nos queda poco, pero al menos podemos decir que hemos vivido. No me quejo, he sido muy feliz y he pasado momentos excepcionales —comentó el hombre con una sonrisa amplia y sincera.

Todos le miraron asombrados, aquel anciano parecía en paz consigo mismo y con el mundo. No entendían cómo una vida tan desgraciada no le había doblegado por completo. El hombre pareció intuir su perplejidad y les dijo:

—¿Puede la muerte quitarnos la alegría? ¿Puede el fracaso robarnos la felicidad? ¿Puede la traición arrancarnos el gozo? ¿Puede la enfermedad robarnos la paz? No, somos nosotros y nuestra actitud hacia la muerte, el fracaso, la traición y la enfermedad. Si sabemos quiénes somos y qué queremos en la vida, si nos rodeamos de amor y confiamos en que las cosas al final saldrán bien, si nos sentimos agradecidos y no en deuda con la vida, nada podrá destruirnos o abatirnos.

Se oyó una tos y el hombre se levantó precipitadamente y se dirigió al cuarto de al lado. Nadie cruzó una palabra, aquel anciano les había enseñado más en una hora que lo que todos ellos habían aprendido en toda su vida.

El anciano regresó con una sonrisa en el rostro y les comunicó el precio; era bajo, podían pagarlo con creces.

—A veces traemos el trabajo a casa. Esperamos no molestarle, intentaremos hacer el menor ruido posible —comentó Derek.

—No se preocupen, me hago cargo. ¿Cuándo se trasladarán?

—Hoy mismo queremos verlo, si no le es molestia. Podemos darle una fianza —dijo Stefan.

—No es que sea un tipo confiado, he llegado a los ochenta años de una pieza, pero sus caras parecen las de gente honrada. Mañana pueden traerme el mes en curso, será suficiente. Podrán quedarse cuanto deseen y avisarme con unos días de antelación si se tienen que marchar. Los acompaño hasta el piso.

El hombre caminó de nuevo por la oscuridad, como un pez por lo más profundo del océano. Tomó unas llaves que tenía colgadas y descendió por la escalera hasta la planta baja. Abrió con el manojo de llaves y dio las luces.

—Además de la planta hay una pequeña bodega más

abajo, antes se hacían mucho, para conservar las cosas frescas. No teníamos las neveras de ahora.

—Nos parece estupendo —comentó Stefan.

El hombre descorrió las cortinas, enfrente se veía el muro y los edificios de la RDA.

—No hay bonitas vistas, pero tal y como está el mundo puede que esa pared nos proteja de esos diablos rojos.

Todos se rieron y el hombre entregó las llaves a Stefan.

—Usted parece el más mayor y responsable, no es que tenga nada en contra de la juventud, hace mucho tiempo yo también fui joven, pero las canas sirven para algo —bromeó el anciano.

El hombre se despidió de ellos y los dejó al fin solos. Se reunieron en el pequeño salón, después se asomaron por la ventana y vieron el muro.

—Tan lejos y tan cerca —dijo Stefan mirando al otro lado.

—Bueno, casi lo podemos tocar. Ahora tendremos que trabajar duro y no perder la esperanza —comentó Derek, que siempre parecía optimista.

—Creo que estamos locos, pero he traído algo para celebrarlo —dijo Volker sacando una botella pequeña de vodka. La levantó y gritó—: ¡A treinta metros de la felicidad!

Se pasaron la botella un par de veces y le dieron tragos largos. El vodka les recorrió la garganta y llegó hasta sus estómagos en pocos segundos. El calor del alcohol fue lo único que los mantuvo calientes aquella noche. Se sentaron a una mesa algo desportillada y comenzaron a dibujar un plano, calcular el material que necesitarían, dividir los turnos y pensar en cada detalle. Cuando se dieron cuenta estaba amaneciendo, no habían dormido nada, pero sentían la euforia de los que están decididos a cambiar su destino.

10

Las puertas del apocalipsis

El agente dejó en la mesa la «Lista de Control de Inteligencia del presidente». En el informe de la CIA se presentaban los detalles de los lugares más conflictivos del globo. El mundo parecía al borde de una guerra nuclear y las potencias occidentales parecía que estaban perdiendo su guerra contra el comunismo. En casi todos los continentes los soviéticos conseguían que más países se sumaran a su causa. América Latina, África, Europa y Asia comenzaban a ceder poco a poco a la seducción del mundo ideal que los rusos vendían al mundo, entrenando a miles de terroristas y futuros líderes políticos de la mayoría de los países subdesarrollados.

Kennedy abrió el informe, se puso las gafas y repasó los puntos más calientes: Cuba, Vietnam, Laos y el Congo. Sin contar a Alemania, que tras doce años de calma volvía a estar justo en el centro del conflicto entre dos formas completamente antagónicas de entender el mundo.

—¡Dios mío! —exclamó el presidente tras dar una ojeada al informe.

—¿Qué sucede? —preguntó su hermano Robert, que

últimamente pasaba la mayor parte de su tiempo en la Casa Blanca.

—La situación se está agravando en Berlín, las autoridades de la RDA se están empleando a fondo. Ya hay varias víctimas y la población se está poniendo muy nerviosa, pero lo peor no es eso. Ese maldito Brandt parece convencido de que lo que necesita el mundo es una Tercera Guerra Mundial.

—Brandt es un buen tipo, simplemente está intentando meternos de lleno en el conflicto —apuntó Robert, al que le caía bien el alcalde de Berlín.

—Si nos metemos, las cosas pueden desmadrarse. Los rusos son gente de gatillo fácil y en este momento no importa quién dispararía primero, el resultado sería igual de catastrófico para todos —dijo Kennedy frunciendo el ceño.

—¿Qué ha hecho ahora el alcalde de Berlín?

—Ha dado órdenes a la policía de responder al fuego de los guardas de frontera. Los comunistas parecen dispuestos a frenar el flujo de refugiados, las estadísticas que nos han mandado son de 50 o 60 por semana.

—Bueno, hermano. Imagino que a medida que aumenten las medidas de seguridad el flujo se detendrá, tenemos que aguantar la presión. En Cuba parece que asoman nubes por el horizonte y no podemos despistarnos con lo que está sucediendo en Alemania —dijo Robert sentándose en el filo de la mesa.

—Tenemos a cientos de agentes desplegados por Berlín, pero el muro nos está dejando a ciegas. Muchos agentes no pueden informar y les cuesta más cruzar al otro lado. Dentro de poco no sabremos qué armas están acumulando justo en el patio trasero de nuestra casa. En el informe nos previenen de que algunos de los refugiados pueden ser agentes de la Stasi camuflados.

—Esos cabrones sádicos —comentó Robert—, hace unas semanas leí un informe del campo de concentración de Hohenschönhausen al lado de Berlín. ¿Cómo pueden utilizar los campos nazis para los disidentes políticos? Esos cabrones no han aprendido nada de la historia.

—Estamos reuniendo información sobre lo que está haciendo la Stasi —dijo el presidente. Aunque sabía que los métodos de la CIA no eran mucho más humanitarios.

—¿Y se está haciendo algo con los refugiados? Lo último que necesitamos son alborotadores y espías llegando en masa a Occidente —comentó Robert encendiendo un cigarrillo.

—En cuanto llegan al campo de refugiados de Marienfelde nuestros hombres les interrogan, en ese sentido las autoridades de la RFA están colaborando con nuestros agentes.

John le quitó el cigarro de la mano a su hermano Robert y comenzó a fumar. Sabía que gobernar el mundo no era sencillo y el presidente de Estados Unidos era mucho más que el presidente de una nación, era el jodido líder del mundo libre. Tenía la sensación de navegar en un bote lleno de agujeros; mientras más se esforzaba en taparlos y mantener a flote el viejo cascarón, más boquetes se abrían. La solución no era poner parches a los problemas. Lo que realmente necesitaban era dar la vuelta a la situación, asustar a los soviéticos y cambiar la tendencia, pero nada de eso iba a ser sencillo. El capitalismo parecía cada vez más un dinosaurio a punto de extinguirse, mientras que el comunismo, de una forma que no lograba entender, volvía a resurgir de sus cenizas y extenderse por el mundo como una maldita plaga.

Brandt era el tipo de persona que ve en los problemas oportunidades. Toda su vida había sido así. La persecución por parte de los nazis, su huida a Noruega, hasta su nacimiento desgraciado le había permitido convertirse en un hombre tenaz. Pocas cosas podían detenerle y nada conseguiría destruirle, decían sus enemigos. Aquella crisis del muro, sin duda, era una de esas oportunidades. La política de los Aliados desde el final de la guerra siempre había sido reaccionar ante los desplantes soviéticos. Desde 1948 apenas habían tomado la iniciativa, la única forma de recuperar su país y expulsar a todos los ejércitos extranjeros era llevar el problema hasta el límite.

En las últimas semanas la violencia contra los ciudadanos que intentaban cruzar el muro no hacía sino crecer. Los guardias disparaban sin compasión a las pocas personas que aún lo intentaban o reprimían con dureza la más mínima protesta. Muchos creían que los alemanes tenían que expiar los pecados del Tercer Reich, que su generación no merecía ni la paz ni la prosperidad que gozaban el resto de las naciones de Europa, pero él creía que los alemanes ya habían pagado con creces sus errores del pasado. Unos años antes, su regreso a Alemania no fue sencillo, se había nacionalizado noruego y trabajaba para un conocido periódico. No tenía ninguna intención de involucrarse en política y mucho menos quedarse en Alemania indefinidamente, pero le pudo más el amor a sus conciudadanos que una vida cómoda en su país de adopción. Era cierto que al regresar a Alemania le sorprendió que el régimen nazi hubiera mantenido a la población bien alimentada y vestida. Los alemanes, a diferencia de la Primera Guerra Mundial, no habían sufrido las hambrunas y las penalidades propias de una guerra. En muchos casos gracias al expolio que los nazis hicieron en el resto de Europa, pero cuando regresó a Berlín observó a un pueblo humillado que intentaba con todas sus fuerzas resurgir de sus cenizas. Gente corriente; maestros, albañiles, empleados y todo tipo de alemanes, que con su esfuerzo ponían en funcionamiento los servicios básicos, despejaban las calles e intentaban mantener el orden público. En especial la labor de las mujeres fue encomiable. Ellas eran las verdaderas artífices de una nueva nación, en la que reinaban la disciplina, la ayuda mutua y la solidaridad. Nadie hacía preguntas sobre el pasado, todos eran alemanes y debían colaborar unidos.

Brandt había vivido el levantamiento de los húngaros en 1956 y la crisis de Berlín del 1958. Nunca se había callado, como la mayoría de los políticos en Alemania. Había luchado por la libertad del pueblo húngaro y por impedir que los soviéticos dominaran todo Berlín unos años antes.

Muchos le llamaban el Kennedy alemán, pero él no era un niño rico jugando a ser el líder del mundo libre, había surgido de la nada y formaba parte del pueblo que tanto ansiaba proteger. John F. Kennedy era un aristócrata que sabía dar bellos discursos, pero que siempre elegía el camino más fácil.

El alcalde sabía lo que pensaba Kennedy, alguien le había contado que el presidente norteamericano había dicho que era mejor un muro que una guerra, y a pesar de todo entendía su postura. No quería sacrificar soldados norteamericanos en un conflicto a miles de kilómetros de su territorio, pero Berlín era mucho más que una ciudad sitiada por los soviéticos, era sobre todo la valla de contención que impedía que el comunismo se extendiera por el resto de Europa.

Brandt sabía que el muro era su oportunidad para llegar al poder. En unas semanas se celebrarían las elecciones generales, era imposible que consiguiera el poder, para muchos de sus compatriotas Konrad Adenauer representaba al salvador de la patria, pero si lograba hacerse con las riendas de su partido, en las próximas elecciones sí tendría opciones reales. Alemania necesitaba un cambio profundo. Él no quería que sus compatriotas continuaran pidiendo perdón por lo sucedido en 1940, era la hora de convertir a Alemania en uno de los principales países de Europa y construir una verdadera alternativa al comunismo. La única forma de vencer al bloque soviético era construyendo una sociedad justa, un estado del bienestar en el que todos tuvieran las mismas oportunidades y les vacunara de las tentaciones utópicas que tanto daño habían hecho al mundo en la primera mitad del siglo XX. Sus padres y abuelos habían intentado cambiar el mundo, se habían dejado seducir por los populismos, los cantos de sirena del comunismo y el nazismo, lo que había llevado a Europa a casi su total destrucción. Su generación debía demostrar que la única forma de alcanzar el progreso era por el camino de la libertad. El maldito muro que veía cada mañana podía ser el trampolín que había estado buscando. Los jóvenes estaban furiosos, los adultos confusos y los ancianos indignados. Si lograba canalizar toda esa fuerza, los comunistas del otro lado habrían contribuido sin saberlo al comienzo de su propia destrucción. Aquellos ladrillos mostraban lo débiles que eran, su utopía apuntada estaba a punto de derrumbarse, él sería quien soplaría y soplaría hasta ver el muro hundido y a Alemania unida de nuevo.

Ulbricht sabía que la única forma de construir una cultura verdaderamente socialista era apoyarse en los jóvenes. El mundo viejo, en el que él mismo se había criado, debía desaparecer por completo. La religión, la decadente cultura burguesa, los vestigios nacionalistas alemanes eran estorbos que debía derrumbar para conseguir que la RDA se convirtiera en el modelo de país socialista. Las reformas económicas siempre habían sido tímidas; la imposición de los cambios culturales, tibia y la destrucción de los enemigos del sistema, casi infantil. Todo eso debía cambiar.

El presidente caminaba por los bosques cercanos a su residencia, le gustaba pensar en soledad a aquella hora de la tarde. Construir la conciencia de un país suponía un trabajo ingente y agotador. Muchos criticaban a los países socialistas por implantar por la fuerza su sistema, algunos incluso los comparaban con el régimen nazi. Todo aquello era absurdo. Ellos eran los verdaderos garantes de la libertad. Occidente ofrecía a sus ciudadanos una falsa sensación de prosperidad y derechos fundamentales. Sus empresarios continuaban haciéndose más ricos y, cuando tuvieran la riqueza y el poder necesarios, aplastarían de nuevo a la clase obrera. Todos los que pensaban que la lucha de clases había terminado eran unos estúpidos o unos hipócritas, simplemente se había tomado una tregua. La mayoría de las medidas a favor de las clases más humildes tenían como única motivación el miedo a la revolución. Si ellos desaparecían ¿qué impediría al capitalismo campar a sus anchas y aplastar a los más desfavorecidos? En cierto sentido los países socialistas garantizaban las mejoras sociales en Occidente. Por eso él se sentía con una superioridad moral sobre las democracias capitalistas. El socialismo tenía unas aspiraciones nobles, creía en una sociedad futura en la que los hombres y mujeres fueran completamente libres, iguales y vivieran en paz. Pero sabía que para que los jóvenes no siguieran los cantos de sirena de Occidente, para que no se dejaran seducir por el consumismo más descarnado, debían mejorar el nivel de vida de sus ciudadanos. La mayoría de la gente no entendía que trabajaban para crear un mundo mejor, pero que eso llevaría varias generaciones hasta completarse plenamente. Mientras tanto, debían seguir infiltrándose en los países capitalistas, sobre todo entre los estudiantes universitarios que componían la futura élite de las naciones. El muro no era una barrera de contención anticapitalista solamente, era el símbolo inequívoco de que la RDA iba en serio en su camino hacia la utopía socialista. En unos pocos años las avalanchas se producirían en dirección contraria. Miles, sino millones de alemanes federales, intentarían entrar en su país para poder vivir en una sociedad de verdadera justicia e igualdad. Hasta que ese momento llegara debían mantener el rumbo con firmeza, sin vacilaciones. La victoria final les daría la razón y, lo que era más importante, permitiría que el hombre se convirtiera por primera vez en un ser solidario, justo y feliz.

11

Stasi

Giselle regresó a su trabajo al día siguiente, fue de mala gana, arrastrando los pies como si llevara atadas unas pesas a sus tobillos, pero su encuentro en las oficinas de la Stasi con la policía política le había devuelto a la realidad. Si quería sacar a su hija de ese Estado diabólico necesitaba comportarse con normalidad hasta que Stefan lograra sacarla de allí. Sabía que su marido lo conseguiría, una de las cosas que más le había impresionado de él era su capacidad de sacrificio y su tenacidad.

La mujer se bajó del tranvía y caminó el corto trayecto que la separaba del centro cultural ruso. Llevaba algo menos de un año trabajando como traductora de textos rusos, ya fuera para imprimir libros, representar obras de teatro o guiones para películas. La cultura soviética estaba en todas partes, para la RDA representaban el paradigma, el objetivo que debían conseguir para convertirse en la sociedad perfecta; aunque la mayoría de los alemanes seguían viendo a los invasores rusos como salvajes y brutales, el Gobierno estaba empeñado en cambiar esa imagen. El centro cultural de la Unión Soviética era uno de los medios para conseguirlo.

Se paró frente al imponente edificio reconstruido tras la guerra. Sus amos poseían muchos inmuebles como ese en la ciudad, nunca se habían ido y, en cierto sentido, nunca lo harían. De jovencita, cuando formaba parte de los pioneros de Lenin, había visitado el conjunto monumental que recordaba a los mártires soviéticos muertos durante la Segunda Guerra Mundial; aquella gigantesca estatua del soldado soviético sosteniendo al niño alemán representaba la realidad de su país, pero en otro sentido. El soldado soviético era un coloso que más que sostener al niño alemán entre sus brazos para salvarlo, lo asfixiaba con sus manos desnudas y por eso nunca permitiría que se liberara, prefería verlo muerto que libre de nuevo.

Giselle pasó el primer control y se dirigió a la segunda planta, no podía dejar de pensar en su hija, pero intentó apartarse todas esas ideas de la cabeza y concentrarse en el trabajo. Se aproximó a su escritorio, mientras notaba las miradas incómodas del resto de sus compañeros, que no le preguntaron dónde había estado todo ese tiempo, pero con sus miradas inquisidoras pretendían mostrarle su enfado y desaprobación.

Se acercó al escritorio y dejó el bolso sobre la mesa impoluta de caoba. Miró a un lado y al otro, pero no encontró ni rastro de los textos que llevaba semanas corrigiendo para su publicación, se giró, pero el resto de sus compañeros simulaba trabajar.

Oyó unos zapatos repiqueteando sobre el suelo de madera y cuando se dio la vuelta vio a la supervisora, Ulrika Schawarz. Aquella mujer de algo más de cincuenta años era la imagen misma del régimen. Rígida, autoritaria, gris y atemorizante. Llevaba la oficina con mano férrea, todos la temían y la odiaban, pero nadie se atrevía a contradecirla. Ella intentaba evitarla siempre que podía, pero en aquel momento se dirigía directamente a su mesa y no había escapatoria posible.

—Señora Neisser. ¿Es así como se llama ahora?

—Señora Schawarz —dijo con voz temblorosa.

—Lleva semanas sin aparecer por aquí, no ha contestado a nuestras llamadas ni ha enviado algún tipo de explicación para su prolongada ausencia. ¿Piensa que esto es una especie de obra benéfica? Aquí trabajamos para hermanar a nuestra amada RDA con la Unión Soviética, nuestro trabajo es fundamental.

—Lo siento, he estado muy enferma, mi esposo...

—No se moleste en contarme sus desgracias. Sé perfectamente lo sucedido, nos llegó hace unos días un informe sobre sus actividades anticomunistas. Su marido ha escapado a la RFA, es un vil traidor. Usted intentó huir con él y llevarse a su hijita, una ciudadana de esta república. Nunca pensé que pudiera ser una persona tan vil y despreciable. Sabía que era débil, incluso inepta, pero nunca imaginé que fuera una traidora. Como podrá suponer, en tales condiciones no podemos permitirle que contamine con su sola presencia esta institución. Sus trabajos han sido enviados a otro compañero, usted está despedida desde este mismo momento. Le pido que abandone el edificio de inmediato.

Giselle contuvo las lágrimas, su espalda se encontraba rígida y el corazón le latía a toda velocidad. Intentó dar alguna disculpa, explicar lo ocurrido, pero no logró articular ninguna palabra. Sabía lo que significaba que la echaran de una institución como aquella, era poco más que convertirla en una paria. Nadie le daría trabajo, le cerrarían todas las puertas y su familia quedaría estigmatizada para siempre. Era una forma sutil de condenarla en vida.

—Pero, mi hija...

—Ahora piensa en esa criatura inocente. Si usted no puede hacerse cargo de ella lo hará el Estado. Esa pobre inocente no es culpable de tener unos progenitores degenerados.

Aquellas palabras le horrorizaron, no podía perder a su hija, era lo único que impedía que su cabeza se trastornara aún más. Tomó el bolso del suelo y se dirigió hacia la salida. Su supervisora le siguió gritando e insultándola. El resto de sus compañeros se pusieron en pie y comenzaron a empujarla e increparla. Por un momento temió que la lincharan allí mismo. La gente se unía espontáneamente para golpear a los supuestos enemigos del Estado. Era como una especie de válvula de escape ante la presión constante de aquel sistema represor, pero también una muestra más del sadismo y violencia de la masa contra el individuo. La mayoría no creía en el régimen, incluso lo odiaban, pero disfrutaban al ver caer a otros en desgracia, tal vez aliviados de no ser ellos mismos las víctimas propiciatorias del sistema.

Giselle corrió escalera abajo y aún aturdida se dirigió de nuevo al tranvía, pero al final optó por regresar caminando; no sabía qué diría a su suegra cuando llegara a la casa, y necesitaba despejar la mente. Llovía copiosamente, pero las gotas heladas que repiqueteaban en su cara y comenzaban a calar su gabardina no lograban que recuperara la consciencia.

Apenas había caminado dos manzanas cuando sintió que alguien la cubría con un paraguas, al principio no le prestó la más mínima atención, pero al final miró a su derecha y vio al teniente Mielke a su lado. Llevaba un tres cuartos negro, un sombrero del mismo color y un paraguas marrón. Le sonrió al verla, pero ella no le devolvió el gesto, más bien se puso nerviosa al no entender qué hacía aquel hombre allí y por qué la protegía con su paraguas.

—Señora Neisser, no quiero incomodarla, pero la he visto salir muy alterada y está lloviendo a cántaros. ¿Se encuentra bien?

La mujer no respondió, simplemente aceleró el paso e intentó distanciarse del hombre. Él la siguió sin dejar de cubrirla, se detuvieron en un semáforo y ella se separó a un lado, poniéndose de nuevo bajo la lluvia. El hombre se acercó de nuevo a ella y la resguardó del aguacero.

—La estaba siguiendo por su seguridad. Ya sabía lo que le iban a decir en el centro cultural, pero no podía hacer nada para evitarlo. Cuando se abre un expediente de un ciudadano por una supuesta actuación contra el Estado una de las primeras medidas es quitarle su puesto de trabajo, sobre todo si se encuentra en un puesto clave en el que puede pasar información al enemigo.

La mujer se giró indignada y lo miró a los ojos por primera vez. Su rabia le hizo olvidar por un momento el temor que le despertaba aquel hombre.

—¿Desde cuándo querer reunirte con tu esposo para formar una familia es un delito contra el Estado? Nunca he participado en ninguna manifestación, ni he pertenecido al partido como el resto de mi familia, lo único que pretendíamos era hacer nuestra vida en la otra parte de la ciudad. ¿Por qué no podemos vivir donde queramos? ¿Quién es el Estado para prohibirnos eso?

El hombre miró al lado, pero eran las dos únicas personas que esperaban a que cambiase el semáforo.

—Será mejor que se tranquilice, no le conviene hablar de esa forma. Entiendo su postura, pero en nuestro país hay leyes. Esa es la forma que tenemos de convivir en sociedad y permitir que esta prospere. Abandonar ilegalmente el país es un delito, no importa las razones que lo motiven. Lo que tiene que hacer ahora es intentar rehacer su vida, comportarse como una buena ciudadana y en un periodo breve de tiempo se archivará su informe y podrá continuar con su vida.

Giselle frunció los labios, estaba a punto de rebatirle, pero se abrió el semáforo y decidió continuar caminando. No quería olvidar que se estaba dirigiendo a un agente de la Stasi y que lo que dijera podía llevarla a la cárcel.

—Sea razonable —insistió el hombre.

La mujer se paró en mitad de la calle y se volvió hacia el hombre.

—¿Que sea razonable? No tengo trabajo, mi marido está al otro lado de ese maldito muro, tengo una hija pequeña que mantener. ¿Qué voy a hacer ahora?

—En la RDA no hay nadie en paro, simplemente está en un periodo transitorio de búsqueda activa de empleo. Si no da problemas, la investigación durará poco, pero tiene que cortar cualquier tipo de comunicación con su esposo y pedirle el divorcio.

La mujer lo miró sorprendida. Sentía cómo la furia comenzaba a invadirla por completo, era capaz de hacer cualquier locura, pero de repente los coches comenzaron a tocar el claxon para que abandonaran el asfalto y comenzó a caminar rápido hacia la otra acera.

El hombre la siguió, pero después se quedó parado. Mientras Giselle se alejaba calle abajo no pudo evitar sentir toda la rabia y la frustración de aquella mujer. Era una sencilla trabajadora, una madre experimentando toda la fuerza del Estado sobre ella. Sin duda, era un caso ejemplificador, los ciudadanos debían conocer las consecuencias de sus actos, pero Giselle parecía tan frágil y vulnerable... Una bella mujer perdida y desorientada que necesitaba que alguien la protegiese y la devolviese de nuevo al buen camino. Él se ocuparía de ella, su marido no regresaría jamás a socorrerla. Alemania necesitaba a mujeres como ella, verdadero modelo de las virtudes germanas, modelo de la madre socialista, entregada y sacrificada. Simplemente se había equivocado y él la ayudaría a recuperar sus derechos y convertirse en una ciudadana modelo, pensó mientras la veía perderse debajo del aguacero.

Ilse llamó a Zelinda a última hora de la tarde. No había ido a la universidad y se había pasado todo el día en la cama, intentando recuperar la calma y tratando de olvidar lo que acababa de hacer. Cuando vio a su amiga se lanzó a sus brazos y comenzó a llorar desconsolada. Zelinda no le dijo nada, imaginaba lo que había sucedido, pero ante todo sabía que en aquel momento su amiga lo único que necesitaba era un hombro en el que llorar y alguien que la escuchase.

—¿Estás bien? —preguntó cuando su amiga comenzó a recuperar el aliento. Su respiración agitada se normalizó y separándose de Zelinda la miró con los ojos hinchados.

—No quería hacerlo, sobre todo por mis padres, pero soy demasiado joven. No podríamos cruzar si estaba embarazada, podía estropear todo el plan —dijo la joven mientras se secaba las lágrimas con un pañuelo.

—Ya no puedes volver atrás. Intenta olvidarlo, dentro de unos meses podremos cruzar, mi novio me ha comentado que están comenzando con los preparativos. Recuerda que debemos guardar el más absoluto secreto.

No podemos confiar en nadie, ni siquiera en nuestros padres. Cuando estemos al otro lado les escribiremos para que sepan que nos encontramos bien.

—Soy una tumba. No me atrevería a contárselo a mis padres y mucho menos a alguna amiga o conocido. Hay ojos y oídos por todas partes.

—Tampoco te pongas en contacto con el chico que está al otro lado. Es mejor que no sepa nada —le pidió Zelinda. Sabía que su amiga podía desvelar el plan a su novio y les pondría a todos en peligro.

—Te prometo que no lo haré.

Las dos jóvenes caminaron por las frías calles de Berlín. Aún no habían llegado las primeras nieves, pero por las temperaturas tan bajas daba la impresión de que se encontraban en invierno más que en otoño. Zelinda se anudó el abrigo y se colocó mejor la bufanda, se dirigieron a uno de los pubs que solían visitar cerca de la universidad. Normalmente, el ambiente era tranquilo. Los clientes habituales eran algunos alumnos que se hacían los remolones y se tomaban unas cervezas antes de regresar a casa, los oficinistas de los edificios cercanos y a veces algunos soldados rusos que tenían la tarde libre.

Se sentaron a una de las mesas más tranquilas. No querían que los moscones se les acercaran para preguntarles el teléfono o invitarlas a salir. Los berlineses con un par de copas de más podían ponerse muy pesados. Oficialmente no había violaciones en la RDA, pero ellas conocían los casos de algunas compañeras que habían sufrido agresiones sexuales. La mayoría quedaban sin resolver, ya que la policía no admitía las denuncias y en el caso de embarazo obligaban a las chicas a abortar. Aquella era otra de las contradicciones del sistema. Las estadísticas eran mucho más importantes que las personas, y si la realidad se rebelaba caprichosa, simplemente se cambiaba o matizaba.

Después de las dos primeras cervezas Ilse comenzó a recuperar el buen humor, rieron un rato imaginando cómo sería su vida al otro lado y sobre todo qué pensarían de ellas sus compañeras cuando se enteraran. Menos un reducido grupo de fanáticos, la mayoría de la gente joven prefería vivir en la Alemania Occidental. Además de mejores condiciones de trabajo, podían escuchar la música que les gustaba, divertirse y disfrutar de su juventud. En la RDA todo estaba prohibido, era una sociedad muy puritana, en el fondo su moral caduca estaba por detrás de la protestante o la católica. Además, la mayoría de los altos cargos del partido eran machistas; las mujeres podían trabajar fuera de casa, pero una vez que contraían matrimonio era mucho mejor que se ocupasen de sus hogares. La sociedad socialista era mucho más pequeñoburguesa de lo que parecía a simple vista, todo era inmoral e incluso indecente, para los representantes del pueblo.

Una cerveza en un garito apartado era la única forma de diversión que les quedaba. La música marcial, los desfiles interminables, los espectáculos de gimnasia y coreografías absurdas eran el divertimento de los estúpidos mandos del partido, la mayoría de la población los aborrecía, aunque estaban obligados a asistir y a mostrar entusiasmo.

—Lo primero que quiero comprarme es un tocadiscos —dijo Zelinda con una sonrisa en los labios.

—Me encantan Elvis, Johnny Hallyday y Joan Báez, aquí no se puede conseguir nada de ellos.

—Al menos podemos escucharlos en algunas emisoras del otro lado —dijo Ilse emocionada.

—Cualquier día las autoridades intentarán interrumpir las señales para que nos quedemos totalmente aislados. La única forma de hacernos creer que esto es el paraíso socialista es que no sepamos que hay algo mucho mejor al otro lado.

Tres soldados rusos no les quitaban los ojos de encima; para muchas chicas alemanas un soldado podía comprarle y conseguirle algunos caprichos imposibles de obtener en Alemania. Para ellos, muchas de las mujeres alemanas eran meros trofeos de los que presumir con sus compañeros o con sus amigos al regresar a su país.

Los tres rusos se acercaron y comenzaron a sonreírles. Las dos chicas ni los miraron, continuaron hablando como si nada, era la mejor forma de que las dejaran en paz, pero los soldados habían bebido bastante y no iban a ceder tan rápidamente.

—Hola. ¿Cómo os llamáis? —preguntó el mayor de los tres en un alemán terrible, que a las dos chicas les hizo gracia. La mayoría de los soldados destinados en Alemania eran chicos de campo, toscos y sin formas.

—¿No sabéis hablar? —preguntó otro al ver que no les hacían caso.

Uno de los rusos se acercó a Zelinda y le acarició el cabello.

—¡Déjame en paz! —gritó en ruso.

El hombre se sorprendió de oírla hablar en su idioma, era cierto que muchos alemanes hablaban el idioma de sus amos y que para conseguir ciertos trabajos era necesario dominar el ruso, pero no todo el mundo lo pronunciaba a la perfección.

—No puedes hablar así a un soldado de la Unión Soviética —dijo el mayor de ellos, que parecía la voz cantante del grupo.

—Vosotros no podéis tratarnos como putas —le contestó Zelinda en ruso de nuevo.

El resto de la gente del local comenzó a observarles, pero nadie se atrevió a defender a las chicas. La mayoría de la gente prefería no meterse en problemas y enfrentarse a un grupo de soldados rusos era algo muy peligroso.

Uno de los rusos agarró del pelo a Zelinda, pero el mayor le hizo un gesto para que la soltase. Tiraron las cervezas que tenían sobre la mesa y salieron refunfuñando del local. En cuanto los tres tipos estuvieron fuera las chicas respiraron aliviadas.

—Pensé que nos iban a pegar —dijo Ilse algo más tranquila.

—Esos fanfarrones se creen con el derecho a acostarse con cualquiera por llevar un uniforme soviético. Vámonos, se me han quitado las ganas de continuar aquí. Este sitio apesta —contestó Zelinda, mirando con desprecio a los hombres que las miraban desde sus mesas.

Ya era de noche, las calles desiertas les pusieron más nerviosas, pero estaban a menos de trescientos metros de la calle principal, una vez allí tomarían el tranvía y regresarían a casa. Caminaban deprisa, mirando a todos lados, dando un respingo por cada gato que maullaba o golpe que escuchaban a sus espaldas. Estaban a punto de llegar a la avenida cuando notaron unos brazos que las empujaban para atrás. Zelinda intentó gritar, pero una mano callosa enorme le tapó la boca. Las llevaron hasta un callejón y las apoyaron en una sucia pared rodeada de cubos de basura.

—Os vamos a enseñar a respetar a los soldados de la Unión Soviética. Sois unas sucias alemanas, las nietas de los putos nazis que invadieron nuestro país. Tenemos el derecho a haceros lo que nos venga en gana —dijo el mayor de los soldados; después empujó a Zelinda y la puso de cara a la pared, le arrancó de un tirón las bragas, bajó su falda de tablas y ella dio un grito amortiguado por su gigantesca mano. Comenzó a tocar sus nalgas frías, mientras la chica comenzaba a temblar y suplicar. Mientras los otros dos soldados comenzaban a abusar de su amiga, que paralizada por el terror se dejaba hacer.

Zelinda no dejaba de pensar, tenía que pararles de alguna manera, pero aquel hombre era mucho más fuerte que ella. Ilse comenzó a llorar mientras los dos hombres la manoseaban por todo el cuerpo. Zelinda giró la cara y observó su cara de pánico y las lágrimas que le recorrían el rostro.

—¡Hijos de puta! ¡Socorro! —logró gritar tras morder la mano del hombre. Este se quejó, pero no soltó a su presa, se bajó los pantalones e intentó penetrarla, pero la mujer se zarandeaba e intentaba zafarse de sus enormes manos.

—¡Maldita zorra! Si no te estás quieta va a ser peor —le dijo mientras le golpeaba con fuerza la cara.

Zelinda sintió un fuerte golpe y después la sangre caliente que le salía del labio partido y le goteaba sobre el abrigo. Comenzó a asustarse y perder la esperanza de librarse de aquellos tipos, pero en un último esfuerzo levantó la pierna y le dio en los testículos. El hombre bramó y la soltó de inmediato. Ella se giró y, aprovechando la debilidad del soldado, le dio con todas sus fuerzas un cabezazo en la nariz. El ruso comenzó a sangrar. Zelinda logró correr hasta su amiga ante la sorpresa de los otros dos soldados. Ilse se aferró a la mano de su amiga y corrió lo más rápido que pudo hacia la avenida. Los soldados comenzaron a perseguirlas, pero las chicas lograron llegar hasta la parada. Seis obreros esperaban el tranvía y se sorprendieron al verlas con el pelo despeinado, los ojos cubiertos de lágrimas y la ropa desordenada. Los rusos corrieron hasta ellas, pero al ver a los obreros se pararon en seco. Uno de los hombres les preguntó:

—¿Se encuentran bien?

Antes de que respondieran, los rusos se dieron la vuelta y desaparecieron por una de las calles cercanas. Las chicas se abrazaron, no podían hacer nada, ni siquiera contárselo a sus familias. Las autoridades no moverían un dedo contra unos soldados rusos y las acusarían de haberlos provocado. Mientras subían al tranvía hicieron un juramento, no le contarían jamás lo sucedido a nadie. Cuando cruzaran ese maldito muro toda su vida anterior quedaría atrás. Ya nada de lo sucedido tendría importancia, comenzarían desde cero, se prometieron la una a la otra, pero las heridas siempre dejan cicatrices que el tiempo no logra curar.

12

Comienzo

No era sencillo reunir el material sin levantar sospechas. Todos se trasladaron a vivir al edificio al día siguiente de alquilarlo, pero de forma oficial continuaban viviendo en sus antiguos domicilios. En la casa únicamente se inscribieron a Volker y Johann, pero casi todas las noches se quedaban a dormir los cuatro. Stefan se hizo con la mayor partida de cemento, ladrillos y las herramientas necesarias para realizar el túnel. Derek consiguió los listones de madera, los sacos para deshacerse de la tierra y una pequeña furgoneta de transporte. Calcularon las medidas exactas del túnel, dónde terminaría y en qué fecha aproximada lo concluirían. Todos continuaban con sus trabajos, por lo que únicamente podían dedicar unas seis horas al día a excavar, además de los días festivos y fines de semana, en los que pasaban casi doce horas bajo tierra. El largo pasadizo debía tener al menos setenta y dos centímetros de ancho y algo más de un metro de alto. Antes de continuar avanzando debían asegurar bien cada tramo, si se producía un derrumbe podían acabar enterrados, además de los retrasos que eso supondría. El problema de la ejecución del túnel no era solo el tiempo que tardarían en sacar a sus familias de la RDA, sobre todo temían que alguien pudiera descubrirles, ya fuera en un lado o el otro, y lo denunciara a las autoridades.

Debían ser lo suficientemente discretos para que ni los vecinos ni los dueños de la casa se dieran cuenta de lo que estaba sucediendo.

El primer día de trabajo fue agotador. Volker y Johann habían preparado todo en el sótano para que las excavaciones comenzaran aquella misma noche, pero no se habían atrevido a empezar sin la supervisión de Stefan. El hombre llegó aquel día muy cansado del trabajo, los tranvías de la ciudad sufrían alteraciones desde la construcción del muro. Muchos de sus conductores eran del Berlín Oriental y la compañía municipal había tenido que adiestrar a nuevos conductores en muy poco tiempo, los veteranos habían trabajado jornadas dobles y cuando llegaba la tarde apenas podía mantenerse en pie. El trabajo de conductor parecía sencillo, la mayor parte del tiempo estaba sentado, pero eso le destrozaba la espalda y la tensión de la conducción en una ciudad grande como Berlín le agotaba mentalmente.

—Llevamos toda la tarde esperándote —se quejó Derek, que había terminado su trabajo al mediodía. Llevaba unas semanas vendiendo en una tienda de electrodomésticos, que comenzaban a ponerse de moda en Europa. Aquello formaba parte de la nueva vida que estaba planeando para cuando su prometida llegara. Se casarían en una pequeña capilla del centro y comenzarían a vivir juntos ese mismo día. A veces soñaba cómo sería con su pareja, aunque no quería hacerse demasiadas ilusiones hasta que consiguieran terminar el túnel.

—Estoy reventado, he venido cuanto antes, pero hoy he tenido que llevar el tren hasta las cocheras y después tomar el metro hasta aquí.

El grupo se dirigió al sótano, que estaba atestado de sacos, palas, arena, listones de madera y otras herramientas.

—Los tablones son muy largos, te comenté que fueran de poco más de un metro, si hacemos el túnel más alto tendremos que sacar más tierra y excavar el doble. Tardaremos más en terminar el túnel y será más fácil que todo se derrumbe —se quejó Stefan.

—Son los que tenían, los cortaremos a mano a medida que los necesites —contestó Derek, que siempre buscaba soluciones rápidas, aunque algo muy distinto era llevarlas a cabo.

—No hay suficiente cemento, y tampoco ladrillos...

—No podemos forrar el túnel de ladrillos, es demasiado costoso —dijo Volker, cruzando los brazos. Su compañero creía que era una fábrica de material de construcción, pero no era fácil conseguir ciertas cosas, Berlín entero se encontraba en obras y era muy complicado reunir todo aquello.

—Estamos llegando al invierno, pueden producirse filtraciones, si hay aguas subterráneas las paredes pueden derrumbarse. Aunque nos haga avanzar mucho más lentamente, es mejor cubrir bien las paredes del túnel.

El resto del grupo comenzó a enfadarse por las quejas de Stefan. Entendían que él era el experto, pero con aquella actitud no terminarían nunca el túnel. Lo que estaban a punto de construir era una obra faraónica para tres hombres y un crío, por no hablar de los peligros que encontrarían al otro lado. No tenían mucho dinero, los materiales escaseaban y la discreción era fundamental. Deberían convivir durante meses y para eso debían llevarse bien, apoyarse unos a otros y hacer lo más agradable posible el trabajo. Cada día que perdían, las vidas de sus parejas se encontraban en peligro, era más fácil que descubriesen su plan y sus fuerzas menguaban.

Stefan se sentó sobre uno de los sacos de cemento y se tapó la cara con las manos. El resto del grupo le miró extrañado, el albañil nunca expresaba sus sentimientos, por lo menos mientras estaba en su presencia.

—¿Qué sucede, Stefan? —preguntó Volker poniéndose en cuclillas al lado del hombre. Derek frunció el ceño, pero hizo un esfuerzo por parecer más agradable, posó su mano derecha en el hombro del hombre, que comenzó a llorar de repente.

—Las cosas no marchan bien. No quería contaros nada, temía que me echarais del proyecto.

—¿Por qué dices eso? Nunca haríamos algo así. Te necesitamos, pero sobre todo estamos juntos en esto, es imprescindible que nos alentemos los unos a los otros. Si uno de nosotros se encuentra mal eso termina afectando al resto, por no hablar del peligro que entraña que cualquiera de nosotros se sienta vulnerable o cometa un error —dijo Derek. Siempre había dudado de Stefan, era demasiado honrado para su gusto. Los hombres buenos eran peligrosos, siempre hacían lo correcto y decían la verdad; en el mundo en que les había tocado vivir, la única forma de sobrevivir era convertirte en un embaucador.

—Hace unas semanas Giselle recibió una carta, la Stasi le pedía que se presentara en una comisaría cercana. Allí la interrogaron, al parecer sabían todo lo que había pasado en la estación, cuando tratamos de cruzar la frontera. Le advirtieron que debía romper todo contacto conmigo y volver a su trabajo. Para no levantar sospechas obedeció a todas las peticiones de los policías, pero cuando acudió a su trabajo su supervisora le comunicó que estaba despedida, y a la salida se encontró con un oficial de la Stasi que comenzó a amenazarla. Está muy asustada, no encuentra trabajo, tienen que apañarse con la pensión de viudedad de mi madre, pero no es suficiente para que vivan las tres. Tampoco puedo enviarles dinero yo, para no levantar más sospechas. La situación es crítica. Mi madre acaba de contármelo todo —dijo Stefan con la voz entrecortada.

—No te preocupes, la sacaremos de la RDA, pero tenemos que ponernos manos a la obra. No te comuniques con ella hasta que sepamos el día concreto en el que el túnel estará terminado —le comentó Derek, que tras la confesión de su compañero se había quedado aún más preocupado. Buscarían la forma de comunicarse con su esposa, pero la posibilidad de que a Zelinda pudiera ocurrirle algo similar le hizo estremecer. No les tenían cerca para protegerlas, la policía del Estado era casi omnipotente, nadie les iba a pedir cuentas de lo que hicieran, sobre todo si eran sospechosas de conspiración contra el Estado.

Volker subió a la cocina y bajó con una botella de vodka, rellenó unos vasos pequeños y se los ofreció a sus amigos.

—Puede que el alcohol no solucione los problemas, pero creo que todos necesitamos un trago.

Johann intentó tomar uno de los vasitos, pero Volker le dio en la mano.

—Tú eres demasiado pequeño, sube arriba y baja una limonada.

Cuando el chico regresó, los cuatro brindaron.

—Por un feliz y exitoso viaje de vuestras chicas a Occidente —dijo Volker. Chocaron las copas y se lo bebieron de un trago. Dos copas más tarde el ambiente parecía más relajado. Stefan marcó con tiza el suelo de cemento para indicar el diámetro del agujero.

—Señores, queda oficialmente inaugurado el «Túnel del Amor». Nunca en la historia de la humanidad, unos hombres se habían reunido para construir un túnel que salvara a sus mujeres y les devolviera la libertad.

—Hermosas palabras, para haberlas pronunciado un conductor de tranvía —dijo Derek sonriente.

—Piensas que los obreros no leemos. Puedo recitarte muchos textos de Gorki, Dickens, Nietzsche o Goethe —contestó bromeando Stefan. Después tomó un pico, hizo un gesto para que Johann pusiera la radio al máximo y comenzó a picar el suelo. En los primeros golpes pareció simplemente arañar el cemento, pero media hora más tarde había logrado quitar la primera capa. Los cuatro picaban sin cesar, a ritmos acompasados, como si estuvieran componiendo una hermosa y ruidosa sinfonía. Mientras el suelo de la casa vibraba ligeramente, podían sentir en sus corazones la misteriosa melodía que produce hacer lo correcto y enfrentarse con todas sus fuerzas contra el mal.

Tras su despido, Giselle llevaba casi cuatro días en que apenas había comido ni salido de casa. Se sentía tan decaída que su suegra tenía que hacerse cargo de todo. Cuando sonó el timbre la mujer lo ignoró, pero ante la insistencia se puso encima un chal y salió a abrir. La casa estaba helada, no tenían dinero para carbón. Su hija estaba envuelta en varias capas de mantas y ella temblaba mientras sentía el aire frío que recorría todas las estancias de la casa.

—Hola, Giselle —dijo cuando esta le abrió la puerta.

—Hola, Anna —dijo con desgana, abriendo únicamente una rendija de la puerta.

—¿Puedo pasar? Tengo que comentarte algo, pero no puedo hacerlo en el pasillo.

—Sí, entra.

Anna era una buena mujer. Su marido trabajaba en una fábrica a las afueras de la ciudad. Tenía cuatro hijos y siempre pasaban desapercibidos, intentando no llamar mucho la atención.

—Siento mucho todo lo que está sucediendo, algunos vecinos hablan más de la cuenta, pero yo sé por lo que estás pasando. No se lo he dicho a nadie, pero mi familia pasó el proceso de desnazificación. Mis padres habían sido tan nazis como el resto, pero unos vecinos los denunciaron, los acusaron de perseguir judíos. Te aseguro que mi familia no había hecho nunca daño a nadie, pero en este país uno siempre es culpable hasta que se demuestre lo contrario.

Giselle no entendía por qué le contaba todo aquello. No necesitaba conocer las desgracias de los demás, ya tenía suficiente con las suyas.

—Te preguntarás por qué te cuento todo esto. No quiero importunarte, pero me he enterado de un plan de fuga. Mi esposo está trabajando en la fábrica, si no fuera por eso yo misma me iría. Estoy harta de vivir en la RDA, este ya no es mi país. Al menos la nación en la que me crie. No me importó el hambre, la guerra, las humillaciones, pero esos malditos rusos nos han robado nuestra tierra.

Giselle la miraba asombrada, continuaban en el pasillo, de pie, una frente a otra, iluminadas por la pequeña bombilla desnuda del techo. La escrutaba con la mirada, intentaba explicarse qué hacía en su casa a aquellas horas y qué quería de ella.

—Te he dejado algo de comida en la puerta en estas semanas. Espero que no te moleste, pero sé que no puedes trabajar. Tu esposo está en el otro lado y precisamente de eso quiero hablarte. Hay una manera rápida y segura de ir al Berlín Occidental, pero tienes que meter todo lo que puedas en una mochila e irte con la niña de inmediato.

Giselle frunció el ceño incrédula, apenas entendía lo que le decía aquella mujer.

—¿Qué quiere que haga?

—Un tren sale en unos minutos, si lo tomas podrás llegar en un santiamén a la RFA. No te puedo decir más, márchate a la estación, yo hablaré con tu suegra cuando regrese. Te deseo la mejor suerte del mundo —dijo la mujer después se dirigió a la puerta y desapareció.

No le dio más información, simplemente que debía subirse en el tren que salía a las 19.33 de una estación cercana. La mujer pasó unos minutos inquieta mirando el reloj. No podía comunicarse con Stefan, pero, sin duda, aquella era una oportunidad única. No sabía si le estaban tendiendo una trampa, la Stasi tenía miles de informadores y colaboradores por todo el país, su vecina podía ser uno de ellos.

Al final decidió coger a la niña de encima de la cama, la abrigó bien, tomó una pequeña mochila con lo imprescindible y se dirigió con paso rápido a la estación. A pesar de la temperatura, mucha gente regresaba a sus casas después de una dura jornada de trabajo. Nadie le prestaba atención, aunque ella se sentía vigilada por todos. Llegó a la estación, miró hacia arriba y vio que el tren ya se encontraba en el andén. Compró el billete y corrió escaleras arriba para no perderlo. Llegó al andén cuando el jefe de estación tocaba el silbato y el tren comenzaba a moverse. Corrió al lado de las ventanas y las golpeó para que las abriesen, en uno de los compartimentos observó a una mujer de poco más de treinta años, con el pelo corto y rizado, con tres niños pequeños, uno en brazos. La mujer la miró con lástima, pero apenas se inmutó cuando Giselle golpeó los cristales.

El marido de la desconocida era un conductor de trenes. Todos los días recorría esa línea hasta la frontera misma con el Berlín Occidental y paraba en la estación de Staaken, pero aquel día había tomado una determinación.

El día anterior había hablado con más de veinte amigos y familiares, únicamente aquellos que él sabía que deseaban ir al otro lado. Les advirtió que aquel día no pararía en la estación y llegaría con su familia al otro lado. Unos 24 familiares y conocidos habían aceptado su invitación, ocupaban el vagón de cabeza y ansiosos permanecieron casi una hora de trayecto que los llevaría hasta la libertad. Aquella era la última estación antes de llegar al otro lado, todos temían que algo saliera mal en el último momento, que alguien los delatara, pero el tren salió con normalidad de la estación. La única cosa extraña había sido aquella mujer golpeando los cristales con su niña pequeña en brazos.

Harry Deterling, el conductor del tren, respiró hondo al salvar el último obstáculo, la próxima estación era el final de trayecto, pero él pretendía llegar mucho más lejos.

El carbonero miró al conductor y este le indicó que llenara la caldera, el tren tenía que coger velocidad. A medida que la locomotora tomaba fuerza, sentían cómo el tren se bamboleaba ligeramente. Cuando divisaron a lo lejos la estación de Staaken sintieron un hormigueo en el estómago, una especie de angustia y desazón. No sabían cómo reaccionarían los guardias. Normalmente, no dudaban en disparar a todos los que intentaban cruzar el muro, pero nadie había imaginado lo que estaba a punto de suceder.

El tren entró a toda velocidad en la estación, la máquina bufó mientras comenzaba a cruzar el largo andén, donde algunos pasajeros despistados esperaban para ir de regreso a sus casas. Todos notaron que iba a una velocidad excesiva, pero ninguno dudó que al final terminaría por frenar.

El tren continuó su camino imparable, al final del andén había un pequeño muro, pero la fuerza de la máquina lo derribó sin mucha dificultad y, aunque el tren redujo la velocidad, lograron pasar al otro lado. Muchos de los pasajeros que no esperaban la envestida estaban tirados por el suelo, el equipaje había caído de los compartimentos y golpeado a algunas personas, pero ninguno estaba herido de gravedad.

El maquinista y su ayudante se aferraron a los pasamanos hasta que el tren se internó en la RFA, y cuando lograron distanciarse de la frontera tiraron de los frenos de emergencia. La inercia impidió que la máquina se detuviera de inmediato, pero un par de minutos más tarde el tren comenzó a frenar hasta que se detuvo completamente. Deterling abrazó a su ayudante, le dejó con el control de la máquina y corrió entre los vagones hasta su familia. En cuanto su esposa lo vio, corrió hacia él para abrazarlo, unos segundos más tarde sus cuatro hijos los rodeaban. Aquel fue el último tren a la libertad, una parada más allá de la represión, el miedo y la opresión que se vivía al otro lado. Ahora eran libres para comenzar una nueva vida.

13

Pequeña España

Alicia se encontraba muy preocupada. Llevaba semanas notando distante a su hija Zelinda, pero lo sucedido la noche anterior la terminó de alarmar aún más. Su hija había llegado tarde, con el pelo despeinado y los ojos hinchados. Creía que bebía e incluso sospechaba que pudiera estar metida en un buen lío. Ella había pensado que el muro las protegería, que alejaría a gente como Derek, aprovechados que abusaban de la inocencia de las jóvenes de Berlín Este. Niñas criadas en los valores del partido, educadas para ser buenas camaradas, trabajadoras, madres y esposas. Lo que sucedía al otro lado era una verdadera vergüenza. Música degenerada, drogas y fiestas interminables que estaban estropeando a la juventud. Era el método de Estados Unidos para crear una Alemania débil que no volviera a resurgir de sus cenizas, pero también era una forma de contaminar a los países socialistas, y Berlín era la puerta de entrada y salida de todas aquellas ideas y costumbres degeneradas. Alicia estaba convencida de que la inteligencia norteamericana estaba detrás de todo aquello, pero que al final la descomposición de la juventud terminaría por destruir a Occidente.

Ella había escapado de una dictadura fascista, había sobrevivido a una guerra civil y a una guerra mundial. Nunca había pasado tanto miedo como cuando los nazis los persiguieron y tuvieron que huir a Rusia, pero al fin y al cabo, aunque había algunas cosas que detestaba de los rusos, ¿quién había salvado al mundo de Adolf Hitler y sus huestes? ¿No habían sido Stalin y el Ejército Rojo?

En la casa de los españoles se sentía como en su país, rodeada de compatriotas en los que podía confiar. Cocinaban platos españoles, cantaban viejas canciones, disfrutaban de unos momentos de nostalgia y no perdían la esperanza de ver algún día a su tierra libre de la tiranía franquista. Durante aquellas pocas horas a la semana, lograba recuperar fuerzas para enfrentarse a la triste y desgraciada vida de una viuda. En aquellos años muchos la habían pretendido, algunos españoles y otros muchos alemanes, pero ella se había centrado en la educación de su hija, como sus padres habían hecho con ella. En cambio, ahora sentía que la estaba perdiendo.

Entró en el pequeño local. Era humilde, el bajo de un edificio gris en uno de los barrios obreros de Berlín Este. En el salón principal había una mesa larga, donde celebraban las cenas y comidas patrióticas; por las paredes colgaban carteles del Partido Comunista o murales improvisados pidiendo la liberación de los presos políticos.

El grupo era muy heterogéneo. Desde antiguos combatientes de la Guerra Civil, pasando por militantes clandestinos que habían tenido que huir al ser descubiertos por los servicios represores del régimen franquista, hasta estudiantes que primero habían ido a Francia o a Bélgica a estudiar, pero habían decidido vivir en el paraíso socialista.

Los españoles eran muy odiados en la RDA, muchos consideraban que el Gobierno les mimaba, permitiéndoles privilegios que negaban a sus propios ciudadanos. Los trabajadores españoles eran más productivos que los alemanes y mucho más estrictos en su ideología. No era nada extraño que muchos denunciaran a compañeros por hablar mal de los camaradas rusos o por elogiar a Tito, que con su régimen se había distanciado de los países socialistas y pactado con los capitalistas.

Ella era ajena a todo aquello. No trabajaba fuera de casa, vivía de su pequeña pensión y arreglando vestidos a las vecinas. Se había hecho con una pequeña máquina de coser y, además de entretenerla, conseguía que no pasaran apuros económicos. Nunca se quejaba, consideraba que vivía en el mejor país del mundo, su hija podía estudiar, tener un buen futuro y contar con un Estado protector y benévolo. Todo eso había desaparecido tras la llegada de ese maldito chico. Madre e hija no hacían otra cosa que pelearse, discutir y apenas se dirigían la palabra.

—Hola, Alicia —dijo Pablo al verla entrar. Le ayudó a quitarse el abrigo pesado y el sombrero empapado por la nieve. Después le acercó un vaso de vino tinto para que entrase en calor. Tenía los pies helados, pero allí se sentía como si estuviera en la cálida España. Rodeada de amigos, hablando en su idioma y olvidando todos los problemas que la rodeaban.

—Hola. Qué frío hace. Parece como si se estuviera adelantando el invierno.

—Bueno, ya sabes que el tiempo en Berlín siempre es así. El otoño es muy corto y la nieve dura a veces hasta casi la primavera.

—Sí, pero de un año para el otro se me olvida. Tengo los huesos destrozados, me duele todo el cuerpo. En mi casa hace un frío constante, pero no me quejo. Peor están en nuestro país. Pobres desgraciados. Hace no mucho recibí una carta de mi prima, no me podía contar todo por si la carta la interceptaban, pero la gente sale de allí a millares, buscando un futuro en algún país de Europa o en América. Varios familiares míos están en la Alemania Federal, les he dicho que vengan aquí, pero hay muchas trabas administrativas. Eso sí que no lo comprendo, por qué impedir que la gente venga aquí. Si descubren que todo lo que dice el fascismo sobre el comunismo es falso, llegaremos antes a un mundo gobernado por los ideales marxistas —dijo la mujer mientras se sentaba.

—Eso es cierto —comentó Pablo, mientras se servía un chato de vino tinto.

La mayor parte del grupo lo componían exiliados que habían llegado en los cincuenta después de ser expulsados de Francia. Odiaban la democracia representativa, el capitalismo y creían que las elecciones eran una pantomima de Occidente.

Pepita y Elisa se aproximaron, traían una tortilla de patatas y algo de embutido que les habían enviado en un paquete hacía poco de España.

—Hola, Alicia. ¿Cómo se encuentra tu hija? Hace mucho que no la vemos —preguntó Elisa.

—Liada con los estudios. La abogacía es una cosa muy seria.

—¿Seguro que son los estudios lo que la tienen tan despistada? —preguntó maliciosamente Pepita.

Alicia frunció el ceño, algunas de las camaradas eran verdaderas arpías que parecían disfrutar del mal ajeno.

—¿Habéis visto a García? Necesito hablar con él.

—El maño está en el otro cuarto jugando a las cartas —comentó Pepita.

Alicia se alejó de la mesa despreciando las viandas. García podía ayudarle a enderezar a su hija. Él tenía contactos en la Stasi; si estaba tramando algo con su novio, García se enteraría.

El hombre estaba sentado a una mesa cuadrada, jugaba con otros tres al mus, mientras bebía algo de anís. En cuanto la vio la saludó muy efusivo, llevaba casi una década intentando meterse dentro de sus bragas, aunque sabía que con Alicia era prácticamente misión imposible.

—Hola. ¿Cómo está la española más guapa de Berlín?

—Me voy a poner roja —dijo Alicia; sabía que su rostro delicado y su buena figura eran la envidia de toda la colonia española, pero hacía mucho tiempo que se había olvidado de la coquetería, una viuda debía cuidar su reputación. Le producía mucha pereza comenzar una relación, además no quería darle un padrastro a su hija, demasiado había tenido con la muerte de su padre. Algunas compañeras eran más liberales, pero ella estaba chapada a la antigua. Prefería sus patrones, los vestidos que hacía a su hija y a sus amigas, entretenimientos sencillos que le producían felicidad y evitaban cualquier tipo de problemas.

—Siempre tan modesta.

—Quería hablar un momento contigo, pero tiene que ser a solas.

El hombre dejó las cartas sobre la mesa, dio un trago al anís y se puso la chaqueta.

—Aquí no hay mucha intimidad, si quieres nos damos un paseo.

Alicia se estremeció de nuevo. García era un buen mozo de poco más de cuarenta años. Tenía el pelo moreno, un pequeño bigote gracioso e iba siempre como un pincel.

Salieron a la calle justo cuando el sol estaba desapareciendo. Caminaron por algunas de las más concurridas y entraron por uno de los callejones a uno de los hermosos jardines interiores que los berlineses cultivaban al resguardo de los fríos vientos del norte.

—Pues tú me dirás. Yo soy el hombre más feliz del mundo contigo al lado, pero tu cara muestra una preocupación que no es normal en ti, amiga.

—Es Zelinda. Se echó un novio del otro lado hace un tiempo, pensé que con lo del muro se olvidaría de él, pero creo que están planeando algo juntos. No quiero que ese hombre la ponga en peligro. Ya sabes que siempre hemos sido una familia muy decente, pero reconozco a un pícaro en cuanto lo veo.

García se paró frente a un banco y le invitó a que se sentase, parecían dos novios buscando un lugar discreto en el que besarse. A Alicia se le pasó por la cabeza que el hombre la llevaba a aquel lugar apartado con malas intenciones, pero García no era tonto y sabía cómo funcionaba la cabeza de su camarada. Alicia no era una mujer cualquiera, debía mostrarse galante, educado y protector, lo demás se lo dejaba a la naturaleza, que una hembra de ese calibre no podía haber olvidado lo que era estar con un hombre de verdad.

—¿En qué puedo ayudarte yo? —preguntó encogiéndose de hombros.

—Bueno, tú tienes algunos amigos en la Stasi —dijo la mujer dubitativa, no era un tema del que les gustara hablar, los servicios secretos alemanes eran casi un tema tabú.

—¿La Stasi? —contestó el hombre en tono bajo. Llevaba casi cinco años como confidente y agente, pero intentaba que nadie supiera nada. Que Alicia sospechara algo le comenzó a preocupar. Su trabajo consistía en ser discreto y pasar desapercibido.

—Sí, alguien me dijo que colaborabas con ellos.

—¿Quién te lo contó? —preguntó intrigado el hombre.

—No me acuerdo, alguna de las comadres seguramente. Ya sabes que nunca dejan la lengua quieta.

García se apoyó en el respaldo y colocó los brazos a lo largo, justo detrás de la espalda de la mujer. Esta se puso un poco nerviosa, pero al mismo tiempo sintió un cosquilleo que llevaba más de una década sin experimentar.

—Bueno. ¿Qué quieres que haga?

—Coméntale a uno de esos agentes lo del novio de mi hija, ya sabes que tienen gente al otro lado. Que lo vigilen y le paren los pies si es necesario. Es la única hija que tengo y no quiero que muera intentando cruzar el muro o se marche a esa babel capitalista —dijo Alicia muy seria.

—Dame los datos del hombre y veré qué puedo hacer. No le comentes esto a nadie, yo me pondré en contacto contigo —dijo el hombre aproximándose a la mujer hasta que esta pudo notar el aliento a anís.

—Te estoy muy agradecida, García —comentó mientras se apartaba un poco del hombre.

—Únicamente quiero pedirte una cosa.

El hombre se aproximó aún más, la mujer se retiró un poco más, pero no demasiado.

—Tienes que prepararme una fabada. Me han comentado que eres la que mejor la hace en toda Alemania. Un domingo me invitas y nos la comemos tan contentos. Después si quieres vamos al cine.

Alicia se ruborizó de nuevo. Aquella era una cita en toda regla, no quería disgustar al camarada, además, comer con un amigo e ir al cine no era un crimen. Estaba muy sola y su hija cada vez pasaba menos tiempo en casa.

—Este domingo, si quieres —dijo la mujer complaciente. Sabía que quien algo quería, algo le costaba y que nadie daba duros por pesetas. Ya le pararía los pies si era necesario.

—Me haces el hombre más feliz del mundo. Tú sí que eres una mujer, y no estas alemanas insustanciales. Muy rubias, muy altas y con los ojos muy azules, pero no saben complacer a un hombre.

García le tomó la mano y ella se estremeció de nuevo.

—Es muy difícil estar lejos de España. A veces se me olvida mi calle, los rostros de mis seres queridos. Lo peor del exilio no es únicamente la lejanía, es sobre todo el olvido. Ya nadie nos espera allí, nos hemos convertido en fantasmas, pero lo peor es que tampoco le importamos a nadie aquí. Vagamos como almas en pena por el limbo del mundo.

Alicia asintió con la cabeza, le soltó la mano, se puso en pie y se bajó el abrigo. Respiró hondo y se despidió del hombre antes de que este le invitase a acompañarla. Necesitaba sosegarse, sentía una calentura tremenda, sudaba a pesar del frío y el pecho agitado se sacudía como un árbol zarandeado por un vendaval.

El túnel avanzaba muy lentamente. Lo primero que hicieron fue calcular la profundidad que debía tener para no levantar sospechas o toparse con las alcantarillas de la calle. El agujero inicial fue de dos metros, lo que les ponía unos cinco metros por debajo del asfalto. Por las mañanas trabajaban durante seis horas seguidas Volker y Johann, pero se limitaban a repasar lo de la noche anterior, reforzar el túnel y amontonar los sacos. Por la tarde llegaban Derek y Stefan, que dedicaban cinco horas a excavar y apuntalar el túnel, después los cuatro cargaban en sacos toda la tierra y la vaciaban en un descampado cercano o en el parque. El trabajo era lento, monótono y en muchos momentos angustioso.

Johann parecía el menos preocupado de que el túnel cediera y pudiera dejarle sepultado, pero Derek sentía algo de claustrofobia y Volker no aguantaba mucho tiempo metido, cada veinte minutos salía y se fumaba un cigarrillo en la planta superior.

—Creo que hemos llegado a la altura ideal —comentó Stefan asomando la cara por el agujero. Habían puesto una pequeña escalera de madera para salir, y reforzado las paredes del túnel con ladrillos, lo que le hacía parecer desde arriba un pozo cuadrado, más que un túnel.

—Sí, más profundo podría ser peligroso. Imagino que la ventilación y la calidad del aire empeoran con la profundidad —dijo Derek mientras escrutaba la cara de su compañero.

—Lo malo no es la profundidad, lo realmente peligroso son los treinta metros de largo. Cuando lleguemos a la mitad deberemos salir de vez en cuando, la falta de oxígeno no se nota hasta que es demasiado tarde —les explicó Stefan.

—Por ahora la tierra está durísima, si es así en todo el terreno tardaremos un año en llegar al otro lado —comentó Volker, que a pesar de llevar unos pocos días cavando ya estaba harto del túnel. Él no tenía a nadie que sacar del otro lado, lo único que le mantenía en el proyecto era su lealtad a Derek y la ilusión de que pudiera utilizar más adelante el túnel para sus negocios, aunque esto último no se lo había contado a sus compañeros. De hecho, estaba pensando en informar a algunas personas al otro lado para sacarlas de Berlín Oriental por un módico precio y al mismo tiempo introducir algunos productos que se vendían muy caros en la Alemania Oriental.

Estaban sentados tomando un sándwich para recuperar fuerzas cuando oyeron el timbre de la puerta. Se sobresaltaron, estaban con la ropa sucia, el rostro lleno de polvo y un aspecto horrible.

—Yo subiré —dijo Stefan; se sacudió un poco el polvo, se pasó un trapo por la cara y ascendió por las escaleras de la bodega. Abrió la puerta y se encontró con el dueño del apartamento. No le habían visto en la casi semana que llevaban alquilados. El hombre tenía horarios diurnos y ellos nocturnos; además, no salían al portal a no ser que antes hubieran comprobado que no se cruzarían con nadie.

—Hola, soy...

—Sé quién es —contestó hosco Stefan.

—Perdone que les moleste —dijo el anciano mostrando su amplia sonrisa—. He oído ruidos, no me molesta lo que estén haciendo, pero mi pobre esposa debe descansar.

—Ya hemos terminado, le aseguro que a partir de ahora no volverá a oír nada —dijo Stefan algo nervioso. Las autoridades del Berlín Oeste no les iban a detener por construir un túnel, pero sí lo clausurarían, lo que despertaría la alarma al otro lado y podrían poner en peligro a sus familias.

—Gracias. A propósito, si necesitan cualquier cosa no duden en llamarme. Estoy casi todo el día en casa cuidando de mi esposa.

—Muchas gracias —dijo Stefan, después cerró la puerta y apoyó la espalda contra ella. Transpiraba por cada poro de la piel y tenía el corazón acelerado. Se secó el sudor con la manga sucia y descendió hasta el sótano. Los chicos lo esperaban impacientes, pero en cuanto vieron su gesto calmado se sentaron en el suelo y bebieron un poco de vodka para templar los nervios. Nunca habían vivido fuera de la ley, al menos Stefan y Johann, todo aquello los superaba, pero se habían visto abocados a saltarse las normas. A la injusticia únicamente podía responderse con la desobediencia. Stefan había leído algo sobre ese asunto en un librito sobre la resistencia pacífica en la India y no podía estar más de acuerdo.

—A partir de ahora nos alejaremos del edificio, no creo que volvamos a molestar a los vecinos, pero tenemos que tener mucho cuidado. Podríamos alertar a los guardias o no calcular bien el túnel y salir a campo descubierto en mitad del muro —dijo Derek, que era el único que no había perdido los nervios. Toda su vida había sido una eterna aventura. Escapar de la marginación y lograr labrarse un futuro no había sido sencillo. En su vida había hecho cosas de las que ahora se arrepentía, pero el instinto de supervivencia era mucho más poderoso que las trabas morales que le habían intentado enseñar en la escuela. En cierto sentido toda Alemania había tenido que lidiar con sus principios, tragarse su orgullo e intentar reconstruir sus vidas sin muchos tapujos, con la esperanza de que las cosas poco a poco volverían a su cauce.

—A veces pienso que cuando hayamos terminado el túnel todo será diferente —dijo Stefan mientras se secaba los labios. El vodka lograba que bajara en parte sus barreras defensivas, pero sin llegar a mostrar demasiado sus debilidades.

—Puede que tengas razón, pero, aunque no lo creas, este túnel nos hace a todos especiales y únicos. Si no hubiera sido por el muro, seríamos unos tipos corrientes, madrugando cada día para llegar a fin de mes y teniendo sueños pequeños, casi insignificantes —dijo Derek muy serio.

—Siempre igual, parece un aguafiestas —comentó malhumorado Volker. Le gustaba pensar que la vida era algo increíble, que todo podía cambiar de repente y dar un giro emocionante e inesperado. Seguramente por eso se dedicaba al contrabando, necesitaba sentir la adrenalina fluyendo por sus venas, experimentar sensaciones, sentirse pleno, eufórico y único.

Johann los miró sin entender de lo que hablaban. El futuro era una neblina en la que comenzaba a adentrarse. En las últimas semanas había experimentado que el paso de la niñez a la edad adulta se parecía demasiado a las puertas del infierno. La inocencia, los grandes sueños y las promesas se convertían en estatuas de sal en cuanto te girabas para mirar con nostalgia la tranquila y hermosa edad de la infancia.

—Bueno, no importa lo que suceda después. Ahora debemos cumplir con nuestra palabra y nuestro honor, puede que eso no sirva para nada para el resto del mundo, pero para nosotros lo es todo. No sé si un Dios indiferente nos observa, tampoco qué sentido tiene la vida, pero cada metro que excavo, cada centímetro que me acerco a mi familia, siento que estoy cumpliendo con mi destino, que estoy ayudando a que las cosas cambien. Los alemanes nos hemos acostumbrado a fracasar, a agachar la cabeza, a someternos, pero al menos por mi parte eso se acabó. No quiero seguir cargando las culpas de mis antepasados. Debemos construir un nuevo mundo, pero antes tenemos que arrasar hasta las cenizas el anterior. Ese muro es el recordatorio constante de nuestra derrota, de nuestro fracaso como país. Una suerte de Muro de las Lamentaciones en el que depositar nuestros miedos y quedarnos paralizados, esperando que alguien venga a arreglar nuestras vidas y nos devuelva el futuro. Algún día esas piedras y ladrillos caerán, pero mientras tanto lo saltaremos, pasaremos por debajo o por el cielo azul de Berlín, no importa la forma, no debemos perder la fe jamás.

Las palabras de Stefan los animaron a todos, como si les hubiera insuflado algo de esperanza en un mundo demasiado resignado, que utilizaba las ideologías y la utopía para aprisionar a los ciudadanos, conscientes de que el miedo es la mejor arma para cercenar lo más valioso y puro que posee el ser humano, su propia alma.

14

Checkpoint Charlie

Aquel tranquilo día de octubre no tenía nada de especial. Era otra maldita jornada con el muro de telón de fondo en una ciudad que aún no lograba superar la tremenda frustración de vivir dividida. El señor Lightner, subjefe de la Misión de Estados Unidos se dirigía con su esposa hacia el Berlín Este para asistir al teatro. Habían decidido pasar por la barrera de Checkpoint Charlie y desde allí acercarse a uno de los espectáculos más de moda en el Berlín Este. El sargento norteamericano los saludó y los dejó pasar al sector ruso. En los últimos días la tensión era máxima, pero llevaban casi veinte años con aquella rutina de sectores sin que se produjeran demasiados incidentes. El coche se detuvo ante el puesto de la policía de la RDA, los chicos conocían el vehículo oficial, lo habían visto un millar de veces, incluso Lightner a veces intercambiaba cigarrillos o chicles con los policías, aunque pocas veces cruzaban más de dos o tres palabras de cortesía.

—Hola, vamos al teatro, por favor agilice el trámite, llegamos tarde —dijo Lightner con una amplia sonrisa.

El policía frunció el ceño y les pidió que esperaran, el chófer y el oficial se miraron algo extrañados. Aquello no era nada habitual, pero desde la construcción del muro la policía de frontera parecía siempre nerviosa y alterada, al borde de un ataque de pánico. El policía regresó a los pocos minutos y asomó su cabeza por la ventanilla.

—Por favor, ¿me muestra el pasaporte? No pueden pasar vehículos norteamericanos.

—¿Cómo dice? —preguntó el militar norteamericano.

—No pueden pasar. Lo siento, den la vuelta aquí y regresen al otro sector.

—Y una mierda. Tenemos derecho a pasar, muchacho. Vamos al teatro y ya te he comentado que llegamos tarde.

—Tranquilo, cariño —dijo su esposa algo asustada por la actitud del policía.

—Lo único que entiendo es que no pueden pasar. El paso está prohibido. Mi oficial...

—¿Puede venir a hablar con nosotros?

El policía se marchó refunfuñando y regresó cinco minutos después con el oficial al mando. Sus compañeros parecían mucho más agresivos. Les apuntaban con sus fusiles y ametralladoras de forma desafiante, pero los Lightner parecían calmados a pesar de la desagradable situación. No creían que aquellos policías iban a ser tan estúpidos como para dispararles por ir al teatro.

—Señores, tienen que dar la vuelta —dijo el oficial de policía sin entrar en más polémica.

—¡Joder, esto no va a quedar así! —gritó el subjefe de la Misión norteamericana echando espumarajos por la boca.

El vehículo retrocedió y entró de nuevo en el sector norteamericano. El oficial saltó del coche en marcha y corrió hacia la oficina en la que se encontraba su superior. Entró sin llamar, parecía furioso, se paró enfrente de la mesa de su superior y se puso en posición de firmes.

—¿Qué sucede, Allan?
—No nos han dejado pasar.
—¿Cómo?
—Esos malditos hijos de puta no nos han dejado pasar. Íbamos mi esposa y yo al teatro, nos han parado en el paso y nos han ordenado dar la vuelta —comentó el hombre fuera de sí.
—¿Llevabas el coche debidamente señalizado?
—Sí, como siempre. Esos cabrones se creen que pueden controlarnos de esa manera y saltarse todos los tratados internacionales. ¿Qué vas a hacer?
—Déjame que haga unas llamadas —dijo el oficial al mando, que aún no salía de su estupor. La tensión era máxima en las últimas semanas, pero nunca se habían atrevido a tanto.
El hombre esperó un par de minutos hasta que le pusieron directamente con el general Lucius Clay, el enviado especial del presidente para controlar la situación en Berlín.
—General, tenemos un problema —le explicó brevemente y después le pasó el aparato a Allan.
—Señor, lamento tener que molestarle, pero creo que esto es inadmisible. Esos malditos comunistas no pueden hacer lo que se les antoje sin que les demos una respuesta adecuada. Le pido permiso para acercar los tanques al Checkpoint Charlie.
El general se quedó unos segundos en silencio, sabía lo que eso suponía, podía producirse una escalada en la tensión y el presidente le había pedido que se mantuviera firme, pero no quería más problemas en Berlín. Era muy complicado permitir una política de hechos consumados y no parecer débiles. En ese momento lo mejor era actuar. El Gobierno de la RDA y Moscú debían sa-

ber que estaban dispuestos a enfrentarse a ellos si no respetaban los tratados internacionales. Por otro lado, era posible que todo lo sucedido se tratara de un mal entendido. Había algunos oficiales de la policía de frontera que parecían más estrictos que sus líderes políticos. Todo el mundo se encontraba nervioso y enseguida la tensión aumentaba.

—Vuelva al paso, llevará una escolta militar de ocho policías e irá a ese maldito teatro. ¿Entendido?

—Sí, señor —respondió complacido el subjefe de la Misión. No había nada que amase más en el mundo que joder a esos malditos comunistas.

El coche regresó al paso y, ante el asombro de todos, los policías no les detuvieron, llegaron al teatro y vieron la función, pero aquella calma era únicamente la que precedía a la tempestad.

A la mañana siguiente las autoridades pararon a todos los vehículos de funcionarios que intentaban pasar la frontera. Pidieron a militares y personal civil la documentación, además de prohibir el paso a cualquiera que portase uniformes.

El general Clay llamó al presidente al día siguiente, pidiendo permiso para aumentar el control de las fronteras y reforzar la seguridad. John le autorizó a que tomase las medidas pertinentes. La mañana del 25 de octubre de 1961, diez tanques estadounidenses cruzaron la ciudad en dirección a Checkpoint Charlie y se pararon a pocos metros de la barrera. Friedrichstrasse parecía un aparcamiento de tanques, pero unas pocas horas más tarde, en el lado ruso, ya había treinta y tres tanques cargados y listos para disparar.

Los habitantes de la zona estaban alarmados, parecía que la escala de agresividad no paraba de crecer. Los norteamericanos trajeron más tanques y los aproximaron aún más al paso. Se encontraban tan cerca que las tripulaciones de ambos bandos podían verse las caras. Un accidente o simple descuido podía desatar la Tercera Guerra Mundial.

Uno de los conductores de los tanques miró por su visor al otro lado y encendió un cigarrillo nervioso. Se había librado de luchar en los puntos más candentes, siempre había imaginado que un destino en Europa, además de glamuroso, era mucho más seguro que en el Sureste asiático o en la base de Guantánamo en Cuba, y ahora estaba enfrente del Ejército soviético listo para disparar en caso de emergencia. Llevaban medio día dentro del tanque y no parecía que las cosas fueran a mejorar en las horas siguientes.

—¿Cuánto tiempo nos tendrán aquí? —preguntó a su oficial.

—El que haga falta. ¿No ves esos tanques rusos?

—Nosotros los trajimos primero —contestó el conductor, que nunca podía tener la boca cerrada.

—Eso es cuestión de perspectiva —dijo el artillero.

—¡Qué coño perspectiva! Se han saltado todos los acuerdos internacionales. Esos rusos se creen los dueños de Europa —comentó el oficial.

—¿Y eso qué nos importa a nosotros? Los europeos ya nos han metido en dos guerras, no quiero luchar en una tercera. Mi padre y mi abuelo pelearon en las dos anteriores. Mi abuelo murió y mi padre quedó lisiado de por vida —dijo el conductor.

—Más tonto eres tú por dejar que te enrolen —dijo el artillero.

—El servicio es obligatorio —dijo el chico indignado.

—Bueno, pero podías haberte enrolado en la Guardia Nacional. Esos sí que viven bien.

—Basta de tonterías, quiero que estéis atentos —dijo el oficial mientras abría la puerta y sacaba la cabeza. Seis hombres metidos en un tanque durante horas podía ser como estar enterrado en la misma tumba que tu suegra. Se encendió un cigarrillo y observó el paso, había muchos periodistas haciendo fotos, y algunos turistas, que no eran conscientes del peligro que corrían, se arremolinaban detrás de las vallas de seguridad. Por unos segundos tuvo la sensación de encontrarse en el corazón del mundo, pero no le gustó nada pensarlo. Si la guerra se desataba, los primeros en morir serían ellos. No tendrían ninguna esperanza de sobrevivir, y morir el primero en una guerra era una forma estúpida de irse al otro barrio.

El presidente Kennedy tomó el teléfono; por primera vez desde que estaba en el poder los dos líderes del mundo parecían de acuerdo en algo. Después de hablar unos quince minutos con su interlocutor, colgó y miró a su hermano Robert.

—Bueno, han aceptado.

—Gracias a Dios —dijo Robert aliviado—, con toda esta tensión ninguno de los dos vamos a llegar a viejos.

—La vejez está sobrevalorada —contestó John.

—¿Cuándo empezará la retirada?

—Nuestro contacto nos ha dicho que Jruschov ha aceptado el repliegue primero de sus tanques. Será de forma paulatina, primero retrocederán, después simplemente se irán marchando por grupos y todo volverá a la normalidad.

—¿Los alemanes de la RDA están de acuerdo? —preguntó Robert. A veces parecía que todo lo orquestaban las dos potencias, que no dejaban de jugar en un gran tablero global para no tener que vérselas cara a cara.

—Tienes que ir a Berlín, necesito que te vean allí. Yo no puedo ir por ahora, al menos antes de que las cosas en Cuba mejoren, pero quiero que los rusos sientan nuestra presencia en su maldita nuca. Espero que ese maldito granjero ruso dimita pronto, la Unión Soviética necesita a alguien más joven que vea las cosas de manera diferente. No podemos seguir enfrentándonos de esta forma —dijo John; desde su llegada a la presidencia había envejecido muy rápidamente. Gobernar el mundo no era una tarea fácil y agradable, por no hablar de sus desavenencias con su esposa, su obsesión por el sexo y la maldita sensación de insatisfacción que siempre llevaba a cuestas. No importaba lo que hiciera. Nunca era suficiente, su ambición era insaciable y parecía devorarle poco a poco, de dentro hacia fuera.

—Cuando retiren los taques me tomaré unos días de descanso y tú deberías hacer lo mismo —comentó Robert, que veía a su hermano agotado. Llevaba apenas diez meses en la presidencia y parecía una eternidad.

—¿Vacaciones? ¿Te has vuelto loco? No puedo irme de vacaciones, todo el mundo está patas arriba.

—No creo que suceda nada porque te tomes unos días. Parece que lo de Berlín está solucionado.

—Hasta que no me llamen informando de que los tanques han regresado a los cuarteles no dormiré tranquilo. ¡Joder, Robert! ¡No quiero ser el presidente que dé comienzo a la Tercera Guerra Mundial!

—No lo serás, John, tranquilo, no lo serás.

15

La última Navidad

Las fiestas se aproximaban y la tensión en la RDA aumentaba poco a poco. Los ciudadanos de Berlín iban a pasar la primera Navidad sin sus seres queridos y, aunque la ciudad se preparaba para las celebraciones, el clima que se respiraba era de tristeza y frustración. La policía de frontera se comportaba cada vez de forma más despiadada. Disparaban a matar sin importarles lo que pudiera sucederles a los fugitivos que intentaban cruzar el muro. No era una frontera común, no se trataba de extranjeros que intentaran invadir su país, los que arriesgaban sus vidas por cruzar al otro lado eran sus vecinos, compañeros, amigos y familiares. Las autoridades premiaban a los policías que detenían cualquier tipo de fuga con ascensos y ayudas económicas, pero la violencia no lograba parar a aquellos que intentaban comenzar una nueva vida en la RFA.

Aquella mañana de diciembre estaba algo nublado, había estado lloviendo toda la noche y el frío parecía más soportable tras varias semanas de nieve y vientos gélidos. Dieter Wohlfahrt se había levantado muy temprano aquella mañana. Había desayunado un tazón grande de leche con gachas y después, tras registrar la nevera de su casa, vio un par de salchichas del día anterior y se las comió frías, sin molestarse en calentarlas un poco en la sartén.

Dieter miró por la ventana de la cocina y vio la calle grisácea de su barrio, que no tenía nada que ver con el pueblo de sus padres en Austria, donde habían pasado algunos veranos visitando a la familia. Miró el reloj y volvió a sentir el mismo escalofrío que cuando oyó el despertador de su cuarto. Aquel era el día, llevaban semanas preparándolo, pero ahora tenían que ser valientes y no titubear. Vivía desde hacía años en el Berlín Occidental en casa de su tía, pero gracias a su nacionalidad austriaca podía seguir viendo a sus padres en el Berlín Oriental. Aunque sabía que era un privilegiado y que muy pocas personas podían cruzar libremente de un lado al otro. El muro no había supuesto un gran cambio para él. No le había impedido estudiar en la Universidad Técnica, mantener su cotidianidad y entrar de vez en cuando en el otro lado. Pero todos no tenían su misma suerte. Muchos de sus amigos ya no podían acudir a la universidad y muchos llevaban meses sin ver a sus familias. A medida que se aproximaban las navidades el ánimo de la mayor parte era terrible, ya no podían disimular cómo aquella barrera absurda había desgarrado sus vidas.

No era la primera vez que colaboraba en sacar gente del Berlín Este. En las primeras semanas había ayudado a muchos a escapar por las alcantarillas, pero cada vez era más difícil evitar los controles de los policías. La frontera se convertía en más inexpugnable y muchos temían que en menos de un año fuera prácticamente imposible escapar.

Dieter terminó el desayuno, se limpió los dientes, se puso la chaqueta y fue a buscar a sus amigos. Tomó la furgoneta Volkswagen y recogió a Karl-Heinz Albert, Elke y una amiga. Se dirigían a las afueras de Spandau, cerca de una carretera de montaña. La niebla apenas les dejaba ver la carretera empedrada. La furgoneta daba botes por los baches y las ramas desnudas de los árboles a los lados daban al paisaje un aspecto fantasmagórico. La alambrada se sucedía justo detrás de los árboles, los postes de hormigón cubiertos, renegridos por la humedad, separaban de manera antinatural el campo, como si alguien hubiera cosido la tierra a lo largo de decenas de kilómetros, pero no para que curara, más bien para mantener una herida abierta para siempre.

Cuando llegaron al punto exacto, aún protegidos por la niebla, pararon el motor del coche y se hizo un silencio incómodo, como el de una representación justo antes de comenzar. Los dos chicos se bajaron del vehículo y caminaron junto a la alambrada hasta llegar al lugar exacto. No era la primera vez que estaban allí y buscaban un buen lugar para cruzar, pero por alguna extraña razón tenían la sensación de encontrarse en un lugar diferente. Puede que fuera por la hora, la niebla o el nerviosismo que comenzaba a apoderarse de ellos.

Los dos chicos se subieron a los postes y cruzaron las cuerdas, aún no había amanecido por completo. De las sombras salió una mujer y gritó el nombre de una de las chicas. Los dos amigos se miraron asustados, aquello era una verdadera imprudencia, si algún guarda se encontraba cerca, no tardaría en acudir con sus compañeros y los perros adiestrados para atacar a cualquiera que intentara cruzar.

—¡Maldita sea! Si no se calla nos descubrirán a todos —dijo Dieter mientras se aproximaba corriendo a la mujer.

Tuvieron que pararse justo enfrente para ver bien su cara. No aparentaba los casi cincuenta años que tenía. Llevaba un abrigo oscuro, un bolso grande y unos zapatos incómodos para correr.

—Haz el agujero —comentó Dieter a su amigo, mientras ayudaba a la mujer a agacharse.

Albert sacó los alicates y comenzó a cortar rápidamente la alambrada por una de las esquinas. A medida que lograba cortar un cable, parecía que a su lado hubiera muchos más por cortar.

—Date prisa —le apremió Dieter mientras continuaba vigilando.

Las chicas salieron de la furgoneta y se aproximaron a la alambrada, Dieter las miró enfadado. Los guardas podían verlas desde casi cualquier punto. El sol alumbraba con fuerza y la niebla comenzaba a disiparse.

—No podemos esperar más —comentó Dieter, le quitó los alicates a su amigo y comenzó a cortar lo más rápido que pudo.

Se oyeron voces a lo lejos y después el sonido de botas. El grupo se puso aún más tenso, la señora estuvo a punto de correr en dirección contraria y regresar hacia las casas, pero la detuvieron.

—No podrá escapar, la alcanzarán los perros —le advirtió Albert.

Por fin Dieter logró cortar el último alambre, la mujer se agachó y comenzó a cruzar. Los guardas corrían hacia ellos, ya se les distinguía perfectamente, soltaron a los perros y estos se pusieron a ladrar con fuerza y dar dentelladas al aire.

La señora se quedó enganchada, parecía histérica, tiraba de su ropa, pero su pesado abrigo estaba atrapado.

—¡Quíteselo! —le gritaron los dos chicos.

Ella se resistió, pero al final se desprendió de él, salió a la zona de nadie y corrió hasta la parte occidental. Entonces escucharon los disparos, silbaban en sus oídos y levantaban la tierra helada a sus pies.

Albert comenzó a pasar, le sudaban las manos y tenía la respiración acelerada, como si estuviera sumergido debajo del agua. Logró cruzar, pero una bala le alcanzó en el hombro. Apenas sintió dolor, la adrenalina lo mantenía en una excitación constante. Corrió tras la mujer y pidió a las chicas que se metieran en la furgoneta. Los disparos podían alcanzarlas al otro lado de la alambrada.

Justo delante aparecieron tropas británicas que cargaban pesados mosquetones de la Segunda Guerra Mundial y parecían fastidiados por aquel percance a primera hora de la mañana. Apuntaron a los policías de la RDA, pero no se atrevieron a disparar. Sabían que de hacerlo crearían un conflicto internacional de repercusiones impredecibles. Los guardas de la RDA, en cambio, no dejaban de disparar, incluso cuando el segundo fugitivo llegó a tierra de nadie.

Dieter pasó con cierta agilidad por la alambrada y corrió hacia sus amigos. Comenzó a esbozar una sonrisa, sintiendo que una vez más había logrado burlar a la muerte, y lo que era más importante, a los guardas de la frontera. Quería demostrarles que no tenían el control de sus vidas, que, aunque intentaran impedirlo, eran libres.

Sintió un fuerte dolor en la espalda, al principio parecían picaduras de avispa, que al primer impacto dolían, pero poco después los pinchazos comenzaban a adormilarse, como si el cuerpo estuviera expulsando el veneno. Intentó correr de nuevo, no sentía las piernas, miró a los pocos metros que le separaban de la libertad, debía conseguirlo, se dijo mientras intentaba moverse, pero su cuerpo se derrumbó en medio del barro y comenzó a retorcerse.

—¡Le han dado! —gritó una de las chicas.

Los soldados británicos se acercaron un poco más,

pero como los disparos continuaban decidieron retirarse unos metros.

—¡Está herido! —gritó Albert, que había metido a las tres mujeres en la furgoneta y corría hacia el sargento británico.

—No podemos entrar —dijo el hombre de cara macilenta y un largo bigote castaño.

—¡Se está desangrando! —insistió el muchacho con los ojos llenos de lágrimas. Después se dio la vuelta y se dirigió de nuevo hacia la alambrada. No había avanzado unos pasos, cuando los soldados de la RDA comenzaron a disparar justo a la línea, advirtiéndole que no regresara. Albert vio el rostro de dolor de Dieter y estuvo a punto de cruzar la línea, pero sabía que era inútil. No llegaría con vida hasta él.

Dieter intentó agarrarse a la tierra, arrastrarse poco a poco. Consiguió moverse algo más de medio metro, pero notaba que las fuerzas iban abandonándole. No lo veía, pero dejaba tras de sí una gran estela de sangre, como si fuera un cometa a punto de estrellarse con la muerte.

El sargento se aproximó al muchacho, tiró el fusil y levantó las manos.

—No avance —le advirtió el oficial de la policía fronteriza.

En un alemán rudimentario el británico comenzó a pedirles que les dejaran llevarse al herido.

—¡Por favor! Es un muchacho y se está desangrando.

El oficial de la policía negó con la cabeza, sus soldados no dejaban de apuntar y los perros parecían enloquecidos por el ambiente y los gritos de las mujeres desde la furgoneta.

—No son unos muchachos, son unos terroristas. Han violado el suelo de la RDA y ahora mismo ese hombre está técnicamente en nuestro territorio.

—Está bien. Nos alejaremos, pero pidan una ambulancia —dijo el sargento británico levantando las manos.

—Tenemos órdenes de esperar aquí hasta que llegue un superior, no vamos a entrar al otro lado de la alambrada sin una orden —comentó el oficial.

Las chicas salieron de la furgoneta y corrieron hasta el sargento, dos soldados lograron detenerlas antes de que se acercasen más. La tensión crecía por momentos, todos veían cómo la vida del joven se iba apagando.

Dieter comenzó a sentir frío, se puso en posición fetal, como si de alguna manera intentara conservar el poco calor que tenía su cuerpo. Los soldados británicos obligaron al grupo a entrar en la furgoneta y llegó una ambulancia que comenzó a atender a Albert.

Una hora más tarde el cuerpo dejó de moverse. Los soldados británicos decidieron transportar al resto de los refugiados, no querían que las cosas se pusieran más difíciles.

—Será mejor que nos retiremos —dijo el sargento a su segundo. Los soldados tomaron sus vehículos y se alejaron.

El cuerpo del joven estaba completamente inmóvil, aún le quedaba el último aliento de vida cuando los guardas de la RDA se le acercaron, le zarandearon con el pie y se lo llevaron a cuestas, como si fuera un saco de patatas. Lo dejaron caer junto a la verja y un sanitario se acercó al cuerpo. Le tomó el pulso y negó con la cabeza.

Dieter Wohlfahrt había fallecido en mitad de aquel hermoso campo en medio de una frontera artificial, como todas, levantada por unos hombres para asegurarse su pequeña parcela de poder en el mundo.

Zelinda entró en la casa a toda prisa. En las últimas semanas evitaba estar mucho tiempo con su madre. Siempre que la veía no dejaba de quejarse, pero desde el incidente con los rusos o estaba en casa de su amiga, estudiando para los exámenes, o en la universidad.

Las noticias hablaban de la muerte de un joven en la frontera, la televisión de la RDA no ofrecía muchos detalles sobre lo sucedido. Comentaba que pertenecía a un grupo de terroristas armados que comerciaba con el paso de refugiados, pero en la radio y televisión del otro lado ya habían informado que los supuestos terroristas no eran otros que dos estudiantes de la universidad. Para la Stasi y el Estado, todo el que no obedeciera ciegamente sus órdenes era un terrorista y un enemigo a abatir.

Alicia veía la televisión mientras hacía ganchillo, cuando oyó la puerta. Se levantó de golpe, como si tuviera un resorte en la espalda y persiguió a su hija hasta su cuarto.

—¿No vas a saludar a tu madre? ¿Tan mala soy? —le preguntó mientras abría la puerta que la hija casi le había cerrado en las narices.

—No empieces, mamá. Estoy cansada. He hecho un examen. Me quedan pocos días para las vacaciones.

—Bueno, a tu edad yo estaba en medio de una guerra y poco después te tuve a ti y escapé de una dictadura. He vivido de refugiada en Francia, en la clandestinidad en Alemania, y me quedé viuda con una hija pequeña en un país extranjero.

La hija puso los ojos en blanco. No es que no admirase a su madre, reconocía que era una luchadora y que había logrado superar cosas que ella ni se atrevería a imaginar en su peor pesadilla, pero aquella historia se la había repetido hasta la saciedad.

—¿Te aburro con mis historias? Lo siento. La universitaria no tiene tiempo para esta pobre analfabeta, solo piensa en ese chulo del lado occidental. El estraperlista que quiere llevársela para obligarla a hacer cosas. No sabes nada de la vida ni de los hombres —dijo despreciativa Alicia.

Zelinda se dio la vuelta y la fulminó con la mirada. No estaba dispuesta a tolerar que le hablara así. Desde hacía varios años se habían distanciado. Su madre representaba todo lo que ella odiaba. Era conformista, costumbrista, una fanática exasperante que apenas veía fallos en el sistema. No soportaba acompañarla a la casa de los españoles, escuchar sus viejas historias de derrotas y venganzas. Su madre había decidido vivir anclada en el pasado, pero ella quería mirar hacia delante. Necesitaba creer que la vida era más que lamentarse, lloriquear y aplaudir a los líderes en los desfiles.

—Por favor, me va a estallar la cabeza —dijo la chica intentando cerrar la puerta.

—Eres una desagradecida y cualquier día traerás la desgracia a esta casa. Si no te dejan embarazada, intentarás hacer alguna estupidez y terminarás en la cárcel, pero no pienses que iré allí para consolarte, lo tendrás bien merecido. Seguro que continúas viendo al Derek ese. Un chulo, un sinvergüenza que nos traerá la ruina a las dos.

Zelinda se revolvió, parecía herida en su orgullo, su rostro cambió la expresión y dijo a gritos:

—¡La única que se dejó preñar de cría fuiste tú! Mi padre tuvo que hacerse cargo de ti por lástima y murió sacando a esta familia adelante. Lo único que has hecho en todos estos años es quejarte y alabar a esos cerdos comunistas.

—Esos cerdos comunistas te han dado todo lo que tienes. Esta casa, la comida, el dinero, y te pagan los estudios —contestó la mujer, furiosa.

—Son unos asesinos, mira lo que acaban de hacer con un estudiante universitario. Su delito fue querer escapar de este maldito país. ¡Qué digo país, no somos ni eso, un simple satélite de los soviéticos! ¡Esa peste roja!

—¡Maldita seas! ¡Ellos nos salvaron de los nazis! Gracias a ellos vivimos en libertad.

—¡Libertad! Es una broma. Tus queridos héroes casi me violan el otro día... —dijo mientras comenzaba a llorar.

La mujer se quedó muda por un momento. No supo qué decir, no se esperaba aquella contestación.

—Vais provocando y son hombres. ¿Qué esperabas? Prefiero que te preñe un ruso que ese capitalista del otro lado —respondió la madre, furiosa, pero apenas había pronunciado las últimas palabras cuando se arrepintió de haberlas dicho en voz alta.

Zelinda la miró horrorizada, empujó la puerta y la cerró con todas sus fuerzas. La hoja se paró a pocos centímetros de la cara de su madre. Aquello era lo último que esperaba oír. No reconocía a la dulce mujer que la había criado. ¿Dónde habían quedado su amor y su comprensión?, se preguntó mientras se tiraba sobre la cama y comenzaba a llorar.

Alicia permaneció un minuto paralizada. De alguna manera era consciente de que acababa de romper el último puente que la unía a su hija. Únicamente quería lo mejor para ella, pero se sentía tan impotente... Había dedicado toda su vida a criarla, quería que fuera mejor que ella, que consiguiera lo que ella ni había soñado. En cierto sentido reconocía que lo había conseguido. Zelinda era una mujer independiente, fuerte y segura, pero había tomado un camino diametralmente opuesto al que ella había imaginado. Aquella juventud no apreciaba todo lo que habían conseguido ellos con tanto sacrificio. Solo les importaba la libertad, pero ¿qué era la libertad? ¿Acaso no era poder comer cada día, no depender de un patrón que te maltrataba a su antojo, construir un mundo más justo y equitativo? Los más jóvenes no sabían lo que era pasar necesidad, sentir miedo y saber que tu vida sería así para siempre. Ellos tenían oportunidades que antes ni habrían soñado, su hija era una ingrata, el mejor reflejo de que la lucha ideológica no terminaba nunca, que cada generación debía ser educada en los valores comunistas. La sociedad no estaba preparada para la verdadera libertad, el Estado debía garantizarla e incluso imponerla, aunque para ello tuviera que sacrificar a unos pocos a favor de la mayoría, se dijo mientras regresaba al sillón, tomaba el punto e intentaba relajarse. Comenzó a mirar la pantalla en blanco y negro. Al menos en ese maravilloso mundo de la TV las cosas eran como tenían que ser, se dijo mientras su mente se diluía en la propaganda de la RDA y sus patrióticos himnos que lograban anestesiar la conciencia e insuflar el espíritu.

El túnel avanzaba muy lentamente, los días eran muy cortos y quienes lo llevaban a cabo tenían la sensación de haberse convertido en pequeños ratones intentando mover una rueda que no parecía llevarlos a ninguna parte. Derek había logrado comunicarse con su novia en un par de ocasiones. Su contacto español le llevaba cartas y lograron contactar por el teléfono de la casa de su amiga. Zelinda les había pedido que ayudaran a su amiga a cruzar el muro, al final habían aceptado, aunque lo cierto era que cuanta más gente se implicara más fácil sería que los terminaran descubriendo a todos.

Derek se dirigía a la casa después del trabajo. Nunca había imaginado que ser honrado fuera tan duro, siempre había creído que lo realmente difícil era vivir en la clandestinidad y dedicarse al crimen. Era cierto que la delincuencia podía acabar mucho peor que el vivir una vida honrada, pero al menos tenías el aliciente de hacerte con un buen pellizco que te permitiera salir del lodo. En cambio, la honradez lo único que te permitía era sobrevivir, seguir caminando, como si fueras una bicicleta; si dejabas de pedalear lo único que podía suceder era que te cayeras de bruces.

Se dirigió al bar en el que se solían reunir los españoles, esperaba una carta y el familiar de Zelinda le había prometido que se la traería aquella misma tarde. El pariente de su novia llevaba tiempo sin cruzar, la tensión crecía por momentos y no quería meterse en más problemas. En cuanto entró en el local de paredes desconchadas, forradas de madera hasta la altura de las mesas y con aquel olor a ajo tan característico, reconoció al hombre que estaba sentado a la mesa del fondo.

—Señor Haider, me alegro de verle. En los tiempos que corren sobrevivir es un acto de heroísmo.

—Lo mismo digo. Aunque en mi caso no tiene mucho mérito, a este lado del muro las cosas están más tranquilas.

—A veces ser un apátrida tiene sus ventajas. Los españoles llevamos casi doscientos años fuera de la historia, viviendo en un mundo paralelo al real, el franquismo no es otra cosa que la prolongación de esa realidad distorsionada.

—Pues parece que los gobernantes de la RDA han decidido tomar ese mismo camino —contestó Derek mientras tomaba una cerveza.

El hombre frunció el ceño, creía que el alemán no lo había entendido, el verdadero problema de los españoles no eran sus gobernantes o, al menos, no eran el único problema. Los españoles se odiaban a sí mismos, no creían que tuvieran un papel en el mundo y se conformaban con ser fantasmas en busca de un sitio que había desaparecido hacía mucho tiempo.

—Los alemanes son demasiado pragmáticos para vivir fuera de la realidad. En la RDA los únicos que viven en un mundo paralelo son los miembros del Gobierno, el resto es consciente plenamente de lo que sucede en la realidad —contestó el anciano.

Derek terminó la primera cerveza y pidió otra. Le dolían todos los músculos del cuerpo, aquella era otra de las consecuencias de ser honrado.

—¿Tiene algo para mí?

—Sí —dijo el hombre, sacando un pequeño sobre de color rosa y entregándoselo discretamente.

—Gracias.

—Bueno, me viene muy bien la ayuda que me da. El partido me ha quitado de la nómina, ya no soy lo suficientemente ortodoxo. Esa es otra de las cosas que los alemanes nunca entenderán de los españoles. Nuestro nivel de sectarismo es tan alto que puede confundirse con lealtad, pero es puro servilismo. Nadie independiente ha conseguido nada nunca en España.

—¿Por qué no regresa? —le preguntó intrigado. No entendía qué hacía en Alemania si, en realidad, añoraba tanto su país y parecía desesperado por regresar.

—Continúo fichado. Tendría que vivir en la clandestinidad e imagino que soy demasiado viejo para jugar a espías. La cobardía es una de las virtudes de la madurez, aunque normalmente la llamamos prudencia. A partir de los cuarenta nunca apostamos, a no ser que sea sobre seguro. Tenemos demasiado miedo a morir, se despierta en nosotros una conciencia de futilidad. En ocasiones hasta me planteo regresar a la fe de mis padres; no hay nada más solitario que el ateísmo ni nada más apabullante que el saber que en menos de una década dejarás este mundo. No importa lo inteligente que seas, lo que hayas conseguido en la vida, todos tenemos que morir.

—Desaparecer a veces puede ser un buen final —le dijo Derek, que millones de veces se había hecho la misma pregunta y siempre había encontrado la misma respuesta. Un Dios amoroso no le hubiera traído a un mundo como aquel, sin padres y viviendo experiencias terribles que únicamente en sus pesadillas se atrevía a recordar.

Derek se puso en pie y dio un último trago a la cerveza, después pagó la cuenta y salió a la gélida calle cubierta de aquel manto blanco, parecía que aquel invierno el cielo se había propuesto convertirlos a todos en muñecos de nieve. Mientras los copos flotaban en el aire se dirigió hacia la Puerta de Brandeburgo. A veces le gustaba caminar hasta allí para recordar cómo eran las cosas antes de que estuviera el muro. Justo en ese momento cientos de árboles de Navidad se encendieron al unísono y él se quedó mudo contemplando las luces blancas que a lo largo de toda la alambrada anunciaban la Navidad.

«Luz en el Muro», lo habían llamado las autoridades de Berlín Occidental. Deseaban enviar un mensaje de esperanza a sus hermanos del otro lado. Derek caminó bajo los árboles de Navidad hasta llegar a la puerta. Desde el otro lado unos niños miraban asombrados el espectáculo. Mientras hubiera esperanza los guardianes y carceleros del otro lado no vencerían del todo, se dijo mientras contemplaba la puerta agujereada por las balas y los proyectiles de la última guerra.

Oyó unos chasquidos a su derecha, varias bombillas comenzaron a estallar. Miró al otro lado y observó cómo unos veinte guardas lanzaban piedras contra los árboles.

Pensó que aquella acción simbolizaba muy bien lo que sucedía en su país. Mientras que la mitad de los alemanes se empeñaban en encender luces de esperanza, la otra mitad lanzaba piedras para sumir a todos en la más profunda y larga oscuridad.

Giselle no supo si estaría esperándola. Todos los años se habían acercado hasta esa parte de la ciudad para ver las luces de Navidad, pero aquel era un día muy diferente, llevaban semanas sin hablar y las posibilidades de que Stefan hubiera llegado hasta aquel lugar en las vísperas de Navidad eran muy remotas. No se había atrevido a sacar a la niña con aquel frío. Los termómetros, bajo cero de día, por las noches alcanzaban temperaturas disparatadas, pero a pesar de todo se abrigó bien, dejó a la niña dormida al cuidado de la abuela y caminó hasta las cercanías de la puerta.

Al otro lado las luces de los árboles de Navidad brillaban como faros, nadie podía olvidar en qué parte de la alambrada se encontraba la esperanza. Giselle intentó distinguir a su amado entre los transeúntes, pero todos los hombres parecían iguales, enfundados hasta las orejas por el frío invernal.

La mujer comenzó a desesperarse, hasta que una de aquellas figuras grises se aproximó más que el resto a la alambrada. Muchos de los vecinos del Berlín Occidental parecían indiferentes a lo que pasaba al otro lado, pero aquel hombre se paró justo en uno de los laterales y se puso de perfil. Giselle dio un par de pasos más, aproximándose a la zona prohibida, y levantó una de sus manos enguantadas.

El hombre la miró indiferente por unos instantes, como si no entendiera el gesto y no llegara a verla, pero al final levantó el brazo y la saludó con entusiasmo, como si quisiera expresarle una alegría que ella no llegaba a ver en su rostro lejano.

—¡Dios mío! —dijo la mujer emocionada. Aquel era el mejor regalo que podía esperar aquella Navidad. Muchos se sentaban alrededor de una mesa hastiados de sus vidas sin comprender que todo lo que tenían podían perderlo de repente; si agradecía algo a aquella desgraciada situación era que había aprendido a valorar cada segundo como si fuera el último de su vida.

Stefan comenzó a llorar, lo hizo sin vergüenza, sabía que ella no distinguiría sus lágrimas desde aquella distancia. No podía soportar tenerla tan cerca y al mismo tiempo tan lejos. No vio a la niña, pero no le importó. Aquella mujer era lo que más amaba en el mundo, se prometió que sería la última Navidad que pasarían separados. El propósito de su vida era protegerlas y cuidarlas, vivir junto a ellas los años que le quedasen y hacerlas felices. No tenía más ambiciones ni buscaba más sentido a su existencia.

Giselle notó un fuerte dolor en el pecho, se puso una de las manos encima. Una opresión agobiante la asfixiaba, como si aquel Berlín cercado se hubiera convertido en un estrecho y agobiante desván en el que se acumulaba lo peor del ser humano.

—¡Adiós, cariño! —gritó con todas sus fuerzas.

Él apenas percibió un ruido lejano. Las palabras no lograron atravesar el muro, se perdieron en el viento gélido de la noche y en el esfuerzo apasionado de dos amantes que ninguna barrera podía separar.

Stefan la vio partir; en cuanto desapareció de su vista sintió los pies congelados y cómo el frío comenzaba a abotargar sus músculos. Le costó ponerse en marcha, llegó al final de la calle y oyó una voz que le llamaba. Era Derek, que estaba dando un paseo por la zona.

—¿Estás bien? —preguntó al verlo con el rostro triste y demacrado. Parecía mucho más viejo, como si la pena le hubiera acortado la vida.

—Sí, es muy duro pasar una Navidad sin ellos.

—Tomaremos unas copas y cenaremos los cuatro juntos. No podremos sustituirlos, pero al menos te ayudaremos a pasar esta noche tan dura.

—Gracias, pero tú también lo debes de estar pasando mal —dijo Stefan, intentando ponerse en el lugar de su compañero.

—Nunca había sentido algo parecido. Hasta hace poco para mí el mundo era un escenario en el que interpretar mi ambición, ahora ya no vivo para fuera, no me importa lo que piensen los demás, lo único que deseo es verla y estar con ella.

—Eso es amor, amigo —le contestó Stefan con una sonrisa.

—Es terrible —dijo Derek con una medio sonrisa.

—Sí, el amor es el acto más generoso del que somos capaces los seres humanos, por eso nos desnuda y convierte en seres vulnerables, pero te aseguro que nada en el mundo satisface más.

Los dos hombres comenzaron a caminar hacia su apartamento. A pesar del frío prefirieron caminar bajo la nieve. Sentirse vivo era la mejor sensación del mundo, mientras el mundo a su alrededor parecía convertirse en un escenario abandonado, donde ya nadie se atrevía a representar su propia felicidad por temor a ser destruidos por aquellos que tenían en sus manos el poder para cambiar sus destinos. Mientras se alejaban de la puerta, un hombre los acechaba en las sombras, llevaba un par de días persiguiéndolos a petición de un agente de la Stasi del otro lado. Su especialidad era convertirse en la sombra de sus víctimas, en una extensión de su propio cuerpo, para que cuando percibieran que las perseguía ya no pudieran escapar de su telaraña. El hombre se metió las manos congeladas en los bolsillos y a tararear la vieja canción de Lili Marleen. Había luchado en varias guerras y pertenecido a diferentes bandos, siempre prefería estar en el de los vencedores, no tenía alma de perdedor. Se encontraba en la frontera del mundo, justo donde un abismo separaba dos formas radicalmente opuestas de entender la vida, y era precisamente donde los tipos como él sobrevivían a la sombra del miedo y la desesperación de sus semejantes.

SEGUNDA PARTE

LA FRONTERA DEL MUNDO

16

Tabú

Uno deja de existir la última vez que alguien pronuncia su nombre. La muerte no es el final, al menos eso era lo que pensaba Stefan aquella grisácea mañana de enero. Llevaba más de dos semanas sin noticias de Giselle y la niña, cosa que le inquietaba, pero al menos tampoco habían sufrido ningún contratiempo. El túnel avanzaba muy lentamente, pero cada día se encontraban un poco más cerca del final. Las navidades parecían muy lejanas. No habían hecho muchas celebraciones. Apenas habían comido un poco de pavo, bebido vino caliente y algo de vodka, cantaron algunas viejas canciones y se fueron a dormir temprano. Tenían la extraña sensación de que, a pesar de vivir en un país que les garantizaba la libertad, seguían sometidos a la tiranía de la RDA. Mientras tuvieran encerradas a sus familias poseerían sobre ellos un control absoluto, controlando sus vidas y sobre todo su felicidad.

Stefan aparcó el tranvía en la última estación e intentó tomarse unos minutos de tranquilidad, con un pequeño bocadillo y un refresco. Se quitó la gorra, se desabotonó la parte superior del uniforme y se dirigió a la parte trasera del vagón. Alguien había dejado un periódico en el asiento y comenzó a ojearlo mientras daba los primeros bocados a su almuerzo. Le sorprendió la noticia sobre Günter Litfin, una de las primeras víctimas del muro. Llevaba meses intentando escapar de Berlín Este, y el azar, que es como los ateos llaman al destino, había querido que estuviera el 15 de agosto en la parte oriental de la ciudad. Se había criado cerca de Weissensee, pero había estudiado en la parte occidental el oficio de sastre. A mediados de año había buscado apartamento al otro lado para comenzar a ejercer su profesión. El día 12 de agosto había viajado a la casa de su hermano Jürgen para que lo ayudara con sus planes de mudanza, y cuando quiso regresar al otro lado ya era demasiado tarde. Intentó pasar como ellos por una estación de tren el día 24 de agosto, pero al fracasar se dirigió al río Spree con la esperanza de poder atravesarlo a nado. Se encontraba en forma y el río no era excesivamente ancho en aquel tramo. Pretendía llegar hasta el pequeño puerto de Humboldthafen, pero en cuanto se puso en el agua lo detectó una patrulla y le ordenó que regresara; al continuar nadando hasta la orilla occidental comenzaron a dispararle y se ahogó en las frías aguas del río. La policía había argumentado que la muerte del joven había sido un accidente y la familia fue presionada para que declarase que su hijo había muerto ahogado. Para los gobernantes de Alemania del Este la verdad era siempre relativa, ellos eran los que dictaban lo que había que creer o dejar de creer.

Stefan se movió inquieto en el asiento, intentó cerrar los ojos para relajarse un poco, pero la historia de aquel muchacho le había devuelto a la cruda realidad. En las últimas semanas el trabajo intenso y el sobreesfuerzo habían conseguido que se olvidara un poco de lo que sucedía al otro lado y lo peligroso que era enfrentarse al sistema. Necesitaba ponerse en contacto con Giselle, convencerse de que se encontraba bien. Ni siquiera tenía la opción de irse a vivir a la RDA, a aquellas alturas lo único que le importaba era que los tres estuvieran juntos, todo lo demás era secundario.

El resto de la jornada estuvo inquieto y de mal humor. Intentó ser correcto con los usuarios del tranvía, pero no los recibió con su habitual sonrisa y amabilidad. Stefan era del tipo de personas que se sentía agradecido a la vida y le gustaba ejercer su trabajo con la mayor eficacia. Nunca mostraba cansancio o mal humor, y los problemas personales solía dejarlos en casa, pero la inquietud le impedía descansar.

Cuando llegó al apartamento apenas saludó al resto de sus compañeros. Todos parecían desanimados e inquietos. Johann echaba de menos a sus padres, no los había visto en Navidad, ni siquiera sabía dónde estaban y si se encontraban vivos. Volker siempre parecía de mal humor, se quejaba por todo y bebía más de la cuenta. Derek guardaba la compostura, pero todos sabían que estaba al borde de un ataque de nervios.

—¿Cómo va el túnel? —preguntó Stefan después de dejar sus cosas y ponerse la ropa de trabajo.

—La tierra parece más compacta, nos cuesta avanzar. Si tuviéramos alguna taladradora mecánica —dijo Volker.

Derek lo miró de reojo, le molestaba su actitud pesimista.

—¡Maldita sea! Siempre os estáis quejando, parecéis un grupo de colegialas lloronas.

—Hago todo esto por ti. No me dedico a otra cosa en todo el maldito día. ¿Sabes la de negocios que he rechazado? —le comentó Volker furioso.

—Nadie te obliga a hacer nada —dijo Derek pegando su cara a la de su viejo amigo.

—Eres un desagradecido. Siempre lo has sido.

—¿Desagradecido? ¿Quién te ayudó cuando saliste de la cárcel? Vivías en albergues cuando te encontré, te enseñé un oficio, y mírate ahora...

—Me enseñaste a ratear, eso no es un oficio, pero ahora quieres jugar a ser un hombre honrado y dentro de poco un esposo fiel. ¿Dónde entro yo en todo eso? Yo no estoy enamorado, no tengo trabajo, ni siquiera puedo pagarme un apartamento y comenzar de cero como tú.

—Pues si tanto estás sacrificando por mí, ya puedes largarte —dijo Derek señalando la puerta.

Volker miró a todos desafiante. Después tomó el abrigo y salió con un portazo. Los tres se miraron unos a otros, Johann se fue a su cuarto y Stefan se sirvió un poco de licor.

—Es un desagradecido —se quejó Derek.

—Puede que sea cierto, pero ahora estaba esforzándose al máximo. Lo necesitamos para terminar el túnel —comentó Stefan inquieto. Dos manos menos serían un verdadero desastre. Johann no podía excavar solo por las mañanas, tardarían el doble de tiempo en terminar el túnel.

—Más vale hacer las cosas tranquilos que con un tipo inestable como Volker, puede darnos muchos problemas.

Stefan no quería contrariar a su compañero, sería mejor que esperara a que se calmase un poco, pero Derek comenzó a beber y ponerse cada vez más furioso.

—Saldré a buscarle —dijo poniéndose en pie y tambaleándose un poco.

—Te acompaño —comentó Stefan.

—No hace falta, tendré que ir a lugares poco recomendables. Sitios donde nunca has estado.

—No importa.

Los dos hombres se abrigaron bien y salieron a la calle. Miraron al muro cercano, parecía desafiarles desde la acera de enfrente. Para muchos se había convertido en un tabú, una palabra impronunciable, una especie de barrera invisible que habían aceptado y casi ya no percibían.

Se adentraron en una de las zonas más conflictivas de la ciudad. Allí se concentraban algunos de los refugiados que no habían logrado rehacer su vida al otro lado, inmigrantes de países del sur, especialmente italianos y turcos, delincuentes habituales y los prostíbulos más abyectos. Stefan había oído hablar de aquel lugar, el estercolero de Occidente, la otra cara de la moneda de la libertad y el progreso.

Los dos hombres caminaron por las calles estrechas y descuidadas evitando a las prostitutas de todas las razas que se les ofrecían por unos pocos marcos. La mayoría estaban perdiendo a los soldados extranjeros, sus clientes más fieles, al ir reduciéndose el contingente extranjero. Llegaron a las puertas de uno de los antros de la calle; un portero corpulento de aspecto extranjero, vestido con un traje descolorido, estaba en la puerta.

—¿Adónde se dirigen?

—¿Dónde cree? —le respondió Derek desafiante.

El hombre frunció el ceño, pero antes de que volviera a abrir la boca su compañero le entregó un billete. Los dejaron pasar y en cuanto cruzaron la puerta oyeron la música a todo volumen, una luz tenue de color rojizo, mujeres con los pechos desnudos y medio centenar de hombres bien vestidos, como si terminaran de salir de la oficina y estuvieran buscando un sitio en el que relajarse un poco. Muchos de ellos eran norteamericanos.

—¿Qué sitio es este? —preguntó Stefan a su amigo.

—El infierno tiene muchos nombres, ¿cuál prefieres? —contestó el hombre como si de alguna manera se sintiera de nuevo en casa.

Se dirigieron a la barra y preguntaron por Volker, el camarero les señaló unos reservados que había en la planta superior. Subieron unas escaleras enmoquetadas de color rojo y vieron varios reservados discretos; en el último se encontraba su compañero con dos fulanas, una de ellas morena de grandes ojos negros y la otra rubia casi platino. Cuando los vio pararse enfrente la expresión del hombre cambió. Le habían estropeado su improvisada fiesta.

Derek echó a las chicas con un gesto, lo miraron con desprecio mientras contoneaban sus cuerpos embutidas en ropa interior, pero no dijeron nada.

—Joder, no me puedo creer que me hayáis seguido hasta aquí. Ya os he dicho que abandono.

—Te necesitamos, Volker, sin ti no terminaremos ese maldito túnel. Tienes razón, eres el que menos gana con todo esto y el que más está trabajando —dijo Derek intentando convencer a su amigo.

—Ahora no vengas a intentar convencerme. Ese túnel me importa una mierda, siento lo de vuestras mujeres, pero no voy a pasar un año de mi vida bajo tierra por nada.

Stefan se sentó a uno de los lados, prefería mantener la boca cerrada.

—Te daré algo de dinero para que puedas comenzar una nueva vida, incluso puedo buscarte trabajo en la tienda de electrodomésticos —dijo Derek muy serio.

El hombre lo miró asombrado y después tomó su copa, dio un trago largo y la soltó de nuevo en la mesa de cristal.

—Yo no tengo ninguna razón para sentar la cabeza. Estoy contento dedicándome al contrabando.

—Las cosas ya no son como antes, esa gente dispara a matar. Hace unos años era algo divertido y se podía ganar mucha pasta con el contrabando, pero la RDA ha endurecido las penas, no dudarán en pegarte un tiro si te ven pasando algo ilegal —le aseguró Derek.

—No me importa. Me la estoy jugando por vosotros, no tengo nada que ganar. ¿Por qué no arriesgar por un buen negocio? Los guardas son tan corruptos como antes, en cuanto las cosas se calmen seguro que aceptan sobornos y podré continuar con el contrabando.

—Las cosas ya nunca serán igual. Nunca.

Volker se puso en pie. No podía aceptar lo que estaba escuchando, no estaba preparado para cambiar de vida. Había asumido que se dedicaría a aquello para siempre. No debía nada a la sociedad, odiaba a toda esa gente que se creía moralmente superior por tener un trabajo de mierda.

—Lo siento, pero hemos terminado —dijo despidiéndose.

Los dos hombres se quedaron sentados, sin saber cómo reaccionar. Aquello era mucho más que un inconveniente, no podrían terminar el túnel. Salieron del local cabizbajos, caminaron hasta la avenida dejando atrás aquellas calles mugrientas y pasearon hasta el apartamento. Apenas cruzaron palabra hasta llegar a la puerta del portal.

—Puede que sea buena idea buscar otra forma de sacar a nuestras mujeres del otro lado —dijo Stefan con los hombros caídos.

—No, terminaremos el túnel —contestó muy seguro de sí mismo Derek.

Su amigo lo miró con cierto escepticismo, pero prefería creerle a darse por vencido. Después pensó que tal vez en unos años las cosas cambiaran y pudiera reunirse de nuevo con su familia. Mientras recordaran su nombre seguiría existiendo para ellos, pensó; los dos hombres entraron en la casa y se dirigieron directamente al túnel. Pasaron toda la tarde excavando, sacando arena e intentando convencerse de que era posible. Antes de irse a dormir se encontraban tan cansados y desanimados que se durmieron al poco rato, intentando adentrarse en el mundo de los sueños, en el que todo es posible y el alma descansa de los sinsabores de la vida.

17

Robert

Robert Kennedy miró por la ventanilla del avión que descendía sobre Berlín. No había apenas nubes en aquel momento, pero sus asesores le habían asegurado que hacía un frío de mil diablos. Por algo se llamaba a aquella maldita guerra no declarada la Guerra Fría, pensó mientras se aferraba al asiento y el avión aterrizaba sin problemas en el viejo aeropuerto. En Washington la situación no era mucho mejor, la capital estaba nevada y el ambiente era tan gélido que Europa parecía el lugar más adecuado para olvidarse de los problemas que les estaba ocasionando Cuba.

—Robert, ¿en qué piensas? —le preguntó su encantadora esposa.

—En nada, cariño —contestó el fiscal general.

Robert era fiscal general, aunque pasaba más tiempo asesorando a su hermano que en su cargo. John era muy capaz e inteligente, pero tenía la bragueta demasiado rápida y era un sentimental. Él estaba hecho de otra pasta, veía las cosas siempre desde el ángulo correcto y nunca dejaba que las emociones se entrometieran en sus decisiones. Los dos hermanos se llevaban bien, se puede decir que eran uña y carne, Robert naturalmente era la uña. Algunos ya especulaban que, tras el segundo mandato de John, Robert se presentaría a las presidenciales. Él no lo tenía tan claro. Hasta la llegada al poder de su hermano tenía idealizada la presidencia, pero ahora sabía a la perfección que ser presidente era comer mierda y cagar oro. No estaba dispuesto a ninguna de las dos cosas. Quería a su familia, su esposa Ethel era un encanto, mejor dicho, era la mujer más adorable sobre la faz de la tierra, su amplia familia era una extensión de él mismo y una de las razones por las que muchas veces pensaba en abandonar la política. Su padre Joseph los había criado para convertirlos en triunfadores, pero ni por un momento se le había ocurrido que la felicidad y el triunfo raramente van unidos de la mano.

Su esposa se puso en pie, él la dejó pasar primero. Sus asesores los rodearon y ambos se pusieron el abrigo; Robert, uno oscuro que disimulaba un poco su extrema delgadez; Ethel, uno elegante, aunque el glamur lo dejaba para su cuñada. Ellos no habían elegido esa misión, su hermano era el maldito presidente y no pintaba nada allí, pero John los había convencido de que su viaje mantendría viva la llama de la esperanza de los berlineses. Por un lado, el presidente aplaudía en privado la construcción del muro, pero por el otro sentía cada muerte y tragedia individual como un asunto personal. Así era John.

Robert observó el aeródromo, el alcalde Willy Brandt y el general Lucius Clay le esperaban a pie de pista. El primero estaba aún digiriendo su derrota en las urnas y muchos le llamaban el Kennedy alemán, el segundo era un carcamal jubilado que se resistía a irse a vivir a Florida y dedicarse al golf. Había sido gobernador militar en Alemania mucho tiempo y aún mantenía mucha influencia y popularidad en la ciudad.

—Señor fiscal general, señora Kennedy —los saludó el general antes de presentarles a Willy Brandt. Enseguida se cayeron bien. Ambos representaban a la generación que había luchado en la Segunda Guerra Mundial, pero no la habían provocado. Querían pasar página y enterrar a los viejos demonios, pero la anterior generación aún se aferraba a los mismos fantasmas que los había llevado a casi destruir el mundo por completo.

—¿Cómo está la situación, señor Brandt? —preguntó el fiscal general con tono grave.

—Muy mal, nadie puede mear en ese maldito muro sin que le apunten medio centenar de fusiles. Tienen que tirarlo abajo.

—No creo que sea tan sencillo —respondió Robert.

Llegaron enfrente de los soldados estadounidenses que habían ido a rendirles honores. Allí estaba Albert Watson II, el comandante estadounidense en Berlín. El comandante era un militar de la vieja escuela, pelo rapado, cara de pocos amigos, un tipo duro de verdad. Odiaba a los Kennedy, los consideraba débiles y hasta cierto punto traidores, pero se puso firme frente a Robert y lo saludó con sumo respeto.

—Comandante.

—Señor.

Se dirigieron al vehículo de gala y la comitiva salió del aeropuerto a toda velocidad. En cuanto entraron en la ciudad Robert comprendió a qué se refería su hermano John. Las batallas de casa debían ganarlas en Berlín. Toda la ciudad había salido a recibirles a pesar del frío y la desagradable amenaza soviética del otro lado.

Mientras el coche paseaba por las calles aún a medio construir de Berlín, Robert se puso a hablar con el comandante y el alcalde.

—¿Es cierto que la tensión es máxima?

—Sí, señor. Los soviéticos están saltándose todos los tratados sobre Berlín. Aunque cada zona la controla un ejército, deberíamos poder cruzar al otro lado sin problema —dijo el comandante general de Berlín.

—No los conocen ni los entienden, los rusos son bestias salvajes, han puesto su garra sobre Europa y no la quitarán hasta que lo hayan destrozado todo. El único lenguaje que entienden es el de la fuerza. La diplomacia, los acuerdos y el diálogo son para ellos una manera de ganar tiempo —comentó Brandt algo exaltado. Quería que Robert llevase un mensaje claro e inequívoco a su hermano el presidente.

Sabía que tenía razón, pero, en esa maldita guerra de las palabras y los gestos, la bravuconería y el exceso podían ser tan contraproducentes como la mojigatería y el temor.

—Lo entiendo. Están en primera línea, son los que se llevan todos los golpes, pero ahora mismo lo único que podemos hacer es contener, aguantar y, dentro de poco, intentar llegar a acuerdos más ventajosos para los alemanes —contestó Robert muy serio.

—Esa es la clase de política que encanta a los soviéticos. Someten pueblos, amenazan a otros y extienden sus ideas radicales por el mundo, mientras Occidente se mantiene a la defensiva y en retirada.

—No subestime la fuerza de la libertad, puede que la democracia en muchos momentos parezca débil, pero le aseguro que a su tiempo es la única capaz de resistir a un régimen como el soviético. El comunismo terminará destruyéndose a sí mismo, nace de principios erróneos; por desgracia la bondad humana no es lo que mueve al hombre, es la ambición y en eso los capitalistas estamos sobrados.

Llegaron a la plaza de Potsdamer, su esposa le tomó de la mano y ambos subieron a una escalera para ver el otro lado del muro.

—Es impresionante —dijo Robert al resto de los acompañantes.

—Cuando los alemanes hacen algo lo hacen a lo grande —contestó Clay.

—No en vano nos han metido en dos guerras mundiales y parecen empeñados en que intervengamos en una tercera —dijo el comandante de Berlín.

Brandt le miró de reojo y Robert se volvió hacia él para que no tomara en cuenta las palabras del militar.

La multitud se agolpaba debajo de la escalera, apenas podía distinguirse el suelo bajo aquella inmensa alfombra de cabezas. Se oyeron unas detonaciones y la multitud comenzó a agitarse como un mar embravecido. Los guardaespaldas protegieron a la comitiva y unas banderas rojas surcaron el cielo del Berlín Occidental.

Robert frunció el ceño y mirando a la multitud les dijo:

—¡Los comunistas quieren que sus banderas se manifiesten, pero no dejan que la buena gente del otro lado del muro pueda hacerlo! ¡Les damos las gracias por la cálida bienvenida que nos han dado a mi esposa y a mí!

La multitud bramó de alegría y comenzó a abuchear a los soldados que habían lanzado las banderas y detonado los petardos. La comitiva dejó la plaza después de saludar a varias personas, y se dirigieron hacia el ayuntamiento.

En una sala repleta de gente, con decenas de medios de comunicación transmitiendo, Robert se puso en pie y con el aplomo que le distinguía comenzó a hablar:

—He venido aquí a esta ciudad, frontera de la libertad, con el deseo de que la herida abierta entre alemanes se cierre para siempre. Puede que en el pasado fuéramos enemigos, que nos enfrentáramos por una idea sobre la justicia y la verdad, pero hoy somos hermanos. Algunos quieren ver destruida esta ciudad, pero yo veo futuro y progreso. Mientras Berlín Occidental resurge de sus cenizas, el Berlín Oriental sigue sumido en las ruinas, unas ruinas que son más morales que físicas. Ese muro es la respuesta al éxito de los alemanes de la RFA, los comunistas no soportan que en este lado del país todo prospere y cambie. Han tenido que levantar alambradas para que sus ciudadanos no huyan despavoridos de su terrible y opresivo sistema. Ese muro es la mejor prueba del fracaso comunista. Si nuestros enemigos atacaran esta ciudad, si lanzaran una sola bomba contra Berlín, para nosotros sería como si la hubieran lanzado contra Chicago, Nueva York, Londres o París. Ustedes son nuestros hermanos y estamos a su lado. Pedimos la libertad total de todos los berlineses y de todos los alemanes. Berlín es la vanguardia de la libertad, resistan, por favor, no permitan que las hordas del norte con sus salvajes costumbres y su violencia destruyan esta cultura milenaria. Les necesitamos para que la libertad transforme por completo este viejo planeta.

En cuanto Robert se retiró del micrófono, la multitud irrumpió en un aplauso rabioso, como si necesitaran sacar toda su rabia y frustración de dentro. Se pusieron en pie mientras el fiscal general sentía un escalofrío que le recorría la espalda. De alguna manera fue consciente en aquel momento de todo lo que se jugaban allí. No era cuestión de ideas, de puntos de vista o sueños diferentes: si la democracia desaparecía la esperanza no tardaría en sucumbir y el mundo se envolvería de nuevo en las sombras opresivas de los años treinta y cuarenta. Debían mantener viva la llama de la libertad en medio del vendaval de opresión que venía del Este.

18

Hundimiento

La construcción del túnel en las semanas siguientes no pudo ser más desesperante. La ausencia de Volker les retrasó mucho. Apenas avanzaban unos pocos centímetros cada día. Únicamente podían excavar de noche, pero se encontraban tan agotados que a las dos o tres horas se marchaban a dormir. El invierno parecía eterno, el frío les entumecía las manos y, a pesar de encontrarse bajo tierra, a la media hora estaban completamente congelados. Johann se encargaba de llenar los sacos de arena y les ayudaba a deshacerse de ellos de madrugada, pero el trabajo más pesado siempre recaía sobre Derek y Stefan.

Aquella noche era especialmente gélida, llevaban casi una hora de trabajo; aunque no todo eran malas noticias, habían conseguido llegar a la mitad del recorrido, unos quince metros, la tierra estaba mucho más blanda y avanzaban a mejor ritmo.

—¿Crees que lo lograremos? —preguntó Derek a su amigo. No se veían las caras, uno extraía la arena y el otro continuaba picando, después el segundo reforzaba la estructura y lograban dejar terminada una pequeña parte del túnel, sin tener que repasarla de nuevo más tarde.

—Claro que lo lograremos —contestó Stefan mucho más optimista que las últimas semanas. No sabía si aquel optimismo tenía que ver con el hecho de haber llegado a la mitad del objetivo o, simplemente, que se había hecho a la idea de que el esfuerzo constante era la única forma de asegurarse que tarde o temprano conseguiría reunirse con su familia. En las últimas semanas el Gobierno de la RDA había abierto un poco la mano y dejaba entrar a algunos familiares al país, aunque él no podía recibir ningún visado porque se encontraba en una de las listas negras de la Stasi. Sabía que todo aquello formaba parte de la propaganda comunista, su única intención era rebajar un poco la tensión, pero la presión sobre sus ciudadanos seguía siendo insoportable.

—A veces pierdo la fe —dijo Derek en un arranque de sinceridad.

—Es normal, siempre sucede cuando nos encontramos a la mitad de algo. Ya hemos perdido la fuerza inicial, pero todavía nos encontramos lejos de la recompensa —comentó Stefan intentando animar a su amigo.

—¿Eso lo has leído en uno de esos estúpidos libros de superación norteamericanos?

—No. ¿Te has vuelto loco? Era lo que me decía mi padre cuando quería dejar algo a medias. Nunca me lo permitió, era su premisa, hay que terminar lo que se comienza.

—¿Aunque eso te cueste la vida? —preguntó Derek con la cara descompuesta. Se sentía realmente agotado, casi sin fuerzas.

—No exageres. Puede que construir un túnel sea peligroso, no lo niego, pero llevamos bien el trabajo y por ahora no parece que lo sea excesivamente.

—Es cierto, ¿pero no notas que cada vez tenemos menos oxígeno aquí? A veces me siento fatigado —dijo

Derek poniéndose una mano sobre el pecho. En la última semana había experimentado ataques de pánico y tenía la sensación de que le faltaba el aire.

—Cada vez habrá menos oxígeno, por eso debemos salir y entrar con más frecuencia. Los intervalos de trabajo han de ser más cortos.

Los dos hombres continuaron media hora más trabajando. Una de las virtudes que tenía el esfuerzo que realizaban era que durante aquellas horas su mente apenas pensaba. El trabajo podía ser muy liberador en ese sentido. En cuanto sus cabezas se posaban sobre las almohadas apenas aguantaban unos segundos despiertos.

—Por lo menos la tierra está mucho más blanda en este tramo —dijo Derek intentando ver las cosas desde el lado más optimista posible.

Stefan se volvió para sonreír cuando notó cómo le caía un poco de tierra en la cara.

—¡Joder, retrocede! —gritó, antes de que la boca se le llenase de tierra y una densa polvareda lo oscureciera todo.

Derek le miró angustiado, no entendía a qué se refería, pero comenzó a arrastrarse hacia atrás lo más rápido que pudo, apenas había avanzado un par de metros, cuando le vino un fuerte olor a tierra y una nube de polvo que muy pronto devoró todo el oxígeno del túnel.

—¡Mierda! —le dio tiempo a decir mientras aceleraba su huida.

Logró salir del túnel, pero en cuanto estuvo fuera se dio cuenta de que Stefan permanecía dentro.

—¡Johann, ayúdame!

Se ató una cuerda a la cintura y sin pensarlo dos veces volvió a introducirse en el túnel. Aún el polvo estaba en el aire, se colocó un pañuelo en la boca y con una linterna trató de internarse lo más posible. La primera parte del túnel se encontraba intacta, pero a medida que se internaba la arena cubría primero la base, y después casi tapaba el túnel por completo.

—Stefan —dijo intentando localizar a su amigo, pero no veía nada. Entonces creyó contemplar por un segundo un pedazo de tela, sacudió con la mano la tierra y comenzó a tirar. Era su amigo. Comenzó a ponerse muy nervioso, el corazón le latía a toda velocidad. Desenterró a Stefan con las manos y pidió a Johann que tirase de la cuerda. El joven agarró el extremo de la soga y tiró con fuerza, al principio apenas se movieron, pero poco a poco comenzaron a salir. Cuando llegaron a una zona segura, Derek se puso a quitarle la tierra de la cara, el polvo le cubría por completo.

—¿Estás bien? —preguntó preocupado, pero su amigo no respondía.

Pensó que era mejor sacarlo del túnel, fuera había más aire. Entre los dos lo levantaron con la cuerda y lo colocaron de costado junto al agujero. Derek le apretó la tripa y el hombre comenzó a echar por la boca tierra convertida en barro. Después tosió y pareció recuperar la consciencia.

—¿Puedes oírme?

Stefan continuaba con los ojos cerrados, aún echaba tierra por boca y nariz, pero la sensación de ahogo había desaparecido. Por unos momentos había sentido que se estaba ahogando en medio del océano, después se acordó de lo sucedido. Aunque lo que más le preocupaba era cómo había quedado el túnel.

—¿Se ha hundido?

—No, únicamente un par de metros, pero podremos arreglarlo. No te preocupes por eso ahora.

—Dios mío, no podría empezar otra vez de cero —dijo

Stefan, y sin poder remediarlo comenzó a llorar. Al principio sintió los ojos irritados por la arena, pero después las lágrimas calmaron en parte su ansiedad.

—Todo saldrá bien —comentó Derek abrazándolo, y comenzó a llorar también.

Mientras en la calle amanecía, los dos hombres permanecieron abrazados, como dos náufragos aferrados a su tabla de salvación. En muchos sentidos aquel muro era el símbolo de un fracaso colectivo, de un verdadero naufragio; los pocos que intentaban salvarse se veían arrastrados por aquel buque que se hundía lentamente en las frías aguas del mar del Norte. La única forma de escapar era alejarse lo más posible de aquel desastre antes de que fuera demasiado tarde.

Giselle se encontraba sola en casa aquella mañana. Su suegra había sacado a pasear a la niña aprovechando que el sol había salido, por fin, tras varias jornadas sin que hiciera acto de presencia. Ella prefería quedarse encerrada, en parte por miedo; siempre que paseaba por la calle notaba cómo la vigilaban, pero también tenía la necesidad de recuperar un poco de sosiego; estar a solas era un lujo que la mayoría de las madres no podía permitirse mientras criaban a sus hijos pequeños. Tomó un libro y se tumbó en el sillón del salón; apenas había avanzado unas páginas cuando sonó el timbre.

Se levantó sobresaltada, miró por la mirilla y vio a una chica joven de poco más de veinte años; era muy guapa y vestía con una elegancia casi desconocida en la RDA, donde destacar podía ponerte en peligro. Al principio no se decidió a abrir, temía que se tratase de alguna trampa de la Stasi.

—Hola, soy Zelinda, por favor abra la puerta, tengo un mensaje para usted.

Giselle abrió la puerta y contempló por unos segundos a la mujer, después le franqueó el paso y se sentaron en el salón.

—Soy Zelinda, la prometida de... Bueno es mejor no dar muchos nombres, dejémoslo en el hombre que está ayudando a su marido. Ya me entiende. Llevaban mucho sin saber de usted, llevo días esperando que salga de la casa, pero cuando he visto que se quedaba sola me he decidido a entrar. ¿Cómo se encuentra?

La mujer la miró con una mezcla de esperanza y tristeza. Prefería no hacerse demasiadas ilusiones. No podría soportar un nuevo intento fallido.

—Bien, bueno, intentando sobrevivir. No debía haber venido, la Stasi me vigila constantemente. Es posible que tengan policías vigilando el edificio.

—Tenía que arriesgarme. El túnel avanza, pero más despacio de lo que pensaban. Aún quedan varios meses para que logren llegar a este lado. No desespere, pronto se reunirá con su esposo y podrán comenzar una nueva vida en el lado occidental —dijo Zelinda tomando la mano fría de la mujer.

—Gracias por sus palabras de ánimo, de veras las necesitaba. ¿Stefan se encuentra bien? —preguntó algo más animada.

—Trabaja mucho, pero le anima el saber que ustedes dos están bien. ¿Quiere que le transmita algún mensaje a su esposo?

Giselle comenzó a llorar, apenas podía hablar por la emoción. Se sentía tan sola y asustada. La joven la abrazó y ella se quedó unos instantes con la cara inmersa en aquella bonita ropa con una fragancia maravillosa.

—Por favor, dígale que le amo más que a nada en el mundo. Que por él sería capaz de esperar toda la vida. Que se asegure de que no corre peligro, coméntele que no se preocupe por nosotras, gracias a Dios nos encontramos bien.

Zelinda tragó saliva para contener las lágrimas, después se puso en pie y sonrió a la mujer. No quería imaginar por lo que estaba pasando, al fin y al cabo ella era una estudiante, pero no tenía a nadie a su cargo. La preocupación era una de las cargas más pesadas de la vida.

—Ha sido un placer conocerla. Espero que seamos buenas amigas, nos une mucho más que esta horrible situación, en cierto sentido la veo como mi hermana mayor.

La mujer la acompañó a la puerta y se despidieron brevemente.

—Cuando sepa algo vendré a verla, espero que la próxima vez sea para decirle que nos marchamos.

—Gracias por venir —dijo de nuevo la mujer, después cerró la puerta y se dirigió al sofá mucho más animada. Aquella visita le había devuelto la esperanza y, en cierto sentido, cierta alegría. Se puso a recoger la casa y canturrear algunas canciones viejas que había escuchado a su abuela cuando era niña.

Estaba tan concentrada, que al principio no oyó la puerta. Pasaron un par de segundos y volvió a sonar el timbre, la mujer vio un pequeño chal sobre el sillón y pensó que se le habría olvidado a la joven. Lo tomó con la mano derecha y se dirigió a la puerta.

—Se le ha olvidado...

No logró terminar la frase, se quedó completamente paralizada.

—¿A quién esperaba? —preguntó el hombre con una media sonrisa en los labios. Disfrutaba viendo la expresión de pánico de la mujer.

—A nadie. ¿A quién iba a esperar? —contestó confusa.

—¿Puedo pasar? —dijo el hombre, pero no esperó la respuesta, empujó la hoja de la puerta y entró en la casa. La mujer comenzó a temblar, se encontraba en el umbral de la puerta, paralizada y con la vista fija en el hombre.

—Estoy sola, no creo que sea correcto. Los vecinos...

—Soy un oficial de la Stasi, me importa muy poco lo que puedan pensar sus vecinos. Vengo en misión oficial —dijo mientras miraba atentamente el salón y se asomaba a las habitaciones.

—¿Se ha portado bien?

Giselle no supo qué responder, se limitó a alejarse de él todo lo posible. Se encontraba casi pegada a la pared que daba al dormitorio.

—¿Su marido se ha puesto en contacto con usted?

—No, claro que no.

—No me lo creo. Registraré la casa —dijo el hombre acercándose a ella. Entonces percibió que olía a alcohol y tabaco.

—No puede hacerlo, necesita...

—¿Qué? —dijo empujándola. La puerta del dormitorio se abrió. La mujer siguió retrocediendo y cayó sobre la cama. Levantó la vista y vio aquella expresión en el agente que le hizo temblar de miedo.

—Registraré todo a fondo. Espero que coopere, si no lo hace la niña podría terminar en un orfanato y usted en la cárcel. ¿Lo ha entendido?

La mujer afirmó con la cabeza, aunque fue un gesto mecánico, no podía pensar, le costaba respirar y tenía la sensación de estar fuera de su cuerpo, como si observara lo que sucedía desde el techo de la habitación.

El agente se lanzó sobre ella, le levantó el vestido y le arrancó las bragas con brusquedad. Ella apenas pudo ahogar un grito, pero el hombre le tapó la boca y comenzó a manosearla. Giselle se puso a llorar, no podía hacer nada. Intentó pensar en otra cosa, pero oía los gemidos de aquel cerdo, sentía su olor a alcohol y sudor, sintió ganas de vomitar, pero se contuvo y cerró los ojos. Pronto pasaría, debía mantenerse firme, en unos meses todo aquello sería únicamente una horrible pesadilla, se dijo mientras soportaba aquella humillación, entre lágrimas, intentando pensar en su hija y en Stefan, escapando de aquel terrible muro que les había deshumanizado a todos y convertido en poco más que bestias salvajes.

19

Por un dulce

Stefan pasó todo aquel día en cama. Llamó al trabajo para avisar que se encontraba indispuesto, su jefe se puso furioso, estaban bajos de personal y con tan poco tiempo de antelación era muy difícil sustituirlo por un compañero. En la RFA nunca se cubrían todas las plazas vacantes. A pesar de que llegaban trabajadores de todas las partes de Europa, el país crecía a un ritmo vertiginoso, la tensión política de los últimos meses no había afectado al crecimiento económico.

Cuando Derek comprobó que su compañero se quedaba descansando, acudió al trabajo, pero a mediodía le comentó a su jefe que esa tarde no podría continuar con la jornada. Sabía que necesitaban más ayuda si querían que el maldito túnel avanzase. Había miles de personas intentando salir de Berlín Este, no podía ser tan difícil encontrar algunos colaboradores. En cuanto se adentró en uno de los barrios más populosos de Berlín Occidental notó que alguien le seguía a cierta distancia. Era un tipo moreno, mal encarado, con una gorra de obrero, llevaba un traje raído de color oscuro y un periódico en la mano. Cada vez que se detenía, el hombre se paraba un par de manzanas más arriba y se ponía a mirar un escaparate o a ojear el periódico.

Derek se paró de nuevo y simuló atarse los zapatos, el hombre no quiso levantar sospechas y lo adelantó, no había caminado más de cuatro o cinco pasos cuando se abalanzó sobre él y lo empujó hasta un patio.

—¿Por qué coño me estás siguiendo? —le preguntó mientras le ponía una navaja en el cuello.

El hombre balbuceó varias palabras sin sentido, intentó zafarse, pero Derek apretó más la fría hoja contra el cuello mal afeitado y moreno del desconocido.

—No serías el primer hombre al que mato. Si no me dices ahora mismo quién te envía, creo que no volverás a ver salir el sol.

—Tranquilo, si me matas te meterás en un buen lío. Trabajo para la Stasi.

Derek se puso algo nervioso, asesinar a uno de los chivatos de los servicios secretos podía causarles muchos problemas. Otros vendrían a investigarles y terminarían descubriendo el túnel. En la RFA no tenían autoridad para detenerlos, pero otra cosa era lo que podían hacer a sus mujeres al otro lado del muro.

—¿Por qué me sigues?

—Estoy investigando, un amigo de la RDA me encargó que te vigilara, pero no quiero morir por seguir a un ratero de poca monta como tú.

—¿Eres español? —le preguntó extrañado. No sabía que había informadores extranjeros.

—Sí —contestó el hombre con su pésimo acento.

—Voy a soltarte, pero no hagas ninguna tontería.

El hombre se agarró el cuello cuando estuvo libre, después miró a la cara de Derek y tuvo ganas de lanzarse sobre él y romperle todos los huesos. Era mucho más corpulento y fuerte que el alemán, pero aquella rata de alcantarilla sabía todos los trucos y podía eliminarlo con facilidad.

—¿Quieres que lleguemos a un acuerdo? Imagino que no puedes decir a tu amigo que no has descubierto nada, pero si trabajas para mí te aseguro que te irá mejor que con la Stasi. ¿Cuánto te pagan?

—Bueno, muy poco, pero me han prometido que podré vivir en la RDA y que no tendré que preocuparme nunca más de mi residencia. Las autoridades de aquí me quieren devolver a España, consideran que soy un delincuente común y no un preso político.

Derek no se extrañó de lo que le contaba el hombre. Muchos buscavidas intentaban comenzar de nuevo en Alemania y, aunque la mayoría no tenía ninguna intención de trabajar, cuando la policía o la Stasi los reclutaba se convertían en informadores y gozaban de unos pocos privilegios y cierta protección.

—Tengo un amigo que te daría un trabajo. No te preocupes, no es nada duro ni honrado, trabajarías controlando la entrada a un garito, pagan bien y no hacen preguntas, dentro de un tiempo podrías arreglar tu residencia.

—La Stasi no me dejará.

—Sigue trabajando para ellos, simplemente no cuentes nada de lo que hayas visto que hacemos yo o a mis amigos —dijo Derek muy serio. Hubiera preferido coserle a puñaladas y dejar que se desangrase en el callejón, pero eso ya pertenecía a su antigua vida. Era mucho mejor arreglar aquel asunto por las buenas.

El hombre se quedó pensativo. No se fiaba mucho de un tipo como aquel. Había recorrido media Europa tratando a la peor calaña de la sociedad, pero tampoco tenía mucho que perder.

—Está bien. Le diré a mi amigo que no estás planeando nada raro. Llevo varias semanas siguiéndote y sé perfectamente qué estáis haciendo en esa casa. No hay que ser muy listo para darse cuenta, lo que no entiendo es por qué no habéis levantado más sospechas en el vecindario. Cuando pasas por la puerta huele a tierra mojada y el polvo se ve por las escaleras.

Derek no se molestó en contestar, prefería relacionarse lo menos posible con aquel tipo. Se acercaron hasta el pub en el que había buscado a Volker unos días antes, conocía al dueño, habían hecho muchos negocios juntos. Era un turco de Estambul al que llamaban el Rubio. Nadie hubiera pensado que era un tipo extranjero. Vestía de una forma elegante, tenía buen porte, pelo rubio y ojos azules.

—Mohamed —le dijo en cuanto estuvieron a solas—, ese tipo que ha venido conmigo es un informador de la Stasi, necesito que lo entretengas, que trabaje con vosotros. Si hace cualquier cosa rara podéis encargaros de él y lanzarlo al río. No me importa, pero necesito que me deje en paz unos meses.

—Está bien, te debo un par de favores, pero no quiero que la Stasi meta sus narices en mi negocio.

—A los servicios secretos de la RDA no les importa la droga o la prostitución mientras estén a este lado del muro, pero sí que en los últimos años hayas extendido tu negocio al Berlín Este entre los soldados rusos y los estudiantes de la universidad. Hazme este favor y me encargaré de que nadie se entere —dijo Derek a su viejo compañero. No quería que sonara a amenaza, pero con tipos como aquel siempre debía usarse un tono intimidatorio, en el momento que perdías el respeto de los demás no te quedaba mucho tiempo antes de aparecer muerto en cualquier esquina.

El turco hizo un gesto de desprecio, pero sabía que

Derek conocía a muchos policías y podía filtrar cierta información que le hiciera tener que cerrar el negocio y regresar a Turquía con el rabo entre las piernas.

—Está bien, pero luego me lo quitarás de encima. No quiero más mierda en mi negocio.

—¿Sabes algo de Volker? —preguntó Derek mientras encendía un cigarro.

—Lleva días vagabundeando por el barrio, se aloja en la pensión del Irlandés.

—¿Ese antro lleno de drogadictos y putas? —preguntó Derek extrañado. Hacía unos años había ayudado a su amigo a desengancharse de varias sustancias, no entendía por qué había vuelto a caer. Bajo los efectos de los narcóticos era una verdadera bomba de relojería, podía llevar a la policía hasta ellos o irse de la lengua con alguno de sus compañeros de correrías.

Derek salió del despacho y le dijo al español que todo estaba arreglado, que a partir de ese momento siguiera informando al agente del otro lado, pero que él le diría lo que tenía que contarle, después se encaminó a la pensión que estaba muy cerca del local. Mientras subía las mugrientas escaleras del portal y se dirigía a la pensión, un piso gigantesco de la última planta que unos años antes había sido una residencia palaciega, tuvo la sensación de que últimamente se pasaba el tiempo apagando pequeños fuegos. A medida que se alargaba la construcción del túnel las cosas se ponían peor.

Llamó a la puerta y esperó un par de minutos hasta que salió el Irlandés, un tipo bajito, pelirrojo de barba larga y aspecto de leñador. Muchos decían que había pertenecido al IRA, en su modesta opinión era un simple ratero que había querido poner tierra de por medio y huir de su país.

—Hola Derek. ¿A qué se debe el honor? —preguntó el hombre intentando forzar una sonrisa.

—No me jodas, Irlandés. ¿Dónde está?

—Al fondo del pasillo —dijo nervioso, después se secó sus manos sudorosas en la camiseta interior, renegrida de manchas de café y churretes de suciedad.

Derek caminó por el suelo de madera ajado hasta la puerta y entró sin llamar. Su amigo se encontraba sobre una cama de sábanas sucias junto a una prostituta negra, los dos se estaban drogando justo en ese momento.

—¡Joder, Volker! No imaginé que fueras tan estúpido —dijo el hombre, enfurecido al ver a su amigo en aquel estado lamentable. Había caído en picado en pocas semanas, parecía otra persona. Su aspecto era lamentable.

—¡Mierda, Derek! ¿No sabes llamar a la puerta? ¿Qué diablos haces aquí? Ya no tenemos nada que ver.

—¿Por qué te estás metiendo esa mierda otra vez?

—Dentro de unos días comienzo un negocio, simplemente quería pasármelo bien antes de centrarme...

—¡Nos vamos ahora mismo! —dijo Derek cogiendo del suelo una maleta abierta y metiendo furioso las pocas pertenencias de su amigo.

—¿Quién eres tú para meterte en mi vida?

—Tu amigo, casi tu jodido hermano. Puede que naciésemos de putas diferentes, pero somos hermanos de la misma calle. Llevamos años cuidando el uno del otro. No dejaré que vuelvas a la droga y te encuentren dentro de unos meses muerto por una sobredosis o a tiros por un camello.

Volker se puso en pie, pero estaba tan drogado que se tambaleó y cayó de bruces al suelo.

—¡Fuera! —gritó Derek a la prostituta, que salió de la habitación a toda prisa, tapándose sus vergüenzas con la ropa en la mano.

Volker se puso de rodillas y comenzó a llorar como un niño. Se aferró a los pantalones de su amigo y este le ayudó a levantarse.

—Lo siento —dijo mientras se abrazaba a Derek.

—La culpa es mía, llevamos mucho tiempo juntos, no debí dejar que te marchases.

Salieron de la habitación y vieron al Irlandés cerca de la puerta, en el umbral de su mugrienta cocina.

—Volker me debe el alquiler de una semana y...

Derek le hincó la mirada, se metió la mano libre en el bolsillo y le tiró un par de billetes a la cara.

—Tienes suerte de que no denuncie este antro.

Los dos hombres bajaron con dificultad las escaleras, Volker apenas podía sostenerse en pie. Lograron llegar a la avenida principal y tomaron un taxi. Derek tuvo la precaución de bajarse dos calles antes de la dirección, no quería que los vieran salir de un taxi. Después caminaron hasta la casa y entraron, ayudó a desnudarse a su amigo. En cuanto le dejó durmiendo se dirigió a la otra habitación, pero Stefan no se encontraba allí. Bajó al sótano y oyó ruidos. Entró en el túnel sin ponerse la ropa de faena, al fondo vio la luz de la linterna del casco de su compañero. Se arrastró hasta él y le tiró del pantalón.

—¿Se puede saber qué demonios estás haciendo?

—Pues, un maldito túnel. No puedo estar tumbado mientras mi familia se encuentra encerrada al otro lado.

Derek sabía que tenía razón, se arremangó la camisa y se puso a ayudar.

—¿Dónde está Johann? —le preguntó al cabo de un rato.

—No tengo ni idea. Cuando me desperté ya no estaba en la casa.

El joven tenía orden de no salir solo a la calle, pero a

veces se esfumaba para comprar leche o pan. Lo entendía, no podía estar encerrado en aquella maldita casa de día y de noche. Intentó concentrarse en el trabajo, era lo único que le permitía olvidarse de todo, cada metro lo aproximaba a Zelinda y a su nueva vida; en las últimas horas había tenido que sumergirse en el pantano cenagoso de su pasado, la ropa y el alma le olían a miseria y podredumbre, se concentró en el trabajo, y dejó que el rítmico sonido del pico contra la tierra y los golpes contra los listones de madera le anestesiaran el alma.

Johann salió de la casa en cuanto Derek se marchó. Lo solía hacer casi todos los días, sobre todo desde que Volker se había marchado. No aguantaba ni un minuto más entre aquellas paredes frías y húmedas, sentía que se encontraba en una cárcel sin rejas, una especie de tumba en la que pasar los siguientes meses. Si al menos le hubieran dejado trabajar mientras ellos se encontraban fuera, pero no querían que corriese ningún riesgo. Llevaba meses lejos de sus padres, a veces le costaba recordar su rostro, aunque en un principio había tomado todo aquello como una aventura, una forma más de rebelarse a la disciplina de su padre, un barrendero austero y de mente cuadriculada muy cercano al régimen. En aquel momento hubiera dado cualquier cosa por estar junto a ellos. Recordaba mucho a su madre, a sus tres hermanos pequeños y su vieja escuela. Muchas veces se imaginaba jugando en el patio del colegio, un antiguo edificio del siglo XIX, austero, frío, melancólico y medio en ruinas, donde sin embargo había pasado momentos memorables con sus compañeros. Nunca había imaginado que la nostalgia fuera tan persuasiva y engañosa, capaz de endulzar los momentos más amargos y convertirlos en recuerdos hermosos.

Se dirigió a la calle y bordeó el muro hasta salir del barrio, después se acercó a una de sus panaderías preferidas, aquel día además del pan se llevaría un pequeño pastel. Tal vez el dulce lograra levantarle un poco el ánimo, pensó mientras entraba en el establecimiento. El tendero no se extrañó al verle, había ido a comprar tres o cuatro veces en las últimas semanas. A aquella hora no solía tener mucha clientela, la mayor parte de la gente se encontraba en la escuela o el trabajo, pero aquel muchacho de aspecto desaliñado no parecía tener ocupación alguna.

—Hola, Herr panadero —dijo el chico en tono guasón.

El hombre frunció el ceño y cruzó los brazos sobre su inmensa barriga. El delantal de un blanco impoluto resaltaba aún más su obesidad.

—¿Qué quieres, muchacho?

—Pan y uno de esos —dijo el joven señalando con avidez un pastelito de chocolate.

El panadero tomó el pan con unos guantes y lo introdujo en una bolsita de papel marrón, después se puso a mirar la vidriera y atrapó el pastelito con unas pinzas.

—Gracias —dijo el chico con una sonrisa, ya podía sentir en sus papilas gustativas el sabor de aquel delicioso manjar. No había muchas de esas cosas en la otra parte del muro, sería una de las cosas que echaría de menos cuando regresara a la RDA.

El hombre le dijo el precio de las dos cosas y el chico se buscó en el bolsillo las monedas, las dejó sobre el mostrador y extendió la mano, pero el hombre no dejó la bolsa, le acarició levemente la palma y le dijo:

—Atrás tengo unos bollos muy ricos, han salido un

poco defectuosos y tengo que tirarlos a la basura. ¿Quieres llevártelos?

—¿Cuáles son?

—Los de coco —dijo el hombre con una expresión bonachona, casi paternal.

El chico se quedó pensativo unos segundos, si el pastelero le daba los dulces podría pasarse el día entero comiéndolos, incluso dejar unos pocos para los demás.

—Ven por aquí —le indicó el pastelero.

Entró detrás del mostrador, nunca había estado en ese lado, los pasteles parecían aún más apetitosos sin el cristal de por medio. Después pasó por la doble puerta con ventanas de ojo de buey y vio la cocina, las bandejas de pan y dulces, los sacos de harina y una fina capa blanca que parecía cubrirlo todo.

—Están en el almacén, metidos en un saco marrón de papel, debe de haber dos docenas —dijo el panadero.

El chico caminó por un pasillo poco iluminado, abrió una puerta de hierro de color gris y vio el pequeño saco. En el cuarto no había muchas cosas, únicamente algunos utensilios de limpieza y un par de cubos de basura. Johann se agachó para alcanzar el saco y oyó como la puerta se cerraba a su espalda. Se dio la vuelta y corrió hasta ella, giró el manubrio, pero estaba cerrada. Sintió un escalofrío que le recorrió toda la espalda y comenzó a percibir que le faltaba el aire. Intentó tranquilizarse, pero la luz se apagó y se quedó completamente a oscuras.

—¡Dios mío! —gritó asustado. Dio golpes a la puerta, patadas, pero todo fue inútil. Se encontraba encerrado, pero no entendía qué quería de él aquel hombre. Cansado de aporrear la puerta terminó sentándose en el suelo, tanteó la pared y tocó con la yema de los dedos el saco de papel. Metió la mano y comprobó que había ocho o diez bollitos, sacó uno y lo olisqueó para asegurarse de que se encontraba en buen estado. Después lo devoró en pocos segundos, no se sació hasta terminar casi con media docena. Al sentir la tripa llena logró tranquilizarse un poco. No entendía por qué aquel hombre lo había encerrado. Entre las diferentes ideas que se le ocurrieron durante aquellas horas interminables fue que el panadero pensara que era un ladronzuelo y le hubiera denunciado a la policía, también que intentase venderlo como mano de obra barata al dueño de alguna fábrica de las afueras de Berlín, o a un delincuente para que le ayudase en sus hurtos. Después de un par de horas y al estar en completa oscuridad se quedó profundamente dormido, en cuanto ese maldito panadero abriera la puerta se abalanzaría sobre él y saldría corriendo. Estaba muy gordo y no podría atraparle, en unos minutos estaría de regreso en la casa y todo aquello habría sido únicamente una pesadilla.

20

Muerte

Siempre había oído que la muerte es la salida más fácil para los cobardes, pero ahora ya no estaba tan segura. Cuando aquel hombre se marchó, logró recomponerse, quitó las sábanas revueltas, después se desprendió de toda la ropa y la lavó obsesivamente hasta que casi le sangraron las manos. Después se duchó y para cuando llegaron su suegra y la niña todo estaba en orden, como si nada hubiera sucedido, pero sabía que hay manchas en el alma que no son tan fáciles de limpiar. Se sentía sucia, muerta emocionalmente, con una sensación de asco y angustia que apenas podía soportar. Cenaron las tres en silencio, la niña sobre su silla especial, con un poco de puré; la abuela medio adormilada y agotada por el esfuerzo de pasear a la nieta, y ella asqueada, con un nudo en la garganta que apenas le permitía tragar la comida.

Al terminar se puso en pie, recogió la mesa y comenzó a lavar los platos, mientras la suegra dormía a la niña.

—¡Quiere que le des un beso! —gritó desde la otra habitación.

Giselle se secó las manos en el mandil y caminó arrastrando los pies hasta el cuarto que compartían abuela y nieta. Desde hacía semanas su suegra se quedaba para dormir. Al principio le había supuesto un alivio, ella atendía a la niña si se despertaba a media noche, pero la falta de intimidad la ponía irritable y lo pagaba con las dos.

—Duérmete, cariño —le dijo lanzándole un beso desde la puerta. No quería que sus labios profanados por aquel monstruo tocaran la piel de su niña.

—La niña quiere que le des un beso en la cara —le dijo su suegra extrañada por el comportamiento de la mujer.

Giselle se acercó hasta la niña y la abrazó, después salió corriendo de la habitación para que no viera sus lágrimas. Unos minutos más tarde su suegra dejó a la niña dormida y se acercó a la cocina.

—¿Te encuentras bien? —preguntó la mujer preocupada. El comportamiento de su nuera no era normal. Llevaba meses preocupada, asustada y deprimida, pero algo más parecía sucederle aquella noche.

—Estoy bien, algo cansada de esta situación. Ya no lo soporto más...

—Piensa que dentro de poco te reunirás con mi hijo. Parece que el tiempo se detiene cuando sufrimos, pero en unos meses todo esto será un simple recuerdo. Tienes toda la vida por delante. Seguro que Stefan te hace muy feliz, es un buen hombre y será un gran padre.

—¡Ya lo sé! —contestó furiosa. Nadie podía entenderla en realidad, se dijo mientras arrojaba el mandil a la encimera y se dirigía a su habitación.

Apenas durmió en toda la noche, cada poco tiempo se despertaba angustiada por las pesadillas que acudían a su mente con el rostro de aquel hombre miserable. Al imaginarlo sentía cómo el pánico la invadía, le faltaba la respiración y comenzaba a sudar sin parar. En cuanto llegó el alba se puso en pie, se vistió rápidamente y salió de la casa sin comentarle nada a su suegra. Caminó con el abrigo abierto, sin percibir el frío horrible de la mañana, y apenas sentía nada. Andaba como un autómata, en el fondo se sentía como una marioneta usada y arrojada después al fango para que los animales la pisotearan. Tras dos horas de caminata sin rumbo se dio cuenta de que se encontraba en las proximidades de la estación en la que habían estado juntos por última vez. Subió las escaleras y comprobó el andén que llevaba al otro lado del muro, se encontraba prácticamente vacío. Tan solo algunos extranjeros y funcionarios podían ir de un lado al otro sin ser molestados, eran los únicos que podían vivir en aquellos dos mundos tan diferentes y al mismo tiempo tan parecidos.

Un tren se aproximaba por el lado occidental, cruzó el túnel que unía ambos andenes y se dirigió hasta allí sin saber muy bien qué iba a hacer. En el andén apenas había una quincena de personas con los abrigos cerrados y las bufandas tapándoles la cara. El frío era casi insoportable a pesar de encontrarse bajo techo, pero ella no sentía nada. Se acercó al borde como el niño que se aproxima al vacío de un acantilado con más fascinación que temor. Después levantó la vista y oyó el bufido de la locomotora vieja y descolorida, los mejores trenes se los habían llevado los rusos años antes. Aquel monstruo de hierro y fuego se acercaba a gran velocidad, ya que no iba a parar en la estación, continuaba viaje hacia alguna parte del país. Giselle cerró los ojos, por su mente pasó la vida con su familia cuando era niña. La pobreza, el hambre, el miedo y la angustia de aquella posguerra que no parecía acabarse nunca. También su adolescencia, las esperanzas infundadas de la vida que comienza a ser consciente de sí misma. El amor de Stefan, encontrar a una persona que la completaba, la convertía en alguien mejor y con la que quería compartir el resto de su vida no era fácil. En un mundo de cobardes, de traidores a sí mismos, su amado Stefan era un verdadero valiente. Algunos pensaban que la grandeza se encontraba en el heroísmo de realizar alguna obra extraordinaria, pero ella creía que, en realidad, los verdaderos héroes se levantaban de sus camas conscientes de que su vida nunca saldría del anonimato, pero que lograrían proporcionar a su familia medios para subsistir. Para ella la maternidad y la paternidad eran el mayor acto de amor, sujetar con tus fuerzas la vida de tus hijos para que ellos pudieran volar más alto y más lejos de lo que tú habías conseguido. Ahora nada de todo eso tenía sentido. Él se encontraba lejos, aunque apenas estuviera a unos pocos kilómetros, sus vidas nunca más volverían a reunirse, el destino las había separado para siempre. Su hija no tendría un padre, ella acabaría en alguna cárcel del Estado y aquel mundo creado entre los tres desaparecería para siempre.

El tren comenzó a entrar en la estación con el ensordecedor sonido de las máquinas y las ruedas de hierro que chirriaban al frenar. Ella levantó la vista y lo miró de frente, como si intentase pararlo con sus ojos inundados en lágrimas.

Muchos piensan que los suicidas son personas cobardes, otros que se trata de los mejores, que incapaces de soportar la levedad de la vida deciden terminar con ella cuanto antes. La realidad es que el suicidio es el final, un vaciamiento, la consumación de vacuidad que deja el alma huérfana de esperanza, y sin esperanza el futuro se convierte en una neblina molesta que no permite vivir el presente.

Giselle puso un pie en el vacío, miró a ambos lados como si estuviera a punto de arrojarse a un lago, pero antes de permitir que su cuerpo se inclinara hacia delante, un pensamiento la dejó paralizada. El rostro de su hija en manos de la celadora de un orfanato, una crianza sin amor ni caricias, un mundo en el que los abrazos formarían parte de un recuerdo lejano.

Abrió los ojos y comprendió que su vida ya no le pertenecía, que tenía una responsabilidad con aquel ser inocente que había traído al mundo. El tren pasó rozándole la pierna, el aire movió su abrigo y el sonido la aturdió por unos segundos. Hasta se imaginó aplastada por las ruedas entre los raíles, los gritos del resto de los pasajeros y la sensación de ligereza que produce lo inevitable.

—¿Se encuentra bien, señora? —le preguntó un caballero de mediana edad, de los pocos que habían sobrevivido a la guerra y a los maltratos de los rusos.

Ella no contestó, ya no estaba en el mismo plano que él, de alguna manera aquella decisión parecía convertirla en invulnerable, pero aún sentía un fuerte dolor en el pecho, como si su corazón estuviera roto en mil pedazos.

Se dirigió a la salida y comenzó a andar de nuevo por las calles que a aquellas horas estaban más animadas. Los niños entraban en las escuelas con su inocente alegría, los padres se dirigían a sus trabajos con los ojos cargados de sueños rotos y los ancianos paseaban su rostro triste y resignado por el centro de la ciudad. Entonces vio una iglesia abierta. Las parroquias de Berlín eran tristes y las pocas que habían sobrevivido a la guerra tenían las fachadas ennegrecidas y los cristales rotos o sustituidos por cartones o cristales blancos. Empujó el pesado portalón, que parecía resistirse a ceder, y entró en la capilla desierta, con el suelo sucio y los bancos llenos de polvo.

Se dirigió al altar desnudo de las iglesias luteranas, donde el hombre únicamente puede encontrarse con Dios o el vacío. Se sentó en el primer banco sin dejar de mirar al frente, intentando que en medio de la oscuridad algo le mostrase el camino, pero únicamente había silencio. Pasados unos minutos un hombre delgado, vestido de negro, con alzacuellos blanco, como la nieve, se paró enfrente. Al principio había pensado que aquella mujer con el rostro ausente sería una alcohólica o una vagabunda en busca de algo de calor y refugio, pero después comprendió que era un alma sufriente.

—Señora. ¿Se encuentra bien? La gente ya no entra en las iglesias. Unos por miedo, otros por indiferencia, y la mayoría, conscientes de que Dios se marchó hace mucho tiempo de Alemania.

Ella lo miró sorprendida, como si no entendiese su idioma, y en cierto sentido era verdad. Su generación apenas había pisado una iglesia, no tenían Dios ni fe, aunque en cierto sentido el Estado había intentado que su ideología y el culto al líder sustituyeran a la religión del pueblo. Pero Alemania no había tenido ningún Stalin ni Lenin, era un país prisionero de su historia.

Giselle no respondió, se limitó a mirarle a los ojos. Su azul intenso le atraía, aún conservaban la viveza que parecía haber desaparecido del resto de su cuerpo. El pastor se sentó a su lado y posó sus manos huesudas y pálidas sobre el respaldo del banco anterior.

—Ni en estos momentos la gente busca consuelo aquí. Pensé que el muro llenaría la iglesia, pero fui un ingenuo, les traicionamos cuando permitimos que el nacionalsocialismo se introdujera en sus vidas y no hicimos nada para impedirlo. ¿Por qué iban a confiar ahora en nosotros? No sé lo que le sucede, pero, aunque a veces nos sintamos confusos, a pesar de las tormentas de la vida, todos hemos nacido con un propósito, con un sentido. Nada logrará desviarla del suyo, aunque puede que lo que encuentre no es lo que buscaba. Continúe luchando, algunas generaciones tuvimos que conformarnos con rescatar al mundo de sus cenizas, puede que el suyo parezca todavía en ruinas, pero el futuro les pertenece y ningún muro podrá robarles eso.

El anciano pastor se puso en pie con dificultad y miró a la inmensa cruz vacía, después se giró de nuevo hacia la mujer y le dijo en forma de despedida:

—A veces agradezco que la cruz esté vacía.

Ella no entendió la frase, al menos a lo que el pastor se refería en realidad, pero quiso pensar que a veces los sacrificios más grandes producen cambios que nadie podría ni imaginar. Aquella cruz vacía era uno de ellos, si el condenado estuviera en ella significaría que había fracasado en su misión. El problema no era sufrir, ser torturada por ese monstruo infernal, el verdadero problema era olvidar hacia donde se dirigía su vida. Cuando lo descubriera cualquier sacrificio y sufrimiento le parecerían pequeños en comparación. El destino es mucho más que el guion escrito de nuestra vida, es el propósito que nos hace levantarnos cada mañana y luchar por los que más amamos.

Salió de aquel templo desolado aliviada, pero más por lo que había dejado allí que por lo que había descubierto. Las cargas pesadas a veces pueden aplastar al alma más fuerte y decidida. Se dirigió hasta su casa y cuando estuvo enfrente del portal vio por la ventana a su hija y a su suegra sonrientes. La luz que salía por la ventana iluminaba en parte aquel día gris y oscuro. Decidió caminar hacia la luz, sabiendo que, aunque la rodease la penumbra, los corazones puros son capaces de brillar en la oscuridad.

21

El horno

El horno mantenía caliente el almacén, si tocaba la pared podía notarla caliente. Johann estuvo escuchando todo el día cómo metían las bandejas de pan y dulces. Después de descansar un poco y cuando volvió a tener hambre volvió a preocuparse de nuevo. No sabía cuántas horas llevaba encerrado, pero calculaba que debía de ser de noche y que la tienda estaría a punto de cerrar. ¿Qué quería aquel hombre de él? Ya no se sentía tan seguro ni creía que sería tan fácil empujarlo y escapar. Detrás de su aspecto obeso y su ancianidad realmente había un hombre vigoroso y fuerte que apenas se tambalearía por el empujón de un muchacho delgaducho y pequeño. Trataría de pensar un plan mejor.

Estaba comenzando a adormecerse de nuevo cuando oyó unos pasos que se detenían justo en la puerta. El silencio reinaba en todo el local, unos minutos antes había oído cómo bajaban el cierre y los empleados se despedían. Unas llaves tintinearon y Johann se pegó a la pared, como si de alguna manera pudiera protegerle.

La figura del panadero apareció recortando la luz que brillaba a sus espaldas. Se le quedó un rato mirando, sin decir palabra, como si estuviera pensando o simplemente recreándose en su captura.

—Siento haberte tenido encerrado todo este tiempo. He observado que no tienes familia, no vas a clase ni trabajas. La policía encierra a chicos como tú en el orfanato todos los días. Muchos vienen del otro lado del muro. No quiero denunciarte, pero mi obligación como buen ciudadano es hacerlo. Los vagabundos son malos para el negocio y la ciudad. Nadie quiere que esto se llene de vagabundos de la RDA.

El chico se limitó a escuchar en silencio, aunque su mente no dejaba de pensar cómo escapar de allí.

—Pero hay otra opción. Al fin y al cabo, la vida es una constante toma de decisiones. ¿No crees?

Johann se puso de pie y sin separarse de la pared le comentó:

—Por favor, deje que me marche. Le prometo que no volverá a verme jamás.

El hombre dio un paso al frente, pero guardando las distancias.

—No me has entendido. La decisión que tienes que tomar es si prefieres trabajar para mí; puedo enseñarte un oficio. No tengo hijos y todo esto tendrá que pertenecer a alguien alguna vez. La otra opción es que llame a la policía ahora mismo.

El chico frunció el ceño, no entendía bien lo que le proponía el hombre, pero si algo sabía de la vida era que un desconocido no te ofrecía un oficio y una tienda en el futuro por nada.

—Esta panadería era de mis padres, se mantuvo abierta durante la guerra y en la ocupación, ha resistido casi todos los avatares del mundo, pero lo que no podrá resistir es mi desaparición. Soy el último Müller. Una larga saga de panaderos está a punto de desaparecer. Te adoptaría y llevarías mi apellido, puede que no seas sangre de mi sangre, pero eso da lo mismo.

—¿Por qué no se casa y tiene hijos? —preguntó el joven, algo más envalentonado.

El hombre se rio, después abrió la puerta de par en par y señaló la salida.

—Si quieres convertirte en mi heredero tendrás que complacerme en todo. ¿Lo has entendido?

A Johann no le gustó el tono de aquella frase, pero pensó que se refería a una obediencia ciega, sin discusiones. No podía aceptar su oferta, quería regresar a casa y volver con sus padres.

—Lo siento, pero ya tengo padres. Están al otro lado, pero me reuniré con ellos...

—Si cruzas al otro lado terminarás también en un correccional. No tienes alternativa, o aceptas mi oferta o cualquier día aparecerás tirado en cualquier calle con el cuello cortado. Los perros callejeros mueren a palos o en alguna perrera infecta.

—Lo siento, quiero irme. Su oferta es muy buena, pero no creo que tenga alma de panadero.

El hombre le detuvo justo en la puerta, sus brazos parecían fuertes como barras de acero. El chico levantó la cara y se quedó mirándole confuso.

—No dirás que no lo he intentado por las buenas —dijo el hombre antes de darle un puñetazo en la cara que le dejó aturdido; después le volvió a golpear dejándole casi inconsciente.

El panadero llevó a cuestas el cuerpo del chico hasta una de las mesas en las que elaboraba las masas, lo tumbó y comenzó a bajarle los pantalones. Johann no se encontraba inconsciente del todo, parecía más bien adormilado, podía escuchar al hombre, pero tenía el cuerpo como muerto. Sentía algo viscoso que caía cerca de la oreja, era la sangre del rostro, que comenzaba a fluir hasta el cuello de su camisa.

—Será rápido —dijo el hombre mientras se colocaba detrás de él.

El joven sintió el peso del cuerpo, la barriga caliente y dura, se estremeció y, de alguna forma, logró recuperar las fuerzas, intentó moverse, pero el hombre era mucho más fuerte.

—¡No! —gritó desesperado.

—Aquí nadie te puede oír. Cuando termine contigo llamaré a la policía. Les diré que intentaste robarme. ¿A quién piensas que creerán? ¿A un hombre de negocios respetable o a un ratero vagabundo?

Johann logró echarse a un lado y el peso del hombre cayó sobre la mesa metálica. El chico se giró y se subió los pantalones. El panadero, con los pantalones en los tobillos, alargó las manos, pero el chico se escabulló. Después comenzó a correr detrás de él.

Johann llegó a la puerta del establecimiento, pero tenía el cierre echado. La única luz que había en la tienda era la claridad que se colaba por los cristales.

—¡Maldito crío! ¡Te daré una lección que no olvidarás! —gritó el hombre blandiendo un mazo.

—¡Deje que me marche!

El panadero se lanzó sobre él, pero Johann pegó un salto y logró escapar del primer golpe, después saltó por el mostrador. Tenía que haber algún tipo de puerta trasera. Corrió por el pasillo y comprobó una de las puertas, estaba cerrada.

—¿Buscas esto? —preguntó el hombre, agitando unas llaves en sus manos de dedos gordos y deformes.

Johann comenzó a sudar, el corazón le latía a toda velocidad, tenía ganas de vomitar, pero intentó calmarse un poco.

—Está bien, haré lo que me pide, pero después me dejará ir.

—Ni loco.

Johann corrió hacia el hombre y le empujó con todas sus fuerzas, el panadero se tambaleó, pero no llegó a caerse. El muchacho logró arrancarle las llaves de la mano y comenzó a correr por las mesas. El hombre lo siguió pesadamente, se movía más rápido de lo esperado, pero no lograba atraparle. Al final logró esquivarlo y dirigirse de nuevo a la puerta, la abrió y comenzó a correr por el callejón. En contra de lo que imaginaba, el hombre comenzó a perseguirle y a gritar. ¡Al ladrón!

Johann sentía que le faltaba el aire, pero no se detuvo hasta que dejó de oír los gritos del hombre, pero justo cuando comenzaba a tranquilizarse un poco, un silbato le hizo dar un respingo. Miró a su espalda y vio a dos policías que lo perseguían. El chico aceleró el paso, corrió con todas sus fuerzas, pero los policías no se despegaban de él. Se dirigía directamente a la casa sin darse cuenta de lo que eso podía suponer para sus compañeros. No tenía documentación y los policías no se conformarían con que sus amigos dijeran que lo conocían o que era algún tipo de familiar.

Divisó el muro y corrió por la calle, la policía le seguía de cerca, pero al doblar la esquina había logrado cierta ventaja.

Derek, que había oído los pitidos desde la cocina, miró por la ventana y lo vio correr. No sabía lo que le sucedía, pero si le seguía la policía no podía tratarse de nada bueno.

—¡Mierda! —gritó mientras salía a la calle. Abrió la puerta y miró al chico que estaba alcanzando casi la altura de la casa—. ¡Continúa hasta el embarcadero, te recogeré dentro de una hora!

El chico lo miró confuso, pero continuó la carrera. Derek salió a la calle y cuando los policías se lo encontraron enfrente les señaló por una de las calles laterales.

—Ha escapado por allí.

Los policías le dieron las gracias y se desviaron por la calle. Derek regresó a la casa y una hora más tarde, cuando todo parecía más tranquilo, fue al embarcadero cerca del río. Allí era sencillo esconderse detrás de alguna de las barcas varadas en la plataforma. Llamó al chico y este salió de detrás de uno de los cascos, estaba temblando de frío. Pensó en enfadarse con él. Sabía que no debía abandonar la casa solo, pero al ver su rostro asustado decidió abrazarlo.

Mientras caminaban hacia la casa el joven le contó lo sucedido. Derek mandó al chico que fuera al piso y él se dirigió hacia la panadería. Estaba cerrada, pero tomó una botella de alcohol medio vacía, rompió el cristal e introdujo un trapo sucio en la boquilla y la prendió. El edificio era de dos plantas, la tienda en el bajo y la casa del panadero en la parte superior. Las llamas se extendieron rápidamente, se quedó unos cuantos segundos para observar cómo el fuego lo consumía todo, después se metió las manos en los bolsillos y se dirigió al apartamento. A su espalda oyó el estallido de los cristales y después los gritos del panadero que había bajado para ver lo que sucedía en la tienda. Derek se giró justo al final de la calle, los destellos del fuego iluminaban toda la pequeña plaza, el obeso panadero agitaba los brazos impotente. Sonrió, y con las manos en los bolsillos comenzó a silbar. No creía ni en la justicia humana ni en la divina, pero en ocasiones al menos algunos hombres pagaban por sus culpas y el mundo era un poco menos despiadado, se dijo mientras comenzaba a amanecer y el sol disipaba en parte toda aquella oscuridad.

22

La prueba

Después de semanas de incidentes, al final el túnel avanzaba. Volker se reincorporó al trabajo, Johann parecía más animado tras unos días algo retraído por el incidente de la panadería, Derek no les había contado a los demás lo sucedido, pero desde aquel momento el joven no volvió a salir solo a la calle. Stefan estaba en plena forma, el invierno comenzaba a suavizarse y, aunque quedaban todavía muchos días cortos y grises, todos esperaban poder cruzar en la primavera al otro lado. No había logrado comunicarse mucho con su esposa e hija, pero sabía que se encontraban bien de salud.

Aquella tarde, tras terminar su turno en el tranvía, regresaba a la casa; antes se detuvo para comprar algunas provisiones y vio algo extraño en uno de los pasos de frontera, algunos coches de civiles parecían esperar para entrar al Berlín Oriental. Se aproximó al control y preguntó a uno de los militares.

—¿Por qué están esperando esos coches?

El joven soldado lo miró con una sonrisa, después le pidió un pitillo y mientras lo encendía le contestó:

—Bueno, al parecer nuestros «amigos» del otro lado han decidido conceder visados a todo el que quiera pasar.

Stefan lo miró con los ojos desorbitados, después de todo lo que había sucedido en los últimos meses le sorprendió que permitieran el paso de gente de un lado al otro. Los del lado occidental podían entrar en la RDA con visado, pero sus ciudadanos no podían salir del territorio.

—¿Cómo se solicita el visado? —preguntó angustiado, como si en el fondo no quisiera saber la respuesta. Si podía volver a la RDA no tendría que poner en peligro la vida de su esposa e hija, pero deberían renunciar a tener una vida feliz y libre en la RFA.

—En las oficinas de la RDA en Berlín, ya saben que no se considera una embajada, aunque *de facto* lo es —dijo el soldado después de dar una calada larga al cigarrillo.

—Gracias —dijo Stefan, y comenzó a caminar hacia el apartamento; cuando llegó a la casa no sabía explicar cómo se sentía. Tenía que contarles la noticia a sus amigos, él estaba dispuesto a renunciar, pero no podía dejar en la estacada al resto.

Entró en la casa y pidió a todos que se reunieran en el pequeño salón. Volker y Johann estaban en el agujero, Derek, comiendo algo antes de ponerse a ello, había llegado del trabajo media hora antes.

—¿Qué sucede? —preguntó algo extrañado Derek; prefería que todo marchase con tranquilidad, sin sobresaltos, en las últimas semanas todo habían sido problemas.

—Las autoridades de la RDA han abierto la frontera. Cualquier ciudadano de la RFA puede cruzar al otro lado con visado.

Todos le miraron incrédulos, debía tratarse de algún

error, seguramente su amigo no se había enterado bien de la noticia.

—Eso es imposible, esos hijos de puta han matado a gente por querer salir de la RDA —dijo Derek furioso.

—No dejan salir de la RDA, únicamente permiten a la gente de la RFA que pase con visado allí.

—¿Por qué alguien de este lado querría pasar? —preguntó Volker incrédulo.

—Pues, por lo mismo que nosotros, para reunirse con sus familias. El muro partió en dos la vida de muchas personas, es normal que la gente quiera pasar al otro lado para al menos verlos un momento —dijo Stefan.

—Pero ¿pueden regresar cuando lo deseen? —preguntó Johann, que comenzaba a ilusionarse.

—Únicamente los que están de forma legal en este lado, pero deberían abandonar de nuevo a sus familias —dijo Stefan, consciente de que la solución no era del todo satisfactoria.

—En mi caso podría pasar al otro lado —comentó Johann, que no había entendido bien lo que sucedía.

—Eres menor de edad y entraste ilegalmente en la RFA, imagino que te dejarían entrar, pero terminarías en algún orfanato por tiempo indefinido —le explicó Derek.

—Los orfanatos de la RDA son terribles, por lo que he oído. Muchos de los chicos acaban muertos, medio locos o terminan en el ejército para poder escapar cuanto antes de ese infierno —dijo Johann, que no quería ni oír hablar de que le ingresaran en un orfanato.

—Quiero hablar con Giselle, no puedo pedirles que arriesguen su vida para venir a este lado, si yo puedo reunirme con ellas al otro.

—¿Estarías dispuesto a vivir allí para siempre? —le preguntó extrañado Derek.

El hombre no se lo pensó dos veces, estaba dispuesto a hacer cualquier cosa por su familia. Lo único que le importaba era que todos pudieran reunirse y estar juntos.

—¿Qué importa dónde reconstruir tu vida? Lo realmente importante es que todos nos reunamos de nuevo bajo el mismo techo.

Derek frunció el ceño, no podía creerse que después de todo lo que habían pasado, Stefan fuera capaz de dejarles en la estacada y reunirse con su familia en la RDA, pero su amigo era libre de tomar sus decisiones.

—Haz lo que consideres mejor, pero tienes que tomar una decisión antes de que mañana se ponga el sol, no podemos continuar el túnel con toda esta incertidumbre.

Stefan se puso de nuevo el abrigo y salió de la casa, tenía que hablar con su mujer cuanto antes, debían ponerse de acuerdo antes de tomar una decisión. Se acercó a una cabina y la llamó. No había hablado con ella desde aquel día en la estación, pero no podía esperar, además, lo que le iba a comentar no era ningún delito contra el Estado.

Marcó nervioso el número y esperó impaciente a que lo cogiese; en ese momento comenzaba a nevar sobre la ciudad, con casi total seguridad su esposa estaría en casa, no se atrevería a sacar a la niña con ese tiempo. El teléfono sonó varias veces antes de que Giselle contestase. Su voz parecía triste y distante, como si no tuviera fuerzas o terminase de despertarse de una larga siesta.

—¿Giselle? ¿Eres tú?

—Stefan. ¿Por qué me llamas? —preguntó asustada e ilusionada a la vez. Debía de haber pasado algo muy importante para que él se atreviera a utilizar ese medio. Sabían que la Stasi debía de tener intervenido el aparato.

—Tenía que hablar contigo. El sonido de tu voz es suficiente para alegrarme el día.

—Estás loco —dijo la mujer ilusionada, intentando disfrutar de ese momento sin pensar en las consecuencias que podía traerles a los dos.

—El Gobierno está concediendo visados de entrada a ciudadanos occidentales y ciudadanos de la RFA, podría pasar y nos reuniríamos en cuestión de horas —dijo con la voz entrecortada por la emoción. Comenzó a llorar y tuvo que contenerse para que ella no percibiera su angustia por el tono de su voz.

—¿Venir aquí? —le preguntó confusa, llevaban meses preparando su fuga, no entendía por qué él le proponía aquello. No le podía contar todas las cosas que había padecido en los últimos meses, pero acaso se había olvidado de lo que suponía vivir en un país comunista.

—¿Por qué te extraña tanto? Lo importante es que estemos juntos de nuevo, reunir a la familia.

—No estoy segura de comprender lo que dices. Será mejor que lo pienses mejor, no puedes regresar aquí —dijo de forma seca, angustiada por no poder expresarse con más claridad.

Stefan se sentía confuso, no entendía cómo ella no se había alegrado de la noticia, tal vez se encontraba bajo demasiada presión, todos aquellos meses sola, sin poder trabajar la habían deprimido y lo veía todo de forma negativa.

—No quiero que vengas, Stefan. Rehaz tu vida en el lado occidental, olvídate de nosotras, será mejor para todos. Te deseo lo mejor, te lo aseguro, pero no puedo seguir viviendo de esta manera, mi corazón ya no soporta tanto sufrimiento. Lo siento —dijo antes de colgar. Después el sonido monótono del teléfono comunicando comenzó a sonar impertinente.

Stefan sintió cómo su corazón se desgarraba de repente, cuando colgó el teléfono comenzó a llorar con la cara pegada al cristal helado, mientras la nieve golpeaba con fuerza en las paredes de la cabina y el suelo se teñía completamente de blanco.

Giselle no podía hablar en serio, debía de sentirse intimidada porque alguien pudiera escuchar la llamada, se dijo mientras regresaba al apartamento. Se secó las lágrimas con las mangas de la chaqueta, no quería que le vieran en ese estado. Cuando llegó vio a todos sentados a la mesa bebiendo. Derek y Volker tenían la botella de vodka al lado, el chico tomaba un batido de chocolate mientras se miraban unos a otros en silencio. Al oírle llegar miraron hacia la puerta y con la mirada le pidieron una respuesta.

—No sé qué le pasa. Me ha dicho que la deje en paz, que es mejor que me quede aquí —dijo intentando no echarse a llorar.

—No creo que hablase en serio, seguramente ha recibido amenazas. No era buena idea llamarla por teléfono —dijo Derek mientras llenaba un vasito con vodka y se lo ofrecía a Stefan.

—Ella no le tiene miedo a nada, creo que le pasa algo, pero no puedo hacer nada para averiguarlo, no desde aquí.

—Es peligroso que intentes pasar al otro lado, estoy casi seguro de que la Stasi te interrogaría, contarías lo del túnel y todos estaríamos perdidos.

—Pero tengo que hacer algo, Derek, no puedo quedarme con los brazos cruzados.

—No te estoy pidiendo eso, si estuviera en tu lugar intentaría pasar al otro lado, pero tú no puedes ir. Iré yo en tu lugar.

—¿Qué? —preguntó Volker asombrado. Era cierto que Stefan estaba fichado por las autoridades, pero Derek había sido contrabandista y la policía de la frontera lo detendría igualmente.

—Iré con una identidad falsa, lograré ver a Giselle sin levantar sospechas, y a mi novia; después, al día siguiente regresaré. Les explicaré por encima lo que vamos a hacer, para que estén listas. Será un viaje fácil y rápido.

—Es una locura —dijo Volker, ninguno de vosotros debería ir al otro lado. Tenemos un maldito plan, ciñámonos a él.

—Stefan no puede continuar trabajando en el túnel sin saber lo que sucede y nosotros no podemos continuar sin su ayuda —se explicó Derek, aunque sus palabras no convencieron demasiado a Volker. Aquello era una temeridad, lo mirasen por donde lo mirasen.

—Lo que sucede es que quieres ver a tu novia, estás encelado y nos vas a poner a todos en peligro —contestó Volker dando un golpe fuerte en la mesa.

—No es cierto, soy el más prudente de los cuatro, todavía no he causado ningún problema. Estaré una noche en la RDA y regresaré antes de que os deis cuenta.

—Puede que sea la solución. Aunque hay un problema, Giselle no te conoce —comentó Stefan.

—Pero conoce a Zelinda, ella se acercará para hablar con tu mujer. No te preocupes.

—Será mejor que volvamos al trabajo, ese maldito túnel al menos tiene la capacidad de mantenernos entretenidos —dijo Stefan. Cavar le hacía olvidarse de todo y centrarse en su objetivo. Todos estuvieron de acuerdo, aquel día trabajaron sin descanso, animados por la desesperación, que es la mejor consejera para conseguir objetivos que parecen imposibles.

Giselle colgó asustada el teléfono. No entendía cómo se le había ocurrido llamar. Stefan no era consciente del infierno por el que estaba pasando, si no hacía algo para remediarlo se volvería loca por completo. Era un poco tarde, pero le dijo a su suegra que tenía que ir a comprar algunas cosas y salió a la calle a pesar del frío y la nieve, necesitaba despejar la mente y exorcizar al miedo. En cuanto pisó la nieve dura y fría se tapó mejor con el chal sobre el abrigo negro, caminó torpemente hasta el mercado y se entretuvo en los puestos, mirando los productos, que en su mayoría no podía comprar. Después se hizo con algo de leche, pan y zanahorias. Salió del mercado con la bolsa medio vacía, pero algo más tranquila. La monotonía era capaz de anestesiar el alma más atormentada.

—Deja que te acompañe hasta casa —escuchó a su espalda, y el vello de la nuca se le erizó de repente.

Aceleró el paso y evitó mirarle a la cara, pero el hombre le arrebató la bolsa y caminó a su lado en silencio durante unos metros.

—Has tenido una bonita conversación por teléfono, además ha sido muy sabio que dejes a ese hombre, lo único que te ha traído han sido problemas, tenéis una hija en común, pero es mejor que puedas rehacer tu vida y que le olvides.

Giselle caminaba erguida, intentando que el hombre no viera lo aterrorizada que se sentía.

—Lo de la otra noche fue un poco violento, espero que no te hayas llevado una mala impresión de mí. Estaba algo bebido y las cosas se torcieron, pero eso no es lo que quiero para ti. No he conocido a una mujer tan guapa y valiente en la vida, si dejas definitivamente a ese tipo seré tu protector. Tendrás todo lo que necesitas, tu hija irá a un buen colegio y viviréis mejor que en la Alemania Occidental. No te pido que me quieras, al menos por el momento, pero estoy seguro que terminarás haciéndolo. No soy el monstruo que crees, todo esto nos embrutece, te aseguro que siento algo por ti.

La mujer estaba cada vez más asustada, lo que le estaba insinuando era mucho peor que una violación, un tipo como aquel, cuando se sintiera satisfecho, no tardaría en dejarla en paz, pero si realmente la deseaba y la quería como esposa, no podría escapar jamás.

—Estoy casada, puede que no vuelva a verle jamás, pero no deseo otra relación. Si realmente me quieres, espero que respetes mi decisión —dijo intentando no amedrentarse por las palabras de aquel tipo repulsivo.

El hombre caminó en silencio, como si le costara mascullar el desprecio de la mujer, pero cuando llegaron a su calle la empujó hasta uno de los callejones.

—Eres una egoísta, no estás pensando en tu hija. Necesita una madre, pero si acabas en la cárcel, y te aseguro que será allí donde terminarás, ¿quién cuidará de ella? Tu suegra está medio senil y la ingresaré en un sanatorio, la niña terminará en un orfanato del Estado. ¿Sabes lo que hacen a las niñas allí? La mayoría termina muy mal, te lo aseguro.

Giselle temblaba mientras el hombre sujetaba sus hombros con fuerza, se sentía acorralada. Stefan no podía ayudarla, nadie en su sano juicio se enfrentaría a un oficial de la Stasi, debía sacrificarse por su familia.

—Lo pensaré. Déjame al menos unas horas, necesito aclarar mis ideas.

—Te respeto, no quiero que tomes una decisión equivocada ni que cometas una tontería. Piensa en la niña, no quiero que os suceda nada malo a ninguna de las dos.

Giselle levantó la cara, tenía ganas de escupirle, de pegarle, pero se contuvo, las mujeres habían sufrido durante miles de años aquel despreciable acoso. Si estuviera sola en el mundo no dudaría en intentar quitarse la vida de nuevo o matarle, pero su hija lo cambiaba todo.

—Tomaré una decisión sabia, te lo prometo.

Giselle tomó la bolsa de las manos del hombre, el simple contacto le hizo tener ganas de vomitar, pero sonrió disimuladamente y se dirigió a casa. Aquel había sido uno de los peores días de su vida, aunque en los últimos meses todos habían sido malos. Entró en la casa y observó a la niña que le sonrió al entrar. Mientras la abrazaba pensó que su vida era lo único que le ataba a aquel mundo sórdido y terrible que habían creado entre todos. Después preparó la cena y conversó con su suegra hasta que el agotamiento logró relajarla un poco. En unas horas debería vender su alma al diablo, pero todavía era libre, aunque fuera tan solo por unas horas.

23

Una peligrosa visita

Derek entró en el pub, el inspector Reber le esperaba impaciente, no le gustaba dejarse ver con ciertas personas en ese tipo de antros. El hombre miró nervioso a ambos lados y después puso sobre la mesa de manera discreta unos papeles. Derek los guardó en el bolsillo y le entregó un sobre con dinero.

—Gracias —dijo Derek al inspector.

—Es la última vez que lo hago, pensaba que ya habías dejado tu antigua vida.

—Te aseguro que esta vez no entro para hacer negocios, es por amor.

El inspector frunció las cejas, su viejo conocido era muy guasón, no parecía tomarse nunca nada en serio, por eso le había extrañado tanto cuando unos meses antes le había dicho que abandonaba el crimen para casarse. No era un tipo peligroso, más bien un contrabandista de poca monta, con demasiados escrúpulos para progresar en un negocio como ese, aunque la mayoría nunca se retiraba a tiempo y terminaba tiroteado en alguna calle oscura. Imaginaba que el control férreo de las fronteras le había hecho cambiar rápidamente de opinión.

—¿No crees que la gente pueda cambiar de vida?

—La gente normal, sin duda, pero tú te has criado en este ambiente, es muy difícil convertirse de la noche a la mañana en un tipo honrado.

—Bueno, en eso me has ayudado un poco, ya no tengo antecedentes en mi ficha y llevo meses con un trabajo estable —le contestó Derek, que en el fondo apreciaba al inspector. Puede que fuera un tipo corrupto, pero no era ningún estúpido. Simplemente completaba su pequeño salario con algo de dinero extra. Nunca se metía en asuntos de sangre y en un par de años se retiraría con algo de dinero ahorrado además de su minúscula pensión.

—Espero que todo te salga bien, pero no es muy inteligente meterse en la boca del lobo en un momento como este.

—Si los de la RDA han abierto la frontera será porque las cosas ahora están más tranquilas —le contestó Derek.

—Ya sabes, la calma que precede a la tempestad. La tensión está creciendo en la frontera, haz lo que tengas que hacer, pero sal lo antes posible. Puede que te quedes atrapado dentro, y si te has fijado bien, están reforzando el muro, ahora hay una segunda valla, una zona libre para que los vigilantes puedan disparar con mejor puntería y dicen que en algunas partes hay perros sueltos y minas.

—Bueno, la gente exagera, pasaré algo menos de veinticuatro horas y volveré a casa.

—Espero que no te detengan. Te deseo toda la suerte del mundo —dijo el inspector mientras daba el último trago de cerveza.

—¿No estás de servicio?

El hombre hizo un gesto hosco y se puso en pie, se colocó el sombrero y salió a la gélida noche berlinesa para confundirse entre el resto de los transeúntes que regresaban a casa antes de que las temperaturas cayeran aún más.

Derek apuró la copa y después se marchó al apartamento, quería descansar bien antes de cruzar la frontera. Aquella noche no ayudaría al resto de sus compañeros en el túnel. La policía de la frontera se fijaba en el más mínimo detalle, quería parecer descansado y relajado. Tenía la excusa de que iba a visitar a su madre por su cumpleaños y regresaría al día siguiente. Cuando las razones eran más simples, los policías solían hacer menos preguntas.

Durmió inquieto aquella noche, mucho más que en su etapa de contrabandista, como si fuera más difícil ser honrado que vivir siempre al margen de la ley. Se levantó a primera hora, pasaría a pie y se dirigiría a la universidad, no quería encontrarse con su novia cerca de casa, su madre le odiaba y era capaz de avisar a las autoridades, sería muy difícil justificar su estancia en la RDA, además debía dejar sus papeles verdaderos por si le registraban. Podía haber entregado su verdadera identificación, la tenía limpia como una patena, pero no quería que pudieran fichar sus entradas y salidas, cuanto menos supieran de su existencia las autoridades de la RDA, mejor para todos.

Derek esperó pacientemente la cola, no estaba nervioso, los berlineses llevaban décadas pasando a los diferentes sectores de la ciudad, pero le intimidó un poco el muro y la actitud agresiva de los policías, que tras meses sin dejar pasar a nadie, otra vez tenían que emplearse a fondo en el registro y paso de los visitantes.

Salió del sector occidental sin problemas, guardó la cola del sector oriental y vio a los tres policías que hacían el control de pasaportes. Le gustaba el más viejo, normalmente ese tipo de agentes estaban hartos de tantos años de servicio, no querían destacar en el cuerpo ni ganarse ningún reconocimiento, los jóvenes eran más arrogantes, exhaustivos y desconfiados. Tras media hora y justo cuando le iba a tocar el guarda más viejo, uno de los jóvenes le hizo un gesto con la mano para que se acercase.

—Hola, Herr Friedmann —dijo leyendo el pasaporte y el visado.

—Buenos días, señor —contestó educadamente. Si algo había aprendido en todos aquellos años era que nunca se debía mostrar confianzudo con un soldado de la frontera a no ser que este le indicase de algún modo que podía tomarse ciertas libertades. En el pasado había llegado a sobornar a algunos para que le dejasen pasar mercancía clandestina.

—¿Por qué nos visita?

—Bueno, un asunto familiar. Es el cumpleaños de mi madre, ya es una mujer mayor y quería verla. Uno nunca sabe cuánto les queda a sus seres queridos.

—Usted decidió irse, no creo que le importe demasiado —comentó el joven con una medio sonrisa. Provocar era una de las especialidades de aquellos tipos, pero él no contestó, era mejor tener la boca cerrada.

El guarda le devolvió el pasaporte y el visado, pero cuando Derek fue a cogerlo, se lo retuvo unos segundos.

—Su visado es por veinticuatro horas, si se demora por algo tendría problemas para regresar a la RFA, será mejor que no se encapriche mucho con su madre. ¡Siguiente! —dijo el guarda torciendo la cabeza y mirando al que se encontraba detrás de Derek.

Miró el visado mientras caminaba hacia las calles grises de Berlín Oriental, era cierto que el visado expiraba a las pocas horas, no necesitaba más tiempo, pero esperaba que las cosas no se complicasen y encontrara problemas para volver.

Decidió apartar todas aquellas ideas negativas de su mente y dirigirse a la universidad. Zelinda pasaba toda la mañana en clase, cuando quisiera llegar estaría dirigiéndose a una de las aulas de la segunda planta. Pensaba plantarse allí y esperarla para darle la sorpresa.

No tuvo que esperar mucho tiempo, la chica apareció con su inseparable amiga Ilse. Dio un grito al verle y le rodeó con sus brazos, comiéndoselo a besos.

—Dios mío. ¿Qué haces aquí? ¿Has perdido el juicio?

—Ya sabes que siempre he sido un poco loco, no podía pasar ni un día más sin verte —contestó mientras la miraba a los ojos. Estuvieron besándose un rato, hasta que su amiga le tiró del abrigo.

—No es buena idea que nos vean juntos, hay espías por todas partes.

Se dirigieron a los jardines de la universidad, apenas había gente en los bancos de piedra, por el frío, hasta los enamorados más fogosos no resistían esas temperaturas bajo cero.

Derek miró a la amiga de su novia, esta se dio por aludida y se separó unos metros.

—Ella lo sabe todo —comentó algo molesta Zelinda.

—Todavía estoy pensando si es una buena idea que venga con nosotros —le contestó seco, dejando de sonreír por primera vez.

—Necesita escapar de aquí. Tiene un novio al otro lado y no soporta más esto.

—¿No le habrá contado nada a su novio? —dijo Derek frunciendo el ceño.

—No le ha contado nada, no te preocupes.

—Bueno, hay un problema, tienes que volver a visitar a la esposa de mi amigo. Al parecer hablaron por teléfono y ella le dijo que la olvidase, pero imaginamos que temía que estuvieran escuchando la conversación. Mi amigo quiere decirle que la sacará de aquí en pocos meses, que resista un poco más.

Zelinda le agarró la cara con las dos manos, aún no se creía que estuviera delante de ella, le parecía que todo era un sueño y que no tardaría en despertar.

—¿Esperarás la respuesta? —le preguntó emocionada.

—Claro, pero tiene que ser hoy mismo, mañana por la mañana tengo que marcharme.

—¿Tan pronto? —preguntó triste.

—Sí, tengo un visado que dura veinticuatro horas, si me quedo más tiempo podría tener problemas para regresar.

—Bueno, podríamos vivir aquí —dijo la chica.

—¿Aquí? Llevo una hora y ya estoy deprimido, este país no tiene futuro.

—Tranquilo, únicamente lo decía porque me cuesta horrores separarme de ti. No sabes cuánto te he echado de menos. Mi madre está insoportable, apenas me concentro en los exámenes. Realmente vengo para estar más ocupada y no llamar la atención, no creo que mi título valga para nada al otro lado.

—Tú continúa con tu vida normal, es mejor no levantar sospechas. ¿Puedes faltar a clase?

—Claro, es lo mejor que podía pasarme. Lo cierto es que son muy aburridas. ¿Puede venir Ilse con nosotros?

Derek se lo pensó dos veces, pero al final accedió.

—Hoy comeremos juntos, será mejor que se lo digas a tu madre.

—No hace falta, los días lectivos como en la universidad, pero tengo que pasar por mi casa para cambiarme.

Será un momento, pero no te preocupes, a estas horas mi madre está en la casa de los españoles, se pasa las horas muertas allí.

Se dirigieron hasta la casa, mientras Ilse esperaba fuera los dos entraron. Zelinda comenzó a cambiarse, mientras Derek esperaba en el salón.

—Derek, ¿puedes ayudarme?

El hombre se dirigió hasta la habitación y cuando abrió la puerta vio a su prometida vestida solamente con unas braguitas rosas y un sostén del mismo color. El hombre se quedó petrificado, como si estuviera contemplando una verdadera obra de arte.

—¡Dios mío! Eres más bella de lo que recordaba.

La chica se lanzó en sus brazos y cayeron sobre la cama, estaban tan desesperados que apenas oyeron los golpes en la ventana de Ilse, avisando de que la madre de Zelinda se acercaba con un hombre por el fondo de la calle.

Se vistieron a toda prisa, pero cuando estaban a punto de salir de la casa se toparon con Alicia y su amigo.

—¿Qué hace este hombre en mi casa? —preguntó furiosa.

Derek puso su mejor sonrisa, pero la mujer le apartó con el brazo y se puso enfrente de su hija.

—Estaba cogiendo unas cosas, ya nos íbamos.

—Pensaba que se encontraba al otro lado —dijo la madre con la cara desencajada. No se podía creer que su hija se hubiera atrevido a tanto.

—Está de paso, ¿verdad cariño?

El hombre no supo qué contestar, se limitó a sonreír de nuevo.

—Mi amiga está fuera esperándonos. Esta noche volveré tarde.

Zelinda intentó besar a su madre, pero esta apartó la cara. Tomó de la mano a su prometido y salieron a toda prisa. En cuanto se encontraron con su amiga caminaron hacia la casa de Giselle, cuando se sintieron suficientemente a salvo, el hombre le preguntó:

—¿Piensas que le dirá algo a la policía?

—No creo que lo haga. Soy su hija, no se lo perdonaría jamás.

Aquellas palabras no le tranquilizaron demasiado, pero intentó no darle muchas vueltas, en unas horas estaría de regreso en el otro lado y terminaría ese maldito túnel. Se arrepintió de haber ido a visitar a su prometida, no le gustaba dejar cabos sueltos. Muchas veces las cosas se complicaban por una simple imprudencia. Esperaba que la madre de Zelinda se conformara con gritar por la noche a su hija, si avisaba a la Stasi todos estarían en peligro.

Giselle oyó el timbre de la puerta y se sobresaltó, pidió a su suegra que se llevase a la niña y se dirigió a la puerta. Esperaba que no fuera Erich, le había prometido que se lo pensaría, pero aún no habían pasado las veinticuatro horas que le había pedido. Observó unos segundos por la mirilla y se tranquilizó un poco. Era la chica de la otra vez, la novia del hombre que estaba ayudando a su esposo a hacer el túnel. Abrió la puerta con las manos aún temblorosas, en las últimas horas sentía que había perdido el control de su vida, como un coche sin frenos por una carretera repleta de curvas. Zelinda le sonrió en el umbral y aquel gesto sencillo la tranquilizó del todo.

—Señora Neisser, perdone que la vuelva a molestar. Espero que no estuviera comiendo.

—No se preocupe, pase. No se quede en el descansillo.

La joven pasó y por primera vez Giselle se fijó en su deslumbrante belleza. La primera vez que se conocieron apenas la miró, como si temiera tener que reconocerla después en un cara a cara o en un interrogatorio. En aquel momento sentía que tenía tan poco que perder, que ya nada le importaba.

—Mi novio ha venido a visitarme, ya sabe que han concedido visados a algunos ciudadanos del Berlín Occidental. Me ha alegrado mucho verle. Perdone, no me he dado cuenta de que ese es un comentario muy egoísta, teniendo en cuenta su situación —dijo algo azorada la joven.

—No se preocupe, me alegro por usted. Al menos no ha tirado la toalla —contestó con una expresión de tristeza que asustó a Zelinda.

—Imagino que su situación es mucho más desesperada que la mía. Usted tiene una hija, está casada y cada minuto que pasan separados debe de ser un verdadero suplicio. Yo tengo la universidad, mis amigas y otras formas de intentar que el tiempo pase lo más rápido posible.

—¿Quiere un café? Tengo recién hecho.

—No me quedaré mucho, mi novio está fuera esperando. Por precaución ha preferido no entrar.

Giselle se fue a por dos tazas, las colocó sobre el mantel a cuadros rojos y sirvió un café fuerte de color negro.

—Esto levanta el ánimo a un muerto —bromeó la joven.

—Creo que lo necesito —contestó la mujer algo más animada. Se sentía muy sola y un poco más de compañía le hacía mucho bien.

—Bueno, mi novio me comentó que su esposo está desesperado, al parecer tuvieron una discusión horrible por teléfono y usted le dijo que se olvidara de su familia y comenzase una nueva vida. No quiero meterme en sus asuntos, son temas personales, pero debo comentarle que su esposo está destrozado. No se desanime, el túnel se encuentra en un estado muy avanzado y ya no tardarán mucho en finalizarlo.

Giselle jugueteó un rato con la cuchara. Nunca compartía nada personal con un extraño, era una de las cosas que había aprendido de su madre. Los asuntos de casa se quedan en casa, pero con Zelinda tenía una confianza curiosa, para tratarse de alguien que apenas conocía. Tal vez simpatizaba con ella al encontrarse en una situación muy parecida.

—Le agradezco la preocupación, pero pienso en el bienestar de mi esposo y de mi hija. Me vigilan, me acosan y si intento escapar me temo que echaré al traste todo el plan. Es mejor que se centren en ustedes, tienen una oportunidad que yo no tendré jamás —dijo la mujer intentando desahogarse. Ya no soportaba por más tiempo guardar todo aquello en su corazón. Sentía que los sentimientos estancados en su alma comenzaban a pudrirse en su interior. No quería convertirse en un ser frío y calculador, pero parecía que la vida no le dejaba más remedio.

—No se preocupe, cuando llegue el momento sabremos cómo esquivar a la policía, pero tiene que estar decidida y no perder la fe. Su esposo la adora, no entiende la vida sin usted y eso le debería animar. No quedan hombres como él en el mundo, muchos reharían su vida y comenzarían otra relación.

La mujer sintió cómo las lágrimas comenzaban a salir de su rostro envejecido en las últimas semanas por aquel sufrimiento, se las secó con las manos y apoyó sus dedos sobre los de la joven.

—Un oficial de la Stasi me acosa, no puede contárselo a mi esposo, pero si no me acuesto con él se llevará a la niña y me meterá en la cárcel. Tengo que pasar página, intentar que ese maldito hombre se olvide de mí. No quiero esta vida para mi hija, ya no lo soporto más —dijo Giselle totalmente desesperada. Le temblaba la voz y no podía dejar de llorar.

—No le contaremos nada a Stefan, pero intentaré que mi novio haga algo, él tiene muy buenos contactos en la RDA y en la RFA, de todas formas intente aguantar un poco más, ya queda muy poco para que todos seamos libres.

—Espero que Dios le oiga, si las cosas no cambian no sé qué locura puedo hacer.

Zelinda abrazó a la mujer, la entendía a la perfección, no sabía qué más decir, pero hay momentos en los que las palabras no alcanzan y la única forma de reconfortar a alguien es entregarle un abrazo que le envuelva el alma.

—Gracias por escucharme, me ha hecho bien.

—Gracias a usted por ser tan sincera. Volveré a verla, tenemos que apoyarnos la una en la otra.

La joven se puso en pie y se dirigió a la puerta. Giselle le abrió y se despidieron con otro abrazo, no dijeron nada más, pero ambas sintieron que habían conectado, no era fácil superar la soledad que el mundo muestra para con los espíritus rebeldes, por eso cuando dos almas se encuentran, se experimenta algo parecido a la felicidad.

Zelinda salió a la calle, su amiga y Derek la esperaban. En cuanto los vio comenzó a llorar, había logrado aguantar las lágrimas dentro de la casa, pero ya no podía más. Su novio la besó e intentó calmarla, se dirigieron a una taberna donde hacían las mejores salchichas de la ciudad y tomaron unas cervezas mientras el reloj imparable continuaba corriendo, restando minutos a la vida. Fuera del local les observaba el señor García, les había seguido durante todo aquel tiempo y había apuntado en una pequeña agenda la dirección de la casa en la que se había introducido Zelinda. Llevaba varios días sin recibir noticias de su confidente en el otro lado, pero ahora tenía información más que de sobra para cazar a aquel tipo. Antes de que regresara a la RFA echaría la red y le pescaría. Alicia sabría cómo agradecérselo, se excitó solo de pensarlo. Se apoyó en un coche e intentó combatir el frío fumando un cigarrillo. No podía perderles la pista, aquella iba a ser una noche muy larga, pero, sin duda, iba a merecer la pena.

A las dos horas salieron del local y los novios se quedaron a solas en una casa próxima. García esperó de nuevo a que salieran, no estaba seguro de si sería allí donde iba a pasar la noche el hombre. Derek acompañó a Zelinda hasta su casa y después se dirigió hasta una pequeña pensión a pocas manzanas de allí. García apuntó la dirección y se fue un rato a descansar. A las cinco de la mañana acudiría con la policía a la habitación y aquel tipo recibiría lo que merecía por traidor a la RDA y por ser un maldito espía.

24

El aviso

Despertar por el sonido del teléfono en mitad de la noche puede ser una de las cosas más inquietantes del mundo, sobre todo si uno se encuentra en peligro. Derek se levantó sobresaltado, estaba en la habitación de una pensión en la que se alojaba un amigo y muy pocas personas sabían que se encontraba allí. Corrió hasta el salón y, antes de que su amigo tomase el teléfono, casi lo arrancó de la pared.

—¿Quién es?

—Sal de esa casa, no tienes tiempo —dijo una voz al otro lado. Derek la reconoció de inmediato, pero no respondió a la llamada de aviso. Se limitó a colgar y salir corriendo de nuevo hasta la habitación. Se vistió lo más rápidamente que pudo. Eran las cuatro de la madrugada y no era buena idea ir directamente a un paso fronterizo, hubiera sido demasiado sospechoso, pero debía salir de allí cuanto antes.

—¿Dónde vas? —le preguntó su amigo medio somnoliento.

—Será mejor que no lo sepas. Vete ahora mismo, si te encuentran aquí te harán muchas preguntas y puede que te lleven detenido.

El amigo se despertó de repente, el peligro era el mayor acicate que existía contra la somnolencia.

Derek se puso las botas, después la chaqueta y el abrigo, salió a la avenida solitaria y pensó por unos segundos a dónde dirigirse. Las calles estaban vigiladas constantemente por patrullas, los bares estaban cerrados a aquellas horas y era arriesgado vagabundear hasta que los pasos al otro lado fueran seguros. Decidió dirigirse a uno de los burdeles clandestinos de Berlín Este. La prostitución estaba prohibida, pero los lupanares siempre han existido y ninguna ley ha conseguido impedir nunca que el sexo sea uno de los negocios más lucrativos del mundo. Derek conocía uno de los más famosos, allí iban discretamente algunos altos cargos del Gobierno y del ejército, por eso aún permanecía abierto, aunque de una manera tan discreta que nadie hubiera sabido jamás que aquel edificio austero, que parecía un internado de señoritas, era, en realidad, una casa de putas.

Derek intentó pasar por las calles más oscuras, cada vez que oía algún coche se escondía hasta que el silencio lo invadía todo de nuevo. No tardó mucho en llegar al edificio. Aún había algunas luces encendidas, llamó al timbre y un portero medio adormilado lo miró de arriba abajo.

—¡Joder, el bueno de Derek! Hacía mucho que no te pasabas por aquí, más de un año si no recuerdo mal.

—Déjame entrar. ¿Está Úrsula despierta?

—La Señora nunca duerme, al menos por la noche. Ya sabes su lema, mientras haya un cliente en el edificio ella vigila a las chicas.

Derek pasó al recibidor, seguía tal y como lo recordaba. Forrado de madera hasta la mitad de la pared, las columnas de mármol y la gran escalinata. Antes de la guerra había sido una escuela de señoritas regentada por la cercana parroquia luterana, los rusos la expropiaron y convirtieron en un prostíbulo de lujo, más para fastidiar a los luteranos que por necesidad. Desde entonces el local lo habían regentado varias madames, pero él únicamente había conocido a Úrsula. Durante años le había llevado alcohol, tabaco y otros estimulantes para sus chicas y los clientes.

Subió la escalera en silencio, el portero llamó a la puerta de la madame y esperó a que esta los invitase a entrar.

—El señor Haider, cuánto tiempo sin verlo por mi casa —dijo la anciana desde una gran butaca pasada de moda. Los muebles eran los mismos que en su etapa de escuela de señoritas.

—Sigues tan bella y hermosa como siempre —dijo el hombre mientras se acercaba hasta ella y le besaba la mano.

—No seas adulador, soy una vieja puta a la que no le queda mucho tiempo en este mundo. Llevo toda la vida en la profesión, he soportado dos guerras, el hambre y a los rusos. Es un milagro que continúe de una pieza —dijo la mujer incorporándose un poco.

—No miento, te veo como siempre —comentó Derek sentándose en la butaca de al lado.

—Hay una cosa que no cambia con los gobiernos, que no deja de hacerse en las guerras ni en las crisis económicas, follar, y te diré más, cuantos más problemas hay fuera, mejor va el negocio dentro.

—Entonces ¿te ha beneficiado todo esto del muro? —le preguntó extrañado.

—Sería una mala patriota si te dijera que no. En los últimos años los rusos estaban retirando sus efectivos, pero ahora hay más soviéticos que nunca. Esos bárbaros tendrán muchos defectos, pero les gustan las bebidas y las mujeres más que respirar. La única vez que tuve poco trabajo fue cuando Berlín cayó. Entre las violaciones de las civiles y que luego muchas se dedicaron al oficio para poder mantener a sus familias, pasé mucho tiempo sin trabajar. Ya sabes, los hombres son unos desagradecidos, no valoran un trabajo bien hecho si otra lo hace por un par de chocolatinas —dijo la mujer echándose a reír.

—Me quedaré unas horas con vosotras y me marcharé en cuanto amanezca. Gracias por acogerme en tu casa.

La mujer le sonrió, alargó la mano a una hermosa botella de cristal y sirvió dos copas.

—No debería beber, no es buena idea pasar un control oliendo a alcohol —dijo el hombre.

—Dentro de unas horas el efecto se te habrá pasado, tengo dentífrico en mi baño y colonia. Incluso puedes ducharte si quieres. A no ser que te apetezca retozar con una de mis chicas, la mayoría ya están dormidas, pero puedo despertar a una o dos.

Derek rechazó la oferta. En sus años de contrabandista no habría declinado una oportunidad como esa, pero ahora amaba a Zelinda, estaba arriesgando su vida por ella. No la engañaría con nadie. Cambiar de vida no era sencillo, sobre todo de una como la suya, pero sabía que un contrabandista no llegaba a viejo y él quería tener una familia, una buena esposa y una vejez feliz.

—Como quieras. ¿Se puede saber qué haces aquí? Imagino que el muro ha arruinado tu negocio.

—Lo he dejado. Ahora soy un honrado trabajador —dijo Derek algo avergonzado.

La mujer le dedicó una tierna sonrisa. Lo consideraba como un hijo y le alegraba que las cosas le fueran tan bien.

—Espero que dures mucho tiempo por el buen camino. Yo llevo toda la vida en esta profesión, pero te aseguro que de jovencita tenía otras aspiraciones. Era hija de un granjero de Baviera, no sé si ya te he contado alguna vez esa vieja historia.

—No la recuerdo —contestó Derek, aunque ambos sabían perfectamente que era mentira. A los ancianos les encanta repetir las viejas historias y él sabía que el tiempo pasaría más rápido si no paraban de charlar en toda la noche.

—Tenía unos diecisiete años cuando me enamoré por primera vez. Tenías que haberme visto con mis trenzas rubias, unos ojos grandes y verdes. Dos veces fui elegida como la muchacha más guapa de la comarca. Al poco tiempo de cumplir años, llegó a mi pueblo un carromato muy elegante que vendía cachivaches. El vendedor ambulante tenía casi de todo. En el fondo eran trastos sin mucha clase, pero para la gente de pueblo todo aquello era oro y plata. El tipo tenía mucha labia, había visto mundo y me deslumbró. Era virgen, te lo puedes creer. Me escapé con él. Hasta que llegamos a Múnich todo fue bien, me trataba como una reina y yo le ayudaba con las ventas por los pueblos. Él estaba muy contento, como era muy guapa atraía a la clientela masculina y aquello no se le escapó a aquel truhán. Al llegar a la capital me vendió a un burdel. Ya sabes que Múnich siempre ha sido muy católica, la ciudad más beata de Alemania, pero esos malditos hipócritas son los más pervertidos de todo el país. Hasta me acosté con el obispo de la ciudad. Los primeros meses fueron horribles, lloraba casi todo el día, aunque por la noche debía hacer mi trabajo y disimular mi pena. Si me quejaba o me veían triste no me daban de comer, al año era la más popular del burdel, ya me dejaban salir a la calle, pero ¿dónde podía ir? Mi padre no recibiría a una hija que se había fugado y era puta en la capital. La llegada de los nazis al poder me vino muy bien. Esos eran los más pervertidos de todos, me acosté con varios de los líderes más importantes, aunque al que nunca le vi el flequillo por allí fue a Hitler. Yo creo que era medio mariquita o impotente, no sé. Me llevaron a Berlín y tras la caída de la ciudad me las apañé como pude, hasta que conocí a la plana mayor del Ejército soviético. El resto de la historia la conoces de sobra.

—Una historia increíble —dijo Derek mientras observaba cómo el sol comenzaba a iluminar poco a poco la ventana.

—Siento haberte aburrido con mis cuentos de vieja. Lo único que quería decirte es que aproveches tu vida. Todo pasa tan rápido, cuando quieres darte cuenta te encuentras a las puertas de la muerte sola y aterrorizada. El mundo lo construimos nosotros, puede que los que tienen el poder nos jodan la vida, pero realmente tenemos la posibilidad de cambiar las cosas.

—¿Estás segura?

—Sí, querido niño. La Gran Guerra llegó porque la gente quería medir sus pollas, para ver quién la tenía más larga, el káiser o el zar. Los nazis llegaron al poder porque la mayoría quería un nuevo káiser, alguien que les hiciera grandes de nuevo, y los comunistas continúan en el poder porque la mayoría quiere que estén. No te engañes, el día que Alemania del Este se canse de estos gilipollas, tirará ese muro.

Derek no pensaba que las cosas fueran tan sencillas, pero sabía que su amiga en parte tenía razón. Muchos vivían bien bajo el régimen, el Estado les facilitaba todo y ellos no tenían que pensar por sí mismos y labrarse su futuro. Los que no aceptaban el sistema eran aplastados, aunque eso sucedía también al otro lado, pero de una manera mucho más sutil.

—Gracias por todo. Ha sido un placer volver a verte.

—Creo que esta será la última vez. Una de las cosas que menos me gusta de hacerme mayor es que cada vez hay más cosas que será la última vez que haga. Es una manera de ir despidiéndose del mundo.

—No digas eso.

La mujer se puso en pie con dificultad, su cuerpo era un lastre que ataba a la misma joven que se había escapado de su casa sesenta años antes.

—Desde que nacemos empezamos a morir, tenemos que pasear un cadáver toda la vida, pero a medida que te haces más vieja, ese cadáver es más pesado, por eso los viejos olemos a muerto.

—Dame un abrazo —dijo Derek para despedirse. La mujer se quedó unos segundos pegada a él. Llevaba toda la vida vendiendo su cuerpo, pero muy pocas veces se había sentido verdaderamente unida a nadie. No había nada más solitario que sentir un cuerpo encima y ni siquiera estar allí. A pesar de los años dedicada a aquel oficio, nunca había vendido su alma.

El hombre bajó las escaleras y salió a la calle. El frío era intenso, pero no sintió nada, durante varias manzanas perduró el calor del burdel. Se sentía melancólico, pero no porque echase de menos su anterior vida, lo que realmente le ponía tan triste era lo próxima que sentía la muerte, tal vez aquello era lo que le había hecho cambiar. El tiempo pasaba veloz, nada podía detenerle, pero al menos podías elegir cómo y con quién lo gastabas, se dijo mientras se acercaba al paso fronterizo.

No había mucha gente aquella mañana en el control. Apenas una mujer muy gruesa con dos maletas pequeñas, dos hombres vestidos de traje y un joven. Se colocó el último y esperó paciente su turno. Intentó no ponerse nervioso, de alguna manera quería pensar que aquel no era su día, que aún viviría muchos años. ¿Pero acaso aquella sensación no era la misma para todos? ¿Quién era capaz de predecir su muerte? Nadie, pensó mientras miraba a la cara del policía.

—Buenos días —dijo entregando el pasaporte.

—¿Ya de regreso? —preguntó el policía, que era tan joven que apenas se afeitaba.

—Mi visado expira en pocas horas.

—Que tenga un buen día —dijo el policía entregándole el pasaporte.

Se dirigió con paso firme hasta la barrera, cruzó la tierra de nadie y se adentró en la RFA. Le sorprendió lo fácil que era salir de la RDA, la ironía de que algunos simplemente enseñaran unos papeles y se fueran con toda la calma del mundo, mientras otros tenían que arriesgar sus vidas para conseguirlo.

25

Un paso atrás

Stefan llegó pronto aquella tarde, el túnel avanzaba muy bien, los días eran más luminosos y todos parecían tener mucha más energía. La primavera era muy larga en Berlín, el calor tardaba en llegar y se podía pasear en los días en los que no llovía torrencialmente. Los cuatro hombres pasaban casi todo el tiempo bajo tierra, salvo el corto tiempo de su trabajo o las pocas horas que dormían, cuando caían agotados por la fatiga y la incómoda postura del túnel. Stefan estaba preocupado por la falta de aire, a medida que se acercaban a su objetivo, cada vez hacían turnos más cortos y a pesar de todo salían casi sin aire, con los pulmones encogidos por la falta de oxígeno.

Aquella tarde decidieron salir a tomar algo para celebrar que habían terminado tres cuartas partes de los treinta metros que les separaban de la RDA. No fueron muy lejos, una taberna a apenas unas manzanas de allí, tomaron filetes de ternera empanados, vino italiano y un delicioso postre. Tras meses enclaustrados podían permitirse algún lujo e intentar recuperar fuerzas para continuar el trabajo.

Johann nunca había comido en un restaurante, por lo que estaba tan emocionado que lo miraba todo con asombro. Los camareros vestidos con camisas blancas y chalecos verdes, las mesas con manteles de color marfil y las copas, cubiertos y vasos de cristal.

—¿Te ha gustado la comida? —preguntó Derek al chico. Cuando tuviera que quedarse al otro lado del muro le iba a echar de menos.

—Sí, todo estaba delicioso, nunca había probado un filete tan rico, ni siquiera los que me preparaba mi madre en casa.

—¿Qué te ha parecido el vino? —preguntó Volker, que había insistido en servirle un poco.

—No me ha gustado.

Todos se echaron a reír, era normal que al muchacho el sabor del vino le resultara áspero, pero estaban de celebración aquella noche.

—Todavía dejan pasar a gente con visado —comentó Stefan.

—Si lo dices por mí, te aseguro que no volveré a entrar jamás, al menos mientras exista el muro. La última vez escapé por los pelos.

—Muchas gracias por llevar el mensaje a mi esposa —comentó Stefan. Desde que había recibido noticias suyas estaba mucho más animado. Zelinda no había contado nada a Derek del acoso que sufría Giselle, pero al menos había logrado convencerla de que siguiera luchando por su amor.

—Fue un placer, no os negaré que me encantó ver a mi prometida, aunque fuera unas pocas horas. Creo que era lo que necesitaba para seguir adelante.

—Bueno, me alegro mucho de que nos restreguéis por la cara vuestra felicidad, brindo por eso —dijo Stefan levantando la copa.

Todos chocaron sus copas y bebieron al unísono.

—¿Qué harás cuando terminemos el túnel? —preguntó Stefan a Volker.

—Pensaba regresar a mis negocios, pero Derek quiere que trabaje con él. No sé si estoy hecho para la vida honrada, pero siempre puedo probar.

—En la RFA cualquiera puede conseguir lo que se proponga —dijo Johann sonriente.

—Bueno, yo no soy tan optimista. Creo que en el capitalismo si trabajas mucho podrás comprar un pequeño apartamento y llenarlo de cosas superfluas, tal vez te sobre para un coche y que tus hijos estudien, pero tampoco es el paraíso —dijo Volker, que nunca había vivido en el otro lado.

—Sabes, una vez escuché una definición, sencilla pero muy acertada sobre el comunismo, de una mujer que había logrado venir al lado occidental —comentó Stefan.

—Soy todo oídos.

—El comunismo, según comentaba la buena mujer, es un sistema en que el Estado te dice lo que debes pensar, te facilita un trabajo que detestas, un piso pequeño e incómodo en el que pasarás el resto de tu vida, determina qué serán tus hijos y cada cuánto puedes cambiar los pocos electrodomésticos que hay en tu casa. Te hace pagar durante quince años por un coche del que no puedes elegir ni el color y que se estropea cada dos por tres. En definitiva, el comunismo es un régimen que te dice que eres feliz por obligación, que te da lo que no quieres, como no quieres, cuando ya no lo quieres —dijo Stefan risueño.

—Buena definición —dijo Derek chocando su copa con la de Stefan.

—El capitalismo es muy parecido —comentó Volker.

—Al menos te dejan elegir el color de tu coche —dijo

Stefan, y después dio una gran carcajada. Llevaba mucho tiempo sin sentirse tan relajado.

—Eso es verdad —comentó más sonriente Volker. Odiaba a los alemanes que venían del otro lado e idealizaban lo que pasaba en la RFA. Él odiaba el comunismo, pero reconocía que tenía algunas cosas buenas. La justicia social, el reparto de la riqueza, intentar que nadie quedase fuera del sistema. Cada vez había más marginados en el lado occidental y la avaricia era el deporte nacional. Los alemanes nunca habían sido tan materialistas como los norteamericanos, pero en aquel momento parecía que nada podía saciarles, en especial a los que venían del Este.

Terminaron los postres y regresaron a la casa con una sensación de felicidad y plenitud que únicamente se alcanza después de una buena comida acompañada de un excelente vino. Aquella noche trabajarían un poco, cada día contaba y los aproximaba un poco más a la meta. Apenas estaban comenzando a cambiarse cuando sonó el timbre de la puerta. Stefan salió a abrir, nunca tenían visitas, por lo que todos supusieron que se trataba del casero.

—Perdone que le moleste —dijo el anciano.

Stefan detectó en su rostro más cansancio del acostumbrado, su espalda inclinada y sus profundas ojeras le preocuparon un poco. Esperaba que no falleciera antes de que tuvieran terminado el túnel, podía parecer un pensamiento egoísta, pero era la pura realidad.

—No molesta. ¿En qué puedo servirle?

—Mi esposa ha fallecido, mi querida Greta. Hace unos minutos fui a la cocina para preparar algo de cena, pero cuando regresé para dársela en la cama noté algo extraño. La muerte es muy diferente al descanso, en el rostro de la persona se refleja una inexpresividad, algo parecido a la ausencia —la voz del anciano se mostró firme casi hasta el final de la breve explicación, pero las últimas palabras salieron temblorosas de su boca.

—Lo lamento, le acompaño en el sentimiento —dijo Stefan algo confuso. Esperaba algo así, pero aquel posiblemente era el peor momento.

—Les quería advertir de que posiblemente venga en unas horas la policía, el médico que debe constatar el fallecimiento y algún funcionario del ayuntamiento.

—Es lo habitual —le contestó Stefan, sin entender del todo por qué le comentaba todo aquello el anciano.

—Sí, es lo normal, pero no quiero que les encuentren en la escalera y les hagan preguntas comprometidas.

Stefan lo miró muy serio, después comprobó que no hubiera nadie en el rellano y le invitó a pasar. Cuando llegaron al salón, el resto de sus compañeros ya se encontraban en el sótano.

—No entiendo bien a qué se refiere —dijo Stefan mientras preparaba un poco de café. Solían tomar después de la cena para poder resistir un poco más.

—Sé para qué alquilaron esta casa. Tres hombres adultos y un chiquillo que pasan aquí todas las tardes solos. No traen mujeres, no parece que tengan familia y casi todas las noches sacan sacos de tierra. ¿Estamos a cuánto, unos cuarenta metros del muro? Quieren hacer un túnel, no creo que sea para entrar, seguramente es para sacar a alguien. Ya le comenté un poco mi vida, no me importa lo que hagan aquí. Ya no me queda mucho tiempo en este mundo y ahora que se ha ido mi esposa, preferiría dejarlo cuanto antes.

Stefan dirigió una mirada de compasión hacia el hombre. Se imaginaba cómo sería perder a la persona con la que habías compartido toda la vida. Si en los últimos meses había sufrido tanto al encontrarse separado de Giselle, sería terrible imaginar una separación eterna. Algunos pensaban que sí había vida después de la muerte, él nunca había tenido mucho tiempo para pensar en cosas de ese tipo. La gente humilde está demasiado ocupada intentando sobrevivir, como para plantearse la siguiente vida. Le habían educado en el ateísmo, aunque siempre había intuido que el ateísmo comunista era una especie de religión del Estado, con sus propios sacerdotes y dioses.

—No salgan esta noche, no saquen sacos hasta que esa gente se haya marchado.

—No se preocupe, seremos prudentes.

El anciano tomó la taza de café que le ofrecía, la bebió a sorbos y después levantó la mirada, sus ojos parecían más vivaces que la última vez que se habían cruzado con los suyos.

—Llevo años sin tomar café, quería cuidarme, pero ahora ya no importa. He vivido por ella y para ella, era la luz de mis ojos. Se lo aseguro, nada hubiera tenido sentido sin su amor. Cuando nos quedamos completamente solos, tras la muerte de nuestros hijos, ella fue lo único que me mantuvo en pie. Adoraba limpiarle de la cara los churretes de comida, cambiarla por las mañanas, asearla cuatro días a la semana. Aquel cuerpo no se parecía en nada a la mujer con la que me había casado, su mente estaba enajenada, pero seguía siendo ella, en alguna parte de aquella cabeza adormecida se encontraba la niña que fue, la jovencita que me enamoró, la mujer que luchó y sufrió por su familia.

El hombre comenzó a sollozar, al principio muy bajo, como una brisa ligera que únicamente percibe la piel, después con desesperación, como el que se sabe solo en el mundo.

Stefan le puso una mano en el hombro, no le salían las palabras adecuadas, lo único que pensaba era en cómo se sentiría él en su misma situación, y aquella idea lo atormentaba por dentro. Tantos desvelos y sacrificios, tantas luchas y pruebas, para terminar desapareciendo para siempre. Le parecía injusto, absurdo y casi cruel. Claro que él había encontrado el amor y la felicidad, tenía una hija preciosa, un trabajo y un futuro; pero ¿cuántos vivían sin nada? Y, sobre todo, ¿cuántos vivían sin nadie a su lado?

—Siento haberle amargado la velada. Me retiro, quiero pasar unas horas a solas con ella y recordar. Muchos prefieren olvidar, hacer como si no hubiera existido la persona que les ha dejado, para de esa manera no sufrir, pero si la olvido tampoco podré evocar los momentos felices, las risas, las lágrimas vertidas y los sueños compartidos.

Stefan lo acompañó a la puerta con el alma encogida, se despidió cariñosamente y después entró de nuevo en la casa. Se cambió de ropa cabizbajo, la euforia de la cena ya se le había pasado, regresaba la cruda realidad del dolor y la pérdida. Bajó al sótano y, cuando observó la entrada del túnel, pensó en la tumba que espera a todos y cada uno de los seres humanos. Aquel era el invento mejor del mundo, pensó, la muerte permitía que todo se renovara y volviera a comenzar de nuevo. Destruye lo viejo, lo obsoleto y permite que el mundo nazca otra vez. Stefan tenía que vivir aquel momento con toda la intensidad que requería, el tiempo era limitado, no podía perderlo compadeciéndose de sí mismo, aquel podría ser el último día de su existencia.

26

Agua

En los últimos días no había parado de llover, el agua fluía por cada rincón de la ciudad, aunque aquella mañana el sol había salido de nuevo y el suelo comenzaba a secarse un poco. Wilfried Tews parecía un vagabundo, llevaba la ropa algo sucia y no se había podido asear en días. Unas semanas antes había huido de Erfurt, después de que la policía descubriera que había estado repartiendo panfletos subversivos. Le había costado llegar a Berlín, alguna vez había encontrado a gente que le había llevado algunos kilómetros en su coche o se había colado en los trenes que se dirigían hacia la antigua capital. A sus catorce años no era muy consciente del peligro que corría, pero estaba decidido a arriesgarlo todo e intentar llegar al otro lado del muro.

Wilfried conocía los lugares de más fácil acceso, pero estaban vigilados las veinticuatro horas del día. Una de las zonas menos frecuentadas por la policía de frontera era el cementerio de Invalidenfriedhof. Si lograba entrar sin ser visto y cruzar el canal, estaría en pocos segundos en la parte occidental.

Wilfried se acercó aquella tarde hasta el cementerio, el

paso no estaba restringido, pero estaba prohibido acercarse a las dos tapias que daban al canal. El joven caminó con paso lento hasta una de las tumbas y se detuvo un rato enfrente, como si estuviera recordando a uno de los difuntos, miró a uno y otro lado y comenzó a correr lo más rápido que pudo. En menos de un minuto estaba enfrente del primer muro, pegó un salto y no tardó mucho en atravesarlo, bajó con agilidad y, antes de que llegara al segundo, algunos de los guardias le descubrieron.

Peter Göring llevaba casi dos años en el cuerpo, se había unido en 1961 con tan solo diecinueve años. Normalmente había servido como policía antidisturbios, pero unos meses antes se había presentado voluntario como policía fronterizo; la paga era mejor, no tenía que ver la cara de la gente a la que se tenía que enfrentar y el Gobierno pagaba la caza de cualquier fugitivo con un sustancioso sobresueldo. Cuando Peter giró la cabeza vio algo que corría hacia el segundo muro, al principio se limitó a asegurarse, no era poco frecuente que los gatos juguetearan por el área o hubiera algún perro vagabundo, pero enseguida observó que se trataba de un joven. Desde su torre de vigilancia tenía una buena perspectiva y tomó su fusil para lanzar un tiro de advertencia.

Wilfried percibió el impacto de una bala muy cerca de sus pies, pero no se detuvo, al revés, aceleró el paso y pegó un salto para intentar sobrepasar el segundo muro. Oyó una detonación más cerca, justo al lado de su mano, sintió cómo se le encogía el estómago y la adrenalina fluía por cada músculo de su cuerpo. Logró llegar al otro lado y contempló por unos instantes el canal. No era excesivamente grande, apenas 22 metros de ancho, pero tardaría algunos minutos en salir del campo de fuego de los guardas. Se lanzó al agua y comenzó a nadar lo más rápido que pudo, hasta que notó un dolor intenso en la espalda. Había intentado bucear la mayor parte del recorrido, pero de repente sintió que el aire se le escapaba, salió a la superficie y percibió cómo varios proyectiles le pasaban rozando. Afortunadamente, se encontraba a muy pocos metros de la orilla, hizo un último esfuerzo y llegó a tierra firme.

Peter continuó disparando al joven hasta que llegó a la orilla, justo en ese momento vio a varios policías del lado occidental, pero eso no le impidió intentar dar en el blanco de nuevo. Sabía que no le darían la recompensa si no terminaba con el fugitivo.

Los policías sacaron al chico del agua y lo escondieron detrás de unos arbustos, después comenzaron a responder al fuego del otro lado.

Peter oyó el repiqueo de las balas contra la torre, se agachó e intentó cargar de nuevo su arma.

—¡Malditos hijos de puta! —gritó mientras se levantaba de nuevo y disparaba al grupo de hombres al otro lado del canal.

Los policías respondieron al fuego mientras retrocedían, Peter apuntó de nuevo, pero enseguida notó un fuerte dolor en el pecho, y después en el hombro y en el cuello. Le habían alcanzado. Se sentó en el suelo, el dolor se convirtió muy pronto en agotamiento y sueño, sabía que no podía dormirse. Llamó a su compañero, pero también estaba herido en el muslo.

Wilfried apenas podía respirar cuando llegó la ambulancia, le trasladaron al hospital en estado crítico, pero logró llegar con vida, mientras Peter se desangraba en la torre de vigilancia.

Dos jóvenes alemanes se habían enfrentado en una lucha desigual. Los guardas de frontera se habían convertido en cazadores que cobraban por pieza abatida; los fugitivos, en un trofeo para escarmiento de todos los que intentaran huir al otro lado del muro. Wilfried había logrado pasar al otro lado, pero su cuerpo herido luchaba entre la vida y la muerte en una cama de hospital, mientras que las autoridades de la RDA convirtieron a Peter Göring en un héroe: el primer policía asesinado en el muro y el ejemplo que querían implantar entre la juventud de la RDA.

El incidente del tiroteo no tardó en conocerse en ambas partes de la ciudad. Ya se habían producido varios enfrentamientos entre los policías de ambos lados, pero nunca había habido víctimas mortales. Uno de los mandos de la policía fue al día siguiente a la casa de la madre de Peter, una mujer enferma y abatida, sumida en la desesperación tras la muerte de su hijo. Las autoridades eran conscientes de que lo que pasaba en Berlín era mucho más que una cuestión local, cualquier incidente trascendía los medios de comunicación más importantes a nivel mundial. Necesitaban crear su primer mártir. Al día siguiente se retocó la biografía del héroe y comenzó a soliviantarse al pueblo de la RDA contra sus vecinos del otro lado del muro.

Willy Brandt, el alcalde de Berlín, escuchó las acusaciones en una de las radios de la RDA y decidió dar una rueda de prensa. No quería que las autoridades de Alemania del Este tomasen la iniciativa en la narración de lo que estaba sucediendo en la ciudad.

A las pocas horas, una treintena de medios de comunicación esperaban con ansiedad las declaraciones del alcalde de Berlín Occidental.

—Señores, muchas gracias por acudir tan rápidamente a esta rueda de prensa. Imagino que todos conocen los desgraciados incidentes sucedidos ayer en el muro. El soldado Peter Göring murió alcanzado por varias balas de nuestra policía. El policía Göring es una víctima más de ese muro infame que impide que los alemanes podamos tener una vida normalizada. No solamente nos separa a unos de otros, divide familias y produce un gran dolor, lo peor de ese terrible muro es que nos deshumaniza. No conozco la vida de Peter Göring y me tomo con cautela lo que han dicho las autoridades de la RDA, que suelen cambiar los hechos cuando estos no les gustan, pero los verdaderos responsables de lo ocurrido son los miembros del Gobierno de la RDA. Ellos levantaron ese muro para impedir la libre circulación de los alemanes por su propio país, para retener a aquellos que no están de acuerdo con su sistema demencial y cruel, pero sobre todo son ellos los que premian a sus policías cuando disparan a una persona desarmada, inocente y vulnerable, que lo único que quiere hacer es venir a Occidente, ya sea para reunirse con sus seres queridos o para vivir en libertad. Nadie habla de Wilfried Tews, que está en este momento recuperándose de sus heridas y que podía haber sido la verdadera víctima de este desagradable incidente. Que la policía dispare contra adolescentes desarmados no tiene justificación alguna. Lamentamos lo sucedido, pero apoyamos la actuación de nuestra policía —dijo el alcalde con su habitual tono, suave y sosegado.

—Entonces, señor alcalde, ¿apoya que los policías de Berlín Occidental respondan al fuego del otro lado? —preguntó una de las periodistas.

—No creo en la violencia, pero sí en la autodefensa. No podemos quedarnos de brazos cruzados si la policía de la RDA dispara a refugiados que están en nuestro lado del muro. Eso es del todo inadmisible. Seremos firmes, proporcionados y justos. Lamentamos los daños y las víctimas, pero nosotros no hemos provocado este conflicto.

El alcalde respondió a varias preguntas más y después se disculpó ante los periodistas, sabía que en los siguientes días la tensión iba a aumentar. A muchos les interesaba que el problema se enquistara; después de haber logrado en los meses anteriores que se dejara entrar en Berlín Este a algunos alemanes para que pudieran ver a sus familias, se imponía de nuevo la línea más dura.

Willy Brandt regresó a su despacho con la sensación de que la RDA estaba ganando aquella guerra entre alemanes. En el fondo se trataba de una guerra civil no declarada, pensó que tal vez aquel fuera el castigo del destino a toda la violencia que los alemanes habían desatado sobre el mundo, pero sabía que no era cierto. El problema no era de alemanes contra alemanes, era entre personas incapaces de respetarse, totalmente cegados por el fanatismo y por un sentido de superioridad moral que convertía el mundo en un lugar más difícil para vivir cada día. El odio era la verdadera argamasa con la que se había construido el muro, y cuanto más odio fueran capaces de generar, más difícil sería destruir lo que realmente dividía a los hombres: el deseo de venganza y el desprecio al diferente.

27

Más agua

Las lluvias regresaron como si el sufrimiento de los últimos meses de los berlineses se estuviera derramando sobre la ciudad. La muerte de Peter Göring había enconado más el odio de ambas partes. Tres días después de su muerte, mientras Derek se dirigía a la casa, oyó una fuerte explosión. En una de las calles principales, justo en la esquina entre Bernauer Strasse y Schwedter Strasse, parte del muro saltó por los aires; un grupo de jóvenes que había ayudado a escapar a muchos refugiados hacia el Berlín Occidental habían decidido utilizar la violencia para enfrentarse a las autoridades comunistas.

Derek se acercó a la zona algo asustado y cuando llegó aún ardían algunos coches próximos, afortunadamente a aquellas horas no pasaban muchos transeúntes por la zona. Muy cerca estaba la iglesia luterana de la Reconciliación, cuya fachada delantera había quedado justo en el muro. Al encontrarse en la franja de la muerte, nadie podía entrar ni salir del templo. En muchos sentidos representaba la incoherente barrera que separaba las dos partes de la ciudad, se dijo Derek mientras dejaba atrás la calle y se dirigía a su casa. Había tantas heridas abiertas en Berlín, que muchas veces sentía que se estaba desangrando lentamente, como un herido con los miembros amputados al que no se le ha cortado la hemorragia.

Aquella noche se pasaron más de seis horas trabajando, por la mañana no tenían que madrugar, era domingo y todos libraban. Los fines de semana lograban avanzar un poco más el túnel, ya se encontraba muy cerca del final, pero temían que, al intentar construir la salida, esta no estuviera donde habían calculado. Si el agujero aparecía en la tierra de nadie, los descubrirían y todo su trabajo habría sido en balde. Enterrarían el túnel por el otro lado y perderían la oportunidad de liberar a sus mujeres.

Derek había logrado averiguar cómo se encontraba Zelinda gracias a su tío, también indirectamente le habían informado de Giselle, que parecía más tranquila, aunque la Stasi no dejaba de acosarla. Ambas se encontraban en un peligro inminente, cada día que pasaba era más probable que fueran detenidas. Las autoridades de la RDA se estaban empleando a fondo con los disidentes, cada día descubrían nuevos intentos de fuga y las víctimas aumentaban poco a poco.

Aquella mañana de domingo, tras desayunar, comenzaron a trazar los últimos planes para ejecutar la salida del túnel.

—Creo que los cálculos son correctos, los he repasado un millón de veces. El túnel debe terminar justo en el bajo del edificio de enfrente —comentó Stefan mientras miraba los planos.

—¿Estás seguro? —insistió Derek.

—Sí, ya te he comentado que era albañil. He trabajado en el oficio más de diez años, la salida será justo donde hemos previsto.

—Para sortear las tuberías y el alcantarillado hemos

tenido que descender bastante, puede que en algún momento nos hayamos desviado un poco, en ese caso, conforme avancemos nos alejaríamos del edificio de enfrente y el túnel no sería suficientemente largo —dijo Derek explicando sus dudas.

—Mira aquí. ¿No lo ves? Es exactamente como lo planificamos, tres metros más allá habremos llegado al objetivo. En unos días estaremos abriendo la salida del túnel —dijo Stefan intentando que su amigo se tranquilizara; a medida que se acercaban al final, todos se encontraban mucho más tensos.

Volker miró los planos detenidamente, después la casa que les serviría de salida y, mirando directamente a Stefan, le comentó:

—¿Cómo podemos estar seguros de que no vive nadie en la casa?

—Fueron desalojadas cuando se construyó el muro —le explicó Stefan.

—¿No levantará sospechas que entre y salga gente? —insistió Volker.

—Sí, pero lo haremos de manera discreta. Ellas tres se acercarán sigilosamente, justo cuando cambia la guardia, tendrán apenas un par de minutos para cruzar, entrar en la casa y dirigirse a la entrada del túnel. Nosotros no debemos salir de la casa bajo ningún concepto, en cuanto entren las ayudaremos a escapar y después las seguiremos nosotros.

—¿Qué pasará conmigo? —preguntó molesto Johann; llevaba todo ese tiempo ayudándoles para regresar a su casa con su familia.

—Una vez que ellas estén a salvo, cruzarás. Será aproximadamente quince minutos después del cambio de la guardia, los soldados ya estarán en sus puestos. Los reflectores pasan cada treinta segundos por la fachada, correrás hasta unos jardines situados aquí, después volverás a esperar y te situarás en la calle paralela, a esa distancia no podrán decirte nada —le explicó Stefan.

—¿No es más peligroso de esa manera? —disintió Derek, que había cogido mucho cariño al chico.

—El túnel se hizo para que ellas salieran, no para que el chico entrase —le contestó Stefan.

—Johann ha contribuido a su construcción como el que más. Será mejor que venga con nosotros y escape justo cuando ellas vengan, en el cambio de guardia.

—Pero, Derek, si hay tres mujeres corriendo hacia la casa y un chico hacia la calle, las probabilidades de que nos descubran aumentan. Sería mejor...

—Lo haremos como yo digo. No es justo que él se arriesgue más que nosotros —dijo Derek zanjando el tema.

—Si le descubren pasará una temporada en un orfanato, pero si las capturan a ellas la Stasi las encerrará de por vida, por no hablar de otras cosas peores que les pueden suceder.

Los tres compañeros decidieron votar las dos ideas y terminó ganando la de Derek; Stefan refunfuñó, se tomó de un trago el café, pero al final acabó por aceptar lo que sus amigos le proponían. Sabía que era más justo, pero también mucho más peligroso. Giselle llevaría a su hija pequeña, las otras dos chicas eran unas crías que podían asustarse y echarlo todo a perder, pero no les quedaba más remedio que arriesgarse.

—Será mejor que dejemos de hablar y nos dediquemos a cavar —dijo Stefan mientras se dirigía al túnel.

Ya habían conseguido terminar la parte principal, pero al ser tan largo el túnel cada vez tardaban más en llegar al lugar donde tenían que excavar, sacar la tierra y consolidar las paredes. El aire se agotaba enseguida y les costaba respirar, cada media hora tenían que salir, descansar quince minutos y volver a entrar. Por eso, a pesar de estar tan cerca, aquellos últimos metros serían los más duros.

Tampoco iba a ser fácil salir a la superficie. Una cosa era excavar hacia abajo o hacia un lado y otra muy distinta hacerlo hacia arriba. Toda la tierra les caería en los ojos, podía desprenderse una parte de repente. Tampoco sabían de qué sería el suelo del edificio. Lo normal en aquel tipo de construcciones era poner una fina capa de cemento en el suelo del sótano, pero algunos tenían hormigón, mucho más duro y difícil de taladrar, lo que podría retrasar el final del túnel muchos días más.

Stefan pensó que era inútil preocuparse por lo que pudieran encontrar, no lo sabrían hasta que llegaran allí. Si algo conocía de las obras era que los imprevistos formaban parte del día a día y que la única forma de enfrentarse a ellos era cuando estos se producían.

Derek se colocó el primero y se puso a picar con energía, veía tan cerca la meta que a veces trabajaba con verdadero frenesí. Parecía inagotable, en muchas ocasiones, mientras rasgaba y picaba el suelo de Berlín se imaginaba lo que sería llevar a Zelinda a la casa que había preparado durante meses. Qué cara pondría su prometida cuando viera los muebles, los electrodomésticos y el jardín delantero al que daban las ventanas del piso. No era muy grande ni se encontraba en la zona más elegante de la ciudad, pero era de los dos. Allí podrían crear una familia, formar un hogar, su refugio. El mundo parecía cada vez más revuelto, la Guerra Fría se encontraba en su punto culminante, muchos tenían la sensación de que el mundo estallaría en mil pedazos en una terrible guerra nuclear y que Alemania sería uno de los primeros países afectados, pero nada de eso le importaba. Durante siglos habían vaticinado la misma destrucción para el mundo, pero una y otra vez los agoreros se habían confundido. Al parecer nadie podía saber a ciencia cierta cuándo se produciría el final de los tiempos.

Llevaban dos horas de fructífero trabajo cuando Derek notó frío en el costado, no le dio mucha importancia, a veces se sentían corrientes, se aproximaban a tuberías o alcantarillas casi heladas, pero aquella vez era distinto.

—¿Qué sucede? —preguntó Stefan a su amigo al ver que se detenía.

—Hay algo raro, he sentido —comentó girándose, después bajó la mano y tocó agua. La olisqueó y se lo dijo—. Mierda, creo que es agua. Está entrando agua.

—Es imposible, no hay ninguna tubería por aquí —contestó Stefan convencido.

—Puede que no haya tuberías, pero sí hay agua.

Stefan se adelantó un poco y palpó el suelo, había un pequeño charco, no muy grande.

—No es mucha, la absorberá la tierra —dijo Stefan convencido.

Continuaron trabajando, pero media hora más tarde el agua había aumentado. Ya sabían de qué lado venía, pero no qué podía estar produciéndola.

—Tenemos que parar, puede ser peligroso —dijo Derek.

—Es agua, nada más.

—Pero se filtra por las paredes y puede producirse un derrumbe —dijo Derek.

—Está bien.

Salieron de espaldas y llegaron a la subida que daba al sótano; cuando sus compañeros los vieron se extrañaron.

—¿Qué sucede? —preguntó Volker.

—Una maldita inundación —dijo Derek completamente cubierto de barro.

—Podríamos achicar el agua, hacernos con una bomba —comentó Volker, que siempre parecía tener un remedio para cada problema.

Stefan se sentó en la boca del túnel, necesitaba pensar un poco, encontrar una solución.

—Una bomba de agua no nos ayudará. Hasta que sepamos de dónde viene el agua y detengamos la fuga, podremos sacar parte del agua, pero llegará mucha más.

—En eso tienes razón —dijo Derek—, pero algo tendremos que hacer.

—Esperar, es lo único inteligente que podemos hacer —dijo con resignación Stefan.

—¿Esperar? ¿Qué sucederá si sube el nivel y comienza a desmoronarse todo? —comentó angustiado Johann.

—Está bien asegurado, no creo que se derrumbe por un poco de agua —le contestó Stefan.

—¿Podría llegar a inundarse entero y rebosar por aquí?

—No creo, Derek, pero si se diera el caso entonces sí que no nos quedaría más remedio que achicar. Pero no nos pongamos en lo peor. Tomemos unas cervezas y veamos qué pasa.

Estuvieron el resto del día bebiendo y charlando, la tensión era palpable, pero intentaron no dramatizar y pensar en ello lo menos posible. A poco más de las tres de la tarde sonó el timbre. Stefan fue a abrir, era el casero. No le veían desde el día del entierro. Los cuatro le habían acompañado hasta el cementerio y escucharon las breves palabras del sacerdote.

—Buenas tardes. ¿Han visto lo que está pasando en la calle?

Stefan dejó al hombre en la puerta y se dirigió al portal, al otro lado había un camión municipal de las aguas de la ciudad.

—¡Joder!

Stefan se aproximó a los hombres y comenzó a hablar con ellos después de ofrecerles un cigarrillo.

—¿Qué sucede? ¿Alguna avería?

—Sí, nos han avisado de que esos dos portales no tenían agua, hemos estado mirando por las alcantarillas, al parecer hay una rotura, pero me extraña que el agua no parece salir por ninguna parte. Lo normal sería que saliera por la calle, pero parece como si algo se la tragase —comentó unos de los operarios.

—Qué curioso —dijo Stefan.

Sus tres amigos salieron para ver qué sucedía y se aproximaron al camión de averías.

—Bueno, hemos localizado la avería. El agua está cortada, también en su edificio, bajaremos a arreglar la tubería —comentó el jefe de los operarios.

—¿Será algo muy grave? —preguntó Volker.

—Esta ciudad es muy vieja, el alcantarillado y las tuberías recorren todo el subsuelo, pero los del otro lado no las mantienen bien. No importa lo que hagamos aquí, si allí dejan que las cosas se estropeen y se pudran —se quejó el hombre.

Los operarios bajaron por una de las alcantarillas, achicaron parte del agua para descubrir la tubería afectada y comenzaron a soldarla, pero apenas habían terminado cuando uno de ellos observó que había un pequeño agujero, apuntó con su linterna y vio un túnel. Se lo comentó a su jefe y después ambos salieron de nuevo a la superficie.

Los dos hombres se fueron al vehículo y miraron los planos del subsuelo de la calle.

—¿Qué sucede? —preguntó Stefan nervioso.

—Es algo muy extraño. Hemos visto un túnel que no aparece en los planos. Esta calle es muy vieja, pero los planos son de fiar. Tendremos que informar. No puede imaginarse las cosas que encontramos últimamente.

Los cuatro se miraron preocupados, si daban parte a las autoridades estaban perdidos.

—¿Quieren unas cervezas? Han trabajado muy duro, yo mismo se las traeré —dijo Derek, y se fue a por ellas y las repartió a todos.

—Muchas gracias —comentó el jefe.

—Es un placer, ustedes nos han devuelto el agua corriente.

—Mario, puedes ir haciendo el parte —le pidió el jefe a su ayudante italiano.

Cuando se quedó solo con el grupo, miró a un lado y al otro antes de comenzar a hablar.

—¿Me van a contar qué sucede?

—Bueno, no entiendo a qué se refiere —dijo Derek.

—Debajo de esta calle hay un túnel que se dirige al otro lado del muro. Ustedes vinieron enseguida como conejos asustados al escapar de su madriguera. ¿Pueden explicarme qué hace ese túnel ahí debajo?

Se miraron entre ellos, no estaban seguros de que fuera buena idea contarle lo que estaban haciendo, pero si el hombre presentaba un informe a las autoridades, ya podían despedirse del túnel.

—Seremos sinceros con usted. Estamos construyendo un túnel para sacar a nuestras familias del otro lado. Nos queda muy poco para conseguirlo. Por favor, no le cuente a nadie lo sucedido —le suplicó Stefan.

El hombre se quedó callado, tomó dos tragos largos y después miró a su compañero.

—No informaremos del túnel. Mi compañero es italiano y hará lo que yo le diga, pero no rompan otra tubería, si tenemos que regresar mis jefes querrán saber qué sucede.

—Le aseguro que tendremos mucho cuidado —dijo Derek algo más calmado.

—Será mejor que continúe con el trabajo. Tenemos otros dos avisos, esta maldita ciudad está a punto de deshacerse como un maldito azucarillo en el agua. Ha sido un placer conocerlos, les deseo mucha suerte. La van a necesitar —dijo el hombre despidiéndose de ellos y subiendo a la furgoneta.

Le vieron alejarse y respiraron aliviados. Tuvieron que esperar dos días a que el agua se secara, pero no afectó a la estructura del túnel. A finales de la semana siguiente estaban a punto de acometer el último tramo del túnel, que era uno de los más delicados, salir por el otro lado a la superficie; si habían acertado, únicamente restaría planificar la huida y cruzar los dedos para que todo saliera bien.

28

Erich Mielke

Todos lo confundían con su tío Fritz, ambos tenían el mismo nombre, trabajaban para la Stasi y eran comunistas convencidos. Aunque la gran diferencia consistía en que su tío era el director de la organización y él un simple inspector de una zona de Berlín. Era cierto que gracias a la posición de su tío todos le temían y respetaban, aunque su tío Fritz nunca hubiera movido un dedo para ayudarle. Su padre y él no se llevaban bien. El primero nunca había militado en el partido, se había sumado a los nazis por interés y no había sufrido la persecución que su tío había tenido que soportar hasta escapar al exilio. Aunque la verdadera enemistad de Erich con su pariente era mucho más reciente. Después de que este le recomendase para la academia y le ayudase a conseguir un puesto en la Stasi, le habían llegado algunas informaciones de que su sobrino era un corrupto y sabía que aquello era cierto en parte. La mayoría de los agentes lo eran, su sueldo era escaso, a no ser que trabajasen de forma clandestina al otro lado del muro, y en cambio eran más conscientes que nadie de cómo se vivía en la RFA. Los miembros de la Stasi estaban bien pagados en comparación con otros cuerpos de seguridad, pero no lograban escapar de la mediocridad de la mayoría de los habitantes de la RDA. Una vida sin muchos lujos, privilegios ni oportunidades de mejora. En otro tiempo Erich había ayudado a algunos contrabandistas a vender en su zona mercancía ilegal y, sobre todo, había hecho la vista gorda por un módico precio respecto a algunas personas sospechosas.

Aquella etapa de corrupción había acabado bruscamente cuando su tío le había amenazado con la cárcel y la expulsión del cuerpo. El hecho de que le hubiera dado una segunda oportunidad únicamente se debía a que su tío no quería verse salpicado por el escándalo y que alguien pudiera decir que él tenía algo que ver con todo el asunto.

Desde entonces, Erich se había portado bien, era un buen oficial, incluso mucho más estricto que la mayoría, quería volver a ganarse la confianza de su tío y que sus superiores dejaran de mirarle con lupa.

El único acto ilegal que había cometido en el último año había sido la violación de Giselle, aunque él no lo consideraba exactamente un delito, ya que ella era contraria al Estado y por tanto no tenía derechos ni privilegios a los que aferrarse. Al principio se lo había tomado como un juego. Ella era una mujer indefensa, él un tipo sin muchos escrúpulos que únicamente quería jugar un poco, pero las cosas se habían desbordado. Aquella mujer le atraía realmente, pero no tan solo por su belleza, también por la fuerza que desprendía y su capacidad de sacrificio. Realmente había comenzado a amarla, un sentimiento que creía incapaz de sentir. A veces dudaba si se trataba realmente de amor o simple deseo de posesión. La consideraba casi su propiedad, su futura mujer.

La llave para llegar a Giselle era su hija. La mujer, como buena madre, era incapaz de hacer nada que la perjudicase, en aquel momento se encontraba profundamente vulnerable al estar lejos de su esposo. Debía aumentar la presión, conseguir que se fuera a vivir con él y que se separase de aquel hombre.

La esperó impaciente enfrente de la casa, y cuando vio que su suegra se marchaba con la niña llamó ansioso a la puerta. Esperaba la respuesta de la mujer, aunque sabía que tendría que aceptar su proposición si no quería atenerse a las consecuencias.

Giselle oyó el timbre y se dirigió a la entrada muy nerviosa, abrió torpemente el pestillo y se quedó parada enfrente del hombre. Tenía la cabeza agachada, las manos caídas en los costados y temblaba.

—¿Puedo entrar? —preguntó el agente con una sonrisa. Le fascinaba verla sumisa y aterrorizada, podía sentir el poder que tenía sobre ella.

La mujer hizo un leve gesto con la cabeza. Fueron hasta el salón y se sentaron.

—Ya sabes a qué he venido.

Giselle volvió a afirmar con la cabeza, sin atreverse a decir palabra.

—Ponme un café. Esta mañana he comenzado a trabajar muy temprano. Cada vez hay más gente intentando cruzar el muro, tenemos mucho trabajo. Se ha puesto de moda construir túneles, tenemos que cazarlos como ratas saliendo de las madrigueras.

La mujer le sirvió un café caliente y se quedó de pie frente a él.

—No te quedes ahí pasmada. Siéntate —le ordenó.

La mujer se sentó en la silla de enfrente, pero él se dio unas palmadas en las rodillas y le dijo:

—Aquí, palomita, no en la silla.

La mujer se sentó sobre las piernas del agente, se sentía avergonzada y asustada, pero no podía hacer otra cosa que obedecer.

—¿Ya tienes la respuesta a la proposición que te hice hace unos días?

—Sí —dijo Giselle.

—Bueno, soy todo oídos —comentó impaciente el hombre.

—Acepto tu propuesta —le contestó de forma seca.

—No es una forma muy romántica de hacerlo —bromeó el hombre—. Bueno, ahora que somos novios o amantes, como prefieras, ya no pondrás tantos remilgos. Imagino.

Mientras hablaba comenzó a tocarle la pierna y subir lentamente la mano hasta el muslo. Ella sintió un escalofrío, no podía soportar a aquel hombre, era todo lo contrario de Stefan, pero por el bien de su hija, hasta que lograran huir de Berlín Oriental, debía contentar a aquel hombre.

—Lo siento —contestó, e intentó bajarle la mano, pero él se resistió y le lanzó una mirada de enfado.

—No eres una niña, no me vengas con timideces. Mientras me termino el café quiero que vayas a tu habitación y te quedes tan solo con la ropa interior. ¿Lo has entendido?

Giselle se puso en pie, caminó despacio hasta la habitación, se quitó el vestido de flores y lo dejó doblado sobre la silla; después se quedó delante de la cama de pie, medio desnuda. Se sentía avergonzada y temerosa.

El hombre tardó un par de minutos en acudir, quería doblegar su voluntad, que supiera quién mandaba realmente. En cuanto entró en la habitación se la quedó mirando, era muy bella, de piel blanca y curvas perfectas. Nunca había tenido una mujer como aquella y mucho menos sin pagar, pero no era su cuerpo lo único que le atraía, sobre todo deseaba poseer su alma.

—Siéntate —le dijo de forma brusca—. Quítate el sostén.

La mujer lo hizo lentamente mientras sus pechos se liberaban y colgaban frente a aquel extraño; aquello le pareció una humillación peor que la violación de unas semanas antes. Quería convertirla en un juguete en sus manos.

—Bueno, ahora tenemos mucho tiempo —dijo mientras comenzaba a acariciarla.

Las siguientes dos horas fueron un suplicio, la utilizó como quiso hasta que se sintió totalmente satisfecho, después se quedó tumbado junto a ella fumando un cigarrillo.

—Eres un poco mojigata, pero yo te enseñaré, no te preocupes. En unas semanas habré conseguido un apartamento más grande, la Stasi les ofrece mejores viviendas a sus agentes casados. Tendrás que divorciarte y venirte a vivir conmigo, podrás traer a tu hija. Formaremos la familia ideal. ¿No crees?

Giselle apoyó la cabeza sobre el hombro del agente, no le contestó, su mente no podía dejar de pensar en Stefan. No sabía cuánto tiempo más podría resistir aquella situación. Si su marido no lograba sacarla de Berlín Oriental lo antes posible era capaz de cometer cualquier locura, se dijo mientras el humo del cigarrillo del hombre hacía pequeños círculos sobre su cabeza.

29

Una promesa

Alicia esperaba impaciente a su amigo. Sabía que Derek había logrado escapar y se encontraba en el otro lado del muro, aunque no entendía cómo había podido suceder. En esta ocasión no habían quedado en la casa de los españoles. No querían levantar sospechas ni rumores infundados. Algunas de las mujeres más asiduas eran capaces de inventarse cualquier cosa con la intención de hacer daño o por el simple disfrute de hablar mal de otras personas. Aquel café era discreto, se encontraba lejos de su casa y había suficiente gente para que, si alguien los veía, no pudieran decir que se estaban escondiendo. Alicia llevaba mucho tiempo viuda, podía hacer con su vida lo que quisiese, pero hacía mucho que le habían dejado de interesar los hombres, hasta cierto punto ni siquiera su propio esposo le había atraído demasiado. Desde niña le habían enseñado que el deber de una joven era casarse y tener hijos, no necesariamente en aquel orden, ya que su familia era libertaria y estaba en contra de muchos valores de la Iglesia católica, aunque paradójicamente, en cuanto uno escarbaba en ambas tradiciones no eran tan diferentes.

El hombre llegó un poco tarde, nadie sabía a qué se dedicaba exactamente, aunque muchos murmuraban sobre sus relaciones con los servicios secretos y su participación en actos contra los opositores comunistas.

—Siento la espera, a última hora he tenido que atender un asunto urgente.

—No te preocupes, a mi edad la impaciencia y la prisa son dos cosas totalmente extrañas.

Pidió un café al camarero, dejó el sombrero y el abrigo sobre una de las sillas y se la quedó contemplando unos instantes. No entendía cómo una mujer como aquella continuaba sola, era hermosa, inteligente y decidida.

—¿Qué miras? ¿Tengo monos en la cara?

—No, Alicia. Pero nunca me canso de observarte, eres como una obra de arte. Me recuerdas a esos cuadros de Julio Romero de Torres.

—Qué tonto eres —dijo la mujer ruborizándose un poco. No era indiferente a los halagos y tenía que reconocer que aquel hombre la atraía en parte.

—Ya sabes que soy cordobés, al menos de nacimiento, aunque viví mucho tiempo en Sevilla y en Madrid.

—Ya lo sé.

—No soy tan guapo como tu soldado de las Brigadas Internacionales, pero sé que podría hacerte muy feliz. Antes o después la niña se casará y estarás sola en un país extranjero.

—No estamos aquí para hablar de mí. Quiero que me cuentes qué pasó la otra noche.

El hombre se mesó el bigote unos instantes, como si necesitase pensar bien su respuesta, aunque en realidad no estaba seguro de lo que había sucedido.

—Bueno, avisé a la policía. Sabíamos dónde se alojaba, preparamos todo el dispositivo, pero cuando acudimos a la vivienda se había esfumado. De hecho, nadie estaba en la casa, como si se les hubiera tragado la tierra. Se trata de una pensión, pero todos habían huido. Sin duda, alguien le dio el soplo. Imagino que tiene contactos en la policía.

La mujer asintió con la cabeza varias veces mientras no dejaba de dar sorbos al café con leche. Los alemanes acostumbraban a servir inmensas tazas de un café algo aguado y poco fuerte, pero ya se había acostumbrado a aquel mejunje, normalmente no tomaba nada fuera de la casa de los españoles, su paga de viuda no le daba para muchos dispendios.

—Pues las cosas siguen como estaban. Continúan hablando, no sé cómo lo hacen, imagino que por teléfono o a través de alguien.

—Sin duda, pero ¿estás segura de que quieres que continuemos investigándolos? En el caso de que la Stasi descubriera algo, tu hija podría ir a la cárcel.

Alicia sabía perfectamente las consecuencias de una acusación de rebelión, pero creía que su hija necesitaba aprender una lección.

—Ella es una menor...

—Ya tiene más de dieciocho años —contestó el hombre.

—Una menor y no se hable más. Quiero que descubras qué demonios pasa. ¿Tú puedes viajar al otro lado?

—Sí, claro, tengo plena libertad para cruzar la frontera.

—Sé dónde trabaja ese hombre, puedo darte la dirección. Únicamente debes vigilarle y saber qué está tramando, después informa a la Stasi, yo ya me encargaré de que mi hija no se meta en líos.

—Mi informante hace tiempo que dejó de contactarme. Esta vez lo haré yo mismo. No te preocupes, dentro de unos días tengo que ir por unos asuntos al Berlín Occidental, descubriré qué trama ese tipo y conseguiremos meterle en la cárcel —contestó el hombre con una amplia sonrisa—. Aunque debes acordarte de que me prometiste...

—Yo siempre cumplo mis promesas, si ese pervertido termina entre rejas, seré tuya. No me convertiré en tu amante ni en tu esposa, pero durante una sola noche podrás hacer conmigo lo que quieras.

El hombre sintió un escalofrío, no había nada más gratificante que el deseo aplazado, que conseguir lo imposible y disfrutar de aquello que había soñado tantas veces. Alicia era un trofeo digno de él, no esas alemanas facilonas que conocía del partido y la Stasi. Una verdadera hembra española, pudorosa, pasional y morena.

—Eso me anima a meter a ese tipo cuanto antes entre rejas.

—Si le pegan dos tiros mejor —dijo la mujer con una frialdad que dejó al hombre algo asustado.

—Yo mismo se los daré —comentó mientras tocaba la pierna de la mujer bajo la mesa.

Ella le dejó hacer durante unos segundos, pero después lo apartó con cuidado y le dijo torciendo los labios:

—Te lo tienes que ganar primero.

García sintió cómo su deseo se acrecentaba, en aquel instante la habría poseído allí mismo, sobre aquella mesa del café. Respiró hondo y tomó de nuevo la taza. La miró a sus grandes ojos negros y sintió que lo devoraban, como dos pozos profundos oscuros y tenebrosos.

30

El túnel

Desde que habían concluido el túnel se sentían eufóricos. Sabían que ya era cuestión de días que pudieran reunirse con sus seres queridos. Cuando llegó el momento todos se encontraban nerviosos, vigilaban sus pasos con mayor cuidado que nunca, no querían que en el último momento todo se echase a perder. Hubiera sido una fatalidad que encontrándose tan cerca de conseguir su objetivo todo se fuera al traste por una imprudencia o por la maldita impaciencia que parecía minar el ánimo de todos.

Al principio dudaron si traer a los del otro lado un día de diario o un domingo. En ambos casos había sus pros y sus contras. Los días de diario había más vigilancia en el muro, pero las actividades cotidianas de la gente podían ayudarles a que sus pasos pasaran más desapercibidos, en día festivo corrían el peligro de que pudiera levantar sospechas un grupo de personas demasiado próximas al muro. Al final optaron por la primera opción.

Aquella mañana era muy temprano cuando entraron en el túnel. Se habían preparado bien, llevaban todo lo necesario, incluidas dos pequeñas pistolas de corto alcance. En sus mochilas portaban un poco de agua, tabaco y comida. No sabían lo que podía suceder cuando estuvieran en el otro lado, era mejor estar prevenidos. Se desplazaron con un pequeño carrito fabricado por ellos mismos, tenía cuatro rodamientos grandes y una cuerda de la que tirar para desplazarse más rápido que ir arrastrándose sobre el suelo húmedo; además, pensaban que las mujeres se moverían con mayor facilidad, y la velocidad era uno de los factores imprescindibles para que todo saliera bien.

Mientras ellos comenzaban a deslizarse por el túnel, los fugitivos ya estaban en la zona. La habían explorado durante unos minutos y después se habían dirigido a un bar próximo para no levantar sospechas. En cuanto entraron en el local, los obreros que solían tomar algo de aguardiente antes de acudir al trabajo los observaron con curiosidad. Se sentaron a una de las mesas más apartadas, pero los parroquianos del local no les quitaban la vista de encima, no parecían personas del barrio, sus trajes eran mucho más elegantes, más bien parecían estudiantes u oficinistas del otro lado de la ciudad. Cuando se cansaron de observarlos, volvieron a sus conversaciones cotidianas, comentaron el partido de futbol de la noche anterior y el frío que aún persistía a pesar de la proximidad de la primavera.

Desde el local se contemplaba a la perfección lo que muchos llamaban la franja de la muerte, también las torres de vigilancia y el omnipresente muro. En los últimos meses todo giraba en torno a él. Ya no tenían vida, esperanzas o sueños, lo único que importaba era cruzar al otro lado, arriesgarlo todo a lanzar una moneda sin que pudieran estar seguros de que saldría. El alambre de espinos los atemorizó, no era lo mismo verlo desde lejos que a aquella distancia, de alguna manera mostraba la verdadera cara del régimen; detrás de sus discursos patrióticos, de su paternalismo, de aquella piel de cordero y fraternidad, se escondía su verdadero aspecto represor y asesino, se dijeron mientras los minutos pasaban despacio en el reloj.

Un hombre vestido de negro entró en el bar, pasó desapercibido para la mayoría de los clientes, pero los refugiados lo miraron con una mezcla de temor y esperanza. El hombre llevaba un periódico enrollado bajo el brazo, la señal que habían estado esperando. Siguieron con disimulo al extraño y en cuanto salieron a la calle se dividieron en dos grupos, cada uno dirigiéndose por diferentes calles hacia el mismo objetivo. Curiosamente, como si lo hubieran ensayado con anterioridad, los dos grupos llegaron a la puerta a la vez, se miraron con cierto temor e incertidumbre.

Los guardias vigilaban la calle con el ceño fruncido y desde las torres de vigilancia intentaban averiguar las intenciones de los transeúntes despistados, los niños que jugaban al futbol en un descampado próximo o las parejas que se besaban discretamente entre los coches.

El grupo entró en la casa y bajaron las escaleras emocionados, al otro lado de aquella puerta les esperaba la libertad.

Los excavadores nunca se habían atrevido a salir al otro lado, ni siquiera a romper el fino suelo de cemento, de alguna manera pensaban que aquella fina capa de tierra les protegía de lo que pudieran encontrar al otro lado. Mientras daban los últimos golpes al suelo del sótano y sentían la tierra sobre sus caras, no podían dejar de temblar, emocionados y asustados al mismo tiempo. Después de algo más de quince minutos de esfuerzo, el agujero parecía lo suficientemente grande, pero para su sorpresa algo de madera parecía estar justo encima de sus cabezas.

Los refugiados lograron entrar en la casa, después se dirigieron directamente al sótano y miraron por el suelo, pero no vieron ningún agujero.

Uno de los guardias divisó a la última persona entrando en el edificio y la observó extrañado. Llevaba casi seis meses en aquella torre de vigilancia y nunca había visto a tanta gente entrar en aquel edificio. Las autoridades prohibían las reuniones de más de siete u ocho personas, a no ser que hubieran solicitado el correspondiente permiso. El hombre se acercó a la mesa que tenía dentro de la garita y comprobó el informe del día. En el documento solía detallarse con claridad cualquier tipo de excepción. Desde unas obras en la zona, una reunión legalizada o el cambio de domicilio de un nuevo vecino. No encontró ninguna comunicación oficial que explicara qué hacía toda esa gente allí. Sabía que a veces los informes se traspapelaban y aunque era un engorro informar a su superior y que mandasen unos hombres al edificio, mucho peor sería tener que dar explicaciones de por qué no había hecho nada al ver a un grupo inusitado de gente entrar en una casa cercana al muro.

El policía llamó a su superior y este envió media docena de hombres a que controlasen la casa. La policía de frontera tenía plena autorización para registrar cualquier vivienda sin aviso previo, la simple sospecha de que se estuviera tramando algún tipo de fuga era suficiente para violentar cualquier lugar, fuera particular, público, sagrado o profano.

Los soldados llamaron a la puerta y prepararon sus fusiles, no obtuvieron respuesta; el oficial pegó el oído a la puerta y ordenó a dos de sus hombres que la derribasen.

Los excavadores golpearon con sus picos la madera, esta se deshizo casi de inmediato. Se dieron cuenta, en ese momento, que se trataba del suelo de algún tipo de armario. Uno de ellos pasó la cabeza y sus ojos apenas distinguieron nada en la oscuridad, oyó el chillido de un ratón asustado y percibió un fuerte olor a naftalina.

Los refugiados escucharon el ruido de la puerta de arriba e inmediatamente después notaron cómo se movía el armario. Se unieron para desplazarlo y vieron la cabeza de un hombre que asomaba por el agujero.

La policía echó la puerta abajo y echó a correr escaleras abajo; el sonido de sus botas repiqueteando en el suelo de cemento hizo que retumbase toda la casa. Los excavadores apremiaron al grupo a que entrase al túnel mientras ellos sacaban sus armas. No habían llegado tan lejos para que ahora les detuvieran, se dijeron mientras los primeros refugiados comenzaban a entrar en el túnel. La puerta de madera del sótano empezó a resquebrajarse cuando el último refugiado había entrado en el túnel. Los dos excavadores se acercaron a la boca negra del agujero y mientras el primero descendía, el segundo no dejaba de apuntar a la puerta, que parecía a punto de ceder.

Tercera parte

AL ESTE DEL EDÉN

31

Recordar

La noticia los dejó casi sin aliento, dos familias habían sido descubiertas mientras intentaban huir por una calle próxima a la que ellos habían excavado el túnel. Al parecer se produjo un tiroteo entre los excavadores y los guardas, y a pesar de llegar al lado occidental uno de los excavadores fue asesinado por la policía de frontera. No era el primer túnel descubierto desde que comenzaran el suyo, pero les impresionó la frialdad con la que la policía la emprendía a tiros contra cualquiera que intentase escapar de la RDA. Estaban a punto de concluir la salida del túnel, pero no querían precipitarse. Si esta se encontraba a la vista demasiado pronto, alguien podía descubrirla; antes tenían que elegir el día de la fuga, contactar con sus mujeres y organizar los últimos preparativos.

Stefan dejó el periódico sobre la mesa del comedor y se puso a caminar nervioso por el salón. Después de tantos meses, consideraba aquel piso casi sin muebles, oscuro y húmedo, su verdadero hogar. El resto de sus compañeros eran como hermanos para él. El trabajo duro, los meses de angustiosa preparación de aquella fuga y todos los problemas que habían tenido que superar juntos les habían unido de una forma que ninguno de ellos habría imaginado jamás. Eran un grupo variopinto. Dos delincuentes, un adolescente perdido y un albañil que ahora conducía tranvías. Dos de ellos se habían criado en la RDA, aunque las vidas de Johann y Stefan no habían podido ser más diferentes: el joven pertenecía a una generación privilegiada que apenas había sufrido las privaciones de la guerra y la posguerra, únicamente había conocido el comunismo y, mal que bien, el régimen había cubierto sus necesidades básicas. Derek y Volker eran el resultado de los excesos de los Aliados en Alemania, formaban parte del gran número de huérfanos que había producido la guerra y de una delincuencia provocada por la necesidad y los problemas derivados de una paz mal planificada. A pesar de haberse criado en dos sistemas distintos y en dos mundos casi antagónicos, todos eran alemanes y tenían una herencia cultural común. Su país nunca había tenido una verdadera democracia, a excepción de la República de Weimar; siempre habían vivido en una sociedad polarizada, en búsqueda constante de su identidad y de líderes fuertes que la dirigieran. Eran víctimas de una forma de pensar y de entender el mundo, pero mientras que la mayoría se había conformado con sufrir aquellas divisiones arbitrarias, las vejaciones de una paz incondicional y el desmantelamiento del Estado, ellos se resistían a dejarse llevar por la marea de la historia.

Stefan miró a sus amigos, se sentía orgulloso de ellos, juntos habían construido aquel túnel de treinta metros, sin ayuda, sin apoyo económico y con muy poca experiencia. En los últimos tiempos habían oído de algunos túneles subvencionados por televisiones norteamericanas, que veían en su desgracia un divertimento para los millones de espectadores de Estados Unidos; ellos no le debían nada a nadie. Eran dueños de su destino.

—¿Te encuentras bien? —preguntó Derek al ver a su amigo moverse sin parar por el salón. Todos estaban inquietos ante el inminente fin del túnel; en muchos sentidos, cuando salieran a la superficie en el otro lado, ya no tendrían más excusas, no les quedaría más remedio que enfrentarse a la realidad.

—Sí, estoy un poco nervioso y emocionado. ¿Sabes cuánto hace que no veo a mi familia? ¿Crees que la niña me recordará?

Derek sonrió a su amigo, se puso en pie y colocó la mano derecha sobre su hombro.

—Los niños no tienen muy buena memoria, pero te aseguro que contará a sus hijos y nietos lo que hiciste por ella y su madre. Eres un jodido héroe.

—Siempre bromeando. ¿No puedes tomarte nada en serio? —dijo algo molesto Stefan. Entendía que a su amigo le molestasen los momentos solemnes, carecía del mínimo sentido de la épica, en muchos sentidos era un descreído.

—No estoy de broma. Te admiro profundamente. Nosotros somos unos granujas, estamos acostumbrados a vivir en la clandestinidad y al margen de la ley, pero tú eres un honrado ciudadano al que no le ha quedado más remedio que enfrentarse al sistema.

—Todos somos iguales, de una u otra manera. ¿No crees?

—No lo somos. La mayoría de la gente tiene una sensación de seguridad y estabilidad ficticias. Piensan que mientras se comporten de cierta manera y hagan ciertas cosas, todo saldrá bien, pero tú no eres de ese tipo de personas, Stefan. Sabes tan bien como yo que todo es efímero, pasajero e irreal. Nuestra vida siempre pende de un hilo. Puede que sea por una decisión política, un desastre bursátil, una desgracia natural, un accidente o un crimen, pero en un segundo podemos desaparecer de este mundo. No nos podremos llevar nada de él y, lo que es más triste, en unos pocos años nadie se acordará de nosotros. Los reyes construyen palacios y ganan batallas, los estadistas modifican leyes y transforman naciones. Los ciudadanos les levantan estatuas, les dedican poemas o libros, pero ¿quién se acordará de nosotros? Nuestro único legado es la memoria de nuestros seres queridos, permanecer en sus recuerdos.

—La memoria no es tan sólida como una estatua de bronce o una lápida de mármol —dijo Stefan algo decepcionado. El saberse finito no era nada agradable. En otras ocasiones había tenido aquella desagradable sensación de futilidad, pero siempre había intentado ahogarla con pequeños placeres. Muchos creían que un albañil, un simple operario, no pensaba en aquellas cosas, que la gente humilde no tenía la capacidad de reflexionar sobre la vida, demasiado ocupados en sobrevivir, pero él se lo había preguntado muchas veces. Se sentía preso de una vida pequeña, de un cuerpo que se le quedaba estrecho e incómodo.

—Es cierto, pero prefiero ser amado con intensidad por Zelinda, permaneciendo únicamente en su recuerdo, que mi nombre pueda leerse en todos los libros de historia y la gente invente canciones en mi honor. Tú sabes, tan bien como yo, que lo difícil es que alguien te ame a pesar de ser como eres.

—Bueno, al final la muerte se llevará a todos nosotros —dijo Stefan intentando zanjar la cuestión.

Derek se quedó pensativo, como si aquella conversación le hubiera hecho replantearse muchas cosas, después tomó la botella de la ventana y sirvió algo de vodka a su amigo.

—No nos pongamos fúnebres. Tenemos que pensar cómo comunicar a las mujeres el día de la fuga, darles instrucciones para que eviten a los policías, y la dirección exacta. En muchos sentidos este es el momento más delicado de todo el plan.

—Tienes razón, no podemos cometer ningún error justo ahora —dijo Stefan mientras tomaba el vaso.

Volker se acercó a los dos hombres y se sirvió un trago, después señaló con el dedo el mapa y con una voz ronca les comentó:

—Creo que es mejor hacerlo al anochecer, esta calle es menos transitada a esas horas. Los guardias cambian el turno a eso de las once, tendrían que situarse en una zona cercana justo antes del cambio, después correr hacia la casa y entrar. Nosotros deberíamos esperarlas. Ya lo hemos comentado un millón de veces.

—No está de más que volvamos a repasarlo todo. Mañana llegaremos al otro lado, es mejor que esté todo preparado. Una vez que abramos el túnel ya no habrá vuelta atrás —dijo Derek algo molesto por las palabras de Volker, que siempre parecía impaciente por actuar.

—Tú no arriesgas demasiado, pero nosotros lo arriesgamos todo —dijo Stefan disgustado.

—No perdamos los nervios. Ahora es cuando tenemos que estar más tranquilos. Me pondré en contacto con Zelinda, ella hablará con tu esposa. Creo que es mejor que os veáis a través del muro antes de que vengan, eso te calmará un poco los nervios. Yo les pasaré todas las instrucciones, tengo un amigo que me ayuda en estas cosas —comentó Derek a su amigo.

—¿Podemos fiarnos de él? —preguntó Stefan, al que siempre le ponían nervioso estas cosas.

—Hasta ahora no me ha fallado, esperemos que justo en este último mensaje nadie le descubra.

—Esperemos —contestó angustiado Stefan. Tomó uno de los cigarros de Derek y comenzó a fumar, tosió un poco al sentir el humo en los pulmones. Llevaba años sin llevarse un cigarrillo a los labios.

—Tranquilo —dijo bromeando Volker, mientras le daba unos golpecitos en la espalda.

Acordaron el día, la hora, marcaron todos los detalles del plan y, cuando terminaron, Derek tomó el abrigo y se dirigió a la taberna donde solía encontrarse con el familiar de Zelinda.

El hombre estaba tomando un poco de vino cuando lo vio entrar, Derek pidió una cerveza y se sentó a su lado. Miró el bar, pero no parecía haber nadie observándoles.

—Este será el último encargo. Tienes que dar este mensaje a mi novia, ya no te necesitaré más.

—Muy bien, pero al ser la última vez el precio sube. Llevo meses arriesgándome por ti y no quiero terminar en la cárcel.

Derek frunció el ceño. Odiaba a gente como aquel tipo. Dispuestos a vender su alma por un poco de dinero. Él siempre había sido un contrabandista, pero no creía en nada, no se debía a ninguna causa. Simplemente era un superviviente, jugando la mala mano que la vida le había ofrecido al nacer.

—Está bien, pero es muy importante que le des el mensaje cuanto antes, que después lo destruya. Si me traicionas lo sabré, puede que me metan en la cárcel, pero te buscaré cuando salga o mandaré a alguien para que te dé tu merecido.

El hombre apenas cambió el gesto, sabía cuándo era mejor estarse callado y en qué momento hablar. Haría su trabajo, tomaría el dinero y después se olvidaría de todo aquel asunto para siempre.

Derek le entregó el papel y se marchó del local a toda prisa. La noche era fresca, pero nada que ver con los últimos meses, la primavera estaba en todo su esplendor y pensó lo agradable que sería dentro de unas semanas poder ir con su novia al campo, pasar la tarde tumbados sobre una manta mientras dejaban pasar las horas, conscientes de que ya nada les podía separar.

En cuanto se alejó, García apuntó algo en una pequeña agenda, conocía a aquel tipo. Era un español que de vez en cuando iba a Berlín Oriental, era un familiar de Alicia. Los había visto hablar en alguna ocasión. No tenía más que esperar a que entregase la nota, después le obligaría a que le contase todos los detalles. Las ratas como esa eran demasiado cobardes como para resistirse, y mucho menos por salvar el pellejo de unos extraños. Después tomó un sorbo de té, quería tener la mente despejada aquella noche, esta vez nada podía salir mal.

32

Entre dos tierras

Peter Fechter acababa de cumplir los dieciocho años, su padre era ingeniero mecánico, y su madre, vendedora. Desde adolescente había ido a visitar a su hermana que vivía en el Berlín Occidental. Siempre que cruzaba las calles que separaban aquellos dos mundos tan diferentes tenía la misma sensación. Después de visitar a su hermana siempre sentía lo mismo, tenía que vivir en el otro lado, aunque solo fuera por un breve espacio de tiempo. No quería arrepentirse algún día de no haberlo intentado. Lo único que le retenía eran sus padres, pero sabía que cada semana, como había hecho con su hermana, podía ir a verlos, comer con ellos los domingos y regresar al otro lado para trabajar. Cuando un año antes las autoridades levantaron el muro, estuvo unos días deprimido, no entendía por qué el Gobierno había creado aquella barrera inútil, truncando sus esperanzas y separándolo de su hermana.

El único ser al que le confiaba todos sus anhelos y temores era a Helmut Kulbeik. Ambos tenían las mismas aspiraciones, y les gustaba caminar por las tardes, sentarse en el banco de algún parque y dedicarse a soñar, mientras a corta distancia veían iluminarse cada noche el largo y sinuoso muro.

En uno de sus paseos vieron una vieja fábrica abandonada justo en el límite de la famosa franja de la muerte. El local en ruinas estaba muy cerca del conocido paso de Checkpoint Charlie. Los dos amigos comprobaron que podían guarecerse allí, y en un descuido de los guardas, correr la franja de la muerte y saltar las dos tapias que les separaban del Berlín Occidental. Ambos se encontraban en buena forma, no les sería muy difícil escalar y llegar al otro lado.

Mientras se alejaban de aquel lugar, Peter se giró y vio las banderas norteamericanas hondeando al otro lado. Sintió una especie de escalofrío, para él simbolizaban, en algún sentido, la libertad, todo aquello que llevaba años soñando.

Aquella noche apenas cenó. Se fue pronto a la cama, pero no pudo conciliar el sueño, se levantó pronto. Preparó las cosas y le dijo a su madre que había quedado con su amigo, le esperó cerca de casa y, como era la hora de almorzar, tomaron algo ligero antes de dirigirse al taller abandonado. Cuando se ocultaron era un poco antes de las dos de la tarde. No les costó demasiado introducirse a toda prisa por una puerta medio arrancada del local abandonado y colocarse frente a la fachada que daba a la zona despejada. Miraron por una de las ventanas. Los guardas parecían mirar cada diez minutos a aquella franja que los separaba de las dos paredes. Calcularon que tardarían poco más de dos minutos en llegar a la primera y otros dos o tres en saltar al otro lado. No tenían mucho margen, si se caían o perdían algo de tiempo podían encontrarse en serios problemas. A aquellas alturas más de una decena de personas habían sido asesinadas por los guardias, estaban convencidos de que no dudarían en dispararles si era preciso.

Peter y Helmut levantaron la vista para asegurarse de que nadie los miraba desde la torre de vigilancia y corrieron con todas sus fuerzas. Mientras sentían el aire en su cara, casi igualados en la carrera, intentaron imaginar que aquella era una de tantas carreras en las que se habían enfrentado en la escuela. En aquel momento no había chicas observándolos ni el profesor tocando el viejo silbato para que se pusieran a correr, pero sentían la misma excitación por llegar a la meta. Los pies de los dos jóvenes parecían volar sobre el polvo, apenas se distinguían sus rápidas piernas, pero en el último momento Helmut aceleró y llegó con unos segundos de ventaja al primer muro. Ambos dieron un salto y lograron agarrarse a la parte superior, Peter notó cómo una púa de hierro se le clavaba en el dedo, pero no dio el más mínimo gemido, se limitó a saltar al otro lado y comenzar a escalar el segundo muro. Su amigo prácticamente estaba arriba del todo cuando él comenzó a escalar. Entonces se oyeron los zumbidos y las detonaciones.

—¡Joder! —gritó Peter mientras una bala le pasaba rozando.

Helmut se giró un segundo antes de saltar al otro lado, logrando esquivar varias balas. Tenía una sonrisa en los labios y la adrenalina le golpeaba las sienes, aquella era una de las experiencias más emocionantes que había experimentado en toda su vida.

Peter comenzó a sonreír cuando se encontró en la parte alta del segundo muro, simplemente tenía que saltar y estaría justo al otro lado. Entonces sintió un fuerte dolor en la pelvis. Al otro lado, la gente que estaba esperando en la fila del paso fronterizo comenzó a jalearles. Helmut cayó de pie, levantando una pequeña nube de polvo, se giró y vio a su amigo entre la alambrada y el muro.

—¡Peter! —gritó, y dio un paso hacia atrás, pero varios impactos de bala justo delante de sus pies le frenaron.

Peter intentó incorporarse, únicamente tenía que desenredarse del alambre y dejarse caer, pero el dolor era insoportable. El chico se revolvió e intentó moverse de nuevo, pero sin éxito.

Varios soldados llegaron hasta el lugar, acordonaron la zona para alejar a los curiosos y apartaron a un lado a Helmut. Le pusieron una manta a pesar del calor del día, el muchacho estaba temblando, las lágrimas ensuciaban su cara manchada de grasa y polvo.

—¿Quién es el otro chico? —le preguntó un sanitario.

—Es mi amigo Peter, tienen que ayudarle, está herido.

Los soldados se acercaron un poco al otro muchacho, pero los disparos comenzaron a sonar. El joven estaba en tierra de nadie, no podían sacarle de allí sin arriesgarse a que los guardas del otro lado le disparasen.

—Me llamo Tom, intentaremos ayudar a tu amigo. No te preocupes —dijo el sanitario mientras se ponía en pie y se dirigía al oficial.

Los dos hombres hablaron en inglés y, mientras discutían, se aproximaron varios policías de la RFA. Helmut se puso en pie e intentó acercarse de nuevo al muro. Dos soldados lo retuvieron.

—¿Cómo estás, Peter? —le gritó con todas sus fuerzas.

Su amigo movió una mano, sentía un dolor intenso que apenas le permitía moverse.

—Estoy bien, pero necesito ayuda. Pierdo mucha sangre —contestó asustado. No quería morir.

Aunque su voz parecía firme, apenas podía disimular que sentía miedo. Cada vez tenía más frío, la cabeza le daba vueltas y comenzó a acordarse de sus padres. Pensó que saldría en las noticias y su madre se preocuparía, era lo último que deseaba, ellos siempre lo habían cuidado, lo amaban profundamente y hubieran hecho cualquier cosa por él. No quería que lo vieran colgado en tierra de nadie. Comenzó a llorar, primero con fuerza, pero enseguida se sintió cansado e intentó calmarse un poco.

El sanitario se acercó hasta Helmut, lo abrazó e intentó que se calmara.

—Por ahora no podemos acercarnos, van a hablar con el otro lado al más alto nivel. Seguro que todo se soluciona. —Después se aproximó a Peter y le lanzó unas gasas.

El joven intentó tomarlas del alambre de espinos, pero apenas tenía fuerzas.

—Intenta taponarte la herida —dijo el sanitario, que con haber dado dos o tres pasos hubiera estado a la altura del joven. El hombre sintió una fuerte opresión en el pecho, le partía el alma ver a aquel muchacho, poco más que un niño desangrándose poco a poco.

El oficial se acercó a él y negó con la cabeza, al parecer los mandos del otro lado no permitirían que nadie se acercara al joven. La multitud comenzó a gritar, los soldados tuvieron que empujarlos para que no se acercaran al muro, mientras, desde la torre de control, todos los guardas apuntaban a la gente, dispuestos a disparar al menor intento de aproximarse al joven.

—¡Peter! —gritó de nuevo Helmut.

Su amigo ya no tenía fuerzas para responderle, intentó mover la mano, pero no pudo. En su mente comenzaron a pasar las imágenes de la última comida en familia con su hermana poco más de un año antes. Las risas, las bromas se confundían con un brindis solemne que hizo su padre animado por el vino. «Siempre juntos», dijo mientras chocaban sus copas. Esas fueron las últimas palabras que cruzaron su mente antes de apagarse, sus ojos miraron las banderas que estaban por encima de su cabeza, hondeaban al viento y justo antes de morir comprendió que ya era libre y que ningún muro podría detenerlo jamás.

El español miró horrorizado al joven mientras agonizaba. Se encontraba en la fila justo cuando sonaron los disparos, se giró y vio a los dos chicos saltando. El Checkpoint Charlie no era el paso por el que solía viajar a la RDA, pero aquel día parecía menos abarrotado que de costumbre y se decidió a ir por ahí. Aquel lugar era siempre un hervidero de turistas, curiosos, viajeros y militares. Un anacronismo en aquella Europa que comenzaba a cicatrizar las heridas de la Segunda Guerra Mundial. Mientras avanzaba en la fila no podía dejar de mirar hacia atrás, expectante como el resto e indignado de que las autoridades orientales no permitieran que se acercara un sanitario a socorrerle. Había cosas que estaban por encima de la ideología; el deber de socorro y la protección a la vida eran más importantes que ganar una nueva partida en aquel inmenso tablero en el que se había convertido Alemania.

—Es indignante. ¿No le parece? —dijo un hombre en perfecto español justo a su lado. El hombre lo miró sorprendido. No había muchos compatriotas en Berlín, pero era aún más raro que alguien se dirigiera a ti directamente en tu idioma.

—¿Nos conocemos?

—No tengo el gusto. ¿Viven en la parte oriental u occidental?

—Algunos estamos entre dos aguas. Es una pena que no podamos aprovechar lo mejor de cada lado —comentó el hombre.

—En la vida muy pocas veces podemos permitirnos el lujo de ser neutrales. ¿No cree? Perdóneme que no me haya presentado. Mi nombre es Leandro García, llevo aquí desde finales de los cuarenta, casi toda una vida.

—Encantado, Felipe Bachiller. Para servirle.

—¿Viaje de negocios?

—¿Acaso hay de otro tipo? Tengo algunos asuntos que resolver, ahora que está el muro la gente necesita más que nunca a los que podemos pasar a uno y otro lado con cierta facilidad. Nunca pensé que ser un apátrida tuviera sus ventajas.

—Ni que lo diga, aunque imagino que echará de menos aquello.

—Bueno, yo me marché voluntariamente, por asuntos económicos, no políticos, pero sí, la tierra siempre nos tira.

Los dos hombres llegaron hasta la garita de los soldados y García le invitó a pasar primero, después cruzaron sin dificultad ambos controles y caminaron juntos hasta el autobús.

—El mundo es un pañuelo —dijo García al tomar el mismo transporte.

—Ni que lo diga. Me gusta hablar un poco en mi idioma, a veces siento que lo estoy perdiendo, ya sueño hasta en alemán. ¿No le parece una locura?

—Sí, es una locura. No es natural que tengas que dejarlo todo y adaptarte a una nueva cultura —comentó García con cara de resignación.

—¿Por qué dejó usted España?

—Razones políticas. La guerra, la persecución franquista, el miedo a terminar delante de un pelotón de fusilamiento. Nunca pensé que la dictadura fuera tan larga y dura.

Llegaron a Alexanderplatz y se despidieron, aunque antes de que el autobús se pusiera en marcha de nuevo

García siguió a cierta distancia al hombre. Tomaron el suburbano y el hombre se bajó cerca de la universidad. García sabía que, sin duda, se dirigía a una reunión con Zelinda. Esperó fuera de la facultad y cuando el español salió de nuevo lo siguió hasta unos jardines cercanos, a aquella hora estaban solitarios y no era muy difícil llevar a aquel tipo a un rincón y sacarle toda la información que quisiera.

Justo cuando el español estaba llegando a la zona más alejada del edificio, García sacó una pistola pequeña y se la hincó en los riñones. El hombre se paró instintivamente y levantó la mano. Al principio pensó que se trataba de un asalto, a pesar de que la RDA era uno de los países más seguros del mundo.

—Tranquilo, lo único que quiero es un poco de información —comentó García sin dejar que el otro se diera la vuelta.

—Pero, es usted...

—Bueno, creo que nos dedicamos a lo mismo, compra y venta de información. Ahora va a ser inteligente y decirme qué decía la nota que ha entregado a la señorita.

—No la he leído —dijo el hombre con la voz entrecortada.

—Ambos sabemos que ha leído esa maldita nota. El sobre no parecía cerrado y usted está interesado en la suerte de la chica. ¿Verdad?

Aquellas palabras le pusieron aún más nervioso. ¿Qué le sucedería a la chica si contaba la verdad?

—No tengo mucho tiempo ni paciencia. Un tiro en el hígado o el estómago tiene mal arreglo. ¿No cree?

—No va a dispararme, las autoridades...

—¿Para quién cree que trabajo?

El español comenzó a sudar, sentía el corazón acelerado y le costaba pensar con claridad.

—Está bien, pero me promete que no le pasará nada a la chica.

—Tiene mi palabra, queremos a los tipos que están al otro lado, pero debemos saber qué se proponen. No es sencillo proteger este paraíso de gente facciosa y terrorista como esos hombres.

El español no contestó, pero respiró hondo e intentó con el codo desarmar al tipo que le apuntaba. García intuyó el golpe y le disparó a la pierna. El arma tenía puesto el silenciador y lo único que se pudo oír fue el grito de dolor del individuo.

—No era una buena idea, es su última oportunidad.

El hombre se sujetaba la pierna herida, pero cuando García le apuntó debajo de la barbilla, levantó la cara y lo miró directamente a los ojos. Le explicó brevemente el contenido de la nota.

—Muchas gracias. Ha sido un placer conocerle —le dijo mientras apretaba el gatillo. El español no esperaba la muerte, en cierto sentido para cualquier ser humano es siempre una sorpresa, aunque tengas el cañón de una pistola apuntándote la garganta.

García dejó el cuerpo detrás de unos matorrales y después se dirigió tranquilamente a la parada del autobús. No es que fuera un asesino profesional, pero era consciente de que la vida y la muerte eran únicamente un convencionalismo, un pequeño cambio de estado. Matar a alguien era simplemente adelantar lo inevitable, se dijo mientras subía al autobús. Ahora que tenía toda la información prepararía bien el terreno y capturaría a todo el grupo. Sus jefes de la Stasi se iban a poner muy contentos, le darían un ascenso, una pequeña recompensa económica, y su querida Alicia se abriría de piernas para él. ¿Alguien podía pedir más a aquella mañana soleada de primavera?

33

Encuentro

Zelinda salió de la casa preocupada. Giselle parecía muy deprimida, casi sin fuerzas. La última vez que la vio se encontraba desanimada, pero ahora parecía realmente hundida. Tenía un aspecto desaliñado, la casa también estaba sucia y desordenada. La niña lloraba en la habitación y al parecer había echado a su suegra de la casa. No se atrevió a preguntarle lo que le sucedía, pero se lo imaginaba. La Stasi debía de estar encima de ella y la policía era capaz de destrozar la vida de cualquiera que osara rebelarse contra el Estado.

No estaba segura de si sería buena idea intentar fugarse con ellas, en cuanto se aproximara al muro la descubrirían. Decidió llamar desde una cabina a Derek, si al menos él pudiera saber la verdad y aconsejarle qué podían hacer.

Entró en una de las cabinas y le llamó al trabajo, por razones de seguridad no podían entrar en los detalles. No era sencillo utilizar todo el tiempo eufemismos y palabras con doble intención, pero era la única forma de evitar que alguien que estuviera escuchando o grabando pudiera entender nada.

—Derek, gracias a Dios que podemos hablar.

—Hola, cariño. ¿Te llegó mi regalo?

—Sí, me ha gustado mucho y me muero de ganas de estrenarlo. A mi amiga también le gusta mucho, pero la otra no se encontraba bien y no estoy segura de que pueda ir a la fiesta.

Derek se quedó un momento callado, como si estuviera traduciendo toda aquella información.

—No lo entiendo bien. ¿A ella no le gusta el traje?

—Sí, claro que le gusta, pero no se encuentra bien. No podrá ir a la fiesta, a no ser que mejore en el último momento. Ya sabes que, en los últimos días de la primavera, los cambios de tiempo son muy bruscos.

—¿Has hablado con ella? ¿Le preguntaste si fue al médico?

—No, no tengo tanta confianza, pero se ve claramente que está enferma.

—Se lo diré a mi amigo, ya teníamos hechas las parejas. Es una pena, pero tal vez hable con ella, a veces nos curamos de un día para otro. Gracias por llamar. Un beso.

Derek colgó el teléfono y se levantó de la mesa, tomó el abrigo y se dirigió directamente a la línea en la que trabajaba Stefan. Debía saberlo cuanto antes, todo estaba previsto y no podían retrasar más la salida. El día elegido era el 15 de junio, en dos semanas las chicas estarían a salvo.

Stefan se extrañó cuando vio subir a su amigo al tranvía. No estaba permitido hablar con los pasajeros, pero siempre se hacían excepciones, cuando alguien tenía una duda o no sabía bien en qué estación apearse.

—Tenemos un problema —le comentó directamente Derek a su amigo.

—¿Un problema? El túnel está listo, únicamente queda salir a la superficie y traer a las chicas. Estamos en los primeros días de mes y tenemos la fecha señalada. ¿Cuál es el problema?

—Tu esposa no se encuentra bien. No sabemos qué le sucede, pero al parecer no se encuentra en condiciones de viajar. Si cualquiera de ellas o nosotros falla terminaremos en la cárcel o algo mucho peor.

Stefan le miró sorprendido. No entendía qué podía estar pasando por la mente de Giselle. Llevaba meses acosada por la policía secreta, sin trabajo e incluso sabía que un agente la había estado persiguiendo, pero ahora que estaban tan cerca de la meta no se podía echar atrás.

—Hoy he quedado para vernos a través del muro. No podremos hablar, pero puede que sea eso lo que necesita.

—Lo dudo, pero tenemos que intentarlo.

—No podemos dejarla allí. ¿Lo entiendes, Derek?

—Claro que lo entiendo, me pongo en tu lugar, pero no podemos arriesgar a todos por ella y la niña. Tal vez tengas otra oportunidad.

Stefan detuvo el tranvía en la parada y se bajaron algunos pasajeros, antes de cerrar de nuevo las puertas se quedó mirando a su amigo. Todo aquello parecía formar parte de una pesadilla horrorosa. No podía creer que todo aquello le estuviera sucediendo a él. Tal vez le había pedido demasiado a la vida y esta se vengaba de él. La mayoría de los humanos se conformaban con su destino, con la absurda idea de que nada podía cambiarse, pero él no era de ese tipo de personas. Se sentía como un personaje griego atormentado por dioses iracundos.

Stefan arrancó el tranvía e intentó concentrarse en aquella parte del camino. Pasaba muy cerca del muro, en paralelo durante algo más de medio kilómetro. Una mañana luminosa como aquella podía ver las dos partes de

Berlín y aquella franja de la muerte como un pequeño desierto repleto de huesos secos. A veces no la veía, estaba tan acostumbrado a que estuviera allí, que su mente la había normalizado, pero al recordar a su familia, todo aquel infierno interior se desataba y lo convertían en el hombre más desdichado de la tierra.

—¿Podríamos retrasar la fuga? —preguntó Stefan desesperado.

—No estoy seguro de que sea una buena idea. Johann está deseando reunirse con su familia, Zelinda ya no soporta más a su madre, el túnel puede ser descubierto en cualquier momento. Estamos arriesgando mucho, sobre todo ellas. ¿Piensas que las cosas pueden cambiar mucho en unas semanas?

—No lo sé, puede que sí.

—Intenta averiguar qué le sucede, retrasamos el viaje una semana, aunque no sé cómo puedo contactar con ellas, mi confidente ya no me hará más favores —dijo Derek preocupado.

—Yo me encargo. Encontraré la manera —dijo Stefan sonriente; se sentía agradecido, al menos podría intentar cambiar las cosas. Sabía que algo no iba bien, su madre había hablado con él unos días antes. Al parecer ya no vivía con su esposa, no había podido contarle los detalles, pero algo marchaba muy mal.

Derek se bajó en la siguiente parada, Stefan continuó con el itinerario, pero su cabeza se encontraba en otro lugar. Estaba deseando terminar la jornada y dirigirse al punto de encuentro, tal vez que se vieran de nuevo podía cambiar en parte las cosas.

Después de llevar el tranvía a los hangares se dirigió a su casa, se duchó, cambió de ropa y se peinó hacia atrás. Tenía el pelo demasiado largo, pero en los últimos meses lo único que había hecho después del trabajo era excavar aquel maldito túnel. Se perfumó, a pesar de saber que a aquella distancia no podría olerle su esposa, y tomó un peluche que había comprado días antes para su hija. Dudaba de que pudiera tirarlo, pero, sin duda, lo intentaría.

Salió del apartamento, aquel rato solo le había hecho bien. Desde que vivía en el piso con sus amigos apenas tenía tiempo para reflexionar, por un lado era mejor, pero por otro sentía que se dejaba llevar más por la inercia que por un sentido del deber y del tiempo. Siempre le había gustado pensar mucho las cosas, meditar sus acciones y no decidir hasta estar completamente seguro. Le había pedido tiempo a su amigo, pero si veía en su mujer un estado de ánimo muy bajo le diría a Derek que siguieran ellos solos. A veces no era buena idea forzar demasiado las cosas.

Tras media hora de caminata, que le ayudó a templar un poco los nervios, llegó hasta la plataforma que habían levantado las autoridades para que se pudier ver en parte el otro lado del muro desde aquel lugar. No había mucha gente, todavía era pronto y la mayoría de los berlineses continuaban estudiando o en sus puestos de trabajo.

En cuanto estuvo en la parte alta se hizo una visera con la mano derecha y miró al otro lado. Con la izquierda sujetaba con fuerza el muñeco, nervioso y emocionado por poder ver de nuevo a su familia, pero intentando no hacerse demasiadas ilusiones. Cabía la posibilidad de que Giselle no acudiese a la cita. Un par de veces la confundió con mujeres que empujaban carritos, la mayoría de la gente ya no llevaba los pesados abrigos del invierno. A aquellas alturas la temperatura era agradable y se veían blusas de manga corta, algunas chaquetas ligeras y faldas de colores. Las berlinesas del Este parecían vestir todas iguales, no había tanta variedad de telas y diseños como en el lado occidental.

Al final la vio. Llevaba una chaqueta de color rojo, una falda azul y empujaba el carro de la niña. Se acercó todo lo que pudo al muro y comenzó a levantar la vista, como si lo estuviera buscando. Stefan agitó el brazo con la respiración entrecortada. Se sentía como el día en que la conoció, con un hormigueo que le recorría todo el cuerpo, una sensación electrizante.

—¡Giselle! —gritó con todas sus fuerzas, como si al gritar su nombre a los cuatro vientos intentase derrumbar aquellas murallas, como Josué había hecho siglos antes con las de Jericó. Ella lo reconoció de inmediato y se puso a agitar el brazo. Le pareció que sonreía, que recuperaba las fuerzas que día tras día había ido perdiendo ante el acoso despiadado de Erich, que parecía no conformarse con controlar su cuerpo, queriendo controlar también su alma.

—¡Amor mío! —gritó la mujer con los ojos cubiertos por las lágrimas. Llevaba semanas sin poder llorar, dejando que los sentimientos se empantanaran en su interior y comenzaran a descomponerla por dentro. Se dejó llevar por la ilusión, por la esperanza, por todas aquellas cosas que son capaces de hacer feliz al hombre más desdichado.

—¡Te quiero! —acertó a decir él.

Ella sacó a la niña del carrito y la levantó, la niña parecía sonreír al sentirse volando sobre la cabeza de su madre. Él comenzó a llorar al ver aquel pedazo de carne con los ojos grandes, mirando al mundo de una forma que solamente puede hacerlo un niño pequeño.

—Mi niña —dijo en voz baja, intentando atrapar aquel momento para siempre.

—¡Te quiero! —gritó la mujer emocionada. Sentía que de nuevo la vida comenzaba a cobrar sentido, tenía deseos de escapar, de saltar aquel muro infernal y reunirse con su amor.

—¡Ánimo! —gritó él, antes de que unos policías se acercasen para echarla de allí.

La mujer se alejó muy despacio, volviéndose de vez en cuando para despedirse con la mano. En cierto sentido, en aquel encuentro lejano, fugaz y mudo habían renovado sus votos. Su amor se había visto reflejado en el espejo de los ojos del otro y ya nada volvería a ser igual. Giselle estaba dispuesta a intentar cualquier cosa, ya no temía por su hija y, mucho menos, por lo que pudiera sucederle a su vida.

Sonaron disparos en la lejanía. Se dirigió calle abajo hasta cerca del embarcadero de Osthafen, un vapor de la compañía Weisse Flotte huía de unos guardas que les disparaban desde la otra orilla del Spree. Se acercó a los curiosos que miraban asombrados a la embarcación que se dirigía a toda máquina hacia la parte occidental. Todos los pasajeros se encontraban en el interior, pero tuvieron que tirarse al suelo para evitar ser alcanzados por alguna bala. Los cristales traseros estaban hechos añicos, pero el piloto y su ayudante permanecían en pie, mientras un par de jóvenes los obligaban a dirigirse a tierra.

La policía del lado occidental acudió corriendo al lugar. Sacaron sus armas y comenzaron a apuntar a la otra orilla. Desde las torres de control se podían ver los fogonazos y se oía el ruido de las ráfagas sobre el agua y la quilla del barco.

Stefan se parapetó tras unos coches, los policías se aproximaron aún más a la orilla, las balas no sobrepasaban del agua en aquel momento, y cuando la proa del barco estaba a punto de alcanzar el embarcadero, unos proyectiles silbaron sobre las cabezas de los policías y estos se pusieron a responder al fuego. Los pasajeros del barco, desafiando al aguacero de plomo, salieron corriendo y comenzaron a saltar a tierra.

—¡Dios mío! —gritó Stefan al ver que una joven tropezaba. Las balas levantaban pequeñas nubes de polvo o rebotaban sobre el hormigón del embarcadero.

Los policías apuntaron a las torres y los vigilantes del otro lado tuvieron que guarecerse, lo que permitió al resto de los pasajeros desembarcar y correr hasta los coches.

Stefan se quedó observando sus caras de miedo, que poco a poco se transformaban en expresiones de alegría. Los jóvenes comenzaron a abrazarse jubilosos, saltaban y levantaban los brazos como si hubieran llegado a la tierra prometida.

El hombre metió las manos en los bolsillos, aún llevaba el muñeco de su hija entre las manos, se dirigió directamente al piso, abrió con su llave y observó a sus amigos que charlaban en el salón. Derek se volvió para verlo mejor y le hizo un gesto con la cabeza.

—Todo está bien. No hace falta que cambiemos la fecha.

—Entonces, en poco más de una semana todo esto habrá acabado —dijo eufórico Volker señalando el destartalado salón. No le gustaba aquella vida de ermitaño mientras la vida se le esfumaba entre los dedos.

—Sí, todo esto habrá terminado —añadió sonriente Stefan.

Derek se puso en pie y lo abrazó, era la primera vez que lo hacía. Ya no eran dos desconocidos con un plan descabellado, se habían convertido en amigos, en hermanos de una misma causa.

—Muchas gracias por haber construido ese túnel —dijo Derek emocionado.

—Lo hemos hecho entre todos —contestó Stefan, que no podía disimular su alegría.

—Sin ti no lo hubiéramos conseguido —dijo Derek.

Johann los miró desde una de las esquinas del salón. Ahora que el regreso a su casa se encontraba tan cerca, tenía más dudas que nunca. Temía que las autoridades lo encarcelasen, a pesar de que sus padres se opusieran. Le harían muchas preguntas, querrían saber dónde había estado ese tiempo y no se conformarían con cualquier respuesta. Además, había probado lo que era vivir en el lado occidental y, aunque no todo era del color de rosa, en este lado podría estudiar y aspirar a una vida mejor. Lo peor de la libertad no es nunca haberla tenido, es mucho más terrible perderla después de haberla disfrutado. Convertirse de nuevo en esclavo voluntario de la RDA no era nada atractivo. Echaba de menos a sus padres, en especial a su madre, también a sus amigos, pero sentía que su lugar en el mundo ya no se encontraba en el otro lado. No sabía cómo explicárselo a sus amigos, tampoco podía asumir que ya no volvería a ver jamás a su familia. Pensó que era mejor no tomar ninguna decisión en ese momento, cuando llegara el día intentaría seguir a su corazón. Muchos creían que las decisiones más importantes de la vida se toman con la cabeza, pero la mayoría de las veces es el corazón el que dirige los pasos de los hombres.

—Johann. ¿Te encuentras bien? —le preguntó Derek. Muchas veces lo veía como a un hijo o un hermano pequeño.

—Sí, estoy demasiado asustado. Llevamos tanto tiempo esperando este momento, que me atemoriza un poco —dijo el muchacho mientras se ponía en pie.

—Ven aquí —dijo el hombre extendiendo el brazo.

Los cuatro amigos se fundieron en un largo abrazo. Sus cuerpos se unieron por unos segundos, como si se tratara de un único organismo, la extensión de un solo ser que, dejando de lado el egoísmo y la pequeñez de la raza humana, los convertía en héroes. Sus vidas nunca estarían en un libro de historia, pero jamás se olvidarían uno de los otros. Ellos cuatro solos habían conseguido aquella proeza, en cierto sentido ya no importaba si conseguían su objetivo o no. Ya habían logrado lo inimaginable, luchar contra el destino y escupirle en su propia cara. Las cosas comienzan a cambiar cuando los hombres deciden que son más fuertes que sus circunstancias y que no hay fuerza en el mundo que pueda robarles sus sueños.

34

La última noche

La oficina de Erich Mielke estaba a media luz cuando García llamó a la puerta. El oficial miró con desgana al hombre e hizo un gesto con la mano para que entrase. Había dos cosas que no soportaba en este mundo. Una era que le molestasen cuando entraba en aquella especie de trance, dejando la mente en blanco y por unos minutos poder no pensar en nada. La otra cosa que odiaba era a los tipos como aquel. Una mezcla de fanatismo y oportunismo, siempre dispuesto a halagar a sus amos y devorar la presa más débil e indefensa. Él, en cambio, se consideraba más bien un cazador. Disfrutaba cuando su presa era difícil, escurridiza y astuta. Por eso le gustaba tanto torturar a alguien como Giselle. Una mujer fuerte, íntegra y capaz, llevada hasta un punto extremo de presión. Ella lo sabía tratar hábilmente y él se dejaba manejar en parte. Disfrutaba de aquel juego macabro. Giselle lo había persuadido para que retrasaran su divorcio, la oportunidad de vivir juntos y comenzar una nueva vida. A cambio, ella siempre se comportaba de manera dócil y complaciente. Sabía lo difícil que era para ella actuar de aquella manera, pero la mayor de las putas siempre había sido la mujer que tenía algo que perder, en especial su familia, más que una simple meretriz que buscaba una compensación económica.

—¡Adelante! —gritó de mal humor.

García entró en la sala con el sombrero agarrado con las dos manos y la cabeza gacha, parecía tan dócil y obediente que le dieron ganas de tirarle un palo para ver si iba a recogerlo.

—Inspector, perdone que le moleste. Mañana es el gran día, he hecho todos los preparativos, estoy impaciente por la operación Maulwürfe (Topos).

—La paciencia es el secreto de nuestro éxito.

—Aunque últimamente no hemos tenido muchos. Hace unos días lograron escapar treinta y cuatro berlineses por un túnel, y antes de ayer otros veintidós lo intentaron.

—Bueno, lo de anteayer fue un éxito a medias, los atrapamos a casi todos, únicamente se nos escaparon cuatro —lo corrigió Erich. Le hubiera puesto en pie y abofeteado allí mismo, pero hubiera sido una manera estúpida de malgastar energía y tiempo. García parecía disfrutar con los golpes, como perro fiel que era.

—Necesitamos un éxito, esos malditos traidores cada día están más confiados, hace un año que construimos el muro y nos están empezando a perder el respeto.

—¿A perder el respeto? ¿Usted levantó ese muro? Es un simple español, un refugiado más, un invitado, espero que no se extralimite en sus funciones. Hasta un traidor alemán vale más que usted. ¿Lo ha entendido?

—Sí, señor —contestó el hombre bajando la cabeza.

—Le agradecemos la información, aunque yo ya la tenía gracias a la mujer de Stefan, únicamente me faltaba completar algunos datos —mintió el inspector.

—Naturalmente, usted es el director de la operación y su éxito se deberá solo a su sagacidad y buen hacer —dijo el español.

Erich se puso en pie. Disfrutaba de aquella situación, pero no soportaba más la presencia de aquel hombre.

—¿Cuántos hombres tendremos mañana en la operación?

—Quince agentes, más dos observadores. Cinco de ellos estarán disfrazados de civiles, esperaremos a que las mujeres se acerquen y entonces actuaremos. Los capturaremos a todos a la vez y a la más mínima reacción abriremos fuego —dijo García, resumiendo los efectivos que participarían en la operación.

—Me parece muy bien. No quiero ningún error, el que no se rinda y sea capturado, prefiero que lo saquen con los pies por delante. ¿Entendido?

—Sí, señor.

—Asegúrese de que la mujer de Stefan y su hija no sufran ningún daño.

—Se hará como usted ordene.

García salió del despacho mascullando una maldición. Odiaba a aquel tipo mediocre que había conseguido su puesto gracias a su poderoso tío. Él no se consideraba una hermanita de la caridad, pero al menos actuaba con cierto código ético, tenía sus principios e ideología; Erich en cambio era un arribista, aprovechado y corrupto. Gente como él estaban echando a perder el sistema. No le preocupaba para nada su zorrita, si tenía la oportunidad le daría un tiro entre las cejas solo por fastidiarle. Su jefe no tardaría mucho tiempo en encontrar a otra inocente que torturar. Lo que sí debía procurar era cuidar a Zelinda. Si le tocaban un pelo su madre lo mataría y cualquier oportunidad de tenerla se desvanecería para siempre.

Lo tenían todo previsto. Sabían cómo era la casa en la que abrirían la salida del túnel, donde les esperarían las mujeres, incluso que había un muchacho del Este que quería reunirse con su familia. Únicamente debían sentarse a esperar a que ellos solitos cayeran en su trampa.

La mujer estaba preparando las últimas cosas cuando llamaron a la puerta. La niña ya estaba acostada y por la hora únicamente podía tratarse de Erich. En las últimas semanas ya no guardaba ni las más mínimas reglas del decoro, no le importaba lo que sus vecinas pudieran decir de ella. Se presentaba a cualquier hora, exigente y con ganas de torturarla con sus palabras soeces y sus monstruosas caricias.

Giselle se arregló el pelo antes de abrir, ensayó una sonrisa y lo recibió como una fiel esposa saluda a su marido después de un duro día de trabajo.

—Hola, Erich.

—Hola —dijo él entrando directamente al salón; se tumbó en el sofá y puso sus botas sobre la mesita de cristal. Ella ya sabía que tomaría dos o tres licores, después le haría sexo brutalmente y una vez satisfecho le pediría la cena. Siempre intentaba darle más licor y prolongar la conversación, con la esperanza de que estuviera demasiado cansado para abusar de ella, pero muy pocas veces funcionaba.

—Querida, ¿cómo te ha ido el día?

—Como siempre. Cuidar la casa, a la niña y...

—No me cuentes más. Las mujeres tenéis una vida tan aburrida, no me extraña que a lo largo de la historia de la humanidad los únicos que hayamos cambiado algo seamos los hombres.

Ella sirvió en dos vasitos el licor y se sentó enfrente.

—No muerdo, ven más cerca —dijo el hombre con un gesto hosco.

Ella se aproximó algo temerosa, tenía todo el cuerpo lleno de moratones, él la apretó contra su cuerpo maloliente y frío.

—Siempre estás ardiendo. Ahora entiendo lo del fuego del hogar —bromeó el inspector.

—¿Quieres cenar? —preguntó nerviosa.

—Todavía es pronto. Échame más licor —dijo levantando el vasito.

Ella le sirvió tres veces antes de que Erich se pusiera pegajoso y la llevara a la cama. Después la violó brutalmente, sin ningún miramiento, hasta que se cansó de ella y se tumbó a un lado.

—Lo sé todo —dijo aún desnudo y con la voz jadeante.

Ella no le entendió al principio, estaba dolorida y molesta, pero al observar la mirada torcida del hombre supo exactamente a lo que se refería.

—Un informador nos comentó lo que pasará mañana. Sabemos la hora, el sitio, quién está implicado a este lado y al otro. Lo sabemos todo.

—No entiendo de qué me hablas.

—¿Crees que puedes engañarme? Mañana tu marido estará en mis manos y ya no tendrás que fingir más. No soy un estúpido, me has dado tu cuerpo, pero quiero mucho más. Al principio pensé en matarlo, la verdad es que no me costaba mucho. Todos los días muere gente intentando pasar el muro, pero me di cuenta de que me es mucho más útil vivo. Imagina, mientras lo mantenga en la cárcel tú serás obediente como una corderita. El día que intentes largarte, no atiendas a mis deseos o simplemente me canse de ti, daré la orden y alguien lo matará en la cárcel o le abrirá el culo en canal. Lo que prefiera.

Giselle comenzó a temblar. ¿Cómo podía saberlo todo? Tenía que avisarle, pero cómo lo iba a hacer, estaba convencida de que él no la dejaría sola en ningún momento.

—Por favor, si quieres me quedaré contigo, pero no les hagas ningún mal al resto. Seré tuya para siempre, nunca me rebelaré o intentaré escapar. Te doy mi palabra.

—Gracias, pero eso ya lo tengo. Estoy convencido de que no moverás ni un dedo para poder salvar a tu maridito. Mi deber es capturar a los fugitivos y a aquellos que les ayuden a escapar. No puedo hacer ninguna excepción. Además, la operación ya está en marcha.

—Por favor, Erich. Te lo suplico. Haré cosas que hasta ahora me he negado a hacer. Pídeme lo que quieras.

El hombre disfrutaba al escucharla. Ahora sí que era completamente suya. Su voluntad estaba completamente anulada.

—Ya te he dicho lo que sucederá mañana. Me marcharé al mediodía para preparar el dispositivo, pediré a alguien que vigile la casa, prefiero que no acudas a tu cita. No sea que a un estúpido se le escape una bala y te mate. No te preocupes, por la noche te comentaré todos los detalles y al día siguiente nos trasladaremos a la nueva casa. En el bolsillo de la chaqueta tengo tu petición de divorcio y nuestra partida de boda. No hay nada como tener influencias.

Giselle se quedó sin palabras. Nunca había imaginado hasta dónde podía llegar la vileza de aquel hombre. Unos minutos más tarde sintió como se dormía. Pensó en escapar, pero temió que antes de cruzar la puerta pudiera atraparla, temía lo que pudiera hacerle a la niña. Se quedó meditando en la cama, tenía que encontrar la forma. Debía impedir que los capturasen. Pensó en llamar a Zelinda por teléfono para que les avisara, a su suegra, mandarles un mensaje a través de alguna vecina. Todo era muy arriesgado y no estaba segura de que pudiera impedir la detención, ya quedaban menos de veinticuatro horas. Intentó descansar un poco con la esperanza de que con la mente más despejada se le ocurriera una solución, dio mil vueltas en la cama y tuvo terribles pesadillas. Aquella fue la noche más larga de su vida, todas sus esperanzas se habían esfumado para siempre. La única solución que imaginaba era terminar con su hija y después quitarse la vida. No la podía dejar con vida en un lugar como aquel, en el que alguien podía disponer de la vida de otros sin que ninguna ley ni justicia humana se lo impidiera. Rezó como nunca lo había hecho, le pidió al Dios de sus antepasados, al que apenas conocía, que interviniese, que parara a aquel hombre infecto que dormía a su lado. Al final se quedó dormida, derrotada por el cansancio y los nervios. Hasta el día más aciago logra aplacarse en parte en el intransitado mundo de los sueños. Cuando despertó pensó que todo se trataba de una pesadilla, pero al girarse vio a su lado a Erich y supo con certeza que su vida era el infierno del que creía haber despertado.

35

El otro lado

Todos estaban nerviosos y emocionados, habían decidido abrir el otro lado del túnel aquella tarde, unas horas antes de lo previsto. Stefan iba el primero, picaba con ansia, como si temiera llegar demasiado tarde y aquellas últimas horas se le hicieran interminables, Derek amontonaba la tierra en el saco y los otros dos amigos la sacaban con presteza. Por seguridad no habían sacado tierra en los últimos días, no querían que en el último momento todo se echara a perder. La tierra se desprendía sobre ellos, les cubría la cara y se les metía en los ojos, pero ya nada podía impedir que salieran justo al otro lado.

—Ya casi está —dijo Stefan cuando llegó a la parte dura. Eso significaba que habían llegado al cemento. Sabían que iba a estar más duro, pero que al otro lado se encontraba su objetivo, todo lo que habían soñado e imaginado durante aquellos interminables meses.

Los golpes retumbaban en el sótano de la solitaria casa. Intentaban no picar demasiado fuerte, por si eso ponía en guardia a algún vecino o a la policía de frontera.

Derek tiró de la camisa de su amigo y este se volvió para ver qué quería.

—¿Quieres que te sustituya? Llevas un buen rato picando.

—Ni loco, llevo esperando esto demasiado tiempo —contestó con una sonrisa sincera.

Continuó picando hasta que el pico se quedó incrustado, al retirarlo comprobó que un ligero rayo de luz penetraba en el túnel y una mortecina brisa se colaba por el minúsculo agujero.

—¡Ya está! —gritó a los cuatro vientos.

Derek le imitó y como un eco su alegría llegó también a los otros dos amigos.

—¡Lo hemos conseguido! —vociferó Derek alzando las manos y golpeándose contra la parte alta del túnel.

Stefan abrió el agujero hasta que pudo comprobar que una persona adulta podría pasar sin dificultad. Tuvieron que sacar bastante escombro hasta que toda la estrecha galería se encontraba despejada, y después aseguró las paredes del túnel. Eran casi tres metros de altura, por lo que colocaron una escalera de madera de algo más de dos metros y medio que Volker había fabricado, y limpiaron bien todo para que la fuga fuera lo más rápida posible, después colocaron un par de raíles, y la tabla con los rodamientos. De esa forma sería más fácil sacar a la niña y a las mujeres. Cuando terminaron, apenas quedaban unas horas para la fuga. Todo seguía adelante, ninguna de las dos mujeres había llamado para abortar la huida.

Comieron algo en el salón y tomaron un poco de vodka para templar los nervios. Estaban ansiosos y emocionados al mismo tiempo.

—Un brindis. ¡Por nuestras mujeres! —dijo emocionado Derek.

Todos brindaron y sintieron cómo el efecto del alcohol comenzaba a relajarles poco a poco.

—Quería comentaros algo —dijo Johann con la cabeza gacha. No quería decepcionarles después de todo lo que habían hecho por él.

Todos lo miraron sorprendidos. El joven no era muy dado a hablar, la mayoría de las veces había que sacarle unas palabras a la fuerza.

—Nos tienes en ascuas —dijo Derek. Si su pequeño amigo se había decidido a hablar, sin duda era importante.

—Llevo días dándole vueltas a todo. Ahora que está tan próximo el momento de la fuga tengo mis dudas. Puede que sea mejor para mí rehacer mi vida a este lado. No sé qué me encontraré cuando cruce. Mis padres llevan meses sin saber nada de mí, lo deben de haber denunciado a las autoridades. En cuanto aparezca estas se enterarán y me harán muchas preguntas, sin duda pasaré una larga temporada en un internado. Creo que prefiero quedarme...

Todos se callaron. No sabían cómo reaccionar. Por un lado, se alegraban de no perder a su amigo, pero no estaban seguros de que la decisión fuera la más correcta. Johann era muy joven y necesitaba a su familia.

—¿Estás seguro? —le preguntó muy serio Derek.

El chico dudó por unos segundos, pero después asintió con la cabeza.

—Eres menor, no puedes vivir solo, necesitarías un tutor —dijo Derek.

—Ya lo sé. Me gustaría que fueras mi tutor. No puedo imaginar a nadie mejor. Tú me ayudaste cuando me encontraba en la calle y cuando sucedió lo de aquel tipo.

Derek se sintió emocionado, intentó tragar saliva para evitar que las lágrimas delataran sus sentimientos y abrió sus brazos tras ponerse en pie.

—Ven aquí —dijo atrayendo al joven—. Será un honor tenerte a mi cuidado.

Volker no pudo evitar sentirse algo celoso. Consideraba a Derek como su hermano mayor. Su amigo le hizo un gesto para que se acercase y abrazó a los dos llorando.

—Nunca he tenido una familia y ahora tengo dos hermanos, y muy pronto me casaré con la mujer que más amo en el mundo.

Stefan los miró desde la mesa y poniéndose en pie dijo:

—Dejemos los abrazos para luego. Tenemos algo importante que hacer en unas horas y apenas nos queda tiempo.

Terminaron de arreglar el túnel, se cambiaron de ropa y se prepararon para cruzar al otro lado. Ya no había vuelta atrás.

36

Sin vuelta atrás

No le entraban más cosas, apenas podía llevarse un par de trajes, unos zapatos y algunos recuerdos. Entre ellos, la foto de su padre. No era sencillo empezar de nuevo, a pesar de que su vida hubiera sido relativamente corta. Era consciente de que lo peor que podía hacer era mirar atrás. Le daba pena separarse de su madre a pesar de que en los últimos meses la situación era insostenible. No tenía a nadie más en el mundo, si exceptuaba a algunos familiares en España y al tío lejano, al que no le unía ningún afecto. Observó su sencillo cuarto, los pósteres de la pared, el escritorio desportillado, las cortinas de raso y la cama con las muñecas que le habían hecho feliz en la niñez. Su infancia había sido feliz, incluso emocionante hasta la muerte de su padre, después algo triste y monótona. Sabía que su madre la amaba con toda su alma, pero era incapaz de expresarlo y sobre todo no comprendía que el mundo en el que ella había nacido y el mundo actual eran diametralmente distintos.

Se miró en el pequeño espejo de la pared. A veces no se reconocía a sí misma. Ya no era la niña de las coletas de color castaño claro y mofletes sonrosados, ahora era una mujer esbelta, atractiva e inteligente, incluso algo sofisticada para la edad que tenía y el mundo gris en el que le había tocado vivir. El Estado les había dado todo lo que tenían. En cierto sentido podía sentirse afortunada y agradecida, pero prefería la inseguridad del otro lado y sentirse dueña de su destino, que la monótona y mediocre vida que el comunismo le ofrecía, repleta de certezas, prohibiciones y limitaciones.

Respiró hondo antes de abrir la puerta, no sabía cómo iba a reaccionar su madre. Ella no quería irse sin despedirse, pero temía que pudiera llamar a la policía y poner en peligro todo el plan. Le daría un beso fugaz, saldría lo más rápido posible de la casa y abandonaría los paisajes cercanos de la infancia. En cierto sentido se veía como una huérfana, aunque al menos tenía a Derek. Lo amaba con toda el alma, nunca había conocido a nadie como él, con aquellas ganas de vivir y el brillo constante en la mirada.

En cuanto entró en el salón la madre levantó la vista del jersey de punto que estaba tejiendo, tenía la televisión enfrente, aunque apenas le hacía mucho caso.

—¿A dónde vas? —le preguntó con el ceño fruncido, aquel gesto hosco con el que su madre siempre se dirigía a ella.

—He quedado.

—¿Por qué llevas ese bolso tan grande?

—Me quedaré en casa de mi amiga a dormir. Tenemos varios exámenes pronto y prefiero aprovechar bien el tiempo. Ya sabes que necesito que me echen una mano en algunas asignaturas.

Alicia le hincó su mirada fría. Sabía perfectamente cuándo le estaba mintiendo. No le gustaba jugar a aquel juego, siempre como el ratón y el gato, probando quién era la más lista de las dos.

—No me lo creo. Te marchas con ese hombre ¿verdad?

Zelinda apartó la mirada, sus labios podían mentir a su madre, pero no su rostro.

—Me da igual lo que creas —dijo. Después se acercó a ella y la besó en la mejilla.

—El beso de Judas, al menos él se llevó algunas monedas de plata. Yo lo he hecho todo por ti, dejé mi casa, mi familia y mi vida. Estoy sola en un país extraño, pero eso a ti no te interesa. Quieres retozar con ese matón, ese mafioso.

Zelinda se dirigió a la puerta y la abrió un poco, pero antes de salir miró de nuevo a su madre.

—Lo siento. No quería marcharme así.

—No podemos tenerlo todo. Hoy estás eligiendo cómo será el resto de tu vida. Espero que no te equivoques, aunque no lo creas eres lo que más quiero en el mundo.

—Lo sé, madre. No deseo elegir, pero no me queda más remedio. Yo no he construido ese maldito muro.

Alicia entendió que el muro del que hablaba no era el que separaba las dos Alemanias. Era un muro generacional que, a veces, es más alto e infranqueable que cualquier barrera que pudiera levantar el ser humano. Dos generaciones distintas que se daban la espalda. Una que había vivido la guerra, el hambre y la muerte, conformada a sobrevivir y darles un futuro mejor a sus hijos, y otra generación que no quería seguir viviendo en el pasado y el miedo, con deseos de volar y conquistar su libertad.

Atravesó el umbral y salió a la calle. Las lágrimas recorrían su hermoso rostro sin robarle ni una pizca de aquella belleza deslumbrante. Su mirada clara parecía naufragar en medio de la tormenta, ahogada por la triste realidad de la separación. Caminó por la calle solitaria, mirando todo como si fuera la primera vez que lo contemplaba, intentando retener en su memoria aquellas casas, los jardines y el olor a pan recién hecho. Nadie puede atrapar ni un instante, sabía que en unas semanas su mente comenzaría a olvidar aquella vida y, en cierto sentido, la chica que fue tendría que morir para que naciese la nueva Zelinda. Crecer, madurar y convertirse en adulto era doloroso. Los adolescentes corrían hacia la juventud embriagados por una profunda sensación de libertad, lo que no sabían era que simplemente cambiaban de cadenas, pensó mientras llegaba a la avenida y salía de su pequeño mundo para siempre.

37

Lágrimas

Ilse se atrevió a contarles todo. No podía dejarlos de aquella manera, confusos e ignorantes de lo que estaba a punto de suceder. Eran buenos padres, siempre la habían apoyado y sobre todo le habían enseñado la importancia de estar firme a pesar de tener al resto del mundo en su contra. Se acercó a la cocina donde su padre leía el periódico y su madre preparaba la cena. Los contempló unos instantes, era como deseaba recordarlos. Le habían dado amor, seguridad y un sentido, ahora todo eso quedaría atrás.

—Tengo que comentaros una cosa.

Los dos la miraron a la vez. Sus rostros mostraban preocupación y sorpresa, como si llevaran años esperando aquel día y al mismo tiempo temiendo que llegase.

—Me voy, en unas horas estaré al otro lado del muro.

Sus padres se quedaron paralizados, la miraban, pero sin reaccionar, como si la noticia los hubiera dejado sin aliento. Al final su padre dio un paso y la abrazó. Ella sintió sus brazos fuertes, aquella sensación de que nada podía sucederle mientras él estuviera cerca.

—Lo entendemos. Si no fuéramos tan viejos, nosotros haríamos lo mismo. Rezaremos por ti cada día, no te alejes de Dios. Él siempre caminará a tu lado, aunque nosotros estemos lejos.

Ilse comenzó a llorar mientras su madre se aproximó y se unió al abrazo. A ella siempre le costaba mucho más expresar sus sentimientos, pero se desbordó como nunca lo había hecho.

—Te quiero, niña. No te alejes demasiado, llámanos, vive tu vida, pero no olvides que siempre se recoge lo que se siembra. Eres una buena niña, llena de amor e inocencia, no cambies jamás. Siempre estaremos a tu lado, no hay nada en el mundo que nos pueda separar de ti. Somos tus padres y te queremos con toda el alma. Nunca dejaremos de serlo, cuando uno tiene hijo sabe que ya nunca será el mismo. Tu dolor es nuestro dolor; tu alegría es nuestra alegría. Hoy nos extirpan parte del alma, pero Dios sabe lo que es mejor.

La chica lloraba sobre las batas desgastadas de sus padres. Todo lo habían hecho por ella. Era su única flor en un desierto interminable de frustraciones, temores y angustias. Ahora se la arrebataban, pero sabían que su fragancia siempre estaría con ellos, el peso de los recuerdos y el amor recibido todos aquellos años.

Ilse no quería separarse de sus brazos, pero se dirigió al cuarto, lo contempló por última vez y salió con el bolso. Sus padres la esperaban en la puerta, su madre tenía un sándwich envuelto en una servilleta y se lo entregó como si fuera de excursión.

—Os llamaré para que sepáis que todo ha salido bien.

Se abrazaron de nuevo, pero esta vez con rapidez, como si no quisieran prolongar demasiado aquel sufrimiento. La chica bajó las escaleras y se paró para despedirse con la mano. Después dejó que sus pies la llevasen hasta la calle y la condujeran a su nueva vida.

38

Vigilancia

García no estaba al mando del operativo, pero había supervisado todo el dispositivo y era el enlace con Erich. Sus hombres llevaban casi tres horas en la zona. Dos de ellos vigilaban desde las torres cercanas, cinco se encontraban vestidos de paisano, intentando pasar desapercibidos, y el resto en dos furgonetas de aspecto civil, esperando órdenes. Nadie había entrado en la casa, no querían que los excavadores sospecharan, varios de sus dispositivos habían fracasado por aquel tipo de fallos. García se había asegurado de que cubriesen las posibles vías de escape. Nada debía salir mal. Se jugaba su puesto en la Stasi, a su edad no quería buscarse un nuevo trabajo, los servicios secretos le pagaban muy bien y lo cierto era que apenas tenía nada que hacer.

El edificio era pequeño, apenas tres plantas de altura y el bajo. Construido más de cincuenta años antes, estaba semiabandonado por el mal estado de conservación y encontrarse tan cerca del muro. Poco a poco, los alrededores de aquella barrera antinatural y la famosa franja de la muerte, se iban vaciando. Los habitantes de la zona temían que les alcanzase un tiro perdido y verse siempre escrutados por la policía fronteriza. En algunas ocasiones los habitantes se veían involucrados en fugas, aunque ellos no tuvieran nada que ver. La larguísima franja del muro se había transformado en una tierra vedada y peligrosa.

El español caminó por delante de la casa, pero sin detenerse; quería comprobar que no había ruidos extraños ni curiosos merodeando en las proximidades. Todo parecía en calma, pero algo comenzaba a preocuparle. Su jefe debería haber llegado ya, pero, por alguna razón que no llegaba a comprender, no sabía nada de él. Temía que estuviera con esa mala zorra que le tenía comido el seso. Aunque él era consciente del poder que tenían las hembras sobre los hombres, él mismo tenía siempre presente a Alicia. Esperaba que la operación de aquella noche se la entregase en bandeja, por eso no dejaba de pensar en Zelinda y en cómo evitar que le sucediera nada malo.

Se dirigió de nuevo a su posición y habló con sus hombres por la radio, todos estaban en posición. La red estaba echada, tan solo debían esperar a que los peces se acercasen y de manera voluntaria cayeran en ella. Sería un placer sentir de nuevo la excitación de cazar. Desde su etapa en las checas durante la Guerra Civil había descubierto que el poder sobre otro ser humano era una de las sensaciones más placenteras del mundo. No tenía que ver con ideologías, filosofías o ideas, era simple afán de poder y control. Miró al fondo de la calle con la esperanza de ver aproximarse a las mujeres, pero no había ni rastro de ellas. Aún quedaba una hora, tendría que esperar un poco más, pero merecía la pena.

39

Urgencia

Le había preparado el desayuno con esmero. El hombre se había levantado tarde, se había duchado con calma, como si estuviera preparándose para luchar en una batalla. Cuando salió del baño la miró con desdén, como si comenzara a cansarse de su rostro lánguido y triste. Después se sentó a desayunar y tomó un café cargado, necesitaba despejar la mente. Erich era por las mañanas aún más frío y peligroso que el resto del día. Siempre se despertaba de mal humor, irritable y furioso, como si despreciara vivir un día más su desagradable y mezquina forma de vida. La maldad siempre termina por destruir a quien se entrega a ella con plena certidumbre e incluso con ganas.

—Sabe a mierda —dijo a la mujer mientras escupía dentro del café.

—Lo siento —dijo Giselle.

Era mentira, pero disfrutaba viéndola asustada, sin saber cómo reaccionar.

Le sirvió otra taza con la mano temblorosa, temía que él se hubiera dado cuenta.

El hombre se lo tomó a sorbos cortos mientras leía el periódico, y después se fue a la habitación para terminar de arreglarse. Ella esperó en la cocina, supuestamente el efecto no tardaría mucho en producirse. Pasaron unos minutos y nadie salió de la habitación, aguantó un momento más antes de entrar, no quería que él pudiera reaccionar. Al final, temblando entró en la habitación. El hombre estaba tirado en el suelo con el pantalón a medio poner. Las pastillas habían hecho el efecto deseado. Erich estaba completamente dormido. No tenía mucho tiempo, desconocía cuánto podía durarle el efecto.

Corrió al armario, metió varias cosas en un bolso y después se dirigió a la habitación de la niña. Le cambió el pañal, la preparó para salir y le dio de comer. Se encontraba tan nerviosa, no estaba segura de si sería mejor llamar a Stefan y contarle lo sucedido, pero quedaba muy poco. Si ellos abortaban la fuga, aquel abominable individuo la mataría y no estaba segura de qué suerte podía correr la niña. Se dirigió a la puerta, pero justo en el momento en el que su mano se estaba posando en el pomo, sintió un fuerte tirón de pelo, se giró con la niña en el carrito y vio el rostro descompuesto del monstruo.

Erich echaba espumarajos por la boca, sus ojos inyectados en sangre no podían expresar más odio. Giselle se quedó paralizada, apretando con las manos el carro, como si fuera una tabla de salvación.

—¿Dónde crees que vas, maldita zorra?

La mujer ahogó un grito e intentó soltarse, pero él la asía con fuerza. El dolor era insoportable, pero se giró y le dio un rodillazo en los testículos. El hombre se dobló de dolor y soltó a su presa, ella abrió la puerta, pero, antes de que pudiera salir, la aferró del hombro y la empujó hacia dentro. Cerró con un portazo y se dirigió hacia la chaqueta, sacó su arma y después tomó en brazos a la niña.

—Tú lo has querido. ¿Pensabas que podrías escapar de mí? Ahora tendrás que pagar las consecuencias —dijo apuntando a la niña con el arma.

—¡No, por favor! —suplicó la mujer, extendiendo las manos como si pudiera arrebatársela.

—Tu marido nunca os verá con vida, yo me encargaré de eso. Pensaba convertirte en una mujer respetable, sacarte de esta vida de miseria, pero no te lo mereces. Eres una puta traidora.

—No le hagas nada, me quedaré contigo para siempre —dijo entre lágrimas.

—Demasiado tarde —dijo apuntando a la cabeza de la niña.

Giselle tomó de la mesa un cuchillo sin que el hombre se diera cuenta y se lanzó a sus piernas llorando.

—¡Te lo suplico! —gritó aferrándose a sus piernas.

Erich se sacudió, mientras la miraba desde arriba, con la niña gimiendo sobre su pecho. Entonces Giselle le clavó el cuchillo con todas sus fuerzas en la ingle. Se oyó un aullido terrible e instintivamente volvió a apuñalar aquel cuerpo varias veces, hasta que el hombre soltó a la niña, que cayó entre sus brazos. Mientras Erich se derrumbaba en un gran charco de sangre, la mujer salió a la calle con la niña en brazos. Parecía poseída por el horror y la tensión del momento. Medio despeinada, con el traje revuelto y la niña llorando corrió hasta la casa, aún estaba a tiempo de escapar y tratar de emprender una nueva vida. No sería fácil, pero al menos estaría lejos de aquel lugar infame, en el que la vida de una persona no valía nada y todo se sacrificaba en nombre del pueblo.

Caminaba completamente ausente, movida por el instinto y el miedo. Dejando que la esperanza la empujara, temerosa de volverse atrás, de sentir de nuevo aquel aliento infecto sobre su cuerpo, intentando dejar a su espalda su miedo, su angustia y su pena. Cuando al fin divisó a lo lejos el muro, casi le pareció liberador, estaba dispuesta a correr por la zona de muerte, como si caminara en medio de un jardín arrasado, antes que regresar de nuevo a aquel infierno.

40

RDA

La primera bocanada de aire en la RDA parecía exactamente igual que la del otro lado del túnel. Un aire contaminado por las fábricas próximas a la ciudad, el humo de los coches y las calefacciones de las casas, pero a Stefan se le antojó más puro y brillante que en el lado occidental. Apenas sintió el olor a humedad, el polvo que lo invadía todo, como si hubiera nevado en aquel rincón oscuro de Berlín. Miró a ambos lados y, después de comprobar que no había nadie, hizo un último esfuerzo y salió dando un salto. Sus pies retumbaron sobre el cemento y dejaron dos marcas sobre el polvo. Después se puso de rodillas y Derek le pasó las cuerdas y dos bolsas. Alargó la mano y lo ayudó a subir.

—¡Dios mío! —exclamó el hombre; después dio una palmada en el hombro de su compañero y añadió—: Nunca pensé que este cuchitril me pareciese el Edén.

Aquellos dos hombres habían comprendido a base de golpes que el paraíso no se encontraba en una tierra mítica de frondosas selvas y animales mitológicos, el verdadero Edén estaba junto a las personas amadas. Parecían tan impacientes como dos chiquillos esperando los regalos la noche de Navidad. Se movían nerviosos, a pesar de que aún quedaba más de media hora para que las mujeres llegasen. No querían que nada saliera mal. Volker estaba al otro lado del túnel, les ayudaría a tirar de la cuerda para sacar a las chicas lo más rápido posible. Johann estaba fuera, observando desde el piso del casero, para informarles si veía algún movimiento extraño en algún lugar.

Stefan miró por el pequeño tragaluz del sótano, pero estaba tan ennegrecido que lo único que acertó a observar fue el tenue resplandor de las farolas de la calle.

Derek sacó un arma de debajo de la chaqueta y su amigo lo miró sorprendido.

—Ya sabes que en las últimas semanas esos cerdos han matado a muchos inocentes, no me dejaré atrapar como una rata.

—Tira eso al túnel —le ordenó preocupado.

—Sé manejar un arma. Olvidas que durante años fui un contrabandista, solo la utilizaré si es estrictamente necesario.

Aquellas palabras no tranquilizaron nada a Stefan. Si los policías los veían armados no dudarían en disparar a matar. ¿Qué sucedería si alcanzaran a su esposa o a su hija?

Mientras la noche completaba la conquista de la tarde, esperaron a que sus sueños se hicieran realidad. Aquello que habían anhelado durante más de un año parecía a punto de cumplirse, lo único que deseaban era que en el último momento no se les escapara de las manos.

Johann tomó los prismáticos y observó desde la ventana del salón. El anciano estaba sentado en una silla a pocos metros. Le observaba con curiosidad, sorprendido ante la vitalidad de la juventud.

—Tranquilo, muchacho. Seguro que todo saldrá bien.

—Eso espero. Yo no me juego nada, pero esas pobres mujeres van a pasar un mal rato. No quiero imaginar qué nervioso me encontraría si se tratara de mis padres o algunos de mis hermanos.

—Al final has decidido quedarte —comentó el anciano. Unos minutos antes Johann le había contado su historia y aún estaba intentando comprender qué le había movido a quedarse.

—No ha sido una decisión fácil, puede que vuelva a ver a mis padres.

—Lo entiendo. Los hijos tenéis una libertad que los padres perdemos al teneros. Por mucho que os duela, sois capaces de vivir sin nosotros, pero, en cambio, un buen padre siempre se siente incompleto sin sus hijos. Pasamos media vida sacrificándonos por vosotros, pero cuando ya no nos necesitáis, es cuando realmente nosotros os necesitamos a vosotros.

Aunque el anciano no lo pretendía, aquellas palabras hirieron al joven. Él no quería abandonar a sus padres, pero de nada les serviría tenerlo en un reformatorio de la RDA. A veces solo se podía escoger entre dos males menores. Esa era una cosa que le había costado mucho aceptar, siempre había pensado que las decisiones se tomaban entre algo bueno o malo, pero la realidad era muy distinta.

—No quiero decir que hayas hecho mal. Es ley de vida que toméis vuestras decisiones y que voléis, pero para los padres siempre es demasiado pronto.

El chico miró al hombre unos instantes, se encontraba en la última parada de su vida, justo a punto de llegar al final. Ahora que lo sabía casi todo y era capaz de cambiar su vida, ya no tenía tiempo. Mientras que él, tan lleno de indecisiones, culpas, temores y angustias, apenas sabía hacia dónde dirigir su próximo paso.

—A veces pienso que deberíamos nacer al revés —dijo el anciano.

—No le entiendo —comentó el joven, extrañado.

—Nacer ancianos, con toda la experiencia y la sabiduría de años, poco a poco ir convirtiéndonos en personas maduras, después adultas, hasta llegar a la juventud y la niñez. Seríamos capaces de gobernar nuestras vidas, tomar las decisiones correctas, elegir a las personas adecuadas y saber lo que es realmente importante en la vida.

—Pero la vida es justo al contrario —comentó el chico.

—También tiene algo de bueno toda esa incertidumbre, pero lo cierto es que a veces parece interminable y agotadora.

El joven miró de nuevo; las torres, la zona despejada y los alrededores parecían tranquilos. Pensó que en media hora terminaría todo. Celebrarían la liberación de las mujeres y comenzarían su nueva vida.

Volker estaba justo al principio del túnel. Notaba una ligera corriente, escuchaba a veces las voces lejanas de sus compañeros y se sentía nervioso, deseando que la fuga se produjera sin sobresaltos. Aunque era consciente, de hecho era algo que había aprendido en los últimos años, que la vida estaba siempre repleta de imprevistos y que la única certeza era la incertidumbre.

Tomó un cigarrillo y lo encendió, con la esperanza de que al menos pudiera calmar un poco los nervios. Después apoyó la espalda en la tierra fría y húmeda del túnel. Sus amigos estaban deseosos de ver a sus mujeres, pero él las únicas que había conocido eran las prostitutas de los antros en los que había vivido toda su vida. Se preguntaba si alguna vez alguien le amaría de veras. Derek siempre le decía que la única forma de ser amado era antes amarse a sí mismo, pero eso a él le parecía una verdadera tontería. Claro que se amaba, incluso demasiado. Siempre se proporcionaba todos los placeres que tenía a su alcance, no había hecho otra cosa en su vida que pensar en él, pero eso no le había ayudado a amar a nadie.

El hombre se agachó y miró la oscuridad, pensó que hubiera sido buena idea iluminar el túnel. Aquella oscuridad le ponía muy nervioso, le hacía sentir que justo a sus pies se escondía la boca torcida de algún tipo de monstruo que terminaría tragándose a sus amigos. No quería perderlos, eran los únicos a los que les importaba su vida. Si ellos desaparecían, ya nadie se interesaría jamás por él.

Respiró hondo, terminó la colilla y la lanzó al agujero. Después miró el techo desconchado del sótano y pensó que en el fondo echaría de menos todo aquello. Durante unos meses su vida había tenido un sentido, un propósito, había servido para algo más que malgastarla en borracheras, bravuconadas y robos.

Cuando su amigo le propuso dejar la venta ilegal y el contrabando casi le da un ataque al corazón. Era lo único que sabía hacer, la honradez le parecía una debilidad y no creía que pudiera adaptarse a un horario de trabajo, unas reglas y un salario. Nunca había imaginado que tenía que ser más valiente para levantarse cada mañana y seguir adelante con una vida sencilla, que para empuñar una pistola y vivir fuera de la ley.

Si algo había aprendido en aquellos meses era que siempre despreciamos lo que tememos, que vivimos de espaldas a los demás, que juzgamos sin saber las verdaderas intenciones y razones del corazón.

Miró el reloj y dio un nuevo suspiro. En quince minutos debería estar con todos sus sentidos afilados, si alguno de ellos cometía un error, lo lamentarían de por vida. Aquellas mujeres habían sufrido mucho, llevaban meses soñando con aquel momento, pero al otro lado había decenas de sabuesos, de cazadores de hombres, capaces de cualquier cosa por una medalla o unos marcos. A veces los que defendían la ley eran los verdaderos criminales, perros adiestrados para defender a sus amos, siempre dispuestos a atrapar a cualquiera que intentase rebelarse.

41

Quince minutos

El hombre caminaba de un lado al otro de la calle, inquieto. Su jefe no daba señales de vida y sin una orden directa no podrían llevar a cabo la operación. No entendía lo que estaba sucediendo, Erich podía ser muchas cosas, pero nunca habría dejado su puesto en un momento como aquel. Le tenía que haber sucedido algo.

Lo primero que le pasó por la cabeza fue que había estado en la casa de la mujer de Stefan, sabía la relación que mantenía con ella. Al principio se había sorprendido, su jefe parecía un tipo demasiado frío y calculador para exponerse de aquel modo. Aunque no podía negar que era una hembra de raza y hasta un alemán tan estirado como su jefe podía caer rendido ante sus encantos.

Se dirigió de nuevo hasta la esquina y vio que dos mujeres se aproximaban desde el fondo, estaban demasiado lejos como para reconocerlas, pero se imaginó que eran las dos chicas. Tuvo la tentación de adelantarse y echarlas de allí para asegurarse de que no le ocurriese nada malo a la hija de Alicia, pero no se atrevió. Si alguien se enteraba de que había interferido en la captura de fugitivos, además de relevarle del cuerpo, le meterían en la cárcel y le echarían del país. ¿Adónde podía dirigirse un tipo como él? Ya le habían expulsado de Francia unos años antes, su pasado comunista le impedía regresar. Era un apátrida, sin casa ni familia. Aquello le proporcionaba una gran libertad de acción, pero en muchas ocasiones sentía que no le importaba a nadie, que si desapareciera nadie le echaría de menos.

Las dos mujeres se acercaron un poco más y entonces pudo reconocerlas sin problemas. Llevaban pantalones, unos abrigos cortos y dos bolsos grandes. Caminaban a buen paso, pero no demasiado deprisa. Sin duda, no querían levantar sospechas.

García se giró de nuevo hacia la casa, miró a cada uno de los agentes, después caminó hasta su posición y esperó a que las mujeres se acercaran. Pero no lo hicieron. Buscaron un bar cercano y se metieron a esperar. Sin duda, no querían llegar antes que su otra compañera. Al parecer, la mujer de Stefan se retrasaba y aquello parecía confirmar su idea de que Erich había estado aquella noche con ella y que, por alguna razón, ninguno de los dos había acudido a la cita.

Miró de nuevo el reloj, si las chicas se acercaban a la casa no podría hacer nada. Debía ponerse en contacto con sus superiores y esperar órdenes. Aún tenía algo de margen, mientras la mujer de Stefan no apareciese con su hija, las otras dos no intentarían huir.

García se dirigió a la otra calle sin dejar de mirar de reojo el bar, y entonces la vio. Llevaba a la niña en brazos, el abrigo abierto, despeinada y caminaba deprisa, mirando de vez en cuando a su espalda.

—¡Mierda! ¡Algo ha salido mal —dijo en alto; después tomó discretamente un walkie-talkie y pidió a los hombres que se prepararan. Después se dirigió a uno de los vehículos, y estaba a punto de ponerse en contacto con sus superiores cuando vio otra figura que se movía deprisa tras la mujer.

—Erich, por fin te has presentado —dijo a la figura lejana, como si pudiera escucharle.

En cuanto Giselle llegó con su hija enfrente de la casa, las dos jóvenes salieron del local en el que se habían refugiado y caminaron nerviosas hasta un árbol cercano.

Era casi la hora del cambio de la guardia, García sabía que habían elegido aquel momento a propósito, para que nadie viera cómo se acercaban al edificio semiabandonado. Miró de nuevo al fondo de la calle y reconoció a Erich, pero el hombre cojeaba y parecía casi exhausto.

42

Cinco minutos

Stefan parecía frenético. Miraba constantemente el reloj de pulsera que su esposa le había regalado un año antes. Apenas quedaban cinco minutos para la hora y la impaciencia parecía apoderarse poco a poco de él. Después de tanto tiempo, ya no era capaz de esperar ni un minuto más.

Se acercó a las escaleras y comenzó a subir, no había llegado a la puerta cuando Derek le alcanzó.

—¿Dónde diablos vas?

—Tengo que salir para ver qué sucede.

—Todavía no es la hora. Si cometemos el más mínimo error echaremos todo a perder. ¿Es eso lo que quieres?

El hombre lo miró enfadado, sentía un fuerte dolor en el pecho y sudaba por cada poro de su piel. Nunca había tenido aquel estado de nervios, normalmente solía controlarse.

—¿Piensas que estarán bien?

—Claro que lo están. Vuelve a meterte en el túnel, yo esperaré aquí. Cuando entren tenemos que ser muy rápidos. No estoy seguro de que logren sortear a los guardas, si las ven no tardarán en entrar en la casa y apenas tendremos unos minutos de ventaja.

Stefan bajó las escaleras pensativo y se metió en el túnel, se quedó al pie de la escalera e intentó relajar la mente. Ya quedaba muy poco para que toda aquella pesadilla terminase.

Derek aprovechó que su amigo había bajado al túnel para respirar hondo. Quería hacerse el fuerte, pero lo cierto era que los nervios se lo estaban comiendo por dentro. Acarició la pistola dentro del bolsillo de la chaqueta y repasó mentalmente el plan. Nada podía salir mal.

La luz del walkie-talkie se encendió y sonó un murmullo en el bolsillo interior de la chaqueta, cogió el aparato, apretó el botón y comenzó a hablar.

—Hola. ¿Todo bien? —preguntó con la garganta seca.

—He visto a dos chicas acercarse y meterse en un bar. Creo que son ellas.

—Ok, tenemos que esperar a la tercera y a la niña —contestó Derek.

—Vale, estoy atento —dijo Johann. Después dejó de nuevo el aparato sobre la mesa y se colocó de nuevo los prismáticos.

A su espalda el anciano se puso en pie y se aproximó a la ventana.

—¡No! ¿Qué hace? Agáchese, los guardas podrían verle.

—Simplemente observarían a un anciano mirando por la ventana de su casa —dijo el anciano apartándose un poco.

—Esa gente es muy concienzuda, no podemos dejar ningún cabo suelto.

—¿Ya es la hora?

El chico miró las torres de control y vio a los guardas despidiéndose de sus reemplazos. Era justo el momento, si no entraban en la casa en ese mismo instante las descubrirían, pensó Johann. Miró a las chicas, ya habían salido del bar, pero no habían entrado en la casa, estaban junto a un árbol, como si esperasen algo.

Las caras de las dos jóvenes parecían asustadas, miraban al otro lado de la calle y parecían rígidas por la tensión. Johann giró la cabeza y vio que al fondo una mujer con una niña en brazos caminaba nerviosa hacia la casa. Sin duda, eran Giselle y su hija, aunque nunca las había visto en persona eran iguales a la foto que Stefan miraba cada mañana mientras desayunaban.

—Ya están las tres y la niña —dijo Johann a sus compañeros.

—Recibido —contestó Derek. Después se dirigió a la entrada del túnel y mirando a su amigo con una sonrisa le comentó que ya estaban todas en la calle.

—¿Por qué maldita razón no entran? —preguntó nervioso.

—Paciencia —contestó Derek, después sacó la pistola y se quedó mirando la puerta, quería estar prevenido para no llevarse ninguna sorpresa desagradable. En los últimos días la policía había desarticulado a varios grupos intentando huir por túneles.

Stefan salió del túnel y se puso a su lado.

—¿Qué haces?

—Esperar. Será mejor que los dos estemos aquí. Si la policía llega, podremos retenerles mientras ellas escapan.

—No hará falta —dijo Derek. En ese momento se oyó la puerta y los dos hombres se pusieron tensos. Sus músculos rígidos reflejaban la tensión del momento.

Se oyeron pasos, una luz brilló por debajo de la puerta y una pequeña nube de polvo penetró por la rendija. Ya era la hora.

Erich había logrado levantarse del suelo a pesar de las heridas. Después había taponado la hemorragia y había salido de la casa a medio vestir, con el arma en la mano y el dolor atenazándole cada músculo del cuerpo. En cuanto tomó la calle la vio de lejos, caminaba deprisa con la niña a cuestas. Oía los llantos de la pequeña. Levantó el brazo y apuntó, pero no se atrevió a disparar. Podía haberla alcanzado, pero no quería que las cosas terminasen de aquella forma.

Giselle logró doblar la calle y desaparecer de su vista, por un segundo se alegró de que se fuera. Al fin y al cabo, ella era su debilidad. Hasta ese momento se había sentido invulnerable. Sus padres no vivían, no le importaba nadie en el mundo y aquello le dejaba algo de ventaja con respecto al resto de los mortales. La mayoría de los seres humanos temían perder. Algunos, sus posesiones, posición o trabajo, pero la mayoría a sus seres queridos. Él no tenía nada que perder. Amar era una debilidad, tener algo con la certeza de que tarde o temprano lo perderías.

El dolor fue amortiguándose, como si sus nervios colapsados hubieran dejado de funcionar. Caminó algo más rápido, pensó en detener un coche a punta de pistola, pero le hubiera costado mucho conducir. Creía que lograría alcanzarla antes de que llegara a la casa. Ella llevaba en brazos a una niña y también estaba herida.

Tras algo más de quince minutos de persecución el hombre volvió a verla al fondo de una calle. Estaban cerca del punto de fuga, miró el reloj y se dio cuenta de que ya era casi la hora. Esperaba que las otras mujeres no se marcharan sin ella. Sus jefes nunca le perdonarían que hubiera echado a perder una misión, y mucho menos por una relación ilícita con una de las sospechosas.

La mujer se quedó parada. Erich intentó acelerar el paso para alcanzarla, pero una fuerte punzada le recorrió la espalda y se cayó al suelo.

Se retorció de un dolor que le impidió moverse. Obligó a su cuerpo a levantarse, pero este no le respondía. Se agarró del bordillo de la acera y tiró con todas sus fuerzas. Logró sentarse y apoyado en un árbol se puso en pie de nuevo. Entonces vio cómo las tres mujeres se reunían delante de la puerta y una de ellas comenzaba a abrirla.

43

Un minuto

—¿Estas bien? —preguntó Zelinda a Giselle. Tenía un aspecto horrible, manchas de sangre por la ropa, y la niña, sucia, en sus brazos, parecía dormir agotada.

—Sí, vámonos —le contestó inquieta.

—¿Qué ha pasado? —insistió, pero comenzaron a caminar antes de que respondiese.

—Nada, nada —contestó histérica.

Las tres se dirigieron a la puerta de la casa, miraron a ambos lados y entraron a toda prisa. Se veían tan cerca de lograr su fuga, que por unos instantes lograron relajarse. Bajaron despacio las escaleras y dudaron si era la puerta de la izquierda o la de la derecha.

—¿Cuál de las puertas es la correcta? —preguntó Zelinda.

—Creo que esta —contestó Ilse, que parecía la más calmada de las tres.

En su mente aún estaba grabada la imagen de sus padres despidiéndola en la puerta de su casa. Sabía que si cruzaba aquel umbral no habría vuelta atrás. Cuando uno se convierte en adulto sus decisiones siempre tienen consecuencias trascendentes; hasta ese momento tenía la sensación de que su vida podía redirigirse de nuevo, pero si huía a la RFA nunca más sería la misma.

Zelinda giró el pomo de la puerta, pero esta no se abrió. Lo intentó varias veces, pero algo parecía atrancarla. Miró a sus amigas con los ojos desorbitados y dejó que Ilse lo intentara.

—No podemos abrirla —dijo la chica nerviosa. La empujó con el hombro, pero la hoja de madera apenas se inmutó.

—¡Ábrela! —gritó Giselle fuera de sí.

—No puedo —contestó la joven asustada.

Forcejearon, empujaron a la vez, pero todo fue inútil.

Desde el otro lado los hombres escucharon los pasos y el ruido, después los golpes y las voces. No sabían qué hacer. No era buena idea que se alejaran del túnel, pero si la puerta de afuera se encontraba atrancada, las mujeres no podrían entrar.

—¿Qué hacemos? —preguntó Stefan confuso.

—¡Mierda! —gritó Derek; subió las escaleras y abrió la puerta sin problema.

—Es la otra —dijo Stefan siguiéndole.

—¡Quédate aquí! Volveré con ellas —gritó Derek mientras subía el tramo de escaleras que le llevaba a la casa.

Sus pasos retumbaron en el suelo de madera, después recorrió un pasillo, un salón oscuro y polvoriento y se paró frente a la puerta. Alguien la había atrancado, pensó mientras intentaba abrirla. Eso solo podía significar una cosa. Los estaban esperando y si no salían de la casa lo antes posible, todos terminarían muertos o en una de las terribles cárceles de la Stasi.

García dudó unos instantes. Al fondo de la calle su jefe estaba tirado en el suelo, intentando levantarse; al otro las mujeres se estaban metiendo en el portal del edificio. En unos pocos minutos habrían recorrido los pocos metros que las separaban de la libertad. Decidió correr hasta su jefe, necesitaba una orden directa antes de actuar.

Erich estaba apoyado en un árbol, sangraba por varios sitios y estaba tan pálido que parecía poco más que un espectro en aquella noche templada de verano.

—Señor, las mujeres se están marchando —le dijo mientras le ayudaba a sostenerse.

—¿A qué esperas para detenerlas? Si se escapan será culpa suya —dijo el inspector; después sacó el arma y apuntó a las mujeres, pero antes de que pudiera disparar ya estaban dentro.

—Sí, señor —dijo el hombre corriendo hacia la casa. Comenzó a agitar a los hombres para prevenirlos y cuando llegó a la altura de la puerta le dio una fuerte patada. La madera crujió, pero resistió el envite.

Las mujeres oyeron el golpe y se pusieron a gritar asustadas, la niña se despertó al momento y arrancó a llorar con todas sus fuerzas.

—¡Abridnos! —gritó Giselle desesperada.

Al otro lado Derek hacía todo lo posible por desatrancar la puerta, pero sin ningún resultado. Al final dio un paso atrás y gritó a las mujeres:

—¡Apartaos de la puerta!

Las mujeres se alejaron un poco y sonó un disparo que las dejó sordas por unos segundos, la niña cortó el llanto del susto. Derek golpeó la puerta y logró abrirla.

—¡Corred! —les dijo mientras se hacía a un lado.

Ilse saltó los escalones y se dirigió por el pasillo hasta la puerta del fondo. Zelinda la siguió, pero se tropezó con un listón suelto de madera y cayó en medio de un gran estruendo.

Giselle bajó con cuidado los escalones, Derek cerró la puerta y colocó dos tablas para que aguantase un poco y les diera algunos segundos de ventaja. Ya se oía a la media docena de agentes bajar las escaleras corriendo, en medio de gritos y amenazas.

Derek ayudó a la mujer a bajar los últimos escalones y después se agachó para levantar a su novia. Tenía la cara ensangrentada.

—¿Estás bien?

—Sí —dijo con una sonrisa, a pesar de que la sangre le chorreaba por la frente. Se había partido una ceja y le dolía un poco, pero no se quejó. Se puso en pie y los dos echaron a correr.

Erich hizo un esfuerzo sobrehumano y comenzó a caminar hacia la casa. Llevaba una pistola en la mano y con la otra intentaba taparse la herida más grave. Cuando llegó frente a la puerta se encontraba casi exhausto. Se apoyó unos segundos para recuperar el resuello y comenzó a bajar. Sus hombres esperaban amontonados, mientras los dos más fuertes intentaban reventar la puerta.

—¿A qué estáis esperando? —les gritó con furia. Aquellas presas no podían escaparse tan fácilmente. Giselle habría logrado burlarse de él, cuestionar el poder que tenía sobre la vida de gente como ellos, esos malditos parias que no creían en el sistema.

García comenzó a empujar con los policías hasta que una parte de la puerta se astilló y lograron abrirla. Corrieron por las escaleras, el pasillo y el salón, dos agentes se escurrieron por la sangre, pero al saltar sobre ellos

García vio a Derek y a la hija de Alicia llegando a la puerta del sótano.

Uno de los agentes sacó el arma y comenzó a disparar, García le dio un empujón y le gritó a la cara:

—¿Qué coño estás haciendo? Los queremos vivos.

El policía lo miró asustado, se paró en seco, taponó al resto y, por unos segundos de ventaja, Derek logró cerrar la segunda puerta y atrancarla. Dentro estaban las otras dos mujeres y la niña. Stefan intentaba bajar a su mujer para darle más tarde a la niña cuando los primeros golpes comenzaron a sonar en la otra puerta.

44

Treinta metros

Johann no intentó avisar a sus amigos de que una docena de policías y agentes encubiertos corrían hacia la casa. Las chicas ya estaban dentro, no creía que sirviera de nada advertirles, sería más útil abajo, ayudando a Volker a tirar de la improvisada carretilla.

—¿Qué pasa, muchacho? —preguntó el anciano al ver que el chico soltaba los prismáticos y corría hacia la puerta.

—Les van a alcanzar. Por favor, llame a la policía.

El anciano tardó unos segundos en reaccionar. Al final se puso en pie y tomó el teléfono. Tenía el corazón en la boca, por eso cuando al otro lado de la línea el policía preguntó qué le pasaba, tuvo que respirar hondo para contestar.

—Necesitamos que vengan lo más rápido que puedan. La policía de la RDA está disparando a un grupo de ciudadanos en mi calle...

Johann corrió escaleras abajo, abrió la puerta y se dirigió directamente al sótano. Volker no estaba, se asomó a la puerta del túnel y le vio introduciéndose.

—¿Dónde vas?

—Tira de la cuerda cuando se tense. Tengo que ir a ayudarles —escuchó el joven.

—Derek nos pidió que nos quedásemos aquí —dijo el chico, angustiado; parecía que todo se estaba complicando.

Volker gateó deprisa por el túnel, al otro lado se oían gritos, golpes y llantos, por lo que aceleró aún más el ritmo y antes de cinco minutos casi había alcanzado la otra salida. Justo al llegar vio que una mujer intentaba bajar por las escaleras.

—¡Salte! —le gritó. La mujer se giró y vio unos ojos brillando en la oscuridad. Se dejó caer y el hombre la agarró con fuerza.

—¡Mi niña! —le dijo la mujer al hombre. Este la dejó en el suelo y gritó a sus amigos:

—¡Lanzadla, rápido!

Por unos segundos no se oyó ni vio nada. Aquel silencio dejó a los dos mudos, aguantando la respiración. Entonces la niña apareció volando, aunque realmente bajaba atada a una soga por debajo de los brazos. Volker dio un salto y la atrapó, la desató y se la entregó a la madre.

—Suba a esa pequeña tabla, túmbese bocarriba con la niña encima.

Giselle parecía incapaz de reaccionar, por eso el hombre la ayudó a tumbarse y después colocó a la niña encima, que se había callado asustada por la oscuridad.

Volker tiró de la cuerda y cuando Johann notó que se tensaba, comenzó a tirar con todas sus fuerzas. La tabla se movió sobre los raíles y las dos comenzaron a ir a toda velocidad.

Ilse levantó la vista y vio cómo la puerta comenzaba a temblar, no tardaría mucho en saltar por los aires y aún se encontraban todos, menos la mujer y la niña, fuera del túnel. Intentó bajar, pero uno de los hombres se lo impidió, estaba bajando a la niña con una cuerda.

—¡Nos van a matar! —comenzó a gritar histérica.

—Tranquila —le dijo Zelinda, mientras la sacudía por los hombros. Su amiga parecía invadida por un ataque de pánico. Al final la abofeteó en la cara para que parase—. ¡Por favor, para!

Derek seguía apuntando a la puerta, estaba dispuesto a terminar con el primer policía que asomara las narices. La Stasi y la policía del muro no se andaban con chiquitas, en cuanto vieran que se les estaban escapando, los cazarían uno a uno.

—Baja esa pistola y ayúdame —dijo Stefan después de soltar la soga.

—Van a entrar. Marchaos de una maldita vez —contestó Derek.

—No me iré sin ti —dijo Zelinda, dejando por un momento a su amiga.

Volker asomó la cabeza por el agujero, todos parecían confusos y asustados, mientras los golpes continuaban aporreando la puerta. Dio un salto y atrapó a una de las chicas por los brazos.

—Baja ahora —dijo, mientras la ayudaba a posar los pies en la escalera.

Ilse comenzó a descender torpemente, mientras se le escurrían los pies y se arañaba las manos con las astillas de la escalera.

—No resistirá mucho más —dijo Volker a sus amigos, para que todos se metieran en el túnel.

Johann, al otro lado, tiraba con todas sus fuerzas. Calculó que la mujer ya debía de encontrarse a la mitad del túnel, por tanto, en tierra de la RFA, pero eso no importaba demasiado en aquel momento. Le dolían los brazos y la espalda le crujía por el esfuerzo, pero eso no le importaba. Tenía que sacarlos de allí. Oyó algo detrás de él, no volvió a mirar, pero sintió unas manos que aferraban la cuerda y le ayudaban a tirar.

—¡Venga, muchacho! ¡Ánimo! —gritó el anciano, que intentaba tirar con todas sus fuerzas.

Giselle y la niña debían de estar a menos de diez metros cuando la tabla descarriló y se quedó atrancada. La mujer se cayó en la arena y la niña desapareció de la vista.

—¡Cariño! —gritó la madre desesperada. Palpó el suelo, pero no lograba encontrarla. Estaba completamente a oscuras en mitad de un túnel húmedo.

Johann dio un salto dentro del túnel.

—Tengo que entrar. Se ha atrancado —dijo al anciano, que seguía tirando.

En cuanto estuvo en el interior gateó deprisa y en un par de minutos había alcanzado el carrito, lo dejó a un lado y buscó a la mujer.

—¡Señora!

—¡Mi niña! —Oyó a un par de metros. Reptó un poco más y se aferró a uno de sus pies.

—Tiene que salir cuanto antes, esos tipos podrían empezar a disparar.

—¡No encuentro a mi niña! —dijo la mujer, entre lágrimas.

—Yo la buscaré —le contestó Johann, pero Giselle no podía dejar a su pequeña en aquel túnel oscuro.

El cuerpo de la mujer se interponía, él no podía avanzar para buscar a la niña. Al final tiró de ella, la colocó a su lado y se proyectó hacia delante. Tanteó el túnel hasta que tocó algo suave y caliente. La tomó con un brazo y comenzó a caminar hacia atrás.

—La tengo. Gatee hacia la salida.

Los tres comenzaron a reptar por el túnel hasta que vieron la luz al final, pero antes de que llegaran hasta ella escucharon un fuerte golpe a sus espaldas.

Erich gritaba sin cesar a pesar de las heridas. Los inútiles de sus hombres no podían derribar una simple puerta de madera. Era cierto que la posición era incómoda y que no podía aporrearla más de un hombre a la vez, pero al fin y al cabo era una simple puerta de madera.

—¡Tiren esa puerta abajo, ahora!

García estaba detrás del forzudo que golpeaba con su espalda la madera, lo apartó de un manotazo y dio una fuerte patada a la hoja. Esta se tambaleó, pero no terminó de ceder.

El grandullón tomó un poco de carrerilla y volvió a golpear la madera. El golpe fue tan fuerte que la puerta salió disparada y el hombre detrás de ella.

Los policías saltaron sobre él y comenzaron a entrar en el sótano. Apenas había luz, pero se distinguían difusamente algunos cuerpos en movimiento.

—¡No disparen! —gritó García, mientras corrían escaleras abajo.

Erich entró el último y al escuchar la orden de su subalterno se indignó. ¿Cómo no iban a disparar? Ya no había tiempo para atraparlos con vida, era mejor que matasen a todos antes de que lograran escapar.

—Si tienen un blanco seguro, disparen —ordenó Erich. Sus hombres dudaron unos segundos, pero en cuanto detectaron movimiento comenzaron a disparar sin ningún miramiento.

Giselle alcanzó el final del túnel, vio una escalera pequeña, se subió y logró llegar al suelo del sótano. Un anciano le echó una mano y se quedó sentada, inmóvil y con la mente en blanco, como si las circunstancias le sobrepasaran. Únicamente reaccionó cuando vio que el joven que la había ayudado alzaba a su niña. La tomó entre los brazos y comenzó a llorar, la niña cerró los ojos al ver la luz del sótano y comenzó a hacer pucheros.

Johann se quedó unos segundos mirando a la madre y a la hija, pensó qué era lo mejor que podía hacer y decidió internarse de nuevo en el túnel. Todos sus amigos estaban al otro lado y era el momento de echarles una mano. No tenía miedo, a la edad en que la muerte es apenas un concepto abstracto el valor es una forma menor de locura.

En cuanto alcanzó la segunda mitad del túnel, el olor de la pólvora ya llegaba hasta allí. Se temió lo peor y apretó los dientes antes de recorrer el último tramo del camino. Justo en ese punto se dio de bruces con otro cuerpo. Lo enfocó con la linterna y vio el rostro de pánico de una chica joven.

—¡Corre! —le gritó.

La chica le sobrepasó y siguió arrastrándose a toda velocidad. Estaba magullada y arañada por casi todas partes, pero no sentía nada, debía correr para escapar.

Johann llegó casi hasta la salida, allí el sonido de las balas era tan fuerte, que le pitaban los oídos y parecía que las balas pasaban cerca de su cara, aunque realmente era el efecto del eco del túnel que amplificaba el sonido y lo convertía en ensordecedor.

45

Vida o muerte

Derek se agachó y disparó el primero. La puerta saltó en mil pedazos y detrás de ella un policía gordo de espaldas anchas rodó escaleras abajo. Le apuntó y disparó, después se giró para ver dónde estaba el resto de sus amigos. A los únicos que vio fue a Stefan y a Zelinda, el resto parecía haber escapado.

—Entrad en el túnel —les gritó, mientras comenzaba a disparar a todo lo que intentaba entrar por la puerta.

Los policías se detuvieron al escuchar los disparos y se pusieron a cubierto.

Zelinda se encontraba tan asustada que no podía moverse. Stefan la empujó hasta el agujero y la ayudó a dar la vuelta, pero no lograba atinar con los pies en los escalones.

—Baje, por favor —le dijo con una voz suave, para intentar tranquilizarle, pero las detonaciones de los disparos eran más potentes que su tono amable.

—Empújala —escuchó desde el agujero. Era la voz de Volker, que estaba intentando ayudarles.

Stefan le soltó las manos y la dejó caer. La joven gritó hasta que los brazos de Volker pararon la caída. La chica se quedó en sus brazos temblorosa.

—Salga por el agujero.

Zelinda se quedó a gatas, paralizada, nada parecía hacerla reaccionar. Entonces vio una luz, era la linterna de Johann que la alumbró. Cuando llegó a su altura intentó que se escapara como su amiga, pero el chico comprendió que el terror se había apoderado de la muchacha. La tomó de la mano y la llevó hasta el otro lado.

Derek disparó la última bala y después reptó por el suelo hasta la altura de Stefan.

—Vamos, amigo. Te toca a ti —dijo el hombre, ansioso.

—No, pasa tú primero —le reconvino Stefan.

—Tú tienes una hija. Yo te cubriré las espaldas.

Derek encendió un montón de papeles que había en un rincón y el humo comenzó a invadirlo todo. En cuanto cesaron los disparos los policías comenzaron a bajar por las escaleras, pero el humo ocultaba a los fugitivos. Era su última esperanza de escapar con vida.

Volker subió por las escaleras y asomó la cabeza, el humo comenzaba a hacer el aire irrespirable, tardó unos segundos en ver a sus amigos.

—¡Venid! —gritó. Antes de que pudiera darse cuenta, notó a alguien que le agarraba por la chaqueta y tiraba de él hacia arriba, logró resistirse y empujar al policía dentro del agujero. Después se dejó caer encima de él, aplastándole las costillas con los pies.

Derek se puso en pie y corrió hacia la entrada del túnel, Stefan se encontraba mucho más cerca, apenas a un par de metros, cuando sintió un fuerte dolor en la espalda.

Erich no podía respirar, esos malditos traidores eran muy astutos, bajó despacio las escaleras. Sus hombres disparaban sin parar, tuvo que gritar para que pararan.

—¡Alto el fuego!

Tenía que comprobar cuántos estaban vivos y si alguno había logrado entrar en el túnel. Varios de sus hombres enfocaron las linternas. Al fondo del sótano, detrás de unas cajas viejas de madera se veían dos cuerpos. El humo era demasiado espeso para distinguirlos, tenían que acercarse un poco más.

García se pegó a una de las paredes, no quería que nadie le pillara por sorpresa, se aproximó a las cajas con dos de los policías y vio cómo uno de ellos se movía e intentaba alcanzar el agujero. Abrieron fuego y se escucharon unos gemidos. No había ni rastro de las chicas, temía que la hija de Alicia se hubiera esfumado.

El español estaba en lo cierto. Zelinda se movía dolorida delante de Johann, que de vez en cuando tenía que ayudarla a levantarse. En cuanto llegaron al final del túnel, la chica se quedó sentada unos segundos para recuperar el aliento.

—¿Se encuentra bien?

La chica hizo un gesto con la cabeza, cuando recuperó un poco la calma se volvióy miró hacia la oscuridad. Tal vez esperaba que el rostro de su prometido apareciese en cualquier momento, pero la inmensa negrura que parecía devorarlo todo continuó frente a sus ojos irritados.

—¿Dónde están los demás? —preguntó resignada.

—Todas las mujeres están fuera. Mis amigos continúan allí. Voy a regresar a por ellos —dijo Johann; después encendió la linterna y volvió a internarse en el túnel. Se encontraba exhausto, pero no podía permitir que les sucediera nada.

La chica oyó unas voces sobre su cabeza, su amiga Ilse y un anciano le ofrecían sus manos. Tiraron con fuerza y la sacaron del agujero. Miró a su alrededor, medio centenar de sacos de arena se amontonaban a un lado, al otro estaba Giselle con su niña, que parecía entretenerse con una cuerda rota en sus manos. Al no ver a su prometido agachó la cabeza y comenzó a llorar.

Stefan intentó moverse, pero el dolor se lo impedía. Derek logró alargar la mano y tirar de él. Debía llevarle al agujero, ya vería cómo le transportaban por el túnel, pero no lo dejarían en manos de esos cerdos, se intentó convencer. A él también le habían alcanzado, pero tan solo en una pierna.

Volker asomó de nuevo la cabeza y vio a sus amigos a poco más de dos metros, dos policías se acercaban por un lado y otros dos por el otro. Sacó su arma y disparó a ambos grupos, los policías se agacharon y se cubrieron detrás de trastos viejos. Los disparos no tardaron en rozar los bordes del agujero, tuvo que agacharse y aguantar un par de minutos, cuando sacó la cabeza de nuevo, el humo estaba comenzando a disiparse. El tiempo se agotaba.

Erich arrastró la pierna hasta llegar a la altura de sus últimos hombres, los dos cuerpos en el suelo apenas se movían, pero alguien les disparaba desde el agujero. Las mujeres habían escapado, pero ahora se conformaba con atrapar a los hombres con vida o muertos, le daba lo mismo. Pensó en lo irónico que sería que hubieran logrado liberarlas, para caer ahora ellos en sus manos.

García se levantó y disparó al hombre del agujero, debió de alcanzarlo, porque oyó un gemido y después cesaron los disparos.

Derek dio otro tirón de la chaqueta de su amigo, ya estaban a menos de un metro, debían lanzarse dentro cuanto antes.

—Déjame —dijo Stefan, casi sin aliento.

—Ni lo sueñes —contestó Derek, determinado a salvarle a toda costa, aunque eso pudiera costarle su propia vida.

Volker había notado la herida en el hombro, se había caído dentro del agujero, pero había logrado recomponerse e intentar subir. No podía empuñar el arma y subir con el brazo herido, la guardó en el bolsillo y comenzó a intentarlo de nuevo. Johann le tiró de la pernera, pero no le hizo caso.

—Yo puedo intentarlo. Soy más rápido y no estoy herido —dijo el joven.

—Vete con los demás.

—No —dijo el chico, comenzando a subir a su lado.

Los dos hombres salieron a la vez, tiraron de sus amigos y escucharon como las balas silbaban por todas partes. Se escondieron hasta que pararon, salieron de nuevo y dieron un nuevo tirón. Derek llegó hasta el agujero sin soltar a su amigo. Volker tiró con fuerza y Derek logró meter medio cuerpo dentro.

—¡Marchaos! —gritó Stefan, intentando soltarse.

Una nueva ráfaga de disparos les hizo agacharse, Derek ya estaba por completo en el agujero, Stefan estaba a menos de medio metro, tiraron de nuevo y Volker sintió una bala rozando su sien. Suspiró aliviado, pero enseguida notó como el aire se movía a su espalda. Apenas le dio tiempo a ver a Johann con una mancha roja entre los ojos, después oyó el golpe seco de la caída.

Derek perdió el equilibrio, soltó a Stefan y cayó también en el agujero. Volker alargó la mano, pero un tiro le alcanzó cerca de la muñeca. Miró por última vez a su amigo y saltó al túnel.

El anciano y las tres mujeres esperaban impacientes

al otro lado. Giselle dejó la niña en brazos de Zelinda y saltó al agujero, tomó una de las linternas y alumbró al fondo. Las caras de dos hombres aparecieron, después escuchó disparos, pero ellos ya estaban ascendiendo, la inclinación del túnel les protegía de las balas de sus enemigos.

Giselle intentó escrutar sus rostros, pero ninguno de los dos era Stefan.

—¿Dónde está mi marido? —preguntó angustiada.

Ellos negaron con la cabeza, estaban repletos de sangre y polvo, los ojos rojos por la tierra y los oídos reventados por el sonido de las balas, pero estaban vivos y a salvo.

Les ayudaron a salir mientras Giselle gritaba en la boca del túnel el nombre de su esposo.

El anciano les ayudó a sentarse sobre los sacos. Les dio algo de agua y miró de nuevo al agujero.

—¿Dónde están el chico y Stefan?

Miraron al anciano entre lágrimas. Nunca una victoria había sido tan amarga ni la libertad tan costosa, pensaron mientras miraban la siniestra entrada del túnel.

—Johann está muerto, una bala me pasó rozando, pero a él le alcanzó de lleno —dijo Volker, que parecía lamentar su suerte.

—Stefan estaba vivo cuando le dejamos. Imagino que le harán prisionero —añadió Derek.

Zelinda dejó a la niña en brazos de su amiga y abrazó entre lágrimas a su prometido. Fundidos en aquel tremendo dolor se quedaron mirando el agujero, desde donde los gritos de angustia y desesperación de Giselle retumbaban en toda la habitación.

Stefan intentó saltar al agujero, pero notó como un pie le pisaba la mano con fuerza. Se giró y vio a un hombre rubio, de ojos pequeños que sangraba por un costado.

—El señor Neisser, supongo. Tenía ganas de conocerle, su esposa y yo hemos sido íntimos amigos, me ha hablado mucho de usted. Nunca pensé que nos veríamos las caras.

Stefan intentó incorporarse, pero se sentía demasiado débil.

—No se ponga de pie por mí. Tenemos muchas preguntas que hacerle.

García se aproximó por detrás y observó al hombre gravemente herido.

—Necesita un médico —le dijo en el oído a su jefe.

—Yo diré lo que necesita —le contestó furioso; después apretó el pie contra la mano del hombre hasta que este comenzó a gemir.

Varios policías se habían introducido en el túnel, pero no habían ido mucho más allá. El resto había logrado escapar, únicamente habían encontrado el cadáver de un chico joven. Lo sacaron del agujero y lo pusieron tumbado junto a Stefan.

—Miren lo que han conseguido. Un niño en la flor de la vida muerto, su mujer viuda, su hija huérfana y, bueno, esos malditos idiotas que la RDA no necesita para nada.

—No estoy muerto —se atrevió a decir Stefan.

—Eso es cierto, aunque al ritmo que pierde sangre, no creo que dure mucho tiempo.

—No tengo miedo a la muerte. Mi familia está a salvo —logró decir con la voz entrecortada.

Erich levantó el pie de la mano del hombre y se agachó hasta estar muy cerca de su rostro, le levantó la cabeza con brusquedad y este dio un fuerte gemido de dolor.

—¿Piensa que la muerte le liberará de todo? Dentro de unos minutos dejará de existir y yo continuaré vivo. Dentro de unos años, cuando disfrute de mi jubilación, pensaré en este día y me reiré. Un pobre diablo menos en el mundo. No sois nada, nadie llorará vuestra muerte.

Stefan notó como el último aliento se le escapaba, sus ojos comenzaban a nublarse y creyó oír la música de una pequeña muñeca bailarina que su madre tenía en un pequeño piano de color negro. Siempre había disfrutado levantando la tapa y viendo cómo la bailarina se erguía y mientras comenzaba a danzar una triste melodía lo invadía todo. Alguna vez había pensado que aquello debía de ser la eternidad, una bella canción interpretada justo antes del crepúsculo, cuando la luz y las tinieblas comienzan a unirse y, por unos segundos, parece que la primera prevalecerá para siempre y la noche ya no existirá nunca más.

Epílogo

Los ojos de Hanna Reber brillaban en medio de la oscuridad del cuarto. El relato que me había contado me había dejado sin palabras. No era la primera vez que me narraban historias sobre los túneles construidos en la época del muro, pero aquella me dejó perplejo y algo deprimido. El primer descubrimiento de la edad adulta es la tristeza, los niños son capaces de llorar y al minuto siguiente corren alegres por una vereda repleta de flores. El peso de la pena para los adultos nos impide flotar en ese mundo invitado por los más pequeños y nos arroja al vacío más profundo.

—¿Stefan murió? —me atreví a preguntarle. Lo hice más para poder corroborar el dato en el artículo que quería escribir, que porque me quedara alguna duda.

—Le dejaron desangrarse allí mismo. Cuando llegó la ambulancia ya estaba muerto.

—¿Qué le sucedió al resto?

No estaba seguro de que la anciana estuviera muy animada a continuar con la conversación, parecía agotada, como si aquellos recuerdos le hubieran dejado casi exhausta.

—Bueno, Derek y Zelinda sobrevivieron, poco después, tras recuperarse de sus heridas, se casaron en una capilla luterana de Berlín. Tuvieron un par de hijos, pero antes de que llegaran a la adolescencia ya se habían separado. Cuando se produjo la reunificación Zelinda buscó a su madre, había regresado a España, no logró averiguar más. Nunca supo que su madre la había traicionado y casi acaba con su vida.

—Entiendo.

—Volker trabajó muchos años con su amigo Derek, algunos comentan que aún se los puede ver por los burdeles de Berlín a media noche. La vida como hombres decentes no les duró mucho. Imagino que perdieron la motivación.

—¿Qué pasó con Ilse? —le pregunté, mientras apuntaba todos los detalles.

—No lo sé, la verdad. Imagino que formaría una familia y se limitaría a olvidar todo lo que había vivido. Algunos afortunados lo consiguen —dijo la mujer, con un halo de tristeza.

La mujer se puso torpemente en pie, parecía tan bella a pesar de los años y sufrimientos que, sin duda, había vivido. Entonces me fijé en un marco junto al sofá, se veía a una niña pequeña, una mujer joven y hermosa, al lado de un hombre vestido con el uniforme de un conductor de tranvía. La miré de nuevo y ella lo explicó todo con los ojos muy abiertos.

—Era conveniente cambiarse el nombre. A veces la Stasi sacaba a gente del Berlín Occidental y les obligaba a regresar al otro lado del muro. Muchos acabaron en la cárcel o incluso muertos. Le pediría que omitiera mi nombre y el del resto de las personas de esta historia. No nos consideramos héroes ni heroínas, solo queríamos ser felices, pero al parecer, la felicidad siempre huye de la gente corriente. La mayoría de las personas que murieron intentando atravesar ese muro eran albañiles, carpinteros, estudiantes y amas de casa. Gente insignificante para el mundo y el devenir de la historia.

—Yo creo que eran héroes —le contesté serio, intentando no emocionarme demasiado.

—Acaso, ¿levantarse cada mañana no es un acto de valentía?

Las palabras de Hanna o Giselle, como se hizo llamar al comenzar su nueva vida, aún resuenan en mi mente. El mundo le dio la espalda, prefirió mirar hacia otro lado o pensar que los alemanes se merecían aquel terrible dolor. La vida de todos ellos habría sido muy distinta sin aquel muro, se habrían limitado a amar, soñar, perder y sufrir.

Me dirigí hasta la East Side Gallery, mientras mis ojos repasaban aquella parte del muro pintada con murales de colores llamativos, recordé a Stefan, Johann, Zelinda, Ilse, Volker y Giselle. Sus vidas rotas eran los eslabones de una cadena que resistió la fuerza de todo un sistema y una manera de entender la vida. Tras aquel inmenso Telón de Acero, cuyos destellos brillantes parecían opacar el sol, las vidas de personas anónimas lograron desquebrajar la inexpugnable fortaleza del paraíso socialista y enseñar al mundo entero una lección: no hay ningún muro lo suficientemente alto que sea capaz de detener al amor verdadero.

Agradecimientos

A mi esposa Elisabeth, que me acompañó por los paneles de la memoria del Muro de Berlín y lloró conmigo en aquel Muro de las Lamentaciones.

A Alicia, mi agente y amiga, gracias por buscar cobijo a mis historias.

A Carmen Romero, cuando se lleva la literatura en la sangre siempre hay que esperar que las buenas historias encajen con la vida.

Historia real

Siegfried Noffke, un albañil de veintidós años que siempre vivió en la zona soviética, pero que a finales de 1950 decidió emprender una nueva vida en la zona occidental y se trasladó al barrio berlinés de Kreuzberg. Se casó con Hannelore en mayo de 1961, con la que tuvo un hijo, mientras ella seguía viviendo en el Berlín Oriental. Siegfried esperaba la autorización para trasladar a su familia al Berlín Occidental cuando comenzó la construcción del muro. Al final las autoridades denegaron la salida de su esposa y su hijo. Su amigo **Dieter Hoetger,** que se encontraba en una situación similar, decidió ayudarle a construir un túnel para rescatar a sus familias y llevarlas al otro lado del muro. Los dos hombres arriesgaron sus vidas para tratar de reunirse con sus esposas e hijos y llevarlos a la zona libre.

Sin embargo, el hermano de una de las esposas era un informante de la temida policía secreta **Stasi** y los traicionó. Dieter y Siegfried lograron llevar a sus familias hasta el túnel, pero la Stasi los estaba esperando. Dieter logró escapar con su esposa y la de Siegfried, que cayó herido por las balas de la policía. Su esposa decidió volver para ayudarle, pero él murió de camino al hospital.

Hannelore pasó más de diez años en las cárceles de la Stasi hasta que el Gobierno de Alemania Occidental compró su libertad a Alemania Oriental en 1971, una práctica común en esa época.

El destino de los hombres es una historia sobre el valor del amor y la amistad, la recompensa de las buenas acciones y frente al totalitarismo opresivo.

Discurso de John F. Kennedy

Hace dos mil años el alarde más orgulloso era *civis romanus sum.* Hoy, en el mundo libre, el mayor orgullo es decir: *Ich bin ein Berliner.* ¡Agradezco a mi intérprete la traducción de mi alemán! Hay mucha gente en el mundo que realmente no comprende, o dice que no comprende, cuál es la gran diferencia entre el mundo libre y el mundo comunista. Decidles que vengan a Berlín. Hay algunos que dicen que el comunismo es el movimiento del futuro. Decidles que vengan a Berlín. Y hay algunos pocos que dicen que es verdad que el comunismo es un sistema diabólico, pero que permite nuestro progreso económico. *Lasst sie nach Berlin kommen* (Decidles que vengan a Berlín). La libertad tiene muchas dificultades y la democracia no es perfecta. Pero nosotros no tenemos que poner un muro para mantener a nuestro pueblo, para prevenir que ellos nos dejen. Quiero decir en nombre de mis ciudadanos que viven a muchas millas en el otro lado del Atlántico, que, a pesar de esta distancia de vosotros, ellos están orgullosos de lo que han hecho por vosotros, desde una distancia en la historia en los últimos dieciocho años.

No conozco una ciudad, ningún pueblo que haya sido asediado por dieciocho años y que viva con la vitalidad y la fuerza y la esperanza y la determinación de la ciudad de Berlín Occidental.

Mientras el muro es la más obvia y viva demostración del fracaso del sistema comunista, todo el mundo puede ver que no tenemos ninguna satisfacción en ello; para nosotros, como ha dicho el alcalde, es una ofensa no solo contra la historia, sino también una ofensa contra la humanidad, separando familias, dividiendo a maridos y esposas, a hermanos y hermanas, y dividiendo a la gente que quiere vivir unida.

¿Cuál es la verdad de esta ciudad de Alemania? La paz real en Europa nunca puede estar asegurada mientras a un alemán de cada cuatro se le niega el elemental derecho de ser un hombre libre, y que pueda elegir un camino libre.

En dieciocho años de paz y buena confianza esta generación de alemanes ha percibido el derecho a ser libre, incluyendo el derecho a la unión de sus familias, a la unión de su nación en paz y buena voluntad con todos los pueblos.

Vosotros vivís en una isla defendida por la libertad, pero vuestra vida forma parte de lo más importante. Así que déjenme preguntarles, para concluir, elevando vuestra mirada más allá de los peligros de hoy, hacia las esperanzas de mañana, más allá de la libertad de esta ciudad de Berlín, o en vuestra nación de Alemania, ante el avance de la libertad en todas partes, más allá del muro, hasta el día de la paz con justicia, más allá de vosotros mismos y de nosotros mismos a toda la humanidad.

La libertad es indivisible y cuando un hombre es esclavizado ¿quién está libre? Cuando todos son libres, entonces podemos esperar el día en que esta ciudad se unirá en una sola y a esta nación, y en este gran continente que es Europa en un mundo pacífico y lleno de esperanza.

Cuando ese día finalmente llegue, que lo hará, el pueblo de Berlín Occidental puede sentir la satisfacción ante el hecho de haber estado en primera línea durante dos décadas.

Todos los hombres libres, dondequiera que vivan, son ciudadanos de Berlín, y, por lo tanto, como un hombre libre, con orgullo digo estas palabras: *Ich bin ein Berliner*.

Berlín, 11 de junio de 1963

Cronología del Muro de Berlín

Fue el año 1961 cuando se construyó el Muro de Berlín, pero las condiciones que llevaron a su construcción comenzaron mucho antes, poco después del final de la Segunda Guerra Mundial, a mediados de 1945. La tensión siempre existió entre las diferentes potencias vencedoras, pero uno de los momentos más candentes fue, sin duda, durante el famoso puente aéreo de Berlín (1948-1949), uno de los eventos más dramáticos de la historia de la Guerra Fría y que señaló la creciente división entre los soviéticos y el resto de los Aliados.

Después de la Segunda Guerra Mundial, Berlín se dividió en cuatro zonas de ocupación aliada. La zona soviética más tarde se convirtió en Berlín Este.

Los dos estados alemanes de posguerra se fundaron en el año en que terminó el puente: 1949. La antigua zona de ocupación soviética se convirtió en la República Democrática Alemana (RDA) el 7 de octubre de 1949. Solo unos meses antes, las otras tres zonas aliadas se habían convertido en la República Federal de Alemania. (RFA, 23 de mayo de 1949). La guerra promovida por Adolf Hitler había dado como resultado una Alemania dividida: la RDA (Alemania Oriental) y la RFA (Alemania Occidental), preparando el escenario para la barrera física que se conocería como el Muro de Berlín y se mantendría como una larga cicatriz en el paisaje alemán desde agosto de 1961 hasta noviembre del año 1989.

Muro de Berlín: 1945-1989

1945. A finales de mes de abril, las tropas soviéticas llegan a Berlín. La Segunda Guerra Mundial casi ha terminado, aunque aún persiste el frente en el Pacífico.

1945. Las fuerzas alemanas capitulan el día 2 de mayo.

1945. La Conferencia de Potsdam tiene lugar justo al sur de Berlín, del 17 de junio al 2 de agosto, en la antigua ciudad imperial. La victoria de los Aliados (EE.UU., Gran Bretaña, Francia, Unión Soviética) dividen Alemania y Berlín en cuatro zonas de ocupación. Hacen lo mismo con Austria y su capital, la ciudad de Viena.

1948. El 24 de junio comienza el bloqueo de Berlín (*Berliner Blockade*). La Unión Soviética cierra todas las rutas terrestres hacia Berlín y Alemania Occidental, convirtiendo a Berlín Occidental en una isla rodeada por la Alemania del Este. Con el acceso por tierra bloqueado, los Aliados tienen que crear el Puente Aéreo de Berlín (*Luftbrücke*) el 26 de junio. Durante los siguientes once meses, Berlín se abastece únicamente por avión. Todo, desde el carbón hasta la comida, tiene que ser transportado a Berlín por el aire. Los berlineses pasan hambre y necesidades, pero logran resistir.